Ancien inspecteur de la police de Los Angeles, Joseph Wambaugh a été fait Grand Maître du Policier en 2004. Il est notamment l'auteur d'*Un chien dans un jeu de flics*, *Les Nuits du fugitif*, *La Mort et le Survivant*, *Une semaine d'enfer* et de *Flic à Hollywood* premier volet de la trilogie « Hollywood »

DU MÊME AUTEUR

Le Crépuscule des flics
Presses de la Cité, 1982

Soleils noirs
Presses de la Cité, 1984
et « Le livre de poche », n° 6628

La Voix du sang
Presses de la Cité, 1989

Un chien dans un jeu de flics
Librairie des Champs-Élysées, 1989

Dans la clameur des ténèbres
Éditions du Masque, 1991

Golden Orange
Presses de la Cité, 1992

Les Nuits du fugitif
Presses de la Cité, 1993

La Mort et le Survivant
Le livre de poche, n° 7621, 1994

Une semaine d'enfer
Presses de la Cité, 1995

Flic à Hollywood
Seuil, 2008
et « Points », n° P2118

Joseph Wambaugh

CORBEAU À HOLLYWOOD

ROMAN

Traduit de l'anglais (États-Unis)
par Robert Pépin

Éditions du Seuil

TEXTE INTÉGRAL

TITRE ORIGINAL
Hollywood Crows

ÉDITEUR ORIGINAL
Little, Brown and Company, New York

ISBN original 978-0-316-02528-7

ISBN 978-2-7578-1771-1
(ISBN 978-2-02-097100-3, 1re publication)

Pour toutes les perles de langage et anecdotes géniales qu'ils m'ont rapportées, je tiens à remercier tout particulièrement les officiers du Los Angeles Police Department :

Mike Arminio, Richard Blue, Tom Brascia, Ken Brower, Joe Bunch, Vicki Bynum, Paula Davidson, Francesca Flores, Maggie Furmanski, Beatrice Girmala, Brett Goodkin, Maria Gray, Craig Herron, Art Holmes (en retraite), Jeff Ingalls, Roger Jackson, Jim Jarvis, Alisha Jordan, Richard Kalk (en retraite), Mike Kammert, Al Lopez, Kathy McAnany, Julie Nony, Ed Pandolfo, Danny Pesqueira, Ralph Sanchez, Armen Sevdalian, Jeritt Severns, Mike Shea, Bill Sollie, John Washington, Jerry Wert.

Et ceux du San Diego Police Department :

Don Borinski, Andra Brown, Joel Bryden, Rob Burlinson, Henry Castro, Kim Collier, Joe Cristinziani, Reggie Frank, Robin Hayes, Ken Impellizeri, Nick Kelbaugh, Charles Lara, Noel McElfresh, Wende Morris, Gib Ninness, Tony Puente (en retraite), Joe Robertson, Dave Root, Adam Sharki, Jerry Stratton, John Tefft, Roxie Vigil, Judy Woods, Kelly Yatch et Randy Young.

1

– Allons, mec, tu ferais mieux de laisser tomber ce long couteau, lança le flic bronzé.

Au commissariat d'Hollywood tout le monde l'appelait le « Bris », voire le « Naufrage », à cause de son amour du surf.

Son collègue de taille plus réduite, mais lui aussi avec bronzage max, cheveux encore plus douteusement blonds et délavés par le soleil, et donc surnommé le « Débris » pour la même raison, lui renvoya, *sotto voce* :

– C'est pas un couteau, frangin. C'est une baïonnette, au cas où tu verrais pas trop clair. Et moi, j'aimerais bien savoir pourquoi t'as pas pris un Taser et un flingue à balles caoutchouc à l'arsenal. C'est ce que vont te demander les mecs du district attorney et de l'Évaluation des tirs s'il faut l'allumer. Genre, « Hé les mecs, pourquoi vous y êtes allés à force létale, hein ? » Genre, « Pourquoi c't' Indien, l'a fallu qu'il casse sa pipe alors que vous auriez pu le prendre vivant ? » Parce que c'est ça qu'ils vont te dire, mec.

– Je croyais que tu les avais mis dans le coffre, moi. T'allais pas à l'arsenal ?

– Non, j'allais aux chiottes. Même que toi, t'étais trop

occupé à zyeuter Ronnie pour savoir ce que je foutais, lui renvoya le Débris. T'avais la tête ailleurs. Faudrait se remettre dans la partie, frangin.

Au commissariat d'Hollywood, tous les nuiteux savaient que le Débris en pinçait méga pour Veronica Sinclair, alias « Ronnie », et se faisaient descendre en flèche dès que le Bris ou un autre flirtait avec elle.

En se référant à l'alinéa 5150 du Code de la santé publique dont se servaient tous les flics pour décrire un cinglé, le Bris murmura :

– Peut-être que ce 51/50 est pété au PCP et qu'un coup de Taser y ferait rien de toute façon. Peut-être qu'il t'écrabouillerait les flèches de Taser comme King Kong les avions. Alors, tu te calmes, mec. En plus qu'il ne nous regarde même pas de travers. Peut-être qu'il se prend juste pour un Indien en bois[1] ou autre.

– Ou alors on est en concurrence avec des tas d'autres voix qu'il entend dans sa tête et qui lui font plus peur, fit remarquer le Bris. Peut-être qu'on est que des échos.

Ils n'étaient arrivés à rien en hurlant les ordres ordinaires à l'Indien qui se tenait immobile, le dos voûté. À peine dix ans de plus qu'eux, mais l'homme avait le visage hagard et l'air écrasé par la vie. Et là, en attendant les renforts qu'ils avaient demandés, les flics se mirent à lui parler tout doucement, d'une voix presque inaudible dans cette ruelle envahie par le vacarme de la circulation dans Melrose Avenue. C'était là que l'équipe du 6-X-46 l'avait poursuivi, puis coincé, à deux pas des Studios Paramount, d'où l'appel leur était parvenu.

1. Allusion aux Indiens en bois qui marquaient l'entrée des marchands de tabac autrefois *(NdT)*.

L'Indien avait éclaté la vitrine d'une boutique pour y voler une robe dorée taille XL avec un ourlet mouchoir et une rouge à taille haute style empire. Après quoi il s'était enfilé dans la robe rouge et avait gagné le grand portail de la Paramount à pied, portail devant lequel il avait commencé à psalmodier des trucs incompréhensibles avant de chanter – et peut-être était-ce prophétique – *Jailhouse Rock*[1], et de demander à entrer à un garde un rien interloqué, qui avait aussitôt composé le 911[2].

– Ces mini-lampes valent que dalle, reprit le Débris en parlant des lampes torches de trois cents grammes que le LAPD avait achetées et fournies à tous les agents depuis qu'une arrestation enregistrée sur vidéo et vue par beaucoup de monde avait montré un officier en train de frapper un Noir combatif avec sa lampe torche en aluminium de trente-cinq centimètres de long – d'où panique dans les médias et à la Commission de la police et vidage de l'agent latino.

Suite à cet événement, de nouvelles mini-lampes torches qui ne pouvaient pas faire de mal aux suspects belliqueux, à moins que ceux-ci ne les mangent, avaient été commandées, puis distribuées aux nouvelles recrues. Tout allait bien côté Commission et critiques de la police, sauf que ces lampes à haute intensité lumineuse foutaient le feu à leurs enveloppes en caoutchouc et avaient quasi incinéré plusieurs bleus avant que le haut commandement ne les rappelle et ne commande les nouvelles de trois cents grammes.

– Encore heureux que ce flic ait pratiqué la thérapie lampe-torche au lieu de traiter cette vermine avec un

1. Soit *Le Rock de la prison*, célèbre tube d'Elvis Presley *(NdT)*.
2. Équivalent américain de notre Police Secours *(NdT)*.

flingue. Ça serait des derringer[1] à deux coups qu'on se trimballerait au jour d'aujourd'hui.

La lampe-torche du Bris avait l'air de mieux éclairer l'Indien qui, l'œil blanc et le dos appuyé au mur couvert de graffiti d'un bâtiment commercial de deux étages possédé par des Iraniens et loué par des Vietnamiens, regardait fixement le ciel sans étoiles et envahi de smog. Qui sait s'il n'avait pas choisi la robe rouge parce qu'elle était assortie à ses tongs ? Toute chiffonnée, la dorée traînait sur l'asphalte, à côté de ses pieds incrustés de crasse, avec les jeans coupés aux genoux qu'il portait quand il s'était lancé dans sa séance de je-casse-et-je-me-sers.

Pour l'instant, l'homme ne les menaçait en aucune façon. Il se contentait de rester figé comme une statue, le souffle court et la baïonnette le long de la cuisse gauche, celle-ci entièrement dénudée. Il avait prolongé la fente de la robe rouge jusqu'à son flanc, pour plus de liberté de mouvement ou paraître plus provocant.

– Hé mec, enchaîna le Bris à l'adresse de l'Indien et en tenant son Glock 9 mm dans le faisceau de sa lampe afin que l'homme voie bien qu'il le braquait sur lui, c'est pas difficile de voir que t'es allumé à quelque chose. Moi, je dirais au cristal, non ? Et peut-être que tu voulais juste passer une audition au Studio et que t'avais pas de belles robes à te mettre. Et là, moi, je peux compatir. Je suis même prêt à tout mettre sur le dos d'Oscar de la Renta ou du gus qu'a rendu ces putains de trucs si désirables. Mais ton long couteau, va falloir que tu laisses tomber ça tout de suite, sinon les mecs vont finir par te dessiner la silhouette à la craie par terre.

1. Pistolet de petit calibre à canon court *(NdT)*.

Et le Débris, dont le 9 mm était lui aussi braqué sur l'Indien à queue-de-cheval, de susurrer à son coéquipier :

– Pourquoi t'arrêtes pas de parler de long couteau au lieu de baïonnette à ce zombie ?

– C'est un Indien. Et au cinéma, on parle toujours de longs couteaux.

– Mais non, les Longs Couteaux, c'est nous, les Blancs ! lui renvoya le Débris. C'est nous, bordel !

– Bon, comme tu veux. Et où sont passés les renforts, hein ? Ils seraient déjà là s'ils étaient venus en skate !

Le Bris commençait à tendre la main vers sa bombe à poivre lorsque le Débris lui lança :

– Pas cool, ça, frangin. Le Jésus liquide marchera pas avec un monstre pété au cristal. Ça marche qu'avec les flics. Ce que tu m'as d'ailleurs prouvé le jour où tu m'as balancé une décharge de faudrait-voir-à-se-tenir-comme-il-faut au lieu de la flanquer au primate monté sur stéroïdes avec lequel je faisais la danse de la mort.

– Ça te met encore les boules ? lui demanda le Bris en se rappelant combien le Débris s'était tordu de douleur après avoir reçu sa giclée de lacrymo pendant que trois ou quatre autres flics serraient le culturiste parano qui hallucinait parce qu'il avait mélangé de la drogue avec ses stéroïdes.

– Les merdes, ça arrive, mec. Comme qui dirait que t'es encore plus rancunier que mon ex !

Complètement frustré, le Débris finit par dire calmement à l'Indien :

– Hé, frangin, je commence à croire que t'es en train de nous jouer un tour de con. Bref, ou bien tu lâches c'te baïonnette tout de suite ou le *medicine man* va te secouer des pattes de poulet partout sur tes cendres.

Sur cette réplique, le Bris fit un pas en avant, son pistolet braqué sur la figure pustuleuse de l'Indien couvert de sueur en cette nuit de grosse chaleur. Les yeux révulsés, le bonhomme était bizarrement tordu dans les faisceaux des deux lampes. Alors le grand flic ajouta tout aussi calmement :

– Allez, mec, tu commences à partir par la bonde. Nous on a fini, ici.

Et le Débris glissa sa lampe-torche dans son étui à trique – aujourd'hui remplacé par une poche où loger son cellulaire depuis que les matraques n'étaient plus que vestiges au LAPD –, prit son pistolet à deux mains, tendit les bras droit devant lui et dit à l'Indien :

– Bon voyage, mec ! J'espère que ton roupillon dans la poussière te plaira !

Il n'en fallut pas plus. L'Indien lâcha sa baïonnette, le Bris y allant aussitôt d'un :

– On se tourne vers le mur et on s'entrelace les doigts derrière la tête !

L'Indien se tourna vers le mur, mais « s'entrelacer les doigts », manifestement il ne comprenait pas ce que ça voulait dire.

– Croise les doigts sur la nuque, précisa le Débris.

L'Indien se croisa les médians sur les index et les tint derrière la tête.

– Mais non, mec ! s'écria le Bris. Je t'ai pas demandé de faire un souhait, putain de Dieu !

– Laisse tomber, dit le Débris en abaissant les mains de l'Indien et le menottant dans le dos.

Enfin l'Indien parla :

– Vous auriez pas un bonbon que je pourrais vous acheter ? Je vous en donne cinq dollars.

Le Débris conduisit le prisonnier à la voiture.

– Dix, reprit l'Indien. Je vous file dix dollars. Je vous les paierai quand je sortirai de taule.

Après s'être arrêté à un magasin de spiritueux pour acheter un Nutty Buddy à leur allumé au cristal qui mourait d'envie d'un bonbon, le duo amena le prisonnier au commissariat d'Hollywood et le colla dans une salle d'interrogatoire en lui attachant un poignet à une chaise pour qu'il puisse manger son bonbon de l'autre. Le chef de sûreté, Charlie Gilford, un inspecteur aussi paresseux que handicapé de la sensibilité et connu sous le nom de Charlie le Compatissant, fut très agacé qu'on l'arrache à l'émission *American Idol* qu'il regardait sur une petite télé qu'il cachait dans le labyrinthe de box grands comme des chiottes d'avion où il restait assis des heures entières, le cul sur sa rondelle de doughnut. Il adorait voir les jurés brutaliser les malheureux concurrents.

Il portait alors une chemise blanche à manches courtes froissée et une de ses cravates en solde, véritable damier de jaunes et de bleus à donner le tournis. Tout le monde disait qu'elles étaient encore plus criardes que les Mötley Crüe[1], et bien plus anciennes. Charlie se lassa vite d'entendre l'histoire de la vitrine cassée de Melrose Avenue, de la sérénade au gardien du grand portail de la Paramount, de la poursuite à pied dans laquelle s'étaient lancés les deux flics amateurs de surf et de la drôle de confrontation qui avait suivi, tous événements que le Bris qualifiait de « bizarres ».

– Bizarre, ça ? renvoya-t-il au duo. Ça n'a rien de bizarre.

Sur quoi, il y alla de la phrase qu'on entendait tous les soirs au commissariat lorsque les choses semblaient un peu trop surréalistes pour être vraies :

1. Groupe de hard rock californien formé en 1981 *(NdT)*.

– C'est à Hollywood qu'on est, mec, bordel !

Et là, il n'y avait en général nul besoin d'ajouter quoi que ce soit.

Sauf que Charlie décida de préciser :

– L'année dernière, l'équipe de nuit a serré un voyou de toxico complètement nu hormis son tutu rose. Il portait une épée de samouraï dans Sunset Boulevard quand les copains l'ont arrêté. Ça, c'était bizarre. Alors que ça, là, ça vaut que dalle.

Puis il toucha avec un crayon les initiales de l'*American Indian Movement* tatouées sur l'épaule du prisonnier et ajouta :

– Ça veut dire quoi, ça, chef ? *Abrutis d'Indiens en Mocassins* ?

L'Indien, lui, continuait de mâchonner son Nutty Buddy, les yeux clos de béatitude.

Alors l'inspecteur grognon se suçouilla les dents et lança aux flics qui avaient procédé à l'arrestation :

– À propos… et en plus il a fallu que vous lui donniez du chocolat à bouffer ? Comme si ce camé avait pas déjà assez de bosses de speed !

Et à l'adresse de l'Indien, il ajouta :

– La prochaine fois que t'as envie de faire du showbiz, commence par te regarder dans la glace. Avec la gueule que t'as, t'as qu'un seul choix : tu t'achètes un masque de hockey et t'essaies de chanter *Music of the Night*[1].

– Je te file vingt dollars pour un autre Nutty Buddy, finit par lui renvoyer l'Indien. Et j'avoue tous les crimes que tu veux.

1. Célèbre aria de la comédie musicale *Le Fantôme de l'Opéra (NdT)*.

Nathan Weiss, connu des autres flics sous le sobriquet d'« Hollywood Nate » à cause de son désir obsessionnel quoique faiblissant de percer dans le cinéma, avait quitté la brigade de nuit quelque huit mois plus tôt, peu après que le plus qu'antique sergent connu, lui, sous le surnom d'« Oracle » avait succombé à une crise cardiaque de première grandeur, là, dans la promenade de la Gloire des flics, juste devant le commissariat d'Hollywood. Plus rien n'était pareil depuis ce décès. Hollywood Nate avait été tiré d'affaire (en général dans des histoires de femmes) et avait plus d'une fois évité le conseil de discipline grâce aux interventions du patron à cheveux blancs, qui avait donné quarante-six ans de sa vie à la maison et venait de mourir juste avant son soixante-neuvième anniversaire.

Tous les flics trouvaient pertinent que l'Oracle soit mort sur cette promenade où les stars de la police qui font honneur à la division d'Hollywood et périssent dans l'exercice de leurs fonctions sont scellées dans le marbre, comme le sont les étoiles de cuivre des vedettes de cinéma dans Hollywood Boulevard. L'Oracle avait été leur star à eux, véritable anachronisme du travail de policier, bien avant les émeutes consécutives au scandale Rodney King et à celui des preuves falsifiées de la division Rampart[1]. Bien avant donc que le Los Angeles Police Department se soit soumis au décret du consentement civique[2] imposé par le ministère de la Justice et croule sous les juges fédéraux, les avocats, les

1. Nom d'une division du LAPD dans laquelle plus de soixante-dix agents furent accusés de corruption à la fin des années quatre-vingt-dix *(NdT)*.

2. *Federal Consent Decree* : accord passé entre le ministère de la Justice et le LAPD après le scandale de la division Rampart,

politiciens, les spécialistes de l'audit, les superviseurs et autres critiques des médias. En ces temps lointains, les flics étaient guidés par des chefs qui agissaient, et non par des bureaucrates qui craignaient plus les contrôleurs fédéraux et les politiciens du cru que les criminels qui courent les rues. Le jour où l'Oracle était mort, Nathan Weiss était allé à la synagogue – et c'était la première fois en quinze ans – pour dire le kaddish en l'honneur du vieux sergent.

Flics de la patrouille et superviseurs, tous étaient maintenant étranglés par une paperasse destinée à prouver qu'il y avait bien eu « réforme » d'une police de quelque neuf mille cinq cents âmes qui avaient manifestement besoin d'être réformées suite aux actes d'une demi-douzaine d'entre eux, qu'on avait d'ailleurs condamnés dans ces deux affaires. Des centaines d'officiers assermentés avaient été retirés à la patrouille afin de faire face au cyclone de formulaires générés par cette « réforme » gigantesque. Le décret du consentement civique qui pesait sur la police de Los Angeles devait prendre fin deux ans plus tard, mais celle-là, on la leur avait déjà faite, et tous savaient qu'on pourrait en prolonger la validité. Comme la guerre en Irak, il donnait l'impression de ne jamais devoir prendre fin.

L'Oracle avait été remplacé par un jeune de 28 ans qui sortait de fac avec une licence de science politique et avait été catapulté tout en haut ou presque de la liste des promotions avec à peine un peu plus de six ans d'expérience – et ne parlons même pas des handicaps d'appartenance ethnique et sexuelle qu'il avait dû surmonter. Le sergent Jason Treakle était en effet blanc et

---

obligeant le LAPD à obéir à des procédures très précises en matière d'interpellation, d'arrestation et de détention de suspects *(NdT)*.

de sexe masculin et ça, ça n'aidait pas vraiment dans une ville comme Los Angeles obsédée par la « diversité culturelle » d'une zone d'éducation où les élèves ne parlaient pas moins de cinquante-cinq langues.

Hollywood Nate voyait dans les petits speeches dudit sergent à l'appel un parfait mélange de syntaxe embrouillée à la George Bush et de surdité à la Al Gore. Pendant ces séances, il entendait craquer le cartilage des mentons qui rebondissaient sur les poitrines au fur et à mesure que la piétaille n'arrivait plus à rester éveillée et se tenir droite. Il détestait le bonhomme depuis l'instant même où ils avaient fait connaissance et où le jeunot lui avait remonté les bretelles devant tout le monde parce qu'il avait eu l'audace de traiter l'officier Ronnie Sinclair « de poulette super-cool ». Ronnie, elle, y avait entendu un compliment, au contraire du petit sergent qui avait trouvé ce commentaire humiliant et sexiste.

En plus de quoi, lors d'une inspection impromptue, le même petit sergent avait fait la moue en voyant les chaussures éraflées d'Hollywood Nate. Et les lui avait montrées d'une main s'agitant au bout d'un bras qui ne semblait pas assez long pour le reste de son corps, avait déclaré qu'elles lui donnaient l'air « peu soigné » et lui avait suggéré de cracher dessus pour les cirer. Le sergent Treakle aimait beaucoup le cirage au crachat – il avait passé six mois à la prépa militaire lorsqu'il était en fac. À cause de sa bouche en lame de couteau, la base avait eu vite fait de l'appeler « Lèvres de poulet ».

Comme son idole, l'Oracle, Hollywood Nate portait toujours des chaussures ordinaires à semelles de caoutchouc avec sa tenue. Il adorait asticoter les flics qui mettaient des chaussures montantes de prix pour avoir l'air plus paramilitaire, mais ensuite suaient des pieds, se tapaient des champignons et couraient moins vite. Il leur demandait si les cirer au crachat leur facilitait la tache lorsqu'il fallait patauger dans la neige et la glace qui s'abattaient en tempête sur Sunset et Hollywood Boulevard.

Il avait aussi renoncé à suggérer que les instructeurs qui formaient les bleus cessent d'obliger ces derniers à leur donner du « Sir » ou du « Ma'am », comme le faisaient la plupart d'entre eux. Les plus rigides et genre GI des instructeurs semblaient être ceux qui n'avaient jamais servi dans l'armée et n'auraient jamais accepté que leurs recrues portent leurs godasses de va-t-en-guerre avant la fin de leur période de formation. En privé, il recommandait à ces derniers de laisser tomber la chaussure martiale et ajoutait que leurs pieds leur en seraient reconnaissants. Et bien sûr, Hollywood Nate n'oubliait jamais que l'Oracle n'avait jamais craché sur ses chaussures pour les cirer.

Avant qu'ils ne partent dans les rues, tous les nuiteux, et c'était rituel, touchaient la photo de l'Oracle pour que ça leur porte chance, même les nouveaux qui n'avaient jamais connu le bonhomme. Son portrait était accroché au mur près de la porte de la salle d'appel. On l'y voyait en tenue, avec sa brosse taillée de frais et le sourire qu'il avait toujours eu – moins de la bouche que de ses yeux bleus au regard intelligent. La plaque en cuivre jaune apposée sous le cadre disait simplement :

L'ORACLE
NOMINATION : FÉVRIER 1960
FIN DE SERVICE : AOÛT 2006
SEMPER FLIC

Comme tous les autres, Hollywood Nate avait tapoté la photo encadrée avant de partir après l'appel le premier soir où il avait rencontré son nouveau sergent. Puis il était descendu directement au bureau du chef de sûreté et avait demandé à être réaffecté aux brigades de jour en invoquant une multitude de raisons, certaines même de santé, et toutes mensongères. Il lui semblait qu'une ère venait de prendre vraiment fin. L'Oracle – et c'était le genre de flic que Nate avait dit à tout le monde vouloir être lorsqu'il grandirait – avait été remplacé par un petit nullard qui, en plus d'être politiquement correct et d'aimer la paperasse, avait des bras de nain, des lèvres inexistantes et un amour fétichiste de la chaussure.

Au début, il n'avait pas été ravi par la deuxième ronde, celle du petit matin, qui l'obligeait à se lever avant 5 heures, à quitter son studio de la San Fernando Valley pour foncer jusqu'au commissariat d'Hollywood, y passer son uniforme et être prêt pour l'appel de 6 h 30. Il n'aimait même pas du tout. Cela dit, le service 3 heures-midi lui plaisait bien. Les flics de patrouille de la 2e brigade faisaient trois jours de douze heures par semaine pendant leurs roulements de vingt-huit jours, avec un jour de rattrapage à la fin. Cela lui permettait d'avoir quatre jours par semaine pour se rendre aux auditions ouvertes à tous et haranguer les directeurs de casting maintenant qu'il avait gagné assez de bons pour avoir la carte de membre de la Screen Actors Guild[1] qu'il gardait dans son porte-écusson, juste derrière sa carte de policier.

Pour l'instant, il n'avait décroché qu'un rôle parlant, deux lignes de dialogue, dans un film télé coproduit par un scénariste/metteur en scène plutôt avancé en âge

1. Guilde des acteurs américains *(NdT)*.

qu'il avait rencontré à l'occasion d'un événement tapis rouge au Kodak Center pendant lequel il avait pour tâche de contenir la foule. Il avait conquis le metteur en scène en bloquant de son corps la progression d'une activiste anti-fourrure revêtue d'un haut couvert de sueur avant que celle-ci ne puisse coller un panneau « Je préférerais me balader à poil » sous le nez de l'épouse dudit metteur en scène qui, elle, portait une étole en faux vison.

Il avait remporté le marché et décroché ce boulot en lançant à l'activiste poilue qu'il aurait, lui, préféré ne jamais la voir nue, avant d'ajouter : « Si porter de la fourrure est un crime de premier ordre, faudrait peut-être voir à se raser les aisselles ! »

Le film ayant pour sujet des yuppies qui échangent leurs nanas, Nate y tenait le rôle d'un flic qui se pointe après qu'un des maris a dérouillé son épouse qui le trompait. La femme battue, elle, devait regarder le beau flic musclé aux airs d'aigle et lui faire un clin d'œil avec son œil valide.

Nate pour qui l'histoire n'était pas terrible avait reçu une page de scénario avec le texte suivant : « Bonsoir, madame. Vous avez appelé la police ? Que puis-je faire pour vous qui ne soit pas immoral ? »

Au cours de ce job d'une journée, machinos, électriciens et surtout la poupée de la bouffe qui distribuait des sandwiches et des salades géniales, tous lui avaient dit que c'était un film « h-i-é » qui avait toutes les chances de ne jamais passer au petit écran. Après que la fille lui avait dit ça, Nate avait compris que sa première impression était la bonne : pour être à chier, ce film était à chier. Déjà âgé de 36 ans, Hollywood Nate Weiss avait quinze ans de service au LAPD et besoin d'un coup de chance. Il lui fallait un agent. Il n'avait plus assez de temps dans sa vie d'acteur pour le gaspiller dans des films de merde.

Le lendemain du jour où les flics amateurs de surf avaient serré leur Indien en bois, Nate Weiss s'était vu assigner une surveillance en solo à bord d'une voiture baptisée « U-boat » et qu'on utilisait pour des appels pris par écrit, par opposition à ceux où, pour des raisons de sécurité, il fallait mettre deux policiers sur le coup. À 8 h 30 ce matin-là, Nate fit donc ce qu'il faisait toujours quand il était d'U-boat : il alla se faire une pause-café au Farmer's Market, au croisement de Fairfax Avenue et de la 3e Rue.

Qu'il s'en faille de quelques rues pour que ledit Farmer's Market soit du ressort de la division Hollywood ne le troublait pas autrement. C'était là une peccadille que l'Oracle lui pardonnait toujours. Nate adorait tout ce qui faisait cet antique haut lieu : sa grande tour d'horloge, ses éventaires couverts de légumes, ses étals de viande et de poisson frais, ses boutiques et bouis-bouis de bouffe exotique. Mais c'était les patios en plein air où les gens se rassemblent à cette heure de la matinée pour croquer un petit pain à la cannelle, un muffin à peine sorti du four, du pain perdu et toutes sortes d'autres pâtisseries qui lui plaisaient le plus.

Il commanda un bagel et un café *latte* et s'assit à un petit guéridon vide, d'où il pourrait espionner la « table des artistes ». C'était là une pratique à laquelle il s'adonnait depuis qu'il avait entendu ces derniers parler de scénarios à soumettre à HBO, dire avoir obtenu le financement de petits films indépendants, déjeuné avec un célèbre agent de CAA qui, d'après l'un d'entre eux, n'était qu'un connard… tous sujets de discussion qui le fascinaient.

Il était maintenant presque capable de les reconnaître à leurs voix sans avoir à les regarder ouvertement. Il y avait là le metteur en scène de longs métrages qui, à cause de la phobie de l'âge qui règne en maître à Hollywood, se plaignait de ne même plus pouvoir attirer l'attention des studios. Même chose pour les trois anciens scénaristes et un vieux producteur télé qui s'asseyaient régulièrement à cette table. Une douzaine ou plus de ces personnages allaient et venaient, tous des hommes, tous âgés de plus de 70 ans, et bien trop vieux pour l'industrie du spectacle obsédée de jeunisme qui les avait nourris.

Affublé de son béret noir caractéristique, il y avait là un peintre et sculpteur jadis célèbre, mais dont les affaires ne marchaient pas non plus des masses. Nate l'entendit dire aux autres que chaque fois que sa femme lui demandait ce qu'il voulait manger au dîner, il répondait : « Fous-moi la paix, tu veux ? » Et d'ajouter : « Mais bon, n'ayez pas pitié de nous. On commence à s'habituer à vivre dans notre voiture. »

C'est alors qu'un ancien acteur télé, vêtu d'une veste de safari de chez Banana Republic – son visage lui disait quelque chose –, se leva et informa les autres qu'il devait filer parce qu'il avait un coup de fil important à passer à un gros bonnet d'Universal, cela pour discuter d'un scénario qu'il n'avait toujours pas décidé d'accepter ou pas.

Après son départ, le metteur en scène déclara :

– Pauvre cloche ! Je vous parie qu'il va avoir droit à un disque « laissez un message » sur le répondeur du gros bonnet. C'est avec ça qu'il discute du projet : avec un répondeur. Y a des chances qu'il ait appelé cent trente-cinq fois pour pouvoir laisser tout son pitch sur la boîte vocale.

– Moi, je le soupçonne d'appeler les infos routières quand il dit parler aux gens d'HBO, lança le peintre en se marrant tristement.

– Il n'a jamais été bon, même dans la fleur de l'âge, reprit le metteur en scène. Il se prenait pour un acteur de l'Actor's Studio et les mecs n'avaient vite plus assez de fric pour toutes les prises à faire. C'était une moyenne de vingt prises par scène qu'il lui fallait !

– S'il était plus connu, ils pourraient en faire une pute et lui donner des pubs contre l'arthrite ou pour l'assurance-automobile comme ils filent à tous les autres has-been, lança le has-been de producteur télé.

– Et les femmes, hein ? renchérit un des scénaristes. Il s'imagine qu'on croit ses histoires de séduction à la noix ? Au lieu de se faire faire un énième lifting, il aurait intérêt à s'agrafer les couilles à la cuisse pour les empêcher de tomber dans les chiottes.

– Même qu'il pourrait le faire sans anesthésie, précisa le plus vieux des scénaristes. À son âge, tout est mort là-bas en bas.

Tous ces vieux schnocks qui avaient tendance à parler plus fort les uns que les autres gardèrent le silence un instant lorsqu'une jeune femme d'une beauté stupéfiante s'arrêta pour jeter un coup d'œil dans la vitrine d'un magasin de bougies et d'articles de verre. Elle portait un maillot en coton jaune canari rehaussé de broderies couleur jacinthe, des jeans deuxième peau à quatre cents dollars et ne faisait pas loin d'un mètre quatre-vingts dans ses chaussures plates Jimmy Choo lilas. Et la lèvre supérieure était boudeuse en diable, la chevelure blond caramel et si luxuriante qu'elle se déploya en éventail sur ses épaules lorsqu'elle tourna la tête pour regarder une figurine en verre… et se remit parfaitement en place lorsqu'elle recommença à marcher.

Incroyables, ses cheveux luisaient lorsque la lumière pailletée du soleil traversait le patio couvert et leur donnait des reflets de miel.

Les vieux jetons soupirèrent et reniflèrent, firent tout sauf se mettre à baver avant de reprendre leur conversation. Nate, lui, regarda la fille se diriger vers le parking. Son corps remarquable disait haut et fort la mise en forme Pilates, et il voyait bien qu'elle ne portait pas de soutien-gorge. Et là, en plein Hollywood, même à Beverly Hills, il avait rarement vu des nanas capables de stupéfier son monde comme elle.

À ce moment-là il fut prêt à retourner au boulot. Il commençait à devenir déprimant d'écouter ces vieillards se foutre du jeunisme alors que tout au fond de leurs cœurs ils savaient bien qu'ils ne retrouveraient plus jamais de travail. Il avait remarqué qu'aux environs de 9 heures et demie, ils se levaient les uns après les autres et s'excusaient de devoir partir mais on avait un coup de fil important à passer à un metteur en scène, un rendez-vous avec un agent ou un scénario à polir. Il se disait qu'en fait tous se contentaient de rentrer chez eux pour fixer des yeux un téléphone qui ne sonnerait jamais. Songer qu'il regardait ainsi le Nathan Weiss qu'il deviendrait peut-être dans quelques décennies lui fit froid dans le dos.

Il gagna paresseusement le parking en suivant d'une trentaine de mètres la beauté aux cheveux blond caramel : il voulait savoir ce qu'elle conduisait. À ses yeux, la dame était une nana super-sexy de Beverly Hills avec Aston Martin à plaques personnalisées, à elle offertes par un mari à fric ou par un papa gâteau qui, lui, pilotait une majestueuse Rolls Phantom. Il fut presque déçu de la voir monter dans une BMW rouge au lieu d'un truc extraordinairement cher et exotique.

Impulsivement il nota son numéro de plaque et, revenu à sa voiture, le passa à l'ordinateur de la DMV[1] et découvrit que la fille habitait dans les Hollywood Hills, dans un lotissement appelé « Mount Olympus » où les agents immobiliers prétendent qu'il y a plus de cyprès au mètre carré que n'importe où ailleurs dans le monde. Cette adresse le surprit un peu. Il y avait là des tas d'étrangers aisés : des Israéliens, des Iraniens, des Arabes, des Russes, des Arméniens et bien d'autres personnes originaires des anciens pays du bloc soviétique, certaines d'entre elles suspectées ou victimes de crimes retentissants. La rumeur voulait que quelques-unes d'entre elles possèdent des banques à Moscou et il n'était pas rare de voir des jeunes conduire des Bentley et des ados au volant de Porsche et de BMW.

Dans les milieux de la police il se disait que les anciens Soviétiques du milieu étaient plus dangereux et cruels que les gangsters siciliens l'avaient jamais été. À peine cinq mois plus tôt, deux Russes avaient été condamnés à mort par la Cour supérieure de Los Angeles pour enlèvement et assassinat. Ils avaient étouffé ou étranglé quatre hommes et une femme après avoir exigé une rançon d'un million deux cent mille dollars.

Pour être cher, le lotissement du Mount Olympus l'était, mais n'avait rien du top de l'immobilier et Nate se dit que cela ne correspondait pas au style de la dame. Cela étant, le lieu dépendant de la division d'Hollywood, il s'y était souvent rendu en patrouille. Il était peu probable que cette beauté des collines ait jamais besoin d'un flic, mais maintenant qu'il avait enfin décroché sa

1. Division of Motor Vehicles, équivalent de notre service des immatriculations *(NdT)*.

carte de membre de la SAG, Hollywood Nate Weiss commençait à croire que tout était possible.

À 6 heures ce soir-là – les nuiteux avaient obtenu l'aval des Communications et commençaient à patrouiller –, Nate Weiss n'avait, lui, plus qu'une heure de boulot à tirer. C'est alors que l'alarme électronique sonna sur la fréquence police et la voix de la dispatcheuse lança : « À la 6-X-76 et à toutes les unités proches, menace de suicide par saut dans le vide au croisement d'Hollywood Boulevard et d'Highland Avenue. 6-X-76 prendre code 3. »

Hollywood Nate, au volant de sa voiture de patrouille – appelée aussi « atelier » à cause du numéro inscrit sur les portières avant et sur le toit du véhicule[1] –, arrivait par l'ouest au feu tricolore de l'intersection. L'œil humide, il regardait le Kodak Center et rêvait de gloire et d'événements tapis rouge lorsque l'appel lui parvint. Il vit les touristes s'attrouper et lever la tête pour contempler un immeuble de douze étages surmonté d'une imposante coupole verte. Plusieurs des « personnages de rue » qui arnaquent les touristes dans l'avant-cour du Grauman's Chinese Theater traversaient en dehors des clous et couraient sur les étoiles de la promenade de la Gloire pour voir ce qui déclenchait toute cette excitation.

Il y avait là Superman, évidemment, mais aussi Hulk. Spiderman, qui était en prison, manquait à l'appel. Porky Pig traversait la chaussée en se dandinant, tout comme Barney le Dinosaure et trois des Beattles, le

1. Numéro inscrit afin que chaque véhicule puisse être facilement identifié par les hélicoptères du LAPD *(NdT)*.

quatrième étant resté derrière pour surveiller le matos. Tout le monde jacassait en montrant du doigt le haut du bâtiment vide – une ancienne banque –, où un jeune homme en short, tennis et T-shirt mauve barré de l'inscription « Just Do it » s'était assis sur la balustrade du toit, soit douze étages au-dessus de la rue.

L'équipe qui répondait à l'appel comprenait Veronica Sinclair et Catherine Song, deux jeunes femmes d'une trentaine d'années qui, aux yeux de Nate en tout cas, comptaient au nombre des meilleurs nuiteux. D'origine coréenne, Cat avait le volley-ball pour passe-temps préféré et une grâce féline qui allait parfaitement avec son prénom. Nate, qui essayait, mais sans succès, de sortir avec elle depuis presque un an, adorait ses cheveux d'un noir de jais coupés à la mode garçonne de certains films des années trente qu'il avait dans sa collection. Divorcée, Cat était la mère d'un petit garçon de deux ans.

Affectée au commissariat d'Hollywood depuis moins d'un an, Ronnie Sinclair, elle, faisait battre les cœurs depuis qu'elle était arrivée. Brune pleine d'énergie, elle avait les cheveux coupés très court, ce qui allait joliment avec ses petites oreilles bien collées à sa tête bien formée. Yeux bleu pâle, superbes pommettes et buste qui poussait tous les flics à faire semblant d'admirer les médailles de tir accrochées à sa chemise. Chose remarquable, elle n'avait pas d'enfants, mais avait été mariée à deux flics qui, vaguement cousins, s'appelaient Sinclair – le Bris et le Débris appelant donc la dame « Sinclair au carré ». Les trois quarts des nuiteux qui avaient plus de trente ans étaient célibataires, mais avaient divorcé au moins une fois, y compris les amateurs de surf et Hollywood Nate.

Arrivées à la porte déjà ouverte du bâtiment vide, les deux jeunes femmes furent accueillies par l'employé d'une société de sécurité qui leur dit :

– Je ne sais pas comment il est entré. Il a dû casser une vitre derrière. L'ascenseur marche encore.

Nate sur les talons, Ronnie et Cat se précipitèrent. Et là, en attendant qu'il arrive, tous les trois, ils essayèrent de bavarder pour détendre l'atmosphère.

– Pourquoi tu n'es pas en train de tourner autour du commissariat ? demanda Ronnie en consultant sa montre. T'as presque fini ton service et y a pas une starlette qui t'attend ?

– J'ai encore, voyons… lui renvoya Nate en consultant sa montre à son tour, quarante-sept minutes à donner au bon peuple de Los Angeles. Comme s'il y avait besoin d'une starlette quand on est en si bonne compagnie ?

Nate, légendaire coureur de jupons qu'il était au commissariat d'Hollywood, lui ayant jeté son regard concupiscent à la Groucho Marx, Ronnie lui renvoya :

– Laisse tomber, Nate. Ne demande à sortir avec moi que le jour où tu seras une vedette et pourras me faire rencontrer George Clooney.

Hollywood Nate sortit aussitôt son porte-écusson, d'où, pas peu fier, il retira son carton de membre de la Screen Actors Guild caché sous sa carte de flic et la colla sous le nez des deux femmes.

– O.J. Simpson, lui aussi, en a une comme ça, dit Ronnie en la regardant.

– Désolée, Nate, lui lança Cat, mais ma maman veut que j'épouse un riche avocat à tête de bouddha et pas un mignon petit acteur aux yeux ronds[1] comme toi.

1. Surnom donné aux Caucasiens par les Orientaux *(NdT)*.

– Vous verrez qu'un jour vous voudrez, et toutes les deux, que je vous signe un portrait 24 × 30, répondit Nate, tout heureux que Cat le trouve mignon et, mieux encore, le traite d'acteur. Sauf que là, ce sera moi qui me ferai prier.

Ils cessèrent de parler dans l'ascenseur qui s'était mis en branle. La tension montait même si le lieu où le type voulait sauter, soit au cœur même du quartier touristique d'Hollywood, rendait probable qu'il ne s'agisse là que d'un énième canular de la part d'un individu en mal de publicité. Le trio faisait de son mieux pour ne pas prendre l'affaire trop au sérieux. Jusqu'au moment où, arrivés à la terrasse panoramique qui entourait la coupole, ils virent le bonhomme sans chemise et en jeans délavés enjamber la balustrade les bras écartés, les tennis bien jointes et la tête légèrement baissée comme dans une scène de crucifixion. Cela, alors même que touristes, filous, camés, pickpockets, personnages de dessins animés et autres fous d'Hollywood, tout le monde lui gueulait de pas se dégonfler et de sauter, bordel de Dieu !

– Merde ! s'écria Cat en parlant pour eux trois.

Très lentement ils avancèrent vers lui, qui se retourna sur la balustrade pour les regarder, et chancela un rien sous les encouragements et hurlements horrifiés des spectateurs en dessous. Le vent lui renvoyait dans la figure les cheveux d'un blond cendré qui lui tombaient jusqu'à la taille, et derrière ses lunettes à montures invisibles, ses yeux étaient d'un bleu encore plus pâle que ceux de Ronnie. De fait, cette dernière songea même qu'il ressemblait beaucoup à son cousin Bob, batteur dans un orchestre rock. Était-ce à cause de cela ? Toujours est-il qu'elle prit le commandement des opérations et que ses collègues la laissèrent faire.

– Hé, lança-t-elle au jeune homme en souriant, qu'est-ce que tu dirais de descendre de là et de venir nous parler ?

– Restez où vous êtes, lui renvoya-t-il.

Elle leva les mains en l'air, paumes en avant, et lui dit :

– D'accord, d'accord, moi, ça me gêne pas. Mais bon… et si tu descendais de là ?

– Vous allez me tuer, non ?

– Bien sûr que non. Je veux juste parler avec toi. Comment tu t'appelles ? Moi, c'est Ronnie.

Comme il ne réagissait pas, elle insista :

– Tu as un surnom ?

– Dites-leur de partir, répondit-il en montrant Nate et Cat du doigt. Eux, je sais qu'ils veulent me tuer.

Ronnie se retourna, mais les deux flics avaient déjà battu en retraite jusqu'à la porte dès qu'ils avaient entendu ce qu'il voulait, Cat disant :

– Fais attention, Ronnie !

Qui dit aussitôt au jeune homme :

– Tu vois, ils sont partis.

– Enlevez votre ceinturon, reprit-il. Sinon, je saute.

– Pas de problème, dit Ronnie en détachant son ceinturon et le posant à ses pieds, juste assez près pour pouvoir l'attraper au cas où.

– Écartez-vous du flingue ! Je sais que vous voulez me tuer.

– Pourquoi voudrais-tu que je te tue ? lui demanda Ronnie en faisant un pas vers lui. Alors que t'es prêt à te suicider ? Tu vois bien que ça n'a pas de sens, non ? Non, non, je n'ai aucune envie de te tuer. Je veux juste t'aider. Et je sais que je pourrais si seulement tu acceptais de descendre de cette balustrade et de me parler.

– Vous avez une cigarette ? demanda-t-il, et l'espace de quelques secondes il oscilla dans le vent, Ronnie se remplissant vite les poumons d'air avant de les vider lentement.

– Je ne fume pas, mais je peux demander à ma collègue de t'en trouver une. Elle, c'est Cat. Elle est très sympa et je te parie qu'elle te plairait bien.

– Laissez tomber, dit-il. J'ai pas besoin d'une clope. J'ai besoin de rien.

– Si, t'as besoin d'un ami, lui renvoya-t-elle. Et moi, j'aimerais bien l'être. J'ai un cousin qui te ressemble comme deux gouttes d'eau. Comment tu t'appelles ?

– Je m'appelle Randolph Ronson et je ne suis pas fou. Je sais ce que je fais.

– Randolph, dit-elle, je ne pense pas que tu sois fou, et là, les mains soudain poisseuses, elle sentit la sueur lui couler le long des tempes. Pour moi, t'es seulement triste et t'as besoin de quelqu'un à qui parler. C'est pour ça que je suis là. Pour parler avec toi.

– Vous savez ce que ça fait qu'on vous traite de fou ? De schizo ? lui demanda-t-il.

– Non, mais si tu me le disais, hein ? répondit-elle en s'approchant encore jusqu'au moment où il lui cria : Stop !

– Excuse-moi, dit-elle. Je veux bien rester ici si ça t'aide à te sentir mieux. Parle-moi de ta famille. Avec qui tu vis ?

– Pour eux, je suis qu'un fardeau. Un fardeau financier. Un fardeau affectif. Ils seront pas déçus de me voir partir.

Au bout de six longues minutes de discussion, Ronnie Sinclair était à peu près sûre que le jeune homme allait se rendre. Elle avait découvert qu'âgé de dix-neuf ans il était suivi pour maladie mentale depuis presque toujours. Elle pensait le tenir et pouvoir le convaincre de descendre de la balustrade. Elle lui donnait déjà du « Randy » lorsque les renforts arrivèrent dans la rue, une ambulance et des pompiers dont la voiture ne servit qu'à bloquer la circulation. Cela dit, aucun négociateur de crise de la Métro ne s'était encore pointé.

Et le premier superviseur à débarquer fut le sergent Jason Treakle qui venait de lécher les pompes du chef de sûreté en allant lui acheter deux hamburgers et un cornet de frites. Il faut dire que le sergent Treakle avait eu droit à un coup de tempête sous un crâne dès qu'il avait entendu l'appel. L'idée qui lui était venue lui avait fait pousser un grand « Waow » alors même qu'il était seul dans sa voiture. Il avait regardé son sac de hamburgers posé à côté de lui, allumé ses gyrophares et foncé jusqu'à l'endroit où le jeune homme allait sauter.

Peu de temps auparavant, le jeune sergent avait lu un article sur une tentative de suicide où une négociatrice de crise avait réussi à faire descendre un type qui voulait sauter en lui apportant un sandwich qu'ils avaient partagé en parlant à n'en plus finir aux gens, vrais ou imaginaires, qui le tourmentaient. La négociatrice avait eu sa photo dans le *L.A. Times* et été interviewée plusieurs fois à la télé.

Le patron des nuiteux venait de monter dans la tour en portant son sac de hamburgers et passait devant Cat Song et Hollywood Nate lorsque Cat lui lança :

– Attendez, sergent, attendez ! Ronnie est en train de lui parler. Attendez, je vous en prie.

– Ne sortez pas, sergent, renchérit Hollywood Nate.

– Ne me dites pas ce que je dois faire, Weiss !

Nate Weiss, qui avait quelques années d'âge et d'expérience de plus que son ancien patron, lui renvoya :

– Sergent, on ne doit jamais débarquer en plein

milieu d'une négociation de suicide. On est peut-être à Hollywood, mais on n'est pas dans un film, sergent, et là-bas en bas, y a pas d'airbags !

– Merci pour ce sage conseil, lui renvoya Treakle en lui décochant un regard glacial. Je tâcherai de ne pas l'oublier si jamais vous devenez mon patron.

Ronnie se retourna, le vit marcher à grands pas dans le passage et s'écria :

– Sergent ! Reculez, s'il vous plaît ! Laissez-moi gérer ce…

La plainte angoissée que poussa Randolph Ronson la fit pivoter sur ses talons. Le jeune homme contemplait le sergent en tenue, son sourire condescendant et son sac en papier bosselé… vers lequel il tendait la main.

Ses yeux pâles devenant énormes derrière les verres de ses lunettes, Randy se tourna vers Ronnie et hurla :

– Il va me tuer !

Et sauta.

Comme ça.

Les hurlements de la foule, une bourrasque de vent, les cris de Cat et de Nate, tout empêcha la jeune femme d'entendre celui qu'elle poussa en se ruant sur la balustrade pour regarder en bas. Et voir Randolph Ronson rebondir une fois sur le trottoir. Plusieurs flics en tenue commencèrent à repousser les badauds les plus morbides du boulevard.

Quelques minutes plus tard, une douzaine d'agents massés dans l'entrée de l'immeuble virent Ronnie Sinclair, l'œil humide, hurler des injures à la face du sergent Jason Treakle, qui avait pâli et ne savait comment répondre à sa subordonnée.

Ronnie ne se rappelait plus ce qu'elle avait hurlé, mais plus tard Cat lui dit :

– Tu t'es mise à lui balancer des scuds de gros mots et c'était génial ! Et Treakle ne pouvait rien faire parce qu'il savait très bien qu'il avait complètement tort. Et que ce gamin est tout ce qu'il y a de plus mort.

En retrouvant la rue, ils furent ahuris de voir que Randolph Ronson avait toujours ses lunettes à monture invisible sur le nez et que seul un verre en était cassé. Le jeune homme n'avait pas explosé dans toutes les directions comme le font certains suicidés dans ce cas-là, mais il y avait une énorme flaque de sang par terre.

Cat passa un bras autour des épaules de Ronnie, la serra et dit :

– Donne-moi les clés de l'atelier. C'est moi qui te ramène au commissariat.

Ronnie lui tendit les clés sans élever la moindre objection.

Charlie le Compatissant, qui ne ratait jamais un événement digne de figurer dans les journaux, surtout s'il y avait carnage, arriva juste à temps pour voir les agents emporter le corps et y alla de son commentaire habituel *in situ*.

L'inspecteur aussi ancien que dégingandé se suçouilla les dents et lança au croque-mort qui conduisait le fourgon du coroner :

– Alors comme ça, un de nos sergents de patrouille a cru qu'il pouvait empêcher ce dingue de plonger en lui offrant à bouffer, c'est ça ? Putain, mec, c'est à Hollywood qu'on est ! Tout le monde sait qu'il suffit d'aller deux rues plus loin chez Musso et Frank pour s'avaler de la bouffe qui réconforte et avec des stars de cinéma. Et que Wolfgang Puck a un restau en plein milieu du Kodak Center où on sert les plats les plus tendances de la ville. Et qu'est-ce que fait notre trou du cul de sergent pour remonter le moral d'un cinglé en pleine déprime ? Il lui offre un putain de Big Mac ! Pas étonnant que le cinglé ait sauté !

Plus tard ce soir-là, Charlie Gilford le Compatissant vit Ronnie Sinclair se masser les tempes dans la salle du rapport, où elle attendait l'équipe de l'Évaluation : elle savait que l'affaire serait gérée comme s'il y avait eu tir impliquant un agent de la force publique.

Tout joyeux, l'inspecteur lui lança :

– J'apprends que t'as passé Lèvres de poulet au napalm. Hollywood Nate m'a dit que personne n'a jamais entendu autant d'« enculé de mes fesses » à un concert de Chris Rock[1] ! Super, la méthode, ma fille !

1. Célèbre comique noir *(NdT)*.

2

Quelques semaines s'étaient écoulées depuis le suicide du jeune homme, lorsque Ronnie Sinclair décida qu'elle en avait marre des brigades de nuit et d'un sergent Treakle qui n'avait eu droit qu'à une réprimande officielle pour avoir débarqué en plein milieu de sa négociation et, selon elle, causé la mort de Randolph Ronson. Elle avait discuté de l'affaire avec un vieux sergent pour lequel elle avait travaillé à la division de Newton Street, maintenant officiellement appelée « secteur » de Newton Street, la hiérarchie ayant décidé que le terme « division » sonnait trop militaire. Les flics de base disaient eux que la hiérarchie déconnait et ils continuaient de parler de « divisions », jusques et y compris dans le mensuel du syndicat.

L'ancien sergent de Ronnie laissa entendre qu'en ces temps de répression anti-flics il était plus difficile de se débarrasser de superviseurs du genre Treakle que d'un Raspoutine ou d'une démangeaison dans le slip. À son avis, il fallait qu'elle ait un entretien avec le patron du CRO[1] de la division d'Hollywood – « CRO » que tous les flics prononçaient « Crow »[2]. « Ronnie, lui avait-il

1. Ou Community Relations Office, bureau chargé des relations avec la population *(NdT)*.

2. Soit « Corbeau » *(NdT)*.

dit, travailler pour le CRO est sympa. T'as assez fait de vrai boulot de flic pour un bon moment. Faire partie du commandement des Corbeaux te donnera du poids quand tu passeras ton oral de sergent. »

Hollywood Nate fut surpris d'apprendre que Ronnie Sinclair postulait l'emploi qui venait de CRO, emploi qu'il désirait lui aussi. Le CRO comprenait dix-huit flics et deux civils, tous placés sous la direction d'un sergent de 22 ans. Hommes et femmes, douze des officiers étaient des « Senior Lead Officers[1] » ou SLO – prononcé « Slow[2] » –, qui avaient droit à un salaire plus élevé et à deux barrettes d'argent sous l'étoile de la manche. Les SLO servaient de médiateurs entre la communauté et le capitaine de la division d'Hollywood. Hispaniques, cinq d'entre eux étaient traducteurs d'espagnol quand il le fallait, trois autres flics, nés à l'étranger, parlant une demi-douzaine de langues différentes, soit un nombre infime de toutes celles dans lesquelles on s'exprimait dans une division que les flics appelaient souvent « Babelwood ».

Les bureaux du CRO se trouvaient dans un vieux bâtiment d'un étage qui partait dans tous les sens, à un tir de wedge du parking de la police. Appelé « Hollywood South » par les flics du commissariat, l'édifice, que les Corbeaux appelaient, eux, « Hollywood North », avait, comme tous ceux du LAPD, le charme architectural d'un parking souterrain à Watts.

Entre autres tâches, les Corbeaux géraient les appels des cinglés d'Hollywood et des individus qui

1. Soit Officiers de commandement seniors *(NdT)*.
2. Soit les « Lambins » ou, pire, les « Cerveaux lents » *(NdT)*.

se plaignaient sans arrêt. Ils pouvaient ainsi se mitonner à peu près comme ils voulaient leurs services de dix heures à l'intérieur de leurs semaines de quatre jours. L'essentiel du travail tournait autour des questions de qualité de la vie : plaintes répétées pour tapage, graffiti, problèmes de ramassage des ordures, campements de sans-abri, caddies de supermarchés abandonnés sur la voie publique, vide-greniers non autorisés et mendicité agressive. Les Corbeaux avaient aussi pour tâche de superviser le Police Reserve Program et le Police Explorer Program pour les ados, en plus de diriger le Night-Club Committee, le Comité des sans-abri, le Comité des graffiti, jusques et y compris celui des Fermetures de rues.

En 2007, l'amour de la municipalité de Los Angeles pour les comités était presque aussi fort que son désir effréné de diversité et que sa manie du multiculturalisme ; de fait, il aurait été difficile d'imaginer un lieu où il y aurait eu plus d'expérimentation sociale impliquant la police qu'à la division d'Hollywood. Les Afro-Américains étaient certes le seul groupe ethnique sous-représenté dans la démographie d'Hollywood, mais cela n'empêchait pas de jeunes Noirs de débarquer tous les soirs en grand nombre sur les boulevards, en arrivant de South L.A. en voiture ou par le métro. Et beaucoup d'entre eux appartenaient à des gangs.

Les Corbeaux devaient aussi organiser des événements tels que le « Tip-a-Cop Fundraiser[1] », le Passage de la torche pour les Olympiades des handicapés, la Fête des vacances des enfants, et collaborer au maintien de l'ordre lors des manifestations anti-guerre, à la cérémo-

1. Soit la levée des fonds pour l'organisation « Je file un tuyau aux flics » *(NdT)*.

nie des Oscars et à toutes les réjouissances tapis rouge du Kodak Center. Bref, aux yeux des vieux de la vieille les tâches dont ils s'acquittaient tenaient du « service des chochottes » et leur arrachaient de tristes hochements de tête. Les Corbeaux avaient souvent droit au titre de « Nounours en bleu marine ».

Quand ce n'était pas pire, une certaine part de jalousie se glissant dans tous les qualificatifs péjoratifs dont on accablait des Corbeaux qui, tout officiers de police du Hollywood South qu'ils étaient, jouissaient d'une liberté relative et pouvaient, au choix, porter l'uniforme ou se mettre en civil selon la tâche qu'on leur assignait – sans parler du fait que le boulot était presque toujours propre et sans danger. Les Corbeaux choisissaient donc généralement de rester longtemps à ce poste.

Ronnie avait coiffé Hollywood Nate au poteau et fut donc envoyée au centre de formation des SLO près de l'aéroport de LAX. Une mise à la retraite à laquelle on ne s'attendait pas survenant un mois plus tard, Nate Weiss finit par rejoindre Ronnie au CRO, et se dit qu'il avait trouvé l'endroit rêvé où attendre joyeusement la retraite ou réussir dans le show-biz, le premier événement qui surviendrait faisant l'affaire. Le début de l'été arrivant, il avait déjà travaillé dans deux films télé avec une ligne de dialogue dans chaque, l'intrigue étant destinée à ceux qui regardent la télé dans la journée. Il était sûr que le deuxième passerait au Spike Channel dans la mesure où, à la toute dernière minute, on y avait inclus des tonnes de sang et de cruautés gratuites pour lycéens qui laissent tomber leurs études.

En juillet 2007, tous les Corbeaux étaient devenus de futurs millionnaires, en théorie du moins. Né en Irak, l'un d'eux avait débarqué aux États-Unis enfant. Il avait titillé son coéquipier sur la sagesse qu'il y avait sans doute à acheter des dinars irakiens maintenant que le pays était plongé dans le chaos et que sa monnaie ne valait pratiquement plus rien. Par l'intermédiaire d'un cambiste, ledit coéquipier avait alors acheté un million de dinars contre huit cents dollars US. Comme le leur avait expliqué le cambiste, lorsque le dinar irakien aurait enfin retrouvé la parité un dinar un dollar, on commencerait à échanger la monnaie irakienne sur toutes les places boursières. « Vous serez tous millionnaires ! »

Deux autres Corbeaux avaient donc eux aussi acheté un million de dinars, trois n'en acquérant qu'un demi-million chacun. Un autre encore en avait acheté un million et demi en se disant que ça lui paierait un yacht lorsqu'il prendrait sa retraite. Ronnie Sinclair, elle, avait beaucoup hésité, mais fini par en acheter un demi-million en pensant à ses parents vieillissants.

La semaine qui avait suivi son affectation aux Corbeaux, Nate se paya une de ses vigoureuses séances de pompes dans la salle de gym high tech d'Hollywood South. Puis, ses exercices terminés, il examina longuement ses pectoraux et ses biceps, réintégra le bureau des Corbeaux, s'assit et étudia très attentivement un dinar irakien qu'on lui avait donné. Il l'avait placé sous une loupe et, en le tenant à la lumière d'une lampe, il regardait le cheval en filigrane comme s'il savait ce qu'il faisait lorsque Tony Silva, un des officiers hispaniques, lui lança :

– Pourquoi tu le regardes pas à la loupe de bijoutier, hein ? C'est pas un faux si c'est à ça que tu penses.

– Non, mais j'ai lu dans le journal que les faux-monnayeurs font disparaître l'encre et se servent des billets pour fabriquer de faux dollars à l'imprimante laser.

– Tu veux pas acheter des dinars alors que t'en as l'occasion ? lui demanda Samuel Dibble, le seul Noir des Corbeaux. Imagine que l'arrivée des renforts demandés par Bush donne des résultats et que le dinar se stabilise. Nous, on sera tous riches. Mais toi, hein ?

Nate se contenta de sourire en essayant de ne pas avoir l'air trop condescendant. Mais, plus tard, il dit en privé à son sergent :

– Les flics sont de vrais gogos. Tout le monde peut leur vendre des trucs. Ils sont prêts à investir dans n'importe quoi.

– Ouais, mais moi, j'en ai pris pour un million, lui renvoya son sergent.

Trois semaines plus tard, le nouveau commandant en chef des troupes en Irak ayant donné une grande interview et déclaré que la montée en puissance des forces US en Irak avait de grandes chances de réussir, Hollywood Nate retirait en secret des fonds de son compte d'épargne, appelait le cambiste et achetait pour deux millions de dinars sans rien dire à personne.

Bien sûr, les anciens collègues d'Hollywood Nate, les nuiteux de la cinquième ronde, ne rêvaient pas, eux, de devenir millionnaires. Ils essayaient seulement de se débrouiller du jeune sergent Treakle dont la petite fessée administrative à laquelle il avait eu droit pour avoir apporté ses Big Mac à la négociation sur le toit n'avait en rien tempéré le zèle ou l'ambition. Ils savaient que la division d'Hollywood était en sous-effectif et le LAPD aux abois, et pour qu'un superviseur du genre sergent Treakle soit mis à pied sans solde il faudrait qu'il fasse vraiment quelque chose d'horrible. Genre lâcher quelque chose de politiquement incorrect à un membre d'une minorité historique. Au moins était-ce ce qu'on pensait dans le cercle des nuiteux d'après toutes les rouspétances qu'on entendait au commissariat.

Par un de ces soirs d'été où, aux dires de l'Oracle, il y avait « lune d'Hollywood », à savoir une lune si pleine qu'elle faisait sortir tous les cinglés, le Bris rappela l'affaire du toit à Catherine Song et lui dit :

– Dommage que le type qu'a sauté ait pas été noir ou hispanique. Parce que là, le sergent se s'rait fait virer.

– Pourquoi pas une fille d'origine coréenne ? lui renvoya Cat. On n'est pas des victimes potentielles tout ce qu'il y a de plus politiquement correct ?

– Négatif, dit le Bris. Vous autres êtes devenus bien trop riches et avez bien trop réussi pour faire partie de la victimitude. Même que toi et moi, on est dans le même bateau. Que si on sautait du haut d'un toit, tout le monde s'en taperait.

Décision arbitraire, le sergent Treakle les avait mis ensemble pour une nuit et ordonné au Débris de faire équipe avec un bleu hispanique dont l'officier instructeur était en congé de maladie. Le Débris n'aimait pas travailler avec ce jeune, mais le Bris, lui, ne se plaignait pas et Cat savait bien pourquoi. Elle avait parfaitement conscience qu'il lui faisait les yeux doux, mais bon… les trois quarts des nuiteux en faisaient autant.

C'est alors que la radio lança :

– Équipe 6-X-32, bagarre sur la voie publique, croisement de Santa Monica Boulevard et de Western Avenue, ni sirènes ni gyrophares.

– Pourquoi qu'on a jamais droit à un appel dans notre arrière-cour ? grogna le Bris, tandis que Cat accusait réception du message. Y a Dan Jugement dernier qui bosse avec un bleu. C'est eux qui devraient s'en occuper.

– Sauf qu'il y a des chances pour que Dan ait dû foncer au cybercafé et y louer un ordi pour voir s'effondrer ses actions étrangères, lui renvoya Cat. Peu importe que le marché soit bon ou pas. Dan adore prédire les catastrophes internationales.

Lorsqu'ils arrivèrent sur les lieux de l'appel, un peu à l'est de Western Avenue, Cat ajouta :

– Sûr que Dan Jugement dernier serait content de mettre des gants pour ce truc-là !

Quatre badauds, dont deux membres d'un gang salvadorien et deux Blancs en liberté conditionnelle qui cherchaient du trans ou du cul de pédé, observaient le trouble à l'ordre public. Les ex-taulards préfèrent les trans que l'opération et le traitement hormonal rendent plus semblables à des femmes ; cela dit, en cas de disette, ils s'accommodent d'une drag-queen. Et là, les badauds regardaient ce qui avait débuté par une bonne bagarre entre une folle noire et un Blanc en costume d'homme d'affaires et se réduisait maintenant à un match de hurlements plein de menaces et de grands gestes.

Lorsque les flics descendirent de leur voiture, trois des quatre badauds se dépêchèrent de filer, un cinquième sortant alors d'une entrée d'immeuble plongée dans l'ombre. Suite à de précédents contacts, Trombone Teddy était un vagabond bien connu du Bris. Âgé de presque 80 ans, il était à la rue et y faisait la manche.

Teddy n'avait pas bougé pour pouvoir assister au *dénouement*[1] : il se savait certes assez saoul pour se faire arrêter, mais l'était bien trop pour s'en soucier. Il

1. En français dans le texte *(NdT)*.

portait une casquette des Lakers, plusieurs couches de chemises qui faisaient maintenant partie de son être et un pantalon pratiquement congelé de la couleur et de la texture des champignons fraîchement cueillis. Le regarder faisait immédiatement songer à la mycose.

– Je suis témoin, lança-t-il à l'adresse du Bris.

– Rentre chez toi, Teddy, lui renvoya le grand flic en glissant la mini-lampe de poche sous son bras et en râlant parce qu'elle ne voulait pas y rester.

– Chez moi, j'y suis, répondit Teddy. Ça fait déjà plusieurs jours que j'habite ici, dans cette entrée. Les flics nous ont virés de notre campement dans les collines. On y entendait les concerts de l'Hollywood Bowl. J'ai moi-même été bon accompagnateur en mon temps. Je jouais aussi bien que n'importe lequel des mecs que j'aie jamais entendus au Bowl. Un vrai mec, que j'étais, à l'époque.

Entendre Trombone Teddy évoquer l'époque où il était un « vrai mec » attrista un peu le Bris. « À l'époque »…

Avec la police pour la protéger, la folle noire, qui portait un coupe-vent mauve et une jupe fendue des deux côtés, s'apprêtait à coller un dernier coup de sac à main argenté à l'homme d'affaires blanc lorsque le Bris s'en mêla et cria :

– Arrêtez ! Tout le monde arrête ça !

Bien à contrecœur, la moumoute blonde de travers, un talon de chaussure argentée cassé, son maquillage tout barbouillé et son collant déchiré, la folle recula et cria :

– Y m'a kidnappée ! À peine si j'ai eu la vie sauve ! Arrêtez-le !

Le Bris avait déjà palpé l'autre combattant. Corpulent et d'âge moyen, mèche teinte en noir rabattue sur le front et brillant aussi fort qu'un morceau de cuir. Un filet de sang lui coulant du nez, il l'essuya avec un mouchoir en soie qu'il sortit de sa pochette.

– Je m'appelle Milt Zimmerman, monsieur l'agent, dit l'homme d'affaires en tendant son permis de conduire. Je n'ai jamais été arrêté pour quoi que ce soit. Cette personne m'a volé mes clés de voiture et a couru jusqu'ici, où je l'ai rattrapée. Ma voiture est à deux croisements d'ici, dans une petite rue. Je veux que vous l'arrêtiez pour tentative de vol de voiture.

– Z'avez qu'à demander à c't'enfoiré de kidnappeur comment qu'il s'y est retrouvé dans c'te petite rue ! Demandez-le-lui donc ! hurla la folle.

– Venez ici avec moi, dit Cat à la folle maigrichonne qui gîtait à tribord sur sa chaussure argentée au talon brisé.

Une fois les combattants séparés, Trombone Teddy se mit à vaciller de l'un à l'autre de façon à ne rien manquer du spectacle et entendit Cat dire à la folle :

– Bon et maintenant tu me montres un truc pour me prouver ton identité et tu me dis ce qui s'est passé.

La folle lui sortit de son sac à main argenté un permis de conduire au nom de Latrelle Johnson, né en 1975. Cat éclaira la photo prise à une époque où Latrelle n'avait encore ni perruque ni rouge à lèvres et trouva qu'elle était beaucoup plus belle en homme qu'en femme.

– OK, Latrelle, reprit-elle, raconte-moi ce qui s'est passé.

– Je t'en prie, appelle-moi Rhonda, commença la folle. Parce que maintenant, c'est comme ça que je m'appelle. Y a plus de Latrelle. Latrelle est mort et j'en suis heureuse.

– Bon, d'accord, Rhonda, dit Cat en songeant que, ça aussi, c'était un peu triste. Et donc, c'est quoi, l'histoire ?

– Il m'a emballée à deux croisements de Santa Monica Boulevard et a offert de m'emmener danser et boire un coup ou deux dans un club. Et moi, comme je suis conne, je l'ai cru.

– Ouais, marmonna Cat. Et toi, il se trouve que t'étais là, comme ça par hasard, à attendre à un coin de rue que quelqu'un t'emmène danser ?

– J'fais pas la pute, moi, dit Rhonda avant d'ajouter quelques instants plus tard : Bon, oui... je reconnais m'être fait arrêter deux ou trois fois pour prostitution, mais, ce soir, je passais juste un coup de fil là, à la cabine près du marchand de vin.

Et de montrer du doigt ladite cabine derrière eux.

– Bon et après ? demanda Cat en décidant qu'il n'y aurait pas de rapport d'enlèvement, peut-être même aucun rapport du tout, juste deux fiches d'interpellation.

– Je me disais qu'il allait peut-être m'emmener dans le Strip, mais on avait fait à peine deux rues quand il m'a coincée dans une ruelle et m'a obligée à commettre un acte sexuel. J'ai cru que j'allais y passer !

Ayant entendu un bout de ce récit, Milt Zimmerman hurla :

– C'est qu'une menteuse ! C'est elle qui voulait ! Et c'est là qu'elle m'a piqué mes clés de bagnole et a filé avec !

– Bon, c'est à moi qu'on prête attention, pas à eux, dit le Bris en prenant Milt Zimmerman par le bras et en l'éloignant de quelques mètres pendant que Trombone Teddy dérivait du côté de Cat et de Rhonda, dont la conversation lui semblait nettement plus juteuse.

– Elle ment ! insista Milt Zimmerman. Je lui ai dit que je voulais un pompier et elle me l'a fait avec enthousiasme. Même que quand elle a fini, elle a voulu vingt dollars de rab. Je lui ai dit « Pas question » et c'est là qu'elle m'a piqué la clé de contact et s'est mise à cavaler vers l'endroit où je l'avais emballée. Et d'ailleurs, ma Cadillac est toujours dans la ruelle.

– Le problème là-dedans, dit le Bris, c'est que lui, c'est un elle. Et si on l'appelait un « Luelle » ?

– Je savais pas, moi ! s'écria Milt Zimmerman. On dirait une bonne femme.

– On est à Hollywood ici, dit le Bris. Et à Hollywood les hommes sont des hommes et les femmes aussi.

Là-bas, près du marchand de vin, Rhonda commençait à donner plus de détails, ce qui poussa Trombone Teddy à s'approcher encore en traînant les pieds : il n'avait plus l'oreille aussi fine. Lorsque Cat était entrée dans la police, c'étaient des vieux flics qui l'avaient formée, et ces vieux flics, qui n'en avaient pas à l'époque, méprisaient les gants en latex. Mais rien qu'à regarder Trombone Teddy, elle fut contente d'en avoir une paire ce soir-là.

– Dégage tes fesses d'ici, lança-t-elle au vieux curieux. Tout de suite !

– Mais j'aime bien les soaps, moi ! lui renvoya Trombone Teddy.

– Me force pas à mettre des gants ! dit-elle en portant la main à la poche. Je le fais, tu vas en taule.

– Oui, madame l'agent, marmonna Teddy en repartant du côté du Bris où, il le savait, le spectacle n'aurait rien d'aussi réjouissant.

– Bon, alors, qu'est-ce qui s'est passé dans cette ruelle ? demanda Cat à Rhonda. Je veux des détails.

– Au début, il avait l'air vraiment sympa. Il a arrêté sa bagnole dès qu'on est arrivés dans la ruelle. Il a coupé le moteur et a commencé à m'embrasser. Fort. Alors, moi, j'y ai dit un truc du genre : « Doucement, ma choute, faut laisser respirer la nénette. » Mais v'là que tout d'un coup, pouf, on tombe le pantalon.

– Qui ça « on » ?

– Lui. Et c'est là qu'y m'a fait faire un truc que je ferais jamais. Parce qu'y m'avait dit que ça chaufferait si j'y faisais pas. Il avait des mains d'une force !! Alors j'ai eu peur. Et c'est là qu'il m'a foutu la main sous la jupe et m'a arraché mon collant et mon string !

– Y a-t-il eu sodomie ? T'a-t-il enculée ?

– Non ! Y m'a obligée à l'enculer, lui ! L'humiliation complète. Mais j'avais tellement la trouille que je l'ai fait. Je sais pas comment j'ai réussi, mais j'ai réussi. Même que j'avais pas de capote.

– Je vois, dit Cat. Et après ?

– Et après, quand j'ai fini, y m'a dit qu'il en voulait encore et moi, j'y ai dit « Pas question » et j'ai essayé de me barrer de la voiture. Alors lui, il a commencé à jurer et a promis de me passer dessus avec la Cadillac. Alors moi, j'y ai chauffé ses clés, je suis descendue et j'ai filé en courant pendant qu'il essayait de remettre son pantalon.

Sur quoi Rhonda sortit un mouchoir en papier et s'essuya le mascara, Cat se demandant si c'était pour la séduire, elle, ou parce qu'elle commençait vraiment à chialer.

– Rhonda, lui dit-elle, ne nous oblige pas à faire un tas de paperasse pour rien. Dis-moi la vérité. De l'argent a-t-il circulé dans cette histoire ?

– Il m'a proposé trente-cinq dollars, répondit Rhonda en remettant son mouchoir dans son sac.

Et d'ajouter aussitôt :

– J'y avais rien demandé. C'est lui qui me l'a proposé. Pas pour baiser, disons… juste comme un cadeau, en gros.

– Pour que t'ailles danser avec lui ?

– Non, non, répondit Rhonda en reniflant à nouveau.

– Bouge pas d'ici.

En voyant Cat venir vers lui, le Bris dit à Milt Zimmerman de rester où il était, et retrouva Cat à mi-chemin pour pouvoir lui parler à voix basse. Trombone Teddy essaya bien de se rapprocher en se dandinant, mais Cat l'ayant regardé droit dans les yeux, il rejoignit son entrée d'immeuble vite fait en marmonnant :

– Moi, j'ai une trouille à chier de ces individus depuis Pearl Harbor.

– Elle est coréenne, Teddy. T'as pas à t'inquiéter, l'informa le Bris.

– Du Nord ou du Sud ? s'enquit Teddy, plein d'angoisse.

– Il prétend avoir emballé la folle devant chez le marchand de vin, près de la cabine téléphonique, dit le Bris à Cat, qui s'était rapprochée. La folle lui a proposé de baiser moyennant cinquante dollars, mais est descendue à trente-cinq. Ils ont gagné la ruelle, où il a lâché la purée suite à un pompier, sur quoi la folle a exigé vingt dollars de plus. Il a refusé, la folle s'est relevée, lui a piqué ses clés de bagnole et est revenue devant chez le marchand de vin en courant.

– T'a-t-il dit pourquoi Rhonda voulait vingt dollars de mieux ? demanda Cat.

– Non, pourquoi ?

– Si Rhonda dit la vérité, c'est parce que ton mec voulait quelque chose qu'on demande rarement aux super-folles du genre Rhonda.

– Les folles et les trans, ça te fait tout ce que tu veux, fit remarquer le Bris. C'est même pour ça qu'ils récoltent tout ce qui se fait dans le genre peste et saloperies. Bref, c'était quoi ?

– Une enculette, répondit Cat.

– Et alors ? La folle a trouvé ça bizarre ?

– Oui. Parce que c'était Milton qu'était à la réception, pas au lancer.

– Laisse-moi reprendre du début, dit le Bris. T'es en train de me dire que Milton a fini par se faire sauter par Rhonda ?

Il se tourna pour dévisager un instant l'homme d'affaires outragé, et impeccable dans son costume Armani, puis ajouta :

– Y a des fois où ça devient trop confus dans le coin.

Il ne leur restait plus qu'à calmer les deux plaignants. Ils rejoignirent tous les deux l'homme d'affaires, le Bris lui disant :

– Monsieur Zimmerman, vous voulez vraiment porter plainte ? Avant de me répondre, laissez-moi vous dire ce que, d'après elle, vous vouliez que vous fasse la personne à la jupe déchirée, là-bas, quand vous l'avez payée et…

– Vous vouliez qu'elle vous encule, lâcha soudain Cat. Ce qui ne signifie pas que vous ne puissiez pas être victime de tentative de vol de voiture. Cela dit, il pourrait devenir gênant pour vous et votre famille que cette affaire soit portée devant les tribunaux. Évidemment, nous pourrions infirmer les allégations de Rhonda en vous conduisant à l'Hollywood Presbyterian Hospital et vous y faire subir un frottis anal afin de recueillir son ADN, mais… Qu'est-ce que vous en dites ?

Milt Zimmerman hésita longuement, puis répondit :

– Bah, je suis d'accord pour laisser tomber et me barrer loin de cette espèce de fou furieux.

– Veuillez rester là une minute, le temps que nous allions voir si la partie adverse est satisfaite de cet arrangement.

Lorsqu'ils revinrent devant chez le marchand de vin, Rhonda raccrochait le téléphone d'une cabine publique.

– Rhonda, lui dit Cat, vaudrait peut-être mieux que tu réfléchisses avant de porter plainte pour enlèvement et agression sexuelle. Y a bel et bien eu de l'argent échangé dans cette histoire, que le mec ait insisté pour te niquer le cul ou que ce soit toi qui le lui aies demandé. Et fric plus cul, en général, ça veut dire prostitution.

– Et tout compte fait, c'est lui qui s'est fait ramoner, ajouta le Bris. Bref, même si on l'arrêtait pour agression sexuelle, son avocat dirait pour sa défense que c'est lui qui l'a pris dans le cul et pas toi. Il jouerait le coup du prêté pour un rendu.

– Bon d'accord, dit Rhonda en soupirant. Mais j'oublierai jamais que là, c'est moi qu'a été la victime, pas ce foldingue. Et que mes nichons n'ont rien à voir dans cette affaire !

Et là, tandis que Milt Zimmerman regagnait la ruelle avec les clés de sa voiture que Cat avait récupérées, Rhonda ôta sa chaussure argentée au talon cassé, reprit Santa Monica Boulevard dans l'autre sens et disparut dans la nuit en boitillant.

– Comme quoi, le viol, ça n'existe pas à Hollywood, dit Cat. Y a rien que des bagarres de business.

Ce fut le Bris qui eut le dernier mot, enfin… trois. Les policiers de cette division absolument unique, là, au cœur de Los Angeles, ne disaient d'ailleurs jamais rien d'autre.

– Putain d'Hollywood ! lança-t-il en hochant la tête tant il était ahuri.

Et le téléphone de la cabine publique sonna. Cat repartait déjà vers la voiture, lorsque le Bris lui lança :

– À force de regarder *Sur écoute* à la télé, ils ont tous la trouille des portables.

Le Bris décrocha et d'une voix aussi proche de celle de Rhonda qu'il pouvait il lâcha :

– Allôôôôô ?

Et comme il fallait s'y attendre, une voix mâle lui répondit :

– C'est Rhonda ?

– Mais certainement, répondit-il d'une voix de fausset.

– Je suis le type qu'a donné une petite fête avec toi à mon appartement y a trois semaines de ça. Lance ? Tu te rappelles ?

– Oh mais ouiiiiii ! Tu me rappelles ton adresse, Lance.

Avant qu'il ne raccroche, Cat l'entendit dire :

– Prépare-toi à m'enlever ce pantalon, Lance !

– Mais qu'est-ce qui peut se passer dans cette cervelle pleine d'eau, hein ? demanda-t-elle en lui coulant un regard de ses yeux de biche.

À 23 h 30, l'atelier 6-X-32 s'arrêta devant un immeuble de rapport de Franklin Avenue, quartier haut de gamme où ni Cat ni le Bris ne se seraient attendus à ce qu'une folle qui tapinait dans le boulevard se fasse appeler.

– Je pensais qu'on trouverait le gars disons… comme au bâtiment près du croisement de Fountain et de Beechwood. C'est là qu'un tas de folles et de trans font affaire. Mon coéquipier et moi, on appelle ça Jurassic Park.

– Pourquoi ? demanda Cat.

– À cause des mecs qu'il y a à l'intérieur. Du diable si on sait ce qu'ils sont vraiment.

Sur quoi, il braqua le faisceau de sa lampe sur le balcon du premier étage, prit le micro et cria :

– Message pour Lance. Miss Rhonda est au regret de t'informer qu'elle est indisposée et ne pourra pas honorer son rendez-vous avec toi ce soir. C'est à cause de son infection à répétition à la prostate.

3

Ronnie ne savait pas trop ce qu'elle pensait de son travail avec les Corbeaux. Ce n'était assurément pas du boulot de policier, mais elle ne pouvait pas s'empêcher de songer à ce qu'elle avait ressenti le jour où sa mère, son père et sa sœur mariée lui étaient tombés dessus. Cela s'était produit au moment où elle avait parlé de son nouveau travail au cours d'un dîner chez ses parents qui habitaient Manhattan Beach, où son père dirigeait et possédait une société florissante de fournitures de plomberie.

– Même la façon dont ils nous appellent ne me plaît pas, leur avait-elle dit.

– Quoi ? Les corbeaux ? lui avait renvoyé sa mère. C'est mignon.

– Ça te plairait, toi, qu'on te traite de corbeau ?

– Je suis trop vieille pour apprécier. Mais pour toi, je trouve ça plutôt mignon.

Se sentant exceptionnellement fatiguée ce soir-là, alors que sa mère et sa sœur Stephanie préparaient un flétan rôti au riz sauvage pour le dîner, Ronnie s'était affalée sur le divan avec sa nièce Sarah assise sur son ventre. Elle avait essayé, mais sans grand succès, de déguster un verre de pinot pendant que Sarah babillait et sautait sans arrêt.

Après le repas, la mère de Ronnie avait conseillé à sa fille de se détendre et d'écouter les CD de Sting préférés de sa maman, et les disques de Tony Bennett de son papa, pendant que les autres débarrassaient la table. Ronnie aurait dû se méfier de tant de sollicitude. Tous étaient en effet entrés dans la salle de séjour et s'étaient assis, sa mère et sa sœur devant un verre de vin, son père devant une bière. Et avaient lancé l'attaque.

– Les Corbeaux, c'est fait pour toi, Ronnie, avait commencé son père. Tu devrais y rester jusqu'à ce que tu passes sergent. C'est un bon marchepied et il n'y a aucune raison pour que tu partes.

– T'as fait plus que ta part de travail dangereux, avait renchéri sa mère.

Stephanie ajoutant :

– Fais donc un ou deux ans comme corbeau, étudie et accepte ta promotion. Je sais que pour toi faire du boulot de rue est plus amusant, mais faut que tu penses à l'avenir.

Sa sœur, elle, avait assuré son avenir en épousant un cinglé de l'informatique qui avait gagné trois millions de dollars en vendant sa start-up et en les investissant dans une autre affaire d'informatique qui montait en flèche.

– C'est quoi, ça ? Une intervention ? avait demandé Ronnie. Quand avez-vous tous décidé de me faire le coup du bon et du méchant flic ?

– C'est vrai qu'on a parlé de toi, avait dit sa mère. Nous savons que tu n'es pas folle de ton nouveau boulot, mais tu es maligne. Tu es capable de grimper en haut de l'échelle sociale et de finir…

– Par avoir un travail de bureau bien pépère quelque part, avait-elle répondu d'un air contrit. On te construit un bureau et tu te tiens tranquille ? C'est ça ?

Stephanie qui ressemblait à sa sœur aînée avait alors lancé :

– De toute façon, moi, je ne comprendrai jamais ta fascination pour le boulot de flic. Qu'est-ce que ça t'a rapporté de plus que deux mariages ratés avec d'autres flics ?

– Ouais, bon, mais comme c'étaient tous les deux des Sinclair, j'ai même pas eu à changer le nom sur mon permis de conduire, avait-elle répondu avec un petit sourire narquois, furieuse comme elle l'était chaque fois que Prêchi-prêcha Stephanie ouvrait la gueule sur les mauvais choix de sa sœur.

Ses deux Sinclair de maris l'avaient effectivement trompée, mais elle trouvait qu'on ne lui reconnaissait pas assez le mérite de les avoir largués très vite l'un et l'autre dès qu'elle avait découvert que l'un buvait en cachette et que l'autre était un coureur de jupons.

– Donne au moins une chance à ce nouveau boulot, avait dit son père.

– Il pourrait commencer à te plaire, avait insisté sa sœur. Tu t'arranges tes heures pour que ça marche avec ton emploi du temps personnel…

– Et moi, je pourrais arrêter de me faire du mauvais sang pour toi, avait dit sa mère.

Après cette soirée, Ronnie avait décidé d'y aller à fond avec les Corbeaux, surtout dans la mesure où le sergent l'avait mise avec Bix Ramstead, un SLO plein d'expérience qui l'avait tout de suite intéressée.

À 45 ans, Bix Ramstead avait treize ans de plus qu'elle, en expérience comme en âge. Avec ses 1 m 85, il était en bonne forme, portait beau et avait un sourire aimable et cordial. Il avait aussi des cheveux bouclés couleur étain et des yeux d'un joli gris brumeux, et certes Ronnie n'était jamais sortie avec un homme de cet âge, mais elle aurait sauté sur l'occasion avec lui si celle-ci s'était présentée. Sauf que Bix était marié et avait deux enfants qu'il adorait : une fille de 16 ans qui s'appelait Jamie, et Patrick, un gamin de 12 ans. Il avait leurs photos sur son bureau, parlait souvent d'eux et s'inquiétait de savoir s'il aurait assez d'argent pour leur payer des études supérieures quand l'heure serait venue de le faire. C'est d'ailleurs à cause de ça qu'il faisait autant d'heures supplémentaires qu'il pouvait et que les citoyens de sa zone l'aimaient bien.

Ronnie ayant parlé de lui à Cat, celle-ci lui avait répondu :

– Ah oui, j'ai fait plusieurs fois équipe avec lui, disons… il y a six ans de ça, quand il était à la patrouille. C'est un mec compliqué qui n'a jamais voulu devenir sergent. Pas aussi marrant que certains de nos cow-boys quand on bosse dans les rues. À l'époque, j'étais toujours plus heureuse avec les carnivores qu'avec les brouteurs d'herbe, mais je n'ai plus besoin de coéquipiers qui me bottent le cul. Aujourd'hui, il m'irait probablement très bien. En plus, il est super-mignon.

Ronnie lui ayant renvoyé qu'il était bien dommage qu'il soit marié, elle avait ajouté :

– Il est un peu trop vieux pour toi et, en plus, avec les deux flics que t'as épousés, t'as toujours pas appris ta leçon ? Moi, un m'a suffi. Fais comme moi : la prochaine fois, cherche-toi un riche avocat. Va traîner dans les bars infestés de baveux. Des avocats, y en a partout, c'est comme les tasses à café Starbucks.

Le premier rendez-vous qu'elle prit avec Bix Ramstead fut aux « Oiseaux », comme disaient les flics en parlant des Doheny Estates, dans la zone du 6-A-31. La matinée était déjà bien avancée quand ils s'étaient mis à patrouiller dans les collines où des maisons à plusieurs millions de dollars bordaient des rues appelées le Chemin du Pinson, l'Allée du Rouge-Gorge, le Sentier du Rossignol, la Venelle de la Grive et autres Passage de l'Alouette. Nombre de stars du rock et du cinéma possédaient des villas de prix dans les Hollywood Hills, certaines d'entre elles servant d'abris occasionnels lorsque leurs propriétaires se trouvaient à Los Angeles. Les résidents du show-biz détestaient qu'on les harcèle et craignaient les cambrioleurs et les paparazzi.

– De temps en temps, on vérifie les baraques pour les cambriolages, lui expliqua Bix tandis qu'ils roulaient dans les rues. On se contente de pointer tous les endroits vulnérables qui ont besoin de protection.

– Qualité de la vie, dit Ronnie en répétant le mantra des Corbeaux.

– Exactement, répondit-il en souriant. Les appels « qualité de la vie » qu'on reçoit des collines sont un peu différents de ceux qui nous arrivent d'East Hollywood, tu l'auras remarqué.

Ronnie contempla le luxe qui s'étalait autour d'elle et dit :

– C'est sûr que leur qualité de vie et la mienne, ça fait deux.

Puis elle garda le silence un instant et ajouta :

– On a toujours l'air de flics et on pense toujours comme des flics, mais, du travail de flic, on n'en fait plus.

– Quand j'étais flic, je parlais comme un flic, comprenais comme un flic et pensais comme un flic, lui renvoya Bix. Mais quand je suis devenu corbeau, j'ai mis tout ça de côté.

– D'où tu sors ce truc ?

– Saint Paul aux Corinthiens. En gros.

Et de préciser :

– C'est un bon boulot, Ronnie. Tu verras. Laisse-toi aller.

L'appel des Oiseaux arrivé aux Corbeaux émanait d'un batteur de rock sur la mauvaise pente. Il avait été très en vogue à une époque – il suffisait de dire Tommie Lee pour que son nom soit aussitôt mentionné –, mais des dissensions entre le chanteur et le guitariste parolier avaient eu raison du groupe. Le batteur vivait avec une chanteuse dont la carrière avait pris une direction similaire. Dans le Strip elle avait la réputation d'une ivrogne dont l'addiction à la cocaïne lui avait déjà valu d'être arrêtée à deux reprises.

– Cherche *Scarface*. C'est un classique, dit Bix quand ils sonnèrent à la porte.

– Qui ça ?

Le rocker mit une minute à ouvrir la porte et quand il le fit enfin, il était pâle et avait l'air perplexe. Ses boucles de cheveux roux lui pendaient dans la figure. Il avait des rouflaquettes d'une semaine et le petit bouc clairsemé qu'il avait au menton était couvert de bouffe qui avait séché. Il portait un T-shirt « Metallica » et des jeans design certes déglingués mais qui, Ronnie se le dit, avaient dû coûter plus cher que sa plus belle robe. Il avait des tatouages du haut en bas des bras et semblait mal nourri.

– Ah, oui, euh, merci d'être venus, dit-il en reculant.

Il était pieds nus et se rappelait manifestement à peine qu'il avait appelé la police la veille.

En entrant, Ronnie vit sa copine chanteuse vautrée dans un énorme fauteuil en osier, au milieu d'un jardin intérieur en retrait. Comme en transe, elle écoutait ce qui sortait de haut-parleurs encastrés dans les murs de part et d'autre de son fauteuil. Ronnie se dit que ce devait être un CD d'elle, mais les paroles en étaient incompréhensibles. Derrière elle, sur le mur, se trouvait une affiche du film *Scarface* avec Al Pacino dans le rôle principal.

Le rocker ne leur permit pas d'aller plus loin que le vestibule.

– Que pouvons-nous faire pour vous ? lui demanda Bix Ramstead.

– Nous avons peur d'être pris dans un incendie, lui répondit le rocker en se grattant les côtes et le dos, les couilles même un instant avant de se rappeler qu'un des flics qu'il avait en face de lui était une femme. C'est les paparazzi. Ils viennent avec des lunettes de visée et nous observent de la maison vide en haut de la colline. Et ils fument. On a peur qu'ils déclenchent un feu de broussailles. Vous pourriez les chasser de là ?

– Vous savez s'il y en a là-haut en ce moment ? lui demanda Bix.

– Non, je ne sais pas. On les voit nous regarder. Tout le temps.

– On va monter vérifier.

– Vous vous arrêtez en redescendant pour nous dire ?

– Bien sûr. On sera de retour dans pas longtemps.

– C'est le genre de mec à mettre sur une affiche « Just Say No[1] », dit Ronnie lorsqu'ils remontèrent en voiture. Il a trente ans et va sur ses quatre-vingt. À propos d'affiches… comment savais-tu qu'il y aurait celle de *Scarface* ?

1. Soit « Dites non, tout simplement ». Allusion à la campagne antidrogue lancée par l'administration Reagan dans les années quatre-vingt *(NdT)*.

– Rocker plus cocaïne plus Hollywood égalent *Scarface*, lui répondit Bix. La gens cocaïne adore ce film, surtout la scène où Al Pacino est si raide défoncé qu'il tombe tête la première dans un nuage de coke. Cette affiche-là, on la trouve toujours quelque part dans leurs baraques.

– La première fois que je suis montée dans les Hollywood Hills, j'ai vu ces villas et je me suis dit que c'était le genre de gens à écouter de la musique que je n'entends jamais sur K-Rock. Et aujourd'hui, je découvre qu'il y en a ici qui téléchargent des chansons de Headbanger's Heaven.

– Les gros sous ne changent pas la nature humaine.

Bix ne perdit pas trop de temps à traquer les paparazzi. Il rejoignit la zone où, les pentes étant plus raides, on n'y avait pas encore construit de villas, y jeta un coup d'œil superficiel, redescendit chez le rocker et se gara devant chez lui, le batteur les attendant déjà sur le seuil.

– Alors ?

– Vous aviez raison, répondit Bix. Il y en avait quatre. Ils avaient des appareils photo avec téléobjectifs montés sur trépieds. Et il y en avait trois autres qui arrivaient pendant qu'on leur parlait. Vous êtes une cible très appréciée, on dirait.

– Qu'est-ce que vous leur avez dit ? demanda le rocker, très nerveux.

– Je leur ai dit que, bon, je savais qu'ils ne faisaient que leur boulot, mais que harceler des célébrités peut avoir des répercussions très sérieuses.

– Il faut bien qu'ils gagnent leur vie, j'en suis conscient, dit le rocker.

– Je les ai rassurés en leur disant que vous compreniez. Que les célébrités comme vous ont besoin d'eux comme eux ont besoin de vous. Que c'est un accord réciproque, pour ainsi dire.

– Voilà, exactement. Du moment qu'ils ne foutent pas le feu. Y a que ça qui nous inquiète.

– Ils m'ont promis de ne plus fumer à l'avenir à moins que ça se passe à l'intérieur, dans leur van, et on éteint les clopes dans le cendrier.

– Ils avaient un van ? demanda le rocker avec un petit sourire.

– Et comment ! lui renvoya Bix. Pour des gens comme vous, ils sont bien préparés quand ils viennent.

Et d'ajouter :

– Pour vous et votre dame aussi, bien sûr.

Le sourire du rocker s'élargit.

– Ouais, c'est à cause de ces paparazzi qu'elle a peur de monter dans le jacuzzi sans rien sur les fesses.

– La rançon de la gloire, lança Bix en hochant la tête d'un air compatissant.

– Bon, ben, merci à vous, dit le rocker. Vous me dites si je peux faire quelque chose pour vous, d'accord ? Une fois, on a même donné un concert pour la Highway Patrol.

– On ne l'oubliera pas, monsieur. On serait ravis de vous entendre jouer.

Ils redescendaient vers Sunset Boulevard lorsque Bix dit à Ronnie :

– On en a plein des comme ça. Je ne leur dis jamais la vérité. Ils sont déjà assez malheureux dans leurs vies de ratés sans qu'on aille leur dire que des paparazzi, il n'y en a aucun. Que plus personne ne s'intéresse à eux.

Ce jour-là, Hollywood Nate était censé faire le même genre de boulot, mais était monté dans les collines tout seul et avait gagné un quartier plus à l'est. Sur un coup de tête, il avait filé jusqu'au Mount Olympus en sirotant un *latte* de Starbucks et se remémorant la jeune femme aux cheveux caramel. Il était incapable de l'oublier depuis le jour où il avait noté son numéro de plaque de voiture au Farmer's Market.

Il se gara à une rue de chez elle, dans une voie très tortueuse. Il était clair que, de son côté de la rue, on avait une belle vue sur la ville. Non, il ne resterait pas là longtemps, juste le temps de finir son *latte*.

Il n'arrivait même pas à comprendre pourquoi il se trouvait là. Enfin… jusqu'au moment où il se rappela la manière dont elle marchait. Comme une athlète, une danseuse peut-être. Et la façon dont ses cheveux avaient dansé eux aussi lorsqu'elle s'était retournée brusquement. Ça non plus, pas moyen de l'oublier. De fait, il avait honte de ce qu'il faisait, mais bon hein… du moment que personne ne le savait. Il voulait juste la revoir une fois, voir si elle était vraiment à la hauteur du souvenir qu'il avait gardé d'elle.

Puis il se dit : « Mais je suis quoi, là ? Un petit collégien ? » Et il jeta sa tasse vide sur le plancher de la voiture, mit le moteur en marche et s'apprêtait à redescendre en ville lorsque, la porte du garage s'ouvrant, la BM rouge sortit en marche arrière. Tourna et descendit la colline, Nate Hollywood derrière elle, mais assez loin pour qu'on ne puisse pas le voir dans le rétroviseur.

Son cœur se mit à battre plus vite et ce n'était pas dû à la caféine, il le savait. Il n'avait jamais fait un truc pareil de sa vie et n'avait pas davantage souvenir qu'une belle femme lui ait jamais fait cet effet. Jamais encore Hollywood Nate ne s'était senti obligé de suivre une femme, pas une fois de sa vie. Et voilà que j'en harcèle une, se dit-il. Ce qu'il vivait maintenant était absolument unique. Il ne s'agissait pas seulement de honte, mais bien du fait qu'un soupçon de mépris de lui-même avait fait irruption dans sa conscience.

– Au diable ces conneries ! lança-t-il tout haut, et il était sur le point de renoncer à ces bêtises lorsqu'ils se retrouvèrent à quelques rues d'Hollywood Boulevard.

Et c'est là qu'il la vit griller le stop sans même seulement tapoter la pédale de frein.

Brusquement, ce ne fut plus lui qui commandait. Quelque chose l'emportait. C'était comme s'il regardait la scène au cinéma. Sans même le vouloir, il écrasa le champignon et s'approcha d'elle gyrophares et sirènes en action jusqu'à ce qu'elle jette un coup d'œil dans son rétroviseur, se rabatte le long du trottoir et se gare.

Lorsqu'il se présenta à la fenêtre côté conducteur, elle le regarda de ses yeux couleur d'ambre qui allaient parfaitement avec ses cheveux caramel et lui dit :

– Ah, Margot la Fofolle n'a pas marqué l'arrêt complet au stop, n'est-ce pas ?

Son maillot en coton framboise moulait ses seins dont on voyait la naissance. Et sa jupe coquille d'œuf était remontée sur ses cuisses bronzées. Et quelles cuisses ! Athlète ou danseuse, elle l'était, il en fut alors sûr et certain.

Il avait les mains qui tremblaient quand il lui prit son permis de conduire et sa voix chevrota lorsqu'il lui dit :

– Oui, madame, vous avez grillé le stop sans même essayer de vous arrêter. Vos feux arrière ne se sont pas allumés.

– Ah zut ! s'écria-t-elle. J'ai trop de soucis. Je suis navrée.

Il lut ce qu'il y avait sur son permis : Margot Aziz, date de naissance : 13 mars 1977. Elle avait six ans de moins que lui et il se sentait redevenir collégien. En prenant tout son temps pour retrouver ses esprits, il lui demanda :

– Pourrais-je voir la carte grise, madame ?

Elle tendit la main vers la boîte à gants pour y prendre l'étui en cuir contenant ses papiers, en sortit la carte grise et l'assurance et les lui tendit en disant :

– Je vous en prie, ne m'appelez pas madame, monsieur l'agent. Je viens d'avoir trente ans, comme vous pouvez le voir, et je me sens vieille. Appelez-moi Margot.

Son rouge à lèvres était lui aussi couleur framboise, pour aller avec son maillot, et ses dents probablement plus blanches que ne l'avait voulu la nature.

– Je ne vous appellerai pas « madame » si vous ne m'appelez pas « monsieur l'agent », balbutia-t-il. Je m'appelle Nate Weiss.

Elle le tenait et le savait. Son sourire s'élargit lorsqu'elle lui dit :

– Vous patrouillez toujours dans ce secteur, Nate ?

– En fait, je suis ce que les autres flics appellent un Corbeau. Je travaille au Community Relations Office. Je ne fais pas de patrouilles régulières.

– Et vous ne ressemblez pas à un corbeau non plus. Plutôt à un aigle, je dirais.

Pas moyen de se rappeler la dernière fois qu'il avait rougi, mais il eut soudain toute la figure en feu.

– Ça ! lança-t-il. C'est vrai que j'ai un sacré bec, n'est-ce pas ?

– Non, c'est mon mari qui en a un. Votre nez est à peine aquilin. Il est très fort, très mec. Très… beau, de fait.

Il ne se rendit même pas compte qu'il lui avait rendu son permis de conduire et sa carte grise.

– Bon, dit-il, conduisez prudemment.

– Nate, reprit-elle avant qu'il ait le temps de se retourner pour partir, ça fait quoi, un Corbeau ?

– Nous gérons les problèmes de qualité de la vie pour en décharger nos collègues de la patrouille. Vous savez… les plaintes pour tapage nocturne à répétition, les graffiti, les campements de sans-abri là-haut, près de l'endroit où vous habitez. Ce genre de trucs.

– Les campements de sans-abri ! s'écria-t-elle comme si elle venait de gagner au Loto. La coïncidence est incroyable ! J'allais justement appeler le commissariat d'Hollywood pour ça. Je les vois de mon patio. Ils font du bruit et allument des feux de camp. C'est terrible. Qu'est-ce que j'ai de la chance de vous avoir rencontré comme ça ! J'aimerais bien que vous passiez chez moi un jour, que je vous les montre. Vous pourriez peut-être faire quelque chose.

– Mais oui ! Absolument. Quand ça ? Aujourd'hui ?

– Non, pas aujourd'hui, Nate, lui renvoya-t-elle aussitôt. Vous pourriez me donner votre numéro de téléphone ?

– Bien sûr, dit-il en cherchant ses cartes de visite professionnelles. Je peux venir vous parler… à vous et à votre mari aussi, quand vous voulez, jusqu'à vingt heures, c'est à ce moment-là que je rentre chez moi d'habitude.

– Mon mari et moi sommes séparés, en plein divorce. Vous ne parlerez donc qu'à moi quand vous viendrez.

Nate Weiss n'aurait pas pu lui tendre sa carte de visite plus rapidement. Il en avait fait faire avec le panneau Hollywood juste à côté de l'écusson du LAPD. Juste en dessous se trouvaient son nom, son numéro de policier et le numéro de téléphone de la ville que lui avait donné le sergent des Corbeaux.

Il n'hésita que quelques secondes avant d'y ajouter son numéro de portable au dos.

– Il serait peut-être préférable que vous m'appeliez sur mon portable, enchaîna-t-il. Il arrive qu'on ne décroche pas tout de suite sur le fixe de la ville, mais quand on m'appelle sur mon portable, je décroche toujours.

– Bon, dit-elle. On garde ça entre nous, hein ?

Et de le gratifier à nouveau de son sourire resplendissant avant de tourner la tête pour évaluer la circulation, ses cheveux caramel attrapant alors, ô merveille, un rayon de soleil et dansant encore une fois pour lui. Puis elle disparut.

Revenu depuis quelques minutes dans sa voiture, il songea que la petite minette des collines avait flirté avec lui pour ne pas payer la contravention qu'il n'avait jamais eu la moindre intention de lui dresser, et se sentit tout con. Séparée de son mari ? Elle lui montrerait sa carte de visite dès le soir même au dîner et tous deux rigoleraient un bon coup. En se payant sa tête.

Puis il repensa à son nom de famille, Aziz. Un nom du Moyen-Orient, y avait des chances. Peut-être était-elle mariée à un Arabe. Et le Juif qu'il était n'apprécia guère que cette femme fantastique soit mariée à un riche Arabe. Et se demanda comment c'était arrivé.

Après avoir quitté Hollywood Nate, Margot Aziz gagna un night-club de Sunset Boulevard, le Salon du Léopard. On y pratiquait le strip-tease, mais du haut seulement, de façon à pouvoir y vendre de l'alcool. Son mari, dont elle s'était séparée, possédait lui aussi un night-club de strip-tease, mais total, où l'État interdisait donc toute vente d'alcool. Dans ce night-club, Ali Aziz devait gagner sa vie en faisant payer le couvert et en vendant des boissons non alcoolisées à un prix extrêmement surévalué. Il passait l'essentiel de son temps au Salon du Léopard, mais prenait souvent sa voiture pour aller récolter l'argent des mains de son gérant à l'autre club.

Margot, qui avait passé un coup de fil pour être sûre qu'Ali ne serait pas au Salon à cette heure, se dirigea vers le vestiaire en évitant les employés mexicains qui se préparaient pour le début de la soirée. L'établissement n'était pas du genre club de strip-tease classique avec lumières tamisées et couleurs foncées. Au contraire de celui d'Ali, équipé, lui, de banquettes en faux cuir, de colonnes en faux granit et de soffites en faux noyer. Déjà propre à engendrer la claustrophobie, l'endroit devait provoquer fantasmes et érections avec ses photos de femmes nues dans des cadres dorés. Margot ne connaissait que trop ce genre de clubs de strip-tease.

C'était elle qui avait conçu l'aménagement intérieur du Salon du Léopard malgré les plaintes de son mari pour l'argent qu'elle y dépensait. Il y avait des fauteuils en cuir tressé autour de la scène, des murs en terre cuite et des tapis chocolat posés sur des carreaux couleur sable disposés selon un motif régulier. Le club donnait l'impression d'être plus ouvert, plus accueillant pour des clientes. À tout le moins était-ce l'intention de Margot lorsqu'elle s'était attaquée à la décoration du lieu.

Elle ouvrit la porte du vestiaire sans frapper. Une jolie Amérasienne de 25 ans vêtue d'une sortie de bain en tissu-éponge se mettait de l'eye-liner assise à la table de maquillage et leva aussitôt les yeux vers elle.

– Jasmine, à quelle heure va-t-il revenir ? demanda Margot.

Elle s'arrêta derrière la jeune femme et d'un geste ample fit retomber ses longs cheveux noirs sur ses seins augmentés chirurgicalement et aux mamelons et aréoles passés au rouge. Puis elle massa le cou et les épaules de la danseuse et déposa un petit baiser sur la droite.

– Vers sept heures-sept heures et demie, répondit Jasmine en posant ses doigts délicats sur la main de Margot.

Et elle ajouta :

– Pas si fort. Je me suis froissé l'épaule sur ce putain de poteau hier soir. De la chance avec ton petit ami ? Il va revenir te voir bientôt ?

– Pas aussi vite que j'aimerais, dit Margot en cessant de la masser et s'asseyant près de la table de maquillage. Il a des crises de remords. Je pense pouvoir l'en sortir, mais quand, je ne sais pas.

– Merde !

– Ne te décourage pas ! J'ai eu un sacré coup de chance aujourd'hui.

– Ah bon ? Du genre ? demanda Jasmine d'un ton indolent.

– Un flic qui m'a arrêtée pour me mettre une contredanse. Évidemment, il ne me l'a pas donnée. Mignon, excité et pas de bague au doigt.

– Et… ? Comme si quelqu'un comme toi avait jamais du mal à embobiner un flic pour qu'il ne te file pas de contredanse ! Moi aussi, je l'ai fait.

– Oui, mais celui-là, c'était pas pareil. Je crois qu'avec lui, ça pourrait marcher.

– Quoi ? Un remplaçant ?

– Si jamais on a besoin d'un deuxième couteau. Cela dit, ne renonçons pas tout de suite au numéro un. Il est parfait.

– Et ton flic a essayé de te demander un rendez-vous ?

– J'ai son numéro de portable. Au cas où on en aurait besoin.

– Dis-moi quelque chose sur ton mari que je devrais savoir.

– Oui, quoi ?

– Dis, ça lui arrive jamais d'en avoir assez qu'on lui fasse des pompiers à ton putain d'Arabe ?

4

Ce soir-là, la ronde nº 5 démarra comme un coup de tonnerre, ledit coup de tonnerre étant l'œuvre d'une fliquesse qui avait déjà douze ans de service. Et des cheveux blonds coupés sport, des joues roses et rebondies, un soupçon de maquillage et un ceinturon de taille 44, selon la rumeur. Gert Von Braun, de son nom, venait d'être récemment transférée de la Central Division où, prise dans une fusillade, elle avait effectué ce que les flics appellent un « bon » tir. Elle était en effet tombée sur un voleur armé qui, butin et pétard à la main, sortait en courant d'un magasin de spiritueux du quartier des clodos au moment même où, seule dans une voiture de patrouille, elle allait s'arrêter juste devant. En tenant le volant de la main gauche, Gert Von Braun avait alors tiré par la fenêtre ouverte côté passager et tué instantanément le fuyard de quatre balles sur cinq, devenant ainsi une star des porte-flingues du commissariat central.

Mais elle en avait assez des épaves de la cour des miracles et des odeurs qui les accompagnaient : urine, merde, vomi et sang. Et pire encore de l'odeur insupportablement sucrée des cadavres en décomposition qui traînent sous les ponts et dans les abris en carton, certains depuis si longtemps que même les mouches qui tournent autour finissent par mourir elles aussi… mais,

Dieu merci, ne puent pas, elles. Les épaves encore en vie ne valant d'ailleurs pas beaucoup mieux non plus, véritables loques aux jambes et aux pieds couverts de nids d'asticots qui les dévorent pendant que, pauvres hères, ils bouffent tout ce qu'ils peuvent mendier à l'arrière des cantines du centre ville.

Au commissariat central, les chefs de sécurité exigeaient toujours qu'on se lave au savon acide. Il y avait aussi une machine à désodoriser qui tournait presque en permanence et des bâtons d'encens allumés dans la salle des rapports. Les flics qui allaient travailler reniflaient l'air et demandaient :

– C'est quoi, la journée ? Du trois ou du quatre bâtons d'encens ?

Gert Von Braun avait enfin arrêté que Central Division puait aussi fort qu'une gigantesque chaussure de tennis et ne pouvait plus en ôter l'odeur de ses tenues et de ses narines. Plus proche de son domicile dans la Valley, le commissariat d'Hollywood avait aussi l'avantage de sentir nettement meilleur, même si, d'un autre côté, et elle le savait, ce qui s'y passait était bien plus bizarre. Bref, elle avait demandé son transfert et l'avait obtenu.

Au commissariat d'Hollywood tout le monde remarqua vite qu'à l'exception d'un lance-roquettes, elle avait tout dans son sac de guerre, lequel sac n'en était d'ailleurs pas un, mais une énorme valise noire à roulettes. Ils découvrirent rapidement aussi que Gert avait le STE – nom qu'ils donnaient au « syndrome du tempérament explosif » –, surtout lorsqu'elle sortait du commissariat en suant et soufflant et, le visage tout rouge en été, entrait dans le parking en tirant son barda pendant que son coéquipier traînait derrière avec un fusil à balles en caoutchouc et le Remington .870 modèle t'en-prends-une-dans-la-gueule-et-tu-commences-à-pourrir.

Ce n'était alors pas le meilleur moment pour l'enquiquiner, mais personne n'avait jamais dit que les flics amateurs de surf étaient des puits de sagesse. Aussi bien qualifiaient-ils toujours les gros sacs de guerre à roulettes de « sacs mollassons pour employés des compagnies aériennes ». Ce soir-là, le Débris montra donc le sac en nylon de la dame au Bris, lui fit un clin d'œil et lança :

– Je vous demande pardon, mademoiselle, mais… notre vol est-il à l'heure ?

Sur quoi, saisissant la balle au bond, le Bris ajouta :

– On pourrait avoir un rafraîchissement avant le décollage ? Et du rab de cacahuètes ?

Gert Von Braun, qui ne mesurait qu'un mètre soixante-dix, mais pesait plus que le Débris, voire que le bien plus imposant Bris, leur renvoya aussitôt :

– Vous pouvez vous les foutre dans le cul, bande d'encornets du surf !

– Oh mais c'est scandaleux, murmura le Bris à l'oreille du Débris.

– J'en reste atterré, lui renvoya le Débris, lui aussi dans un murmure.

Sans cesser d'assassiner les surfers du regard, Gert jeta son lourd bagage dans le coffre de son atelier, ferma le couvercle et vérifia le Portable Officer Data Device System[1] qu'elle avait sorti de la salle d'équipement.

Le PODD, prononcé « pod » par les flics, était un des instruments de torture imposés par les contrôleurs du consentement civique. L'appareil ressemblait à un gros

1. Ou Système de données portable du policier *(NdT)*.

BlackBerry. À l'intérieur se trouvaient les RI, les rapports d'interpellation, que les policiers du LAPD devaient remplir chaque fois que le contact avec un suspect était établi et ne faisait pas suite à un appel radio, bref, chaque fois qu'ils procédaient d'eux-mêmes à une interpellation. Dans ce rapport ils devaient faire figurer le sexe, l'origine ethnique et l'âge du suspect, la raison pour laquelle il y avait eu interpellation et indiquer aussi s'il y avait eu palpation de sécurité, voire fouille plus complète du suspect ou de sa voiture.

Le but de ce RI était de voir si le flic s'était livré à du profilage ethnique mais, comme tout ce qui avait un lien avec le décret, cela ne faisait que décourager toute initiative dans le travail. Avec les montagnes de paperasse qu'ils devaient déjà se taper pour faire plaisir à leurs contrôleurs, cet engin aussi encombrant qu'insultant encourageait des flics, par ailleurs honnêtes, à « équilibrer » leurs interpellations on ne peut plus légitimes de Noirs et de Latinos en en inventant d'autres – d'Asiatiques et d'Anglos –, parfaitement fantaisistes. En plus de foutre en rogne tous les gens reliés à ce système et d'ôter encore plus de flics du terrain pour pouvoir gérer les informations fournies par ces PODD.

Et à ce moment-là, personne n'était plus en rogne que l'officier Gert Von Braun, qui vérifia son PODD et le posa sur le plateau de l'ordinateur de bord en essayant d'ignorer les deux surfers qui l'observaient en ricanant. Et parce qu'elle leur en voulait, et en voulait à son PODD et s'en voulait aussi d'avoir demandé son transfert au commissariat d'Hollywood, elle avait l'esprit ailleurs lorsqu'elle avait vérifié le chargeur de son fusil. Le protocole service de l'arme avait pour but de la rendre « prête pour la patrouille » et stipulait qu'on devait glisser quatre projectiles dans le chargeur mais aucun dans la chambre et que le cran de sécurité devait être maintenu jusqu'à ce que l'arme soit prête à être sortie du véhicule et utilisée. Enfin une cartouche devait être prélevée du chargeur et insérée à son sommet. Sans doute parce qu'elle avait très chaud et était distraite par les surfers – et, çà aussi, pétait les plombs à toute allure –, elle oublia qu'elle venait de charger son flingue. Et décida de vérifier la culasse comme elle le faisait avant de glisser des cartouches dans le chargeur. Ce qui, bien sûr, engagea une munition réelle dans la chambre, cran de sécurité désactivé.

Elle se rendit tout de suite compte de ce qu'elle avait fait et, en injuriant les deux flics dans sa barbe, se prépara à désengager la balle après avoir posé son portable à côté du PODD.

– Mec, moi, je crois qu'on ferait bien d'aller préparer notre chiotte, lança le Bris à son coéquipier. Y a Gert qui nous verrouille avec les lèvres tirées, les crocs dehors et un flingue dans les pattes.

– Hé, frangin, et c't'ânesse des marécages peut tirer de la main droite comme de la gauche, lui renvoya le Débris en regardant la médaille de tireur d'élite accrochée à la poche gauche de la chemise que Gert portait sur son ample poitrine. En plus que son cœur lui expédie du Fréon dans les veines !

Sans cesser de fusiller du regard les amateurs de surf, Gert essaya de penser à une méchanceté à la hauteur de l'air idiot que leur donnaient leurs cheveux aux pointes oxygénées et s'aperçut que, son PODD ayant poussé son portable de côté, celui-ci s'était mis à glisser et allait dégringoler du plateau de l'ordinateur.

Elle lança un « Merde ! » retentissant et tenta de le rattraper de la main gauche avant qu'il ne s'écrase sur l'asphalte, mais ce faisant frôla le PODD qui lui aussi se mit à glisser. Elle essayait maintenant de rattraper les deux appareils avec la main gauche lorsqu'elle toucha accidentellement de la droite la détente du fusil.

Ça ! pour commencer sur un coup de tonnerre, la soirée commença sur un coup de tonnerre ! Et un gros. Dan Jugement dernier Applewhite hurla comme s'il était touché. Penché sur le coffre ouvert de son atelier, il bondit en arrière en entendant l'explosion, se tortilla maladroitement et tomba sur la hanche. Son coéquipier, le jeune Gil Ponce, qui n'avait plus qu'un mois à tirer sur les dix-huit de sa formation, s'accroupit instinctivement et dégaina son Beretta.

Parce que le fusil de l'agent Von Braun était pointé vers le ciel, l'explosion n'endommagea que l'ego de l'agent Applewhite. Dans la minute qui suivit, trois contrôleurs débarquèrent sur le parking en courant, dont le lieutenant et le sergent Treakle. Terrorisée autant qu'humiliée, Gert Von Braun fut grandement soulagée de voir qu'elle n'avait pas flingué de flics, même si elle savait qu'elle allait passer en conseil de discipline pour tir accidentel.

– Ça va ? demanda le lieutenant à l'officier instructeur devenu tout pâle.

– Je crois, répondit Dan Applewhite, qui ajouta : Mais je n'en suis pas sûr. Vaudrait mieux que je file au Cedars pour me faire radiographier. J'ai tapé dur.

Les supérieurs de Dan Applewhite savaient d'avance qu'il exigerait des soins médicaux – sa retraite n'était plus éloignée. Qu'il se coupe sur une feuille de papier et il courait au Cedars Sinai ou à l'Hollywood Presbyterian Hospital pour se faire faire une piqûre antitétanique. Il était fermement décidé à coucher sur le papier toute blessure subie pendant le service au cas où, comme il en était sûr et certain, un problème d'incapacité surgisse pendant sa retraite.

Gert Von Braun suivit les contrôleurs du commissariat pour faire sa déposition suite à la plainte 1.28 déposée par un membre du personnel, tandis que les amateurs de surf sautaient dans leur atelier et demandaient d'être mis sur appel en espérant ne pas recevoir de blâme pour avoir harcelé et rendu folle furieuse une porte-flingue au ceinturon taille 44. Pas qu'ils auraient eu du souci à se faire. Gert apprit qu'elle n'aurait sans doute droit qu'à une réprimande et prit l'affaire comme un homme.

Après le départ des contrôleurs, le bleu de Dan Applewhite – il avait 22 ans – se tourna vers son coéquipier encore bien secoué et lui demanda :

– Vous voulez que je conduise ce soir ?

Sans mot dire, le vieux flic lui tendit les clés de l'atelier. Des douleurs fantômes lui brûlaient déjà la hanche gauche et lui descendaient le long du fémur. Il se demanda si cela ne se terminerait pas par la pose d'une prothèse. Il avait entendu d'horribles histoires d'infections aux staphylocoques qui rendaient infirme après l'opération et, vision terrifiante, s'imagina en train de négocier les marches de son appartement avec un déambulateur.

Malheureusement pour le senior, mais heureusement pour son jeune aspirant flic, les urgences étaient bourrées de vrais blessés qui avaient besoin de soins. Policier du LAPD ou pas, Dan Applewhite s'entendit dire qu'il devrait attendre une heure, voire plus, avant qu'un médecin puisse le voir.

– Comment vous sentez-vous ? demanda Gil à son coéquipier, dont le grand corps sans une once de gras reposait tout tordu sur sa hanche valide.

Un petit Latino de six ans dont la mère avait des contractions observait Dan Applewhite.

– Pourquoi que vous êtes assis tout bizarre ? Vous ressemblez à une sauterelle bleue, finit-il par lancer au flic fil de fer.

Dan Applewhite ignora le gamin, mais dit à Gil Ponce :

– On dégage d'ici, bordel. Mais si jamais il m'arrive des trucs suite à cet incident, je veux que vous témoigniez pour moi. J'ai mal de la hanche au…

– Aux lèvres, lâcha Gil à son instructeur qui le fusilla du regard. Heu… excusez-moi. J'essayais seulement de vous remonter le moral. Allons nous payer une tasse de café.

Comme Hollywood Nate, Dan Jugement dernier était un flic Starbucks et aurait préféré endurer une sévère privation de caféine plutôt que de mettre les pieds dans un 7-Eleven pour y avaler un caoua. Ce que, vu le prix à payer au Starbucks, Gil Ponce ne comprenait pas, même si son instructeur n'hésitait pas à lui payer des cafés et parfois même un repas dans un Hamburger Hamlet ou un IHOP [1]. La générosité était en effet une des vertus salvatrices de Dan que tous appréciaient et qui rendait possible de travailler avec lui quand il était de mauvaise humeur. Gil se dit que c'était peut-être sa façon de compenser.

Dan Applewhite avait droit au surnom de « Jugement dernier » parce qu'il ne cessait d'anticiper des calamités et avait en permanence le front barré de rides et le sourire à l'envers sur les lèvres. Il pouvait se montrer cou-

1. Soit respectivement au Hameau du Hamburger et à l'International House of Pancakes, la Maison internationale des crêpes *(NdT)*.

rageux et plein d'assurance dans l'action, mais tout de suite après sombrer dans la déprime et imaginer les pires horreurs qui allaient lui tomber dessus suite à ses actes. Il était capable d'enfoncer sa main nue dans la bouche d'un camé qui lui résistait afin d'en sortir cinq grammes de caillou et plus tard d'en conclure qu'il aurait bien de la chance s'il s'en tirait avec une infection aux staphylocoques au lieu du SIDA. À 49 ans, il n'avait plus qu'un an à tirer avant la retraite mais, morbide comme pas un, croyait dur comme fer qu'il n'y arriverait jamais. Ou que, si jamais il y arrivait, le marché boursier s'effondrant, il se retrouverait sans un rond et, tout flic à la retraite qu'il serait, devrait faire la manche dans Hollywood Boulevard.

– J'ai entendu dire que Donald Trump porte un stérilisateur pour quand il doit serrer la main à des tas de gens, avait dit le Bris à Gil Ponce. Si je devais travailler tout le temps avec Dan Jugement dernier, je lui en achèterais un. Ça devient gênant quand il est déprimé et qu'en allant bouffer dans un Fat Burger on le voit enfiler des gants pour vaporiser la table et l'essuyer avec des serviettes en papier.

Gil Ponce espérait qu'un contrôleur lui donnerait un autre instructeur, mais le bleu, avec si peu d'heures de stage à finir, avait dû se résigner et se sentait bien chanceux lorsque, pour des problèmes de répartition, on lui affectait d'autres coéquipiers. Malgré son pessimisme pathologique, le vieux flic lui avait appris des tas de choses et, pour lui, aucun doute n'était permis : Dan Jugement dernier était fiable et bon prof.

Plus d'une fois le vieux lui avait recommandé de profiter de son statut d'Hispanique dans ce LAPD si sensible à la diversité culturelle, surtout maintenant que la ville avait un maire mexicano-américain à l'influence politique certaine.

– T'es hispano, lui avait-il rappelé. Sers-t'en quand le moment sera venu.

– Sauf que je le suis pas vraiment, avait fini par lui rétorquer son coéquipier un soir qu'ils patrouillaient dans les ruelles d'East Hollywood pour arrêter des voleurs de voitures. Que je vous explique…

Gil Ponce avait le nom de son grand-père paternel qui était venu du Pérou avec ses parents et s'était installé à Santa Barbara, Californie. Tous les enfants, y compris le grand-père de Gil, avaient épousé des Américains et des Américaines.

Gilberto Ponce Troisième du nom dit à Dan qu'il regrettait que sa mère d'ascendance irlando-écossaise ne l'ait pas prénommé Sam ou Ian, mais ajouta que ç'aurait déshonoré son grand-père qu'il aimait tout aussi fort que ses propres parents. Cela ne l'empêchait pas d'avoir l'impression d'être un imposteur, surtout maintenant que son officier instructeur n'arrêtait pas de l'aiguillonner sur les promotions pro-diversité culturelle qu'un nom comme le sien pouvait faciliter dans la Los Angeles de 2007.

– Avoir un nom hispanique, c'est du flan, avait-il fini par dire au vieux flic.

– Et si tu lisais le nom qu'il y a sur ta plaque, hein ? lui avait renvoyé Dan Applewhite. Hispanique, tu l'es. Et ça, aujourd'hui, ça veut dire quelque chose. Regarde un peu autour de toi au commissariat d'Hollywood. En dehors des brigades de nuit, les Anglos blancs font partie de la minorité. La moitié de la dernière promo de l'Académie de police est hispanique. Los Angeles est à deux doigts d'être récupérée par Mexico.

– Bon, écoutez un peu ça, lança le bleu. Qu'est-ce qui se passerait si mon grand-père péruvien était venu du Brésil voisin, où ils ont tous des noms portugais et ne parlent pas espagnol ? Ça me donnerait des points diversité culturelle ?

– Pas la peine de me compliquer tout ça parce que t'es allé en fac, avait rétorqué Dan. Tout est une question de couleur et de langue.

– Je sais à peu près autant d'espagnol que vous et j'ai la peau plus claire que la vôtre et les yeux plus bleus. Faites le calcul et vous verrez que je suis exactement un quart péruvien et ne me considère pas comme un *mestizo*.

– T'analyses trop, lui avait renvoyé Dan Applewhite.

Il aurait bien aimé que ce gamin qui sortait de la fac ne le reprenne pas à tout bout de champ et se disait que l'heure était vraiment venue de prendre sa retraite.

– Et si j'avais le même ADN péruvien du côté de ma mère et pas de nom hispanique sur le dos, on ne serait pas en train d'avoir cette discussion. Comme si les enfants de Geraldo Rivera[1] devaient avoir des points diversité culturelle ! Et Cameron Diaz quand elle aura des mômes, hein ? Ou Andy Garcia ? Voire Charlie Sheen, pour l'amour du ciel ! Il est aussi hispanique que moi !

La conversation avait pris définitivement fin lorsque Dan Jugement dernier avait arrêté l'atelier le long du trottoir, l'avait mis au point mort et, se tournant vers son jeune coéquipier, lui avait lancé :

– C'est pas la Cité des Anges, ici, c'est la cité des angles… des angles d'attaque s'entend, la cité où tout

1. Journaliste et animateur de télévision américain né le 4 juillet 1943 à Brooklyn *(NdT)*.

le monde cherche à avoir un avantage. On parle des centaines de langues ici, à Babelwood, pas vrai ? Tout tourne autour de la diversité culturelle, de la discrimination positive et du politiquement correct. Ce qui fait que, si la loterie de la vie t'a filé un avantage, vaudrait mieux l'accepter et en être reconnaissant. Parce que même si t'es un brave gamin avec des tas de possibilités, moi, je te le dis ici et maintenant : si tu fermes pas ta grande gueule et ne te conduis pas comme si t'avais de l'expérience, moi qui suis ton instructeur, je vais décider que t'es vraiment trop con pour être flic et que tu devrais même pas décrocher ton diplôme ! Tu piges ?

Sur quoi, Dan Applewhite s'était mis à éternuer et avait dû attraper sa boîte de mouchoirs en papier et son spray nasal.

– Tu vois ce que t'as fait ? avait-il repris en reniflant. Tu m'as stressé à mort et ça m'a réactivé les allergies !

Le vieux flic dominant enfin ses éternuements, son jeune coéquipier réfléchit à la question, regarda son officier instructeur et lui lança dans un espagnol scolaire avec un fort accent anglais :

– *Me llamo Gilberto Ponce. Hola, compañero.*

Dan Jugement dernier s'essuya le nez et lui renvoya :

– Voilà qui va mieux. Mais c'est pas la peine d'exagérer. Vous autres hispaniques avez toujours tendance à renchérir sur la perfection.

Leonard Stilwell était un camé au crack de 39 ans avec une masse de cheveux roux tout raides, un visage plein de taches de rousseur et de grands yeux au regard trouble qu'on aurait trouvés plausibles chez un bovin. Il s'était tapé deux séjours relativement courts à la prison du comté de Los Angeles pour cambriolage, mais n'avait jamais été expédié en centrale. Sa dernière condamnation venait de ce qu'il avait balancé ses gants en latex dans une benne à ordures après avoir mené à bien son petit boulot. Plus tard, les flics les avaient retrouvés et, après en avoir coupé les bouts, les mecs du labo avaient réussi à y découvrir de superbes empreintes. Suite à cette condamnation, Leonard Stilwell s'était mis à regarder *Les Experts.*

La prison du comté était tellement bondée que les prisonniers non violents du type Leonard Stilwell s'en tiraient généralement avec une libération anticipée pour laisser la place aux violeurs, aux tueurs des gangs et aux assassins conjugaux. Ayant ainsi profité de tous les crimes qu'on avait commis autour de lui, Leonard avait été expulsé de la prison du comté comme pâte dentifrice de son tube. Et chaque fois qu'il était sorti de taule, il s'était dépêché de rejoindre d'anciens copains pour les convaincre de lui filer une avance sur la part du butin qu'il se ferait le prochain coup, après quoi il s'était payé quelques jours de super-défonce au caillou pour faire disparaître dans des nuages de fumée ses souvenirs de prison avant de se remettre au boulot. Sauf qu'à ce moment-là il faisait équipe avec Whitey Dawson, un maître cambrioleur qui était mort d'une overdose d'héroïne six mois plus tôt, ses derniers mots étant : « Y a vraiment rien de mieux ! »

Leonard Stilwell s'était montré raisonnablement habile dans l'art de pénétrer par effraction dans les réserves des magasins de liqueurs et de spiritueux, la spécialité même de Whitey Dawson, et avait manifesté une certaine compétence dans celui de remplir des bouteilles vides de grandes marques avec du tord-boyaux de bas étage qu'il volait avant de les sceller avec des bouchons qui inspiraient confiance. À deux reprises, il avait ainsi vendu des bouteilles frelatées au milieu de bouteilles réglementaires à Ali Aziz du Salon du Léopard, lequel Ali Aziz n'y avait vu que du feu.

Mais maintenant que Whitey Dawson avait disparu, Leonard Stilwell en était réduit à prendre un boulot, un vrai. De fait, c'était même la première fois depuis quinze ans qu'il recevait un chèque pour sa peine, et il détestait ça. Il était le seul gringo de la laverie de voitures et quand le propriétaire ne lui gueulait pas dessus, c'étaient les autres employés qui le faisaient. L'un des Mexicains était un petit voyou du nom de Chuey qui avait de temps en temps du caillou décent à vendre. Il ne l'avait jamais sur lui et vivait dans un cottage d'East Hollywood où Leonard devait se rendre quand il en voulait.

Un soir, juste après le coucher du soleil, Leonard s'y était donc rendu et avait trouvé la porte de Chuey grande ouverte. Il avait crié, puis était entré, mais pas trace de Chuey. Il était passé dans la cour de derrière et oui, il l'avait trouvé. Horrifié, il avait réintégré la maison, décroché le téléphone, appelé le 911 et, dans ce qu'il pensait être de l'anglais avec un accent espagnol mais qui de fait était pratiquement incompréhensible, avait décrit ce qu'il venait de découvrir.

Cela dit, avant de quitter le cottage, il avait quand même aussi trouvé le moyen de sublimer assez fort son horreur pour saccager la chambre jusqu'à ce qu'il tombe enfin sur le portefeuille de Chuey. Et d'y dérober les vingt-trois dollars qu'il contenait avant de dégager vite fait.

L'appel pour « trouble de nature inconnue » leur arriva deux ou trois heures après que la crise d'allergie de Dan Applewhite se fut calmée. Un appel pour « trouble de nature inconnue » signifiait généralement que c'était quelqu'un de saoul ou de complètement hystérique qui avait passé le coup de fil, parfois encore que la personne s'était exprimée dans un langage incompréhensible. Mais cela pouvait aussi dire tout autre chose et rendait toujours les flics très nerveux et les mettait sur leurs gardes.

S'il faisait partie du territoire des gangs, ce secteur d'Hollywood n'en était pas pour autant contrôlé par les Salvadoriens. C'était là que traînaient les anciens, les *veteranos* mexicano-américains de la White Fence[1]. Les derniers rapports faisaient état de 463 gangs de rue à Los Angeles pour un total de 38 473 membres. Impossible de savoir comment le LAPD avait fait son compte pour se montrer si précis.

– Prends le fusil, lança Dan Applewhite à Gil Ponce, qui ôta le Remington de son râtelier et chambra une cartouche.

Le cottage à charpente en bois était couvert d'une peinture qui s'écaillait et le jardin disparaissait sous les mauvaises herbes. Une odeur de salsa et de lard en train de frire montait par la porte ouverte.

– Police ! cria Dan Applewhite en arrivant sur le seuil. Quelqu'un a appelé ?

Pas de réponse. Il prit le fusil des mains de Gil et ouvrit plus grand la porte avec la gueule de l'arme. La maison était plongée dans le noir, mais une lumière brillait dans la cuisine. Quelqu'un y avait mangé

1. Soit du Rempart blanc *(NdT)*.

récemment à la table. L'unique chambre était vide et le lit fait n'importe comment, le dessus rabattu sur un seul oreiller. Il y avait des habits d'homme posés sur le dossier d'une chaise et accrochés dans la penderie, et la garde-robe était bien maigre – deux paires de pantalons en coton kaki, plusieurs T-shirts blancs et un sweat gris aux manches coupées.

La porte de derrière étant ouverte, Gil éclaira la courette et y vit un petit tricycle et une pataugeoire en plastique, rien n'indiquant pour autant la présence d'un enfant dans la maison. Il fit glisser le faisceau de sa lampe sur une commode bon marché de la chambre, y remarqua quatre photos d'un petit Latino souriant et lança :

– Il a un fils qui ne vit pas ici.

Le jeune flic gagna la véranda de derrière et découvrit que le portail, qui était ouvert, donnait dans une ruelle. De l'autre côté de celle-ci se trouvait une vraie boîte d'allumettes d'immeuble couvert de graffiti de gangs et connu pour abriter des immigrés clandestins. Preuve manifeste de leur présence, des plants de haricots et de tomates dans les parties communes où se trouvaient d'antiques jardinières ou des petits bouts de terrain. Il n'était pas très tard, mais seules quelques fenêtres étaient éclairées dans l'immeuble de trois étages, dont le propriétaire, qui habitait le westside, avait déjà été sanctionné pour infraction au code de protection contre les incendies.

Gil Ponce traversa la courette, passa dans la ruelle et y trouva la raison de l'appel reçu. L'homme était pendu par ce qui semblait être une corde de rappel en nylon accrochée au poteau téléphonique installé entre le cottage et la maison voisine. Il portait un caleçon blanc en coton, et rien d'autre. Il n'avait pas de chaussures et des coulées de merde lui avaient maculé les jambes et les pieds. Son cou s'était allongé d'un bon tiers, sa tête ayant, elle, viré du ton olive naturel au violet et au noir. Torse, bras, cou, jusqu'aux côtés de son visage étaient décorés de dessins en couleurs, essentiellement des tatouages de gangs. Un escabeau gisait renversé sur la chaussée à quelques pas du corps qui se balançait.

– Hé ! cria Gil.

– C'est quelqu'un de l'immeuble qui a dû passer l'appel, dit le vieux flic en voyant le cadavre.

– Qu'est-ce qu'on fait ? demanda Gil, qui n'avait encore jamais vu de suicidé.

– On s'inquiète surtout de ce que sa tête n'aille pas se détacher et rouler dans la ruelle.

Un projecteur fut installé dès que l'équipe du coroner arriva. Un des croque-morts proposa de monter sur l'escabeau pour décrocher le nœud coulant si le flic et son coéquipier voulaient bien soulever le corps pour donner un peu de mou à la corde. À ce moment-là, plusieurs habitants de l'immeuble avaient déjà ouvert leurs fenêtres et contemplaient le spectacle bouche bée.

Horrifié, Gil regarda la merde qui avait coulé sur les jambes du mort, Dan Applewhite lançant aussitôt :

– Mon jeune coéquipier est costaud et bien plus fort que moi. Il va vous donner un coup de main.

– Je le sens d'ici ! hurla Gil.

– On lui mettra un drap autour avant de soulever, répondit le croque-mort. On ne défait pas les nœuds. Le coroner exige qu'ils soient intacts. On ne respire plus… Allez, ça ira.

– Dé-gueu ! murmura Gil Ponce en enfilant des gants.

L'escabeau était en place et, la lumière et les cris aidant, plusieurs autres immigrants clandestins avaient passé la tête aux fenêtres lorsque Charlie Gilford arriva, furieux d'avoir dû renoncer à son émission de télé parce qu'un vieux jeton avait décidé de danser en l'air. Il faut dire qu'une des candidates d'*American Idol*, une grosse qui chantait faux, commençait à pleurer comme une vache et les tueurs du jury y allaient à fond lorsque son téléphone avait sonné.

– C'est juste un vieux. Un pauv' type entre deux âges qu'a jamais fait de déclaration d'impôts, quoi ! lança Dan Applewhite à l'inspecteur.

Charlie contempla le torse du pendu et les tatouages de gangs qui lui couvraient les bras, puis se tourna vers Gil Ponce qui avançait, l'air inconsolable, vers l'escabeau, comme si c'était lui qui allait se pendre. Et suçouilla ses dents et ricana. Ce que voyant, Dan Applewhite lui lança :

– Je sais à quoi tu penses, Charlie, mais les gens là-haut peuvent t'entendre. C'est tellement évident, alors le dis pas !

Mais le chef de sûreté n'avait, lui, rien d'évident. Les paupières froncées, Charlie Gilford le Compatissant regarda le pâle et nauséeux Gil Ponce et lui cria :

– Hé, gamin, trouve-moi un bâton ! Parce que ça, moi, c'est ce que j'appelle une piñata !

5

En début de soirée, le Bris et le Débris avaient reçu un appel qui, d'après eux, aurait dû être transféré aux Corbeaux le lendemain. Une Guatémaltèque de Little Armenia se plaignait de ne pas pouvoir sortir de sa ruelle le matin à cause de toutes les voitures garées devant un atelier de carrosserie dont le propriétaire, pensait-elle, était arménien. Il fallait qu'elle ait rejoint son atelier du quartier de la fripe à 7 h 30, mais l'extrémité sud de la ruelle était souvent bloquée. Du côté nord, se trouvaient des immeubles d'habitation remplis de Latinos appartenant à des gangs et tout le monde avait peur de passer devant en voiture, voire seulement d'en prendre la direction.

– Ça, ça concerne la qualité de la vie, avait dit le Bris à la mère de cinq enfants qui parlait un anglais meilleur que la plupart.

– Je ne comprends pas.

– On a des policiers qui s'occupent de ce genre de problèmes, les Corbeaux.

– Comme l'oiseau ?

– Ben, oui, c'est le même mot, avait dit le Débris. Ils avertissent les gens, vous voyez, et ils leur mettent des contredanses s'ils font des trucs du genre bloquer les ruelles du quartier.

– Je sympathise, avait renchéri le Bris. Parce que non, vous pouvez même pas passer dans la ruelle à cause des voyous. Et vos gamins doivent faire des détours pour aller à l'école rien que pour éviter les rubans jaunes.

Elle avait compris l'allusion. Depuis qu'elle s'était installée à Los Angeles, des rubans jaunes, elle en avait vu plein autour des scènes de crime.

– Comment je l'appelle, ce corbeau ?

– Je dirai à l'un d'entre eux de passer vous voir dans la soirée, quand vous rentrerez du boulot, avait dit le Bris. Vous pourrez lui expliquer le problème.

Cet appel réglé, le Débris décida d'aller faire un tour dans la ruelle. L'atelier de carrosserie était fermé et il n'y avait qu'une lumière de sécurité devant l'immeuble, celles de l'arrière ayant grillé ou été cassées par des vandales.

Le Débris se gara près d'un grillage devant lequel étaient rangées des voitures en attente de réparation. Il descendit, alluma sa lampe et découvrit des bidons d'huile vides, des caisses en bois, une benne à ordures, des pneus et des jantes irrémédiablement endommagées.

– Putains de mini-lampes ! grogna-t-il. Si jamais je me fais descendre parce que je n'aurai pas eu assez de lumière, en réalité ce sera la Commission de la police et le chef qui m'auront tué. Ne l'oublie pas, frangin, et venge-moi.

Il éclaira la fenêtre deux mètres cinquante au-dessus de la ruelle et commença à chercher un point d'appui.

– Et d'abord, qu'est-ce que tu cherches ? lui demanda le Bris sans se donner la peine de descendre de voiture.

– La bonne femme dit qu'il y a des tas de bagnoles qui bloquent la rue et je remarque que l'atelier ne semble pas assez important pour ça.

– Et donc… ?

– Et donc je me pose des questions sur le genre de business qu'on pratique dans le coin. Comme dans la baraque qu'est juste à côté, mais qu'a pas d'enseigne. Je me dis que les mecs de l'atelier pourraient s'en servir pour travailler sur les bagnoles. Et si jamais ils se servent de torches à souder et de bouteilles de gaz dans un lieu qui n'est séparé des habitations que par une paroi en placoplâtre, on pourrait avoir une violation du code anti-incendie à invoquer pour leur fermer la boutique. Tu vois ?

– Laisse-moi regarder ces merdes de plus près, dit le Bris, authentiquement étonné par la conduite de son collègue jusqu'à ce qu'enfin la réponse lui vienne.

– Ça y est, je pige ! lança-t-il au bout d'un moment.

– Qu'est-ce que tu piges ? demanda le Débris en se hissant sur une caisse et de là, sur un baril d'huile vide pour braquer sa lampe sur la fenêtre du bâtiment contigu à l'atelier.

– Tout ça, c'est pour Ronnie Sinclair ! Elle bosse à Hollywood South maintenant. Ce que tu veux, c'est y courir demain et passer assez de temps avec le sergent des Corbeaux pour lui montrer à quel point ces histoires de qualité de la vie t'obsèdent. Et qu'il pense à toi la prochaine fois qu'il y aura une ouverture. Et après, s'il est vrai que les rêves finissent par se réaliser, peut-être même que tu pourras faire équipe avec Ronnie. Et qu'elle, elle finira peut-être par ne plus te trouver aussi répugnant que maintenant. Genre, je contrôle, mec !

Le Débris aurait été vraiment plus que fumasse que ses motivations profondes aient été percées aussi précisément à jour s'il n'avait pas été complètement scié par ce qu'il venait de découvrir.

– Hé, frangin, lança-t-il, monte un peu là-dessus et regarde-moi ce qu'on a là-bas dedans.

– Ne fais pas durer le suspense, lui renvoya le Bris sans bouger. Éclaire ma lanterne.

– Ce truc est un énorme hangar vide où réparer des trucs. Des centaines et des centaines de mètres carrés d'espace qu'on a !

– Et donc ?

– Et donc, j'ai six SUV sous les yeux. Neufs et presque neufs. Une BM, une Benz, une Lexus et voyons… j'arrive pas à savoir pour le reste. Il fait trop noir.

– Hé mec, c'est un atelier de carrosserie. Qu'est-ce que tu crois ? Que nos Arméniens y entassent des réserves d'olives et de fromage de chèvre ?

– Ce que j'en disais, moi… marmonna le Débris en continuant de regarder par la fenêtre.

Mais soudain il se retourna et lança :

– Hé, frangin, c'est pas des Arméniens.

– Bon d'accord, c'est quoi, alors ?

– Y a un journal sur un établi juste sous la fenêtre. Et je crois que c'est écrit en arabe. Pour moi, c'est des Arabes.

– Je comprends enfin pourquoi y a pas marqué « inspecteur » sur ton écusson, mec. Flash spécial info : on a des milliers et des milliers d'enculeurs de chameaux à L.A. Et alors ?

– Sauf que moi, je sais ce qu'ils manigancent.

– Laisse-moi deviner. C'est des espions d'Al Qaida.

– Ils repeignent et revendent des SUV volés. J'appelle la brigade des Vols d'autos dès que je me lève demain matin.

– Allez, quoi ! Pourquoi que tu me fais pas le coup des *Experts* et que tu commences pas à chercher des trucs avec de l'ADN dessus, hein ? Moi, ça me gêne pas de rester assis sur mon cul pendant que tu joues les grands limiers. Peut-être même que tu vas retrouver le couteau d'O.J. Simpson ou le flingue de Robert Blake.

– Tu crois que ça pourrait être des types d'Al Qaida ? Vraiment ? demanda le Débris.

Pendant que le Débris exaspérait son coéquipier avec ses trucs de fin limier, Ali Aziz comptait les clients du Salon du Léopard et râlait après ses barmen noirs, ses serveuses de cocktails blanches, jusqu'à ses plongeurs mexicains. Il ne se souciait pas que ses jérémiades agacent les clients. Des hommes exclusivement, qui concentraient leur attention sur deux danseuses en string et seins nus. Elles se tortillaient autour de deux poteaux en métal sous les hurlements d'une sono qui lui avait coûté soixante-quinze mille dollars après rabais spécial d'un client en mal de liquide avant de commencer à purger une peine de prison pour recel.

Ali Aziz embauchait toutes sortes d'hommes et de femmes pour servir au bar : des Blancs, des Asiatiques, des Mexicains, et maintenant deux Noirs qu'il allait virer la semaine suivante, jusqu'à un type du Moyen-Orient. Tous des voleurs, il le pensait. Tous ceux qui officiaient au bar ainsi que ses serveuses de cocktails portaient des chemises blanches amidonnées, des nœuds papillons et des pantalons noirs, mais il disait toujours que même s'ils avaient fait le boulot entièrement nus et sous la surveillance d'un gérant, ils auraient trouvé le moyen de le voler.

Naturellement, il pensait aussi que le gouvernement fédéral le plumait, tout comme l'État de Californie et la ville de Los Angeles. Il leur résistait en tenant une double comptabilité pour ses deux night-clubs, la première vraie et la seconde pour les contrôleurs du fisc. Chaque fois qu'il l'avait pu ces dernières années, il avait acheté ses liqueurs à un camé de cambrioleur qu'il connaissait sous le nom de Whitey Dawson et avait rencontré peu de temps après être arrivé en Amérique à l'âge de 22 ans. Ayant appris que Dawson avait succombé à une overdose d'héroïne, il s'était préparé à traiter avec son protégé, Leonard Stilwell, sauf que, très rapidement, même Leonard avait cessé de venir.

Naturellement encore, un businessman aussi prospère que lui ne faisait pas plus confiance à feu Whitey Dawson et à Leonard Stilwell qu'aux individus qui servaient au bar, et encore moins à son ex-épouse Margot qui, rien que d'y penser, le foutait en rogne. Il s'était toujours assuré que la bibine qui venait d'escrocs du genre Whitey Dawson était réceptionnée par un ami ou une connaissance d'un de ses aides-serveurs mexicains. Ou par quelqu'un d'autre, mais qui n'ait aucun lien avec lui ou avec son affaire.

– Hé toi, Paco ! lança-t-il à un Mexicain occupé à nettoyer une table posée devant la grande banquette.

Le Mexicain, qui s'appelait Pedro et pas Paco, travaillait pour lui depuis six mois.

– J'arrive, patron, dit-il.

– Où est ma clé, bordel ? Elle est pas sur mon bureau !

– Je… je ne…

Pedro, qui ne se rappelait plus comment dire *comprendo* en anglais, fronça les sourcils. Et garda les yeux fixés sur la bague en diamant qu'Ali portait au petit doigt et sur son énorme montre en or tandis que le patron lui agitait la main sous le nez.

– Fais pas le con ! reprit Ali. La clé. *Llave*.

Avant de marmonner :

– Enfoiré de Mexicain. Je parle espagnol, moi. Et anglais. Espèce de crétin de Mexicain !

– Patron ! dit Pedro, qui avait enfin compris. Vous pas donné à moi. Vous avez donné à Alfonso.

Ali le dévisagea un instant, puis lui ordonna de retourner travailler.

Et furieux, repartit dans la cuisine engueuler le plongeur qui suait fort, les bras dans l'eau savonneuse et la tête enveloppée d'un brouillard de vapeur. Après avoir récupéré sa clé des mains du Mexicain qui s'excusait, et menacé ce dernier de le virer et de garder son salaire tellement il était incompétent, il regagna le bar pour jeter un coup d'œil à la clientèle.

Et fut, bien malgré lui, obligé d'admirer le boulot de décoration intérieure qu'avait fait Margot. La salle était de première classe et bien conçue pour accueillir autant de clients que l'autorisait l'inspecteur du service incendie. Il avait certes regimbé en apprenant le prix qu'elle avait payé pour le papier peint avec ses tortillons couleur vin qui prenaient peu à peu des teintes terre. Le tapis, lui aussi couleur vin, qu'elle désirait coûtant plus cher que la Silver Rolls Royce qu'il avait essayée la semaine précédente, il avait dit non et en avait acheté un au rabais, couleur chocolat. Maintenant que les affaires commençaient à décoller et que les clients avaient l'air content de l'aménagement des lieux, il était heureux d'avoir écouté sa femme. Et devait reconnaître que la salope avait du talent. Cela dit, il aurait bien aimé qu'elle crève.

Leonard Stilwell en avait eu marre et avait lâché son boulot de laveur de voiture, mais s'était montré incapable de monter la moindre arnaque depuis la mort de Whitey Dawson. La sécurité s'était renforcée partout et il avait besoin d'un peu de caillou. Déjà il sombrait dans une dépression sévère dans l'espèce de trou à rats de deux-pièces qu'il louait à la semaine dans East Hollywood. C'était ce que le gérant appelait un « studio ». Soit une pièce avec un lit qui s'escamotait dans le mur pour que le locataire puisse entrer dans la kitchenette sans avoir à marcher dessus. Et la kitchenette était si petite que même un camé anorexique comme lui ne pouvait pas la traverser sans marcher de côté. Et pour couronner le tout, il y avait un motard et sa gonzesse dans l'appartement voisin, et à toute heure du jour et de la nuit ils étaient dehors à bosser sur leur chopper et à en faire si fort hurler le moteur qu'il ne pouvait pas dormir. S'il n'arborait pas les couleurs du biker de base et n'avait pas de logos de merde sur sa veste en cuir, le voisin était grand, poilu et si laid que Leonard avait la trouille de lui dire quoi que ce soit. Il y avait même des moments où il aurait préféré être de retour en prison.

De fait, il était tellement désespéré qu'un soir il décida de sortir et d'essayer de piquer du pognon au distributeur automatique du centre commercial. Il y avait là un magasin qu'il avait cambriolé à deux reprises du temps où Whitey Dawson vivait encore et n'était pas trop pété à l'héroïne. Capable de désarmer la plupart des systèmes d'alarme sur lesquels ils tombaient, Whitey était aussi un génie du rossignol. Leonard, lui, ne brillait pas dans ces matières, mais était toujours prêt à filer un coup de main. Sauf que maintenant les temps étaient durs et l'obligeaient à faire preuve d'ingéniosité.

Il avait déjà essayé de piller un distributeur à quatre reprises et avait chaque fois échoué, mais ce faisant avait appris quelques petits trucs. Ce coup-là, il s'assura donc d'avoir des bandes de pellicule noire que rien ne permettrait de déceler lorsqu'il les appuierait sur le lecteur du distributeur. Il en replia les extrémités et y attacha des bandes collantes. Chose qu'il n'avait pas réussi à faire le coup d'avant, il découpa des bandes dans la pellicule de façon que la carte ne soit pas éjectée de la fente par le mécanisme du distributeur.

Les trois quarts des magasins d'Hollywood s'apprêtant à fermer, il ne perdit pas de temps. Il enfila une chemise hawaïenne propre, un jean raisonnablement propre et des baskets, au cas où il lui faudrait déguerpir à toute allure. Puis il gagna le parking du centre commercial dans sa vieille Honda et laissa cette dernière assez près du distributeur pour pouvoir filer rapidement, mais pas trop non plus pour qu'on ne le voie pas sauter dedans. Puis d'un pas nonchalant il s'approcha de l'appareil et fit semblant d'y insérer une carte pour effectuer sa transaction. Glissa son piège dans la fente et appuya fort les bandes collantes sur le haut et le bas du lecteur. Et recula et attendit.

Une vieille femme s'approcha bientôt du distributeur en tenant un enfant par la main, probablement son petit-fils à voir comme ils se ressemblaient. Ils avaient l'air latino, Leonard maudit le sort. Si c'était des immigrants clandestins qui ne parlaient pas assez bien anglais pour lui donner leur numéro de code, ça ne marcherait pas. Mais à y regarder de plus près, non : ils étaient trop bien habillés pour être des clandestins – et l'espoir revint.

La femme glissa sa carte dans la fente et rien ne se produisit. Elle entra son code et attendit. Toujours rien. Elle regarda le gamin qui devait avoir dans les dix ans. Leonard s'approcha et les entendit parler une langue étrangère qui n'était pas de l'espagnol.

Puis il sortit une vieille carte de retrait qu'il avait sur lui pour ce tour de passe-passe, s'assura qu'ils l'avaient bien vue et lança :

– Je vous demande pardon mais… quelque chose qui ne va pas ?

– La carte est coincée dedans, répondit le gamin. Elle veut plus sortir.

– Laisse-moi essayer. Ça m'est déjà arrivé.

La femme regarda Leonard, qui lui décocha son sourire grands-yeux-bleus-et-taches-de-rousseur-partout pour la rassurer. Elle dit quelque chose à l'enfant dans sa langue bizarre et celui-ci lui répondit.

De près, alors qu'il essayait de leur vendre le gentil Leonard Stilwell, elle ne lui parut pas si vieille – elle devait avoir le même âge que sa mère qui aurait eu 58 ans si elle n'était pas morte. De près, elle avait aussi l'air futé. Et méfiante.

– D'où êtes-vous ? demanda Leonard au garçonnet.

– Ma grand-mère est perse. Moi, je suis américain.

Il aurait dû s'en douter. Il y en avait partout dans Irangeles. Et comme il n'en avait jamais rencontré de pauvres, il se sentait passablement échauffé lorsqu'il lança :

– Je sais ce qu'il faut faire pour récupérer votre carte, tu vois ? Tu devrais entrer ton numéro de code juste au moment où moi, j'appuie sur « annuler » et « enter ». La carte devrait ressortir tout de suite.

Le gamin parla de nouveau à sa mère, qui s'écarta à contrecœur pour laisser passer Leonard. Qui s'approcha du distributeur et posa le doigt sur les deux touches. Elle le regarda, il lui sourit encore en essayant de ne pas déglutir. Chaque fois qu'il le faisait, signe évident de nervosité, sa pomme d'Adam remontait d'un coup sec.

– Il faut bien se coordonner, dit-il à l'enfant. Dis-lui d'entrer son numéro de code maintenant.

Au lieu de quoi ce fut le gamin qui se mit à côté de lui et lui dit :

– Je peux le faire. Je suis prêt.

– Allez ! dit Leonard en regardant le gamin entrer les cinq chiffres au moment où il appuyait sur les deux touches.

Après quoi, il recula, se gratta théâtralement la tête, ce qui fit apparaître des pellicules sur son nid d'oiseau de cheveux roux, et déclara :

– Désolé, c'est la première fois que ça ne marche pas. On dirait bien que je vais pas pouvoir vous aider.

Il haussa les épaules à l'adresse de la femme, leva les mains en l'air en signe de capitulation, pivota et regagna le parking, où il s'accroupit derrière la première rangée de voitures et les observa. La femme et le gamin parlèrent un moment, puis ils entrèrent dans le magasin pendant que Leonard piquait un sprint jusqu'au distributeur, très soigneusement décollait les extrémités repliées de la pellicule, tirait doucement et récupérait la carte. Et entrait le numéro de code, prenait le risque de demander trois cents dollars, le montant maximum autorisé par la banque dont il avait le nom sur la carte et… jackpot !

Un quart d'heure plus tard, il se garait dans le parking payant le plus proche du Grauman's Chinese Theater d'Hollywood Boulevard et ne râla même pas quand il fallut payer la somme exorbitante qu'on lui réclamait : il avait trois gros billets de cent dans la poche. Il cherchait Bugs Bunny, pas le grand qui se pointait souvent le vendredi soir, l'autre, le petit qui avait toujours une réserve de caillou dans sa tête de lapin alors que, vêtu de son costume, il bondissait de-ci de-là avec une carotte en caoutchouc mousse dans la patte et lançait des « Quoi de neuf, docteur ? » à tous les touristes armés d'un appareil photo qui se trouvaient dans un rayon de dix mètres.

Les personnages de rue sortaient toujours en force par les douces nuits d'été. Leonard vit Superman, Batman, Porky Pig et Spiderman (il y en avait plusieurs) dans sa posture de prédateur ; un genou levé, il ressemblait plus à un oiseau qu'à une araignée. Les nuits d'été comme celle-là, quand en abaissant le firmament le smog ramenait les cieux à de justes proportions, les gens songeaient que le paradis, on pouvait le trouver dans Hollywood Boulevard. Alors l'endroit devenait magique pour tous ceux qui ont de l'espoir et des rêves.

Leonard Stilwell, qui en connaissait un rayon côté magie, regarda une touriste attentive (elle portait un sac en bandoulière) prendre une photo de son mari qui posait avec Catwoman. Cela pendant qu'un ado aussi mince qu'agile très expertement ouvrait son sac, en retirait le portefeuille et se fondait dans la foule avant qu'elle ait eu le temps de demander à Catwoman de poser pour une autre photo.

Lorsque ce fut le moment de payer l'amazone, la femme s'écria :

– Oh, Mel ! Melvin ! Mon portefeuille a disparu !

Leonard qui espérait ne jamais avoir à pratiquer le dangereux métier de pickpocket continua d'avancer dans la mêlée en entendant Catwoman déclarer :

– Tu ne penses quand même pas que je m'habille et que je pose pour rien, hein, Melvin ? Ton portefeuille à toi, on ne te l'a pas piqué, si ?

En apercevant The Hulk, Leonard reprit espoir. Il savait que The Hulk était copain avec Bugs Bunny parce qu'un jour il les avait vus partir ensemble dans la même voiture. Mais The Hulk était très occupé, pas moins de six touristes asiatiques faisant la queue pour prendre des photos avec lui. Même chose pour Mister Incredible, Elmo, jusqu'au comte Dracula dont le sourire sanguinolent était trop effrayant pour les photos avec des petits enfants.

Enfin Leonard le repéra. Bugs Bunny posait en double avec Wolfman, l'un et l'autre squeezant entre eux deux une grosse femme d'une cinquantaine d'années. Affublée d'une casquette de base-ball avec l'inscription « I Love Hollywood » en sequins, la dame caressait la tête des deux personnages de ses mains grassouillettes.

Bugs ayant pris le pourboire de l'obèse, Leonard s'approcha de lui et lui chuchota dans son oreille de soixante centimètres :

– J'ai besoin d'un peu de caillou.

– Combien t'as ?

– Je peux dépenser deux billets de cent. Ça te va ?

– C'est bon comme de l'or, ça, mec. J'ai du caillou et un peu d'ice pas dégueulasse si tu veux te faire du cristal. Attends une minute et rejoins-moi au Kodak Center. Faut que je m'occupe de Pluto avant toi.

Lorsque, plus tard dans la soirée, Leonard repensa à cet instant, il se dit que ça devait être son sixième sens de cambrioleur qui l'avait sauvé. Toutes les années qu'il avait passées à observer, attendre et étudier les gens, à se poser des questions du genre : « Ce gus est-il en train de me regarder comme le ferait un gangster de la 18e Rue ? Ou alors un flic en plongée ? » Ou encore « Comment se fait-il que cette pute nègre travaille ce coin de rue alors qu'elle ou une autre, j'ai jamais vu de putes ici avant ? Ce petit enculé de camé qui bosse aux Tacos de Pablo aurait-il averti les flics que je vais me payer la boutique de son boss cette nuit avec le code de l'alarme qu'il m'a refilé ? Cette sournoise de pute ne serait pas de la police par hasard ? »

Leonard n'aimait pas le look du gros touriste en T-shirt blanc neuf avec le panneau d'Hollywood blasonné devant et derrière. Il n'aimait pas davantage sa casquette de base-ball des L.A. Dodgers. Elle était bien trop usée pour appartenir à un type qui n'était pas du coin. Et le bas du cul donnait l'impression d'essayer un peu trop fort d'avoir l'air d'un touriste et n'était pas tout à fait assez gras pour qu'on soit sûr que ce n'était pas un flic.

Leonard était resté bien en retrait et se trouvait à une bonne trentaine de mètres lorsqu'il avait repéré Bugs Bunny et Pluto, le chien de Mickey Mouse, devant les toilettes, leurs énormes têtes sous le bras. Et vu le gros lard ôter sa casquette de base-ball des Dodgers. Et compris que c'était sûrement un signal.

Et là, le gros lard leur avait foncé dessus, trois autres flics en plongée les prenant à revers. Bugs Bunny avait essayé de bazarder le speed qu'il avait dans sa tête en la renversant, Pluto, lui, s'emparant du caillou qu'il venait d'acheter pour le jeter par terre derrière lui.

Le gros lard avait sorti un pistolet de dessous son T-shirt et hurlé :

– Police ! On jette sa tête et on lève les pattes en l'air !

Jusque-là, Ronnie Sinclair et Bix Ramstead avaient eu droit à dix heures de ronde sans incidents. Afin de mener à bien leur mission d'amélioration de la qualité de vie, ils avaient pris part à des descentes dans certains night-clubs de Sunset et Hollywood Boulevard qui suscitaient beaucoup de plaintes chez les commerçants et les habitants du coin. Les clients de ces établissements se garaient en effet sur la première place libre venue, sans se soucier des panneaux d'interdiction de stationnement ou de savoir si leurs véhicules empiétaient sur les sorties d'allées cochères. Sans parler de ceux qui, fréquentant les clubs seins nus où la bibine était autorisée à la vente, pissaient et dégueulaient sur le trottoir et dans les espaces plantés, et jetaient leurs cochonneries là où c'était le plus commode pour eux.

Ceux qui préféraient les clubs nu intégral en sortaient plus sobres étant donné qu'il était interdit d'y vendre de l'alcool, ce qui n'empêchait nullement les plus entreprenants de trouver le moyen d'alcooliser leurs sodas à l'aide de flasques qu'ils planquaient. Certains d'entre eux allaient même jusqu'à faire de fréquents voyages aux toilettes, où ils sortaient des flacons de gnole en plastique de leurs vêtements, se remplissaient la bouche de bibine et retournaient à leurs tables pour la recracher dans leurs sodas à moitié vides. Les plus audacieux se contentaient de la verser dans leurs verres sous la table. D'autres encore laissaient tomber la bibine et ingéraient ou sniffaient de la drogue, ce qui faisait l'affaire.

Alors que les Mœurs qui bossaient sur ces clubs infligeaient des amendes, voire procédaient à des arrestations pour toutes sortes de violations des lois et règlements sur la prostitution et les boissons alcoolisées, Ronnie et Bix, eux, servaient les besoins des voisins. Corbeau depuis peu de temps, Ronnie n'en commençait pas moins à connaître les plaignants chroniques par leurs noms. L'un d'eux était une certaine Mme Vronsky, propriétaire d'un immeuble de location de neuf appartements près du Salon du Léopard, un des clubs qui vantaient leur « grande classe » dans toutes leurs publicités.

– Agent Ramstead, je vous remercie de votre célérité, dit la vieille dame avec un léger accent étranger lorsqu'ils la trouvèrent au pied de son immeuble.

Âgée de plus de 80 ans, petite, silhouette encore féminine, cheveux blancs bien coiffés, elle portait un pantalon et une veste assortie qui devaient dépasser, et de loin, le budget de Ronnie.

– Mais c'est bien naturel, madame Vronsky, répondit Bix. J'aimerais vous présenter un de nos nouveaux officiers de police, l'agent Sinclair.

– Ravie de faire votre connaissance, ma chère, dit la vieille dame avant de revenir sur Bix. J'ai déjà demandé mille fois à ce M. Aziz de dire à ses employés de ne pas se garer sur nos places de stationnement réservées, mais eux, dès qu'ils voient une place libre, ils sautent dessus. Et après, mes locataires rentrent chez eux à minuit après leurs 3/8 et qu'est-ce qui se passe ?

– Il faut appeler le commissariat d'Hollywood pour que nos collègues leur mettent des contraventions ou envoient leurs véhicules à la fourrière, répondit-il, plein de sympathie. Je comprends parfaitement, madame Vronsky.

– J'ai été patiente, agent Ramstead, reprit-elle, ses yeux pâles se faisant tout mouillés. Mais cet homme ignore totalement mes coups de fil.

– Il va donc falloir qu'on continue à lui mettre des amendes et à faire enlever les voitures, n'est-ce pas ? dit-il en tapotant légèrement la vieille dame sur l'épaule. En attendant, nous allons lui dire deux mots.

– Merci, agent Ramstead. La prochaine fois que vous viendrez, j'aurai des pirojkis faits maison à vous offrir. Juste comme vous les aimez.

– Ah merci, madame Vronsky. L'agent Sinclair va se régaler.

Ils se dirigeaient vers la porte d'entrée du Salon du Léopard lorsque Ronnie déclara :

– Les coups d'œil qu'elle te jetait ! « Si seulement j'avais quarante ans de moins », voilà ce qu'ils disaient. Mais là, qu'on lui en donne la moitié d'une occasion et, même sans dents, elle te dévore tout cru.

– C'est tout aussi facile de se montrer patient, dit-il en souriant. L'année dernière, elle a fait don de mille dollars au fonds du L.A. Police Memorial et a remercié tout spécialement le très aimable agent Ramstead du commissariat d'Hollywood. Même que le patron m'a gratifié d'un superbe : « Bravo, mon garçon ! » Attends un peu de rencontrer Mme Ortega. Elle est portoricaine et m'oblige toujours à m'asseoir et à manger un peu de poisson grillé au four avec du riz. Et ne manque jamais d'aspirer goulûment les yeux du poisson.

– Beurk ! s'écria Ronnie avant de suivre Bix dans l'entrée du night-club plongée dans le noir et de découvrir que l'établissement était nettement plus luxueux que ce qu'elle imaginait.

Un videur latino solidement charpenté salua les deux flics en tenue d'un signe de tête et s'écarta pour les laisser passer. Il y avait là trois barmen qui versaient à deux mains des boissons dans des verres, un aide-serveur poussant sans arrêt les portes battantes de la cuisine pour y apporter de pleins plateaux de verres sales. L'endroit était sombre, mais pas assez pour que flic en plongée ou videur ne puisse pas surveiller tous les clients et ce qu'ils fabriquaient à leurs tables. Les banquettes avaient l'air confortable et les tables maintenues propres par des aides-serveurs latinos en chemise blanche et nœud papillon, qui travaillaient dur.

Ronnie fut surprise de voir à quel point les serveuses de cocktails étaient jolies, les deux filles qui dansaient sur scène étant, elles, sensationnelles. L'une d'elles semblait être mi-blanche mi-asiatique, ses cheveux lustrés lui descendant presque jusqu'au string tandis qu'elle tournait sous les projecteurs stroboscopiques.

– Une table pour deux ? leur demanda une serveuse forte en poitrine en s'avançant vers eux avec un sourire.

– Faut que je vous avertisse, lui lança Bix en lui renvoyant son sourire. Je n'aime pas les petits jouets tropicaux dans mes *mai tais*[1]. Le patron est dans le coin ?

– Il est dans son bureau. Donnez-moi une minute. Je vais l'avertir que vous êtes là.

Elle disparut un moment, revint et dit :

– Vous pouvez entrer.

Ronnie remarqua que la serveuse de cocktail faisait les yeux doux à Bix lorsqu'ils la frôlèrent en passant devant elle dans le couloir étroit qui conduisait au bureau, mais lui, ne parut pas s'en apercevoir. Elle avait déjà décidé qu'il était l'exemple typique du flic mâle monogame et fuyant, soit une créature qu'elle pensait disparue, si elle avait même seulement jamais existé.

1. Cocktail à base de rhum, curaçao, citron, jus d'ananas, grenadine, sirop d'orgeat et glace pilée *(NdT)*.

Ali Aziz était assis à son bureau couvert de dossiers, de factures et de photos de danseuses possibles, la plupart d'entre elles seins nus. Il engueulait quelqu'un au téléphone en arabe. Il leva les yeux sur eux, se fendit d'un sourire poli et leur fit signe de s'asseoir dans deux fauteuils réservés aux clients.

Ronnie trouva le bureau très bien, très différent de ce à quoi elle s'attendait. Subtils, les papiers peints étaient de teintes pâles qui allaient bien avec les tons terre des tapis et des tentures qui masquaient la seule et unique petite fenêtre donnant sur la ruelle. La seule faute de goût se trouvait sur la personne même d'Ali Aziz qui portait un blazer en soie couleur crème avec poche de poitrine monogrammée, une chemise noire et un pantalon assorti, une Rolex en or et des bagouses au petit doigt des deux mains. Entre deux âges, chauve et le teint basané, elle se dit qu'il avait peu de chances d'être jamais invité au Jonathan Club du centre ville. Mais qu'il ne détonnerait pas du tout au Night-Club Committee du Conseil consultatif de la police.

Ali Aziz raccrocha, se leva et tendit le bras au-dessus du bureau pour serrer la main des deux flics. Plus petit que Bix d'une bonne dizaine de centimètres, il les regarda avec toute la cordialité dont il était capable et leur dit :

– Je souhaite la bienvenue. J'espère qu'il y a pas problèmes. Nous sommes amis du commissariat d'Hollywood. Je connais bien votre capitaine et, chaque année, c'est fond du cœur je fais don à la Fête des vacances des enfants et à la collecte du Tip-a-Cop.

– C'est toujours pour la même plainte, monsieur Aziz, lui renvoya Bix.

– Parking ?

Sauf qu'avec son accent, cela donna « Barking[1] ».

– Parking, oui.

– Enculés de Mexicains ! s'écria Ali, qui regarda Ronnie et ajouta : Désolé. Je suis désolé, madame l'agent. J'ai tellement colère avec mes Mexicains. Je les vire. C'est eux qui font le parking illégal. Je m'excuse pour ma langue grossière.

Ronnie ayant haussé les épaules, Bix déclara :

– Nous n'avons aucune envie que quiconque soit licencié. Nous voulons seulement que vos employés ne stationnent pas sur les places réservées aux habitants de l'immeuble d'en face, même si elles sont vides ; les gens travaillent tard et, quand ils rentrent, ils trouvent les voitures de vos employés sur leurs emplacements.

– Oui, oui, dit Ali. La vieille Russe, elle a raison. Elle m'appelle tout le temps. J'ai la police qui vient tout le temps. Ça m'embête pas. J'aime que mon client voie la police ici. Il sait que c'est club respectable. Mais je suis désolé vous perdez votre temps. Je vais arranger le problème. Je vais envoyer des fleurs à la vieille Russe. Vous avez besoin d'argent pour des trucs ? Je vous donne du liquide pour le… comment c'est déjà ? le Pals Program[2] ?

Dans sa bouche c'était devenu le Balls Program[3].

– Pas de liquide, dit Bix en se levant. Si vous voulez, vous pouvez faire un don par chèque à la Police Activity League.

– Je ferai ça demain, si Dieu veut, dit Ali en se levant pour leur serrer la main.

1. Soit « Aboiement » *(NdT)*.
2. Soit le programme des copains de la police *(NdT)*.
3. Soit le programme des couilles *(NdT)*.

Ronnie s'était mise à regarder les photos encadrées posées sur une étagère au-dessus d'une télé grand écran. Il y avait là deux photos d'un joli garçonnet prises en studio, la première alors qu'il avait environ deux ans et la seconde où il semblait en avoir cinq, les deux clichés le montrant en costume avec chemise blanche et cravate. Sur la troisième photo, elle aussi qualité studio, on le voyait poser à côté de sa mère. Lui en blazer et cravate, elle en robe noire de base avec décolleté en V et une seule rangée de perles autour du cou. Elle était d'une beauté saisissante avec ses cheveux couleur, couleur quoi ? châtain doré ? mais d'une opulence et d'une lourdeur à faire mourir d'envie n'importe quelle femme.

– Vous avez une très belle famille, dit Ronnie en touchant précautionneusement le cadre.

– Mon fiston, dit Ali avec pour la première fois un sourire authentique. Mon cœur. Ma vie. Mon petit Nicky.

– Votre femme devrait faire du cinéma. Tu ne crois pas, Bix ?

– Mmh, ouais, répondit-il en regardant à peine la photo.

– On est dans bataille divorce, reprit Ali dont le sourire vira soudain à l'aigre.

– Je suis désolée, dit Ronnie.

– Pas de problème. J'obtiendrai mon fils d'elle. J'ai meilleur avocat divorce dans tout Los Angeles.

Ils firent leurs adieux, Bix demandant à Ronnie « Alors, qu'est-ce que tu penses d'Ali Aziz ? » dès qu'ils eurent quitté le night-club.

– Je ne voudrais pas travailler pour lui.

– On a l'impression que le beurre lui fond dans la bouche quand il parle aux flics.

– Parle plutôt de yaourt maigre, je t'en prie, dit-elle.

Ils remontaient dans leur voiture pour terminer leur service lorsqu'elle ajouta :

– Ce mec ne nous posera pas de problèmes bien longtemps. Avec tout l'or qu'il a sur lui, il va finir par couler au fond de sa piscine si jamais il s'éloigne de la pataugeoire.

Et c'est ainsi que leur service sans incidents se serait terminé s'ils n'étaient pas passés par Sunset Boulevard pour regagner le commissariat. La circulation était modérée ce soir-là, mais l'artère était bloquée à la hauteur de Vine Street par un barrage déroutant de feux de détresse installé par un automobiliste. Ils virent une voiture de patrouille qui fonçait vers le nord dans Vine Street piler au croisement dans un crissement de pneus. Bix alluma ses gyrophares et prit vers l'ouest dans la voie est, puis vers le sud dans Vine Street et là, ça y était, tomba sur un gros accident.

– On dirait que ça vient juste de se produire, dit Ronnie alors que deux flics de la troisième ronde bondissaient de leur atelier pour gagner une vieille Chevy Caprice tout aplatie qui avait fait plusieurs tonneaux après avoir été percutée par un deux-tonnes conduit par un ado qui, son portable collé à l'oreille, avait grillé le feu rouge en fonçant vers le sud.

La figure lacérée, le gamin saignait abondamment et s'appuyait à une portière qui s'était refermée comme un portefeuille sous la violence du choc.

Bix bondit lui aussi de l'atelier et courut vers la vieille voiture, Ronnie sur les talons, un des jeunes flics de la troisième ronde leur criant :

– Y a deux ambulances en route ! Y a une femme et une môme dans la bagnole ! Elles saignent méchant et on n'arrive pas à les dégager !

Plus grand, l'autre flic donnait des coups de pied dans la portière bloquée de la Caprice, où l'on voyait la tête d'une enfant ouverte du haut en bas, le sang lui coulant de gros sillons ouverts dans sa figure, jusqu'à l'os.

– Mon Dieu ! s'écria Ronnie. Ah mon Dieu !

Et elle aussi se mit à donner des coups de pied dans la portière après que le grand flic se fut arrêté pour sortir sa matraque. Dont il essaya d'user comme d'un levier pour tenter de forcer la portière en hurlant à son coéquipier :

– Trouve-moi un démonte-pneu ! N'importe quoi pour faire levier !

Bix vit à travers le verre cassé que l'Asiatique assise au volant était morte. Elle avait la poitrine enfoncée par la colonne de direction et regardait fixement le ciel noir par ce qui restait du toit.

Les sirènes des ambulances approchant, Bix entendit plusieurs voix qui criaient et vit bouger quelque chose. Il braqua le faisceau de sa lampe à l'intérieur de l'habitacle et se rendit compte qu'il y avait un autre enfant sur la banquette arrière.

– Y a un autre gosse à l'intérieur ! hurla-t-il juste au moment où le grand flic réussissait à ouvrir la portière arrière, Ronnie voyant alors clairement que la tête fracassée de la fillette ne tenait plus à son cou que par des nœuds sanguinolents de tissu rouge et gluant.

– Ah mon Dieu ! répéta-t-elle, et elle fit le tour de la voiture en courant pour rejoindre Bix et le gamin qu'il avait trouvé en espérant que lui au moins serait vivant.

Bix s'était mis à genoux et, sa mini-lampe posée sur l'asphalte, rampait sous la voiture pour essayer de soulever le bout de carrosserie qui clouait l'enfant. Ronnie l'entendit pousser avec son dos en grognant. Elle braqua sa lampe vers le bas et découvrit alors le visage d'une fillette de quatre ans qui s'avéra être la deuxième fille d'une famille de jeunes immigrants cambodgiens installés à Los Angeles depuis presque cinq ans.

Le corps de l'enfant était tout tordu et couvert de sang, mais ni sa tête ni son visage d'une beauté aussi pâle que délicate n'avaient souffert. Ronnie rampa sous l'épave à son tour pour aider Bix à soulever le métal tordu.

C'est alors que la chose se produisit, la chose dont, elle le sut tout de suite, elle se souviendrait jusqu'à la fin de sa carrière. Voire jusqu'à la fin de ses jours. La fillette ouvrit les yeux et regarda le visage convulsé de Bix Ramstead qui venait enfin de soulever assez haut le bout de métal pour que Ronnie puisse la libérer.

Et là, juste avant que Ronnie ne la dégage, l'enfant dit à Bix :

– C'est vous, mon ange ?

Et, faisant de son mieux pour contrôler sa respiration difficile, Bix réussit à lui répondre :

– Oui, ma chérie, je suis ton ange.

Dès qu'ils furent revenus au commissariat d'Hollywood, Bix quitta son uniforme bien plus rapidement que Ronnie. En sortant du vestiaire femme, elle le vit sprinter à travers le parking pour gagner sa voiture et fut sûre et certaine de savoir où il se rendait.

En arrivant au boulot le lendemain matin, elle apprit que la fillette avait survécu au trajet en ambulance, mais qu'elle était morte aux urgences du Hollywood Presbyterian Medical Center quelques secondes avant que son ange ne puisse la rejoindre.

6

Une fois par mois, toutes les divisions du LAPD étaient tenues d'assister à une réunion du CPAB (prononcé see-pab) à savoir le Community Police Advisory Board. Celle d'Hollywood avait lieu le dernier mardi du mois, le but de l'opération étant de rassembler les chefs des communautés, les capitaines des groupes de surveillance bénévoles du quartier, les gens du Bureau du city attorney, ceux du ministère des Transports, du Los Angeles Fire Department, et bien d'autres encore, afin de discuter de la criminalité et des questions de qualité de la vie dans les diverses divisions de police. La réunion était dirigée par le capitaine de la division et le président du CPAB x ou y.

Pour les Corbeaux de la division d'Hollywood, les problèmes avaient commencé presque immédiatement parce que, selon un rapport privé présenté au bureau du chef de police, Hollywood ne ressemblait à aucun autre endroit de la ville. De fait, le rapport qualifiait la ville de « capitale des dingues d'Amérique ». Parce qu'il s'agissait d'une réunion de la communauté, les habitants d'Hollywood ne pouvaient être mis à l'écart ou exclus pour conduite irrationnelle, à moins que ladite conduite ne devienne dangereuse. Bien des gens se pointaient régulièrement à ces réunions pour le café et les donuts qu'on y servait gratuitement. Et plutôt deux fois qu'une, c'était le bordel.

Des arrangements particuliers devant être trouvés pour accueillir les réunions CPAB de la division d'Hollywood, il fut décidé qu'une deuxième réunion se tiendrait le lendemain de l'officielle. Les noms et adresses des habitants les plus bizarres et pénibles furent sélectionnés sur les feuilles de présence des réunions et on leur expédia des lettres pour les informer que leur réunion aurait dorénavant lieu le dernier mercredi du mois. Cette réunion fut alors officiellement rebaptisée « Réunion de la communauté d'Hollywood », les flics, eux, l'appelant en privé : « Le Bal des cinglés ».

Ainsi les Corbeaux s'interpellaient-ils pour savoir s'ils allaient au « Bal des cinglés » ou « voir PAB ».

Le Bal des cinglés n'était pas placé sous la présidence du capitaine ou d'un membre quelconque du personnel de commandement. Parfois même le sergent des Corbeaux ne se chargeait pas de cette tâche et préférait la laisser à un SLO. Les Corbeaux essayaient d'avoir des intervenants susceptibles d'intéresser les gens, disons un inspecteur de la brigade des Stupéfiants, un policier du bureau des Gangs ou quelqu'un des Mœurs. Afin d'encourager les intervenants, les Corbeaux leur racontaient qu'il s'agissait d'une réunion toute simple des gens de la communauté et qu'ils la trouveraient sûrement agréable. Dès qu'ils découvraient la vérité, ils ne revenaient plus jamais.

Ronnie Sinclair fut chargée d'assister à son premier Bal des cinglés le lendemain du jour où le Débris pensait être tombé sur une cellule d'Al Qaida opérant en plein Hollywood. Ce matin-là, le Débris avait appelé les collègues de la brigade des Vols d'automobiles dès qu'il s'était réveillé, mais tous étaient à l'extérieur, soit au tribunal, soit occupés ailleurs. Lorsqu'il répondit enfin à son appel, l'un d'eux, que le Débris ne connaissait pas personnellement, ne se montra pas des plus enthousiastes.

Après avoir écouté la théorie qu'avait échafaudée le Débris en repérant un journal arabe dans un atelier de carrosserie où l'on travaillait sur des SUV de prix, l'inspecteur lui demanda :

– Vous êtes capable de faire la différence entre l'arabe et le farsi ?

– Euh, non, dut reconnaître le Débris.

– Ce journal aurait pu être laissé là par un Iranien.

– Raison de plus pour vérifier. Vous vous rappelez l'année dernière, l'affaire où le LAPD et le FBI ont serré des Tchétchènes qui avaient monté un racket où ils avaient des mecs qui signalaient des vols de véhicules de luxe et récoltaient les remboursements des assurances ? Et après, les voitures étaient expédiées au pays dans de gros containers pour aider des terroristes musulmans ? Vous vous rappelez ? Eh bien, pour moi, ces SUV sont bien trop neufs et trop chers pour qu'on bosse dessus dans un atelier borgne d'East Hollywood.

– Vous êtes en train de me dire que, pour vous, ces gens-là sont des terroristes tchétchènes ? demanda l'inspecteur après un instant de silence.

– Non, mais peut-être que ce sont des copieurs qui jouent à la même chose et vont expédier en contrebande des SUV volés dans des endroits du genre…

– Bagdad ?

– Ou…

– Téhéran ?

– Et merde ! lança le Débris.

– Vous voulez vérifier vous-mêmes, vous avez ma bénédiction, conclut l'inspecteur. Mais si vous les attrapez, c'est à vous de nettoyer le bordel. Moi, là, faudrait que je sois au tribunal, donc je me sauve.

– Et nous, nous tenons à vous remercier pour ce coup de fil, lança le Débris à son téléphone après avoir raccroché. Merci « beaucon », non vraiment !

L'indifférence et la condescendance de cet inspecteur furent même ce qui amena le Débris et son coéquipier réticent au Bal des cinglés du mercredi soir. Bien sûr, Ronnie Sinclair, elle, trouva gratifiant de voir un Corbeau expérimenté mener les débats. Le sergent l'assura que Tony Silva était quelqu'un qu'il valait la peine de chercher à égaler : patient, il savait calmer la plupart des habitués si jamais on en venait à des violences.

– « À des violences » ? répéta Ronnie stupéfaite, mais le sergent se contenta de partir en haussant les épaules.

Elle se dit qu'il devait plaisanter.

Vingt minutes avant le début de la réunion, elle fut encore plus surprise de voir le Débris entrer dans la salle et lui faire signe de le rejoindre dehors.

– Qu'est-ce qu'il y a ? demanda-t-elle en l'accompagnant jusqu'à l'atelier, où le Bris s'était installé au volant.

Le Bris lui coula un regard et lança :

– Ça, c'est pas ma faute, Ronnie. Les mecs de la cinquième ronde n'ont que trois voitures dehors et il m'a coincé. Si jamais il s'en aperçoit, Treakle va nous castrer.

– J'ai un truc que j'aimerais faire vérifier par un Corbeau, dit le Débris à Ronnie en lui tendant une feuille de bloc-notes sur laquelle étaient portés l'adresse de l'atelier de carrosserie et les adresse et numéro de téléphone de la Guatémaltèque qui avait appelé pour son histoire d'allée cochère bloquée.

– Qu'est-ce que c'est que tout ça ? demanda Ronnie.

– C'est un truc de qualité de la vie, lui répondit le Débris. Et ça te permettra d'aller voir cet atelier de carrosserie et, qui sait, peut-être de tomber sur une très grosse affaire.

– Oussama ben Laden, dit le Bris. Mon coéquipier pense qu'il y cabosse des BM et des Benz !

– Hé mec, tu pourrais pas me lâcher deux minutes ? lança le Débris à son collègue. Tu me flingues comme t'as flingué les deux nullards à Malibu ce matin.

Ronnie, qui savait que le Bris et le Débris faisaient du surf presque tous les jours avant de prendre leur service, s'écria :

– Flingué des nullards ?

– Il pense que je n'aurais pas dû surfer en self-défense contre quatre encornets qui nous avaient fait un doigt d'honneur et m'avaient piqué ma descente alors que je fonçais. Et eux, ils ont cru que c'était super-cool jusqu'au moment où l'un d'eux s'est pris ma planche sur la tête quand je l'ai feinté genre serpent sur le rouleau d'après.

– Quoi ?

– Tout ce que j'ai dit, lança le Débris au Bris, c'est que t'aurais dû flinguer ce nazillon du surf si tu voulais le filer aux requins. Pas le torpiller jusqu'à ce qu'il reste à moitié mort dans le tube.

– On parle tout simplement trop de langues dans cette ville, fit remarquer Ronnie. Vous m'avez fait venir pour me mettre au courant des derniers temps forts du surf ou quoi ? Moi, je rentre.

– Prends juste quelques minutes ce soir ou demain, s'empressa de dire le Débris. Appelle cette femme sur les Arabes de l'atelier de réparation. Ce truc est bourré à craquer de SUV. Pour moi, ils sont volés. Tu pourrais leur dire de pas bloquer la rue et, tiens, noter quelques numéros de plaque et de moteurs en passant.

– Je ne suis pas inspectrice. Faut appeler la brigade des Vols de voitures.

– C'est déjà fait. Ils sont à peu près aussi bosseurs que Charlie le Compatissant. Un accès bloqué affecte tous les habitants de l'immeuble. J'ai besoin d'un flic qualité de la vie pour faire démarrer ce truc.

– C'est pas mon domaine.

– En dehors d'Hollywood Nate, t'es le seul Corbeau que je connaisse vraiment bien. Et ça, c'est du vrai boulot de flic. Ils peuvent pas t'avoir déjà transformée en nounours, si ? Si tu veux, nous, on pourrait venir à l'atelier de carrosserie en renfort, disons… à seize heures ? Juste avant qu'ils ferment.

– Non, toi, le reprit son collègue. Toi, tu pourrais l'y retrouver. Moi, je suis de service à dix-sept heures quinze.

– Putain, mec… ! lui renvoya le Débris, exaspéré.

– C'est pas sur ma liste de trucs à faire, expliqua le Bris à Ronnie. Lui et moi, on est proches, mais pas collés au Velcro. Je suis pas partant pour ce coup-là.

– D'accord, d'accord ! s'écria Ronnie en se radoucissant. Je donnerai un coup de fil à la nénette dès ce soir et je passerai peut-être à l'atelier demain après-midi. Et si je peux, je t'appellerai sur ton portable. Tu seras sur ta planche à Malibu ou sur la terre ferme ?

– Je serai chez moi, répondit le Débris. Chez moi et prêt à foncer.

Après que Ronnie eut réintégré la salle de réunion, le Bris déclara :

– Tu sais très bien que tu ne ferais rien de tout ça si Ronnie était un cageot au lieu d'être super-blindée. Ressaisis-toi, mec. Elle sera jamais ta planche à baise.

– Frangin, peut-être que ça fait un peu trop pour ta cervelle, lui renvoya le Débris, mais ça n'a rien à voir avec les gonzesses. Ç'a à voir avec ce que l'Oracle nous a dit un jour : que faire du bon boulot de flic est le plus grand plaisir qu'on aura jamais dans toute notre existence. Je sais qu'y a des trucs bizarres qui se passent dans cet atelier. Et qu'est-ce que t'auras d'autre à faire demain en dehors de traîner sur la plage et de renifler des frangines de mer qui passent leur vie à fumer des pétards ou à descendre de la bibine, hein ?

– D'accord, mec, dit le Bris après avoir réfléchi, je vois que t'es totalement frénétique. Vaudrait peut-être mieux qu'on y fasse un tour en allant au boulot. Juste pour que tu t'enlèves ça du crâne.

– Alors, t'es partant ?

– Oui, je suis partant, dit le Bris avec aussi peu d'enthousiasme que le Débris en avait entendu dans la voix de Ronnie ou de l'inspecteur des Vols de voitures.

Ils avaient repris la patrouille lorsque le Débris lança d'un ton rêveur :

– Hé mec, Ronnie aurait pas quelque chose de… que t'es tout aplati dans de l'eau morte et que tiens, tout d'un coup y a ce truc super-cool qui te sort clean du haut de la vague ? Et toi, juste après, tu voles dans le sillon en sentant la Cire à Sexe et t'as le sang qui te monte ? Hé, tu vois ce que je veux dire, frangin ?

– Tu pourrais baisser toute c'te nénette au cric que tu pourrais quand même pas la garer dans ton pieu, lui renvoya le Bris. Vaudrait mieux chercher un rencart sur MySpace. Elle est trop grande pour toi.

– On est à peu près de la même taille.

– Mais si elle met des talons aiguilles, hein ? Vous ressembleriez à Sonny and Cher.

– Ouais, sauf qu'elle fume tellement qu'elle est chaude, lui objecta le Débris. Je te parie que c'te fille et moi, on pourrait mettre du roman dans romantique ! J'te parie qu'elle pourrait me rendre aussi dur que les biscuits à grand-mère !

– Toi et elle ? Vous ressembleriez à Tom Cruise et à toutes les nénettes qu'il épouse, lui renvoya sèchement le Bris.

L'agent Tony Silva avait lancé la séance sur de bons rails avec ses manières rassurantes. Il avait aussi donné ordre à Ronnie de garder un « sourire calme et professionnel » quoi qu'il se produise. Mais on arrivait maintenant au moment dangereux où l'assistance avait le droit de poser des questions.

Une des plus anciennes habituées qui n'avait pas pu aller plus vite aux toilettes lors de la séance précédente était responsable d'un changement dans le règlement. La dernière fois en effet, l'aide-Corbeau de Tony Silva, l'officier de police Rita Kravitz, dont les lunettes tendances disaient clairement : « Je suis plus intelligente que toi », avait reçu ordre de son patron de nettoyer après tout le monde, mais elle lui avait renvoyé : « Et si, au lieu de rester assis sur l'estrade à faire claquer ton chewing-gum en ayant l'air calme et professionnel, t'allais te chercher une serpillière comme un grand, hein ? »

La règle numéro 1 du Bal des cinglés disait donc maintenant : « Il ne sera pas servi de punch aux réunions du mercredi. »

Ronnie avait été avertie du problème d'un « Deputy Dom » qui était toujours le premier à arriver et le dernier à partir. Âgé d'une soixantaine d'années, il avait une frange de cheveux gris et portait immanquablement une tenue d'officier de sécurité aussi odorante que tachée de nourriture.

– Pour la première fois, Dom a été absent la semaine dernière, reprit Tony Silva. Il était en taule, mais le city attorney a décidé de ne pas le poursuivre. Il a essayé de passer une famille entière de Laotiens au gaz poivre : le père, la mère, les quatre enfants et grand-mère. Pour lui, qu'ils n'aient pas de passeports en faisait des risques pour la sécurité.

Ronnie apprit aussi que le mec qui louchait, celui avec le maillot de bowling « Regent Electrical Supply » dans le dos et « Henry » au-dessus de la poche de devant, avait droit au surnom d'« Henry Tourette ». Sans le vouloir il dérangeait tout le monde en s'écriant « Putain de Bertha ! » chaque fois que quelqu'un proférait une opinion. Ce qui était ennuyeux dans la mesure où cela suscitait souvent des répliques vibrantes de colère chez tous les limites psychotiques de la salle.

Malheureusement, les Corbeaux ne pouvaient pas y faire grand-chose : on était au pays de la diversité culturelle où toute conduite qui n'est pas ouvertement criminelle doit être comprise et respectée. Où les gens ne sont jamais considérés comme « malades », mais seulement « différents ».

La seule « arme » que les Corbeaux trouvaient un peu efficace était le « Certificat de service de la communauté ». Le sergent en avait fait la découverte le jour où un jeune homme qui assistait à ces réunions depuis trois mois sans jamais l'ouvrir s'était approché de lui et lui avait tendu un document en déclarant qu'il lui avait été donné par un policier à moto.

– Ce flic m'a collé une contravention pour avoir traversé Hollywood Boulevard en dehors des clous, lui avait expliqué le jeune homme. C'est ma mère qui a payé et, une semaine plus tard, ce flic m'en a collé une autre au même endroit.

– Pour avoir traversé en dehors des clous ? avait demandé le sergent.

– Oui, mais cette fois-là, je lui avais dit pour les voix.

– Quelles voix ?

– Celles qui me disent quand traverser.

– Et que vous a dit le flic à moto ?

– Il m'a dit : Pourquoi vos voix ne vous disent-elles jamais de traverser au feu vert ?

– Ça ressemble beaucoup à l'agent F.X. Mulroney, dit le sergent. Il vous a dressé une autre contravention ?

– Non, il m'a donné ce certificat en me disant que j'allais devoir assister à toutes les réunions de la Hollywood Community pendant quatre-vingt-dix jours et que je devais me tenir à l'écart d'Hollywood Boulevard. Et que si je le faisais, vous me signeriez ce certificat.

Ainsi fut lancée une nouvelle tradition. Le sergent des Corbeaux signa le « certificat » et annonça à toute l'assemblée que le jeune homme venait d'achever trois mois de travaux d'intérêt public pour avoir traversé en dehors des clous et tous les membres de l'assistance se levèrent pour l'applaudir.

La première réunion à laquelle assista Ronnie s'engageait bien. Tout le monde semblait calme, au point que certains semblaient même se barber. On avalait de telles quantités de donuts que plus tard Ronnie se demanda si le taux élevé de sucre dans le sang n'avait pas à voir avec ce qui se produisit ensuite. Les choses commencèrent à aller de travers quand le propriétaire d'une maison, un monsieur super-soigné avec moumoute teinte, se leva et lança :

– J'aimerais bien qu'on fasse quelque chose pour les homos qui se garent devant chez moi après la fermeture des bars pour commettre des actes sexuels.

Un des travelos – il n'y avait pas mieux habillé dans toute l'assistance – lui renvoya alors :

– S'ils sont dans la rue, ils sont dans un lieu public. Vous êtes jaloux ?

– Ben oui alors ! s'écria une femme avec un anneau à la lèvre, un pieu au sourcil et un autre planté dans la langue, toute cette joaillerie faciale semblant bizarre vu que la dame avait 75 ans minimum. Z'avez qu'à rester chez vous, comme ça vous ne saurez pas qu'y a des gens qui se sucent en ce monde.

– Putain de Bertha ! s'exclama Henry.

Ce qui mit en branle l'individu que tous appelaient « Rodney le Raciste », un type d'une cinquante d'années qui rêvait d'être nazi et dont le crâne rasé s'ornait d'un swastika qu'il s'était dessiné à l'envers parce qu'il se regardait dans une glace.

Rodney leva la main et, Tony Silva lui ayant fait signe d'y aller, se leva à son tour et lança :

– C'est tous ces enfoirés d'immigrants clandestins qui causent ces problèmes.

Un senior à la forte carrure, qui habitait Little Armenia et dont on disait qu'il s'était fait quelques dollars avant que l'alcool ne lui pourrisse la cervelle, se leva lui aussi et dit :

– Les immigrants font grandeur d'Amérique.

L'apprenti nazi de lui renvoyer alors :

– Qu'est-ce que vous êtes, vous ? Un immigrant clandestin ?

– Je viens à ce pays légalement, 'spèce de fils de bâtard !

– Ben oui, par un égout à la frontière de Tijuana ! lui asséna un vagabond sans abri.

– Du calme, je vous prie ! dit Tony Silva à l'avant de la salle. Je vous en prie, messieurs ! On ne s'égare pas et on parle chacun à son tour !

– C'est Nazi et bouffe-merde ! hurla l'Arménien.

– Voilà qu'est parlé comme un putain de Mexicain clandestin ! lui renvoya l'apprenti nazi. Va te faire faire une carte verte !

– Je suis pas mexicain ! hulula l'Arménien en montrant du doigt l'officier Tony Silva. Lui est mexicain ! Je te mets défi appeler Officier Silva sales noms d'oiseaux, 'spèce de nazi bouffe-merde !

Tony Silva se fendit d'un grand sourire, mais en vain, et déclara :

– En fait, ma famille est originaire de Porto Rico.

C'est alors qu'une femme maigre comme un clou, un rien gothique aussi et arborant une brosse passée à la tondeuse à gazon, se tourna et dit :

– Mon petit beignet d'amour prétend que mes hémorroïdes ressemblent à Porto Rico. Ou alors… à Cuba, je sais plus.

Tony Silva essaya la légèreté. Des gouttes de sueur se formant à son front, il se leva lui aussi et lança :

– Pour citer l'ex-prisonnier philosophe et vaurien célèbre Rodney King, « on pourrait passer à autre chose ? ». On pourrait pas tout simplement passer à…

Il n'eut pas le temps de terminer. Le zozo arménien fit mine d'agresser l'apprenti nazi, mais fut facilement contenu par Bix Ramstead, qui était assis calmement au fond de la salle. Cet échange mettant officiellement fin à la réunion du mercredi soir, les flics égarés ne virent même pas les vagabonds sans abri piquer tout ce qui restait de donuts et les glisser entre les couches crasseuses de leurs vêtements.

Après avoir fermé la salle, Ronnie et Tony Silva se tenaient dans les ténèbres du parking lorsqu'elle lui dit :

– Tony, ces gens, là, ne se jetaient pas des slogans design et autres insultes tendance à la gueule. C'était vraiment un festival de cinglés ! Certains de ces individus sont sérieusement fêlés !

– Plus fêlés que le chat de ma voisine, répondit Tony Silva, son sourire d'un calme tout professionnel vissé sur la figure.

– Putain de Bertha ! lança une voix dans le noir.

Pendant ce temps-là, des agissements policiers inhabituels se préparaient dans Hollywood Boulevard, agissements dont Leonard Stilwell devait être le témoin. Il s'était posté juste en face du Chinese Theatre parce qu'en cette soirée pleine de douceur il y avait plus de touristes que d'habitude qui traînaient dans l'avant-cour du théâtre et regardaient les empreintes de pieds de stars prises dans le ciment. Que le désespoir le force à s'essayer au vol à l'arraché et ce serait l'endroit rêvé où tenter le coup.

Bien sûr, Leonard connaissait assez la rue pour avoir repéré quelques « décroches[1] » qui attendaient près de l'entrée du métro, des jeunes Noirs prêts à trouver des revendeurs de crack ou de cristal pour le client. Les

1. Escrocs ainsi dénommés parce qu'ils vous « décrochent » tout ce que vous voulez, essentiellement de la drogue *(NdT)*.

décroches aimaient bien le métro qui leur permettait de vite battre en retraite vers South L.A., où ils habitaient. Dès que les flics de la patrouille à pied ou à vélo se pointaient, ils disparaissaient.

Leonard espérait repérer le petit maigrichon qui avait piqué le portefeuille de la touriste pendant qu'elle prenait des photos. Ce gamin savait s'y prendre et s'il arrivait à le trouver, Leonard lui filerait vingt dollars juste pour pouvoir le regarder bosser. Il fuma une demi-douzaine de cigarettes en scrutant la foule et attendant, les paumes de ses mains devenant toutes moites chaque fois qu'il repérait un sac faisable accroché à un bras ou pendant à l'épaule d'une touriste occupée à autre chose. Il se disait que tout le monde devait connaître le coup de la bousculade et serrerait donc son sac si quelqu'un lui rentrait dedans. Mais justement : le gamin, lui, n'avait pas touché la femme. Il s'était contenté d'apparaître, puis avait filé comme un fantôme en laissant le sac ouvert… mais sans le portefeuille dedans.

Cela étant, Leonard n'avait pas remarqué le début d'un incident qui ne fut pas relaté dans le *L.A. Times*, mais eut droit à une colonne dans un canard underground sous un titre provocant, l'article évoquant des « flics guerriers ». Le flic guerrier en question était l'officier de police Gert Von Braun, mais l'affaire avait commencé grâce à un bleu au regard perçant.

Le bleu Gil Ponce avait été mis en tandem avec Cat Song de l'atelier 6-X-32 parce que Dan Applewhite avait pris son congé. Gil n'en pouvait plus de bonheur d'être à l'abri de son instructeur aux fortes sautes d'humeur, et bosser avec quelqu'un d'aussi cool que Cat Song était un plus avéré.

Lorsqu'il avait la chance de travailler avec un policier de classe 2 ou 3 qu'il ne connaissait pas personnellement,

Gil lui donnait toujours du « Monsieur » ou « Madame ». Il ne lui restait plus que quelques semaines de formation à effectuer et il ne voulait pas courir le risque d'une remarque négative de quiconque.

Ils étaient arrivés devant l'atelier après l'appel lorsque Cat Song lui lança :

– Je conduis et toi tu interpelles, d'accord ?

– Oui, madame, répondit-il.

– Quel âge as-tu ? lui demanda-t-elle une fois qu'ils furent à bord.

– Vingt-trois ans. Enfin… presque.

– Moi, j'en ai trente-trois. Enfin… presque. Mais si tu continues à m'appeler « Madame », je vais me sentir tellement vieille que je vais devoir te tuer et mettre ça sur le compte de l'hystérie hormonale. Je m'appelle Cat.

– D'accord, Cat, dit-il.

Elle écrivit son nom dans le journal de bord et ajouta :

– Est-ce que tu peux traduire en espagnol si c'est nécessaire ?

– Non, désolé. J'ai un nom hispanique, mais…

– Inutile de t'excuser, dit-elle en levant en l'air une main aux ongles de la même couleur que son rouge à lèvres. Y a toujours quelqu'un pour me demander de traduire du coréen et je ne sais rien dire d'autre que *kimchi* parce que c'est ça qu'on me donnait à manger quand j'étais enfant.

Plus tard dans la soirée, Gil Ponce commençait à se demander ce qu'il donnerait pour pouvoir échanger Dan Applewhite contre Cat Song quand ils reçurent un appel leur enjoignant de retrouver la patrouille à pied au croisement de Highland Avenue et Hollywood Boulevard.

Ce n'était pas grand-chose. La patrouille à pied avait accroché un poivrot et avait besoin d'une équipe pour le conduire en prison. Il s'agissait d'un vagabond qui mendiait de la petite monnaie au Kodak Center et semblait avoir quelque réussite.

– Il est plâtré, lança le flic plus âgé à Gil qui ne savait pas trop s'il devait enfiler des gants ou pas.

Il savait que certains anciens se moquaient des jeunes qui sortaient des gants en latex de leurs poches, mais à l'appel on venait d'avertir tout le monde qu'il y avait beaucoup de staphylocoques dans le coin et fait passer des photos bien sinistres de flics avec d'horribles lésions aux mains, aux bras et même aux jambes.

Phares de voitures et réverbères, sans même parler des néons, il y avait plein de lumière dans le boulevard, mais Gil braqua le faisceau de sa torche électrique sur le type. Il vit alors que celui-ci avait une grande traînée de morve qui lui pendait d'une narine et que son pantalon était trempé d'urine. Il enfila donc ses gants, tout heureux de voir que Cat en faisait autant. Et juste au moment où il allait s'assurer le contrôle du poivrot qui vacillait, celui-ci se mit à gémir, se pencha en avant et vomit.

Les quatre flics bondirent en arrière, Gil s'écriant :

– Il se dégueule partout sur les godasses. Dé-gueu !

C'était cette partie-là du boulot de flic – l'odeur d'un corps d'où coule la merde, la puanteur d'un poivrot couvert de pisse et de vomi –, à laquelle Gil craignait de ne jamais pouvoir s'habituer. Le sang et les horribles traumatismes de toutes sortes, il pouvait gérer, mais pas les odeurs. Heureusement, juste au moment où il s'apprêtait à prendre le poivrot à bout de bras pour le conduire à l'atelier, il fut sauvé. Il regardait la foule des touristes un peu plus bas dans la promenade de la Gloire lorsqu'il remarqua un jeune homme aux cheveux noirs qui lui tombaient jusqu'aux épaules. En T-shirt rouge, pantalon ample et sandales, l'individu marchait vite, un sac à main en cuir marron sous le bras.

– Hé ! cria-t-il. Regardez ! Un arracheur !

Dans l'instant, il partit vers le sud en courant et lorsque le type, qui jetait des coups d'œil derrière lui, se retourna et vit un jeune flic en pleine forme qui le remontait au sprint, il vira de bord et traversa Hollywood Boulevard en se faisant presque aplatir par un bus de la MTA[1]. Quatre personnages en grande tenue se mirent aussitôt à encourager Gil lorsqu'il dut s'arrêter pour laisser passer les voitures qui filaient vers l'ouest.

Une femme âgée – la victime, c'était évident – se tenait près d'eux et hurlait :

– Mon sac ! Il m'a pris mon sac !

– Magne-toi le cul ! hurla Conan le Barbare à Gil. Il se calte en sandales et on lui voit la raie du cul, pour l'amour de Dieu !

– C'est moi qui te paie tes impôts ! cria Superman. Passe en première !

– T'as qu'à zigzaguer entre les bagnoles, espèce de grosse fiente de poulet ! s'exclama le Lone Ranger, mais sans Tonto, qui était en prison.

Jusqu'à Zorro qui y mit son grain de sel et lui beugla avec son faux accent espagnol :

– *Ándale hombre !* Joue pas les p'tites bites !

Foncer encore plus vite, c'est ce que fit un Gil Ponce peut-être inconsciemment piqué au vif par les sarcasmes de ces super-héros.

Cat Song le vit se faire quasiment écraser par une Ford Taurus, dont le conducteur était tout occupé à regarder les tordus qui s'agitaient devant le Chinese

1. Ou Metropolitan Transit Authority. Compagnie de bus de Los Angeles *(NdT)*.

Theater et ne pila qu'au dernier moment pour ne pas tuer le jeune flic.

Cat bondit dans l'atelier, ralentit la circulation avec ses gyrophares, tourna le coin du boulevard et prit vers l'ouest dans la voie est en arrêtant toute la circulation devant le Kodak Center. Elle diffusait le signalement du suspect et donnait le lieu où se déroulait la poursuite à pied quand un van plein de touristes l'obligea à freiner et à réveiller tout le monde d'un grand coup de sirène. Le van dérapa de côté et s'arrêta dans un hurlement de freins en bloquant la circulation dans tous les sens.

Gil Ponce n'en revenait pas de la vitesse à laquelle cavalait son voleur. Bien sûr, il ne portait pas tout l'attirail de Gil à sa ceinture, mais il courait quand même en sandales. Et Gil, qui était au mieux de sa forme, n'arrivait pas à rattraper ce mec qui fonçait en zigzags à travers les hordes de piétons du boulevard. Il voyait ses cheveux flotter au vent et sa tête qui sautillait et, sans ça, aurait été incapable de voir où diable il se trouvait.

Puis il vit d'autres têtes qui elles aussi sautillaient en zigzagant dans la foule et comprit que d'autres flics venaient vers lui. Bref, des têtes à cheveux courts pourchassaient une tête à cheveux longs, à l'instar d'un jeu de société dans Hollywood Boulevard, Gil Ponce bondissant haut pour voir au-dessus de la foule dans l'espoir que les têtes qui sautillaient en fonçant vers l'est rencontrent la tête qui sautillait en filant à l'ouest… et l'avalent comme Pac Man. Jusqu'au moment où, tout d'un coup, le lévrier en tongs disparut.

Sauf que la décision qu'avait prise le voleur de tourner le coin du boulevard et de continuer vers le sud dans Orange Drive s'avéra mauvaise. Parce qu'après avoir suivi la course-poursuite à la radio de bord, plusieurs flics s'étaient déployés et tentaient de deviner où leur bonhomme allait filer et l'un d'entre eux avait compris que ce serait à travers le parking.

Certaines informations sur la course-poursuite étaient diffusées par Cat Song, dont l'atelier restait coincé dans la circulation et, bouillant de frustration, elle maudissait jusqu'au tourisme en général. Il n'empêche : plus hurlait sa sirène et plus tournaient ses gyrophares, plus les automobilistes qui n'habitaient pas Los Angeles étaient perdus… et plus l'embouteillage devenait impénétrable. Les autres renseignements sur la course-poursuite provenaient de cinq flics qui s'étaient garés à l'ouest du Chinese Theater et les répercutaient avec leurs radios portables en cavalant à travers la foule.

Le seul flic qui avait tout pigé n'était autre que Gert Von Braun. Il y avait des lumières dans tout le parking, mais il y avait aussi des coins sombres où un individu assez large et en tenue bleu marine pouvait se cacher. Elle se tenait derrière un mur de béton lorsque, sans cesser de regarder derrière lui, le voleur se rua vers le parking en soufflant et haletant, le sac maintenant dans sa main.

Il ne ralentit même pas et ne vit pas davantage Gert Von Braun lever sa matraque PR-24 dans la pose soleil du samouraï avant de sortir de l'ombre et de faire un tour complet sur elle-même avec une agilité surprenante pour une femme au ceinturon de taille 44. Elle tenait sa matraque à deux mains style prise de batte de base-ball à la Barry Bonds lorsqu'elle frappa comme si elle visait les plus hauts gradins du stade. La matraque s'abattit sur la poitrine du voleur de sac qui eut l'impression de prendre un bus par le travers. Sa sandale droite poursuivit son chemin accompagné de son œil gauche. Qui *pop* ! gicla de son orbite et *clic clic clic* roula par terre sur le trottoir, fila dans le caniveau et vint s'arrêter contre le pneu d'une voiture en stationnement interdit.

Le premier arrivé sur les lieux de l'arrestation fut Gil Ponce. Le voleur était étalé par terre et, menotté dans le dos, faisait des petits bruits grinçants en aspirant de l'air dont il n'avait jamais assez. Son orbite vide luisait dans l'éclat des néons du boulevard.

Gert Von Braun tendit le sac à Gil Ponce qui portait toujours les gants en latex qu'il avait enfilés lorsqu'on lui avait demandé de prendre en charge l'immonde poivrot. Gil était en train de se passer la lanière du sac autour du bras et de remettre sa matraque dans son anneau lorsque les amateurs de surf se garèrent au bord du trottoir.

Ils descendirent de leur atelier et le Bris regarda Gil avant de lui lancer :

– T'as besoin d'un mec pour tes accessoires, frangin. Ce sac va pas du tout avec tes chaussures et tes gants.

Gil enleva vite ses gants et les remit dans sa poche tandis que le Débris ôtait la capsule et une paille de la bouteille de Gatorade[1] qu'il buvait.

– Hé, frangin, lança ce dernier, réhydrate-toi avant de tomber dans les pommes.

Gil avala une gorgée de Gatorade et lui rendit la bouteille tandis que, chacun tenant l'arracheur de sacs par un bras, le Débris et Gert Von Braun remettaient le sprinter debout.

– Mon œil ! s'écria ce dernier. J'ai perdu mon œil, bordel !

Le Bris braqua le faisceau de sa torche sur le visage du voleur et lui dit :

1. Marque d'une boisson énergisante *(NdT)*.

– Ça, pour l'avoir perdu ! T'as plus qu'un trou dans la gueule, mec. Fous-y du papier cul avant d'aller au gnouf sinon les enculeurs de la prison vont trouver un nouveau sens à l'expression « déshabiller quelqu'un des yeux » !

– Vous savez combien il m'a coûté, cet œil ? hurla le voleur, son jean ample et son caleçon maintenant si bas sur les jambes qu'on lui voyait la queue.

Gert Von Braun prit sa clé de menotte et lui libéra les poignets.

– T'as raté un passant à ta ceinture, lui dit-elle. Même qu'on dirait que tu les as tous loupés. Fais-moi plaisir et range-moi ce truc pendant qu'on cherche ton œil.

Gil balaya le trottoir avec le faisceau de sa lampe et s'écria :

– Le voilà ! Il est sous le pneu de la voiture. Dur dur.

– Ramassez-le, bon sang ! s'exclama l'arracheur de sac à l'adresse du Débris, qui s'était assis sur le pare-chocs de son atelier et contemplait l'œil de verre en sirotant son Gatorade.

– Pas question de ramasser l'œil de quiconque ! lança le Débris. Ton œil, tu peux te le ramasser tout seul, frangin.

– Remets tes gants, gamin ! dit le Bris à Gil Ponce. Et ramasse-le. Tous les hommes ont droit à leurs yeux.

– Pourquoi ai-je demandé mon transfert dans cette division de fous ? s'écria Gert Von Braun pour la forme, et de traverser le trottoir à grandes enjambées. Y a pas un seul vrai mec aux brigades de nuit.

Et là elle s'accroupit, braqua sa lampe sous la voiture, ramassa l'œil sans gants, revint vers le Débris et le laissa tomber dans la boisson du surfer.

Et le fit tourner dedans.

– Mon Gatorade ! hurla le Débris qui n'en revenait pas. Elle m'a trempé un œil de verre dans mon Gatorade !

– De vraies gonzesses, ces mecs ! marmonna Gert Von Braun en rendant son œil à l'arracheur de sacs et lui lançant :

– Fous-toi ça dans le crâne, mec.

Deux civils observaient la scène à une trentaine de mètres de là. Le premier était Leonard Stilwell, qui avait déjà décidé qu'arracher des sacs n'était pas pour lui. Le jeune gars qui l'accompagnait ressemblait à un vagabond, mais faisait des piges pour des torchons underground. Il se disait qu'il pourrait peut-être soumettre un article sur tout ça aux rédacteurs du *L.A. Times*, qui râlaient toujours contre l'éthique « flics guerriers » du LAPD. Il avait même déjà trouvé sa manchette : « Tenir les flics guerriers à l'œil ! »

– Je te retrouve au commissariat, enchaîna Gert Von Braun à l'adresse de Gil Ponce.

– Un vrai mec, je pense qu'il y en a quand même un au service de nuit, dit le Bris en regardant Gert Von Braun monter dans son atelier. Au moins, on s'est pas fait cracher dessus.

Après avoir enfin réussi à se faufiler au milieu des voitures d'Hollywood Boulevard, Cat Song se gara en double file en face du parking et rejoignit en trottinant le groupe de flics avec qui elle avait vu l'arracheur de sacs s'essuyer quelque chose sur le devant du T-shirt, puis se faire quelque chose à la figure avec ses deux mains.

Mais elle pensait surtout au jeune bleu qui s'était fait presque rouler dessus et ce fut très en colère qu'elle prit Gil Ponce à part pour lui dire calmement :

– Tu t'es presque fait ratatiner par ce connard de touriste tête en l'air dans sa Ford. Tu as eu beaucoup de chance. Une chance d'andouille.

– J'avais mal estimé sa vitesse.

– Écoute-moi, l'homme d'acier, lui renvoya-t-elle. Tu peux jouer à la roulette russe, sortir avec Phil Spector[1] ou t'autodétruire pendant ton temps libre, mais pas avec moi. Il n'y a pas de place pour les apprentis kamikazes dans mon atelier.

– Je suis désolé, Cat, dit-il. Mais on l'a eu ! On le tient, le mec !

C'est alors que le Débris s'approcha de Cat Song et lui dit en montrant Gert Von Braun qui s'éloignait :

– Elle m'a trempé un œil dans mon Gatorade. Et l'a fait tourner !

– Quoi ? dit Cat Song.

1. Chanteur et producteur célèbre accusé d'avoir assassiné une actrice *(NdT)*.

7

Le lendemain, à l'appel, toutes les équipes durent écouter le baratin du Service des sciences du comportement sur l'art et la manière de reconnaître les conduites suicidaires. La California Highway Patrol[1], qui est une agence du maintien de l'ordre nettement moins importante que le LAPD, faisait l'expérience d'une effrayante épidémie de suicides. Rien que l'année précédente, huit de ses officiers des deux sexes s'étaient suicidés, soit un taux cinq fois supérieur à la moyenne générale des services de police. Le suicide est un sujet dont les flics n'aiment pas parler. Il est troublant et peu naturel de songer qu'il y a bien plus de flics qui se tuent que de flics assassinés par des criminels. Et que s'ils continuent de travailler assez longtemps, tous finissent par fréquenter ou éviter un flic qui va se supprimer.

Ils préfèrent envisager la question comme ceux qui bossent dans des métiers à hauts risques traitent de la mort, comme ces pilotes de chasse qui encaissent le décès d'un camarade en attribuant tous les accidents d'avion à des erreurs humaines qu'ils n'auraient, eux, jamais commises.

1. Soit la police de la route *(NdT)*.

Les flics peuvent dire ainsi : « Il devait avoir trop de dettes et n'aura pas trouvé la solution. »

Ou encore : « Elle devait picoler ou se shooter et y a eu moment où ç'a été trop. »

Ou ceci : « Il devait avoir une merde bipolaire dans l'ADN et ça l'a rendu fou. Il aurait mieux fait de traîner à UCLA[1] et d'y flinguer des étudiants en droit avant qu'ils métastasent. »

La première question qu'un flic posa au sergent qui leur lisait les instructions fut donc celle-ci : « Pourquoi la California Highway Patrol ? C'est comme de bosser pour l'automobile club. C'est des mecs de l'American Automobile Association[2] avec des flingues. C'est pas si dur que ça, si ? Pourquoi ils éprouvent le besoin de se faire sauter le caisson ? »

Et un autre flic de renchérir : « Et encore, s'ils étaient obligés de fonctionner sous la chape du consentement civique comme nous, hein ? Avec une Commission remplie de rigolos qui haïssent les flics, hein ? Ils se foutraient le feu comme des moines bouddhistes, oui ! »

Appel après appel, la journée se passa sans que les jeunes flics trouvent un sens à ces conseils. Pourquoi leur parlait-on de ça ? Que ces pauvres diables aient bouffé leur flingue pour x ou y raison n'avait rien à voir avec leurs jeunes vies.

Le vieux sergent, qui avait aussitôt reconnu ces mécanismes de défense et savait que le psy du Service des sciences du comportement assigné au commissariat

1. Université de Californie, campus de Los Angeles *(NdT)*.

2. Organisme privé qui vient en aide aux automobilistes en panne *(NdT)*.

d'Hollywood était le type le plus seul et le plus mal payé de la division, lança alors :

– Oui, j'imagine que lire toute cette littérature est une perte de temps. Ça ne pourrait jamais nous arriver à nous autres durs, pas vrai ?

Ce matin-là, avant même de traiter les appels ayant trait au service qualité de la vie, Ronnie et Bix Ramstead devaient aider deux autres Corbeaux à s'occuper de « La main tendue aux sans-abri », à savoir nettoyer le campement de vagabonds des Hollywood Hills. Les autres Corbeaux assignés à cette tâche étaient Hollywood Nate Weiss et Rita Kravitz, ni l'un ni l'autre n'ayant envie d'en être.

Leur boulot consistait à virer les vagabonds et à leur coller des contredanses pour violation de domicile dans un district de montagne à fort risque incendie. Les flics appelaient ça : « aller traîner chez les biques » et, pour ce faire, Nate avait enfilé des chaussures de montagne et la TCN, tenue de camouflage noire, des équipes du SWAT. Le campement se trouvait derrière l'Hollywood Bowl, dans les collines et les canyons où l'on pouvait voir la croix allumée sur le promontoire qui domine le parking du théâtre John Anson Ford. C'était dans ce parking que les anciens d'Hollywood allaient boire un coup ou deux après le boulot, parfois avec des nanas à flics pour augmenter le plaisir. Tout ça se passant avant que le précédent chef de police, qu'ils appelaient Lord Voldemort, n'y mette le holà – à ça et à bien d'autres activités susceptibles de procurer du plaisir.

Rita Kravitz commença à se plaindre dès qu'ils garèrent leur Ford Explorer et se mirent en devoir de monter dans la colline, qui était raide. Elle glissa deux fois et dut se rattraper à un buisson et à de l'amarante, d'où des épines dans la main et un ongle acrylique cassé.

– Merde de Dieu ! marmonna-t-elle à sa deuxième chute. Je suis sûre qu'un scorpion va me piquer.

– Ça, ou tu vas foutre le pied sur un serpent à sonnettes, lui asséna Nate, qui marchait derrière elle. On dit que les bébés scorpions sont les plus mortels.

– Ta gueule, lui renvoya-t-elle.

C'est alors que Bix Ramstead dérapa et dévissa de quelques mètres avant d'attraper un buisson et de se remettre debout.

– Je suis trop vieux pour ça, dit-il.

– Tout le monde est trop vieux pour ça, déclara Ronnie qui ne se marrait pas trop non plus. Comment ils y arrivent, tous ces vagabonds, hein ?

– Ils doivent avoir un hélico planqué quelque part, répondit Hollywood Nate en essuyant la sueur sur son front. C'est plus raide que l'addition du restaurant The Ivy.

Et d'ajouter :

– Où justement je vais aller dîner avec un de mes amis metteurs en scène.

Et d'être aussitôt très déçu que tout le monde soit trop fatigué pour en avoir quoi que ce soit à foutre.

Lorsqu'enfin ils arrivèrent au campement, il ne s'y trouvait que trois petites tentes faites avec des bouts de bâche que les clochards avaient dû piquer sur des chantiers de construction. Un sans-abri était en train de faire cuire un hot-dog au-dessus d'un petit foyer creusé dans la terre sèche.

– Bonjour, m'sieurs dames ! lança-t-il en voyant débarquer les flics.

Il avait l'air d'avoir 70 ans, mais aurait pu n'en avoir que 50. Et portait la tenue classique : un sweat par-dessus un T-shirt par-dessus un autre T-shirt, même en ce jour particulièrement chaud et plein de smog. Et des pantalons amples, rien de tout cela n'ayant été plongé dans de l'eau savonneuse depuis plusieurs semaines. Ou mois.

– Toi, je te reconnais, lui dit Bix Ramstead. Je croyais t'avoir déjà dit de filer la dernière fois que je suis passé.

– Mais je suis parti, moi !

– Sauf que tu es toujours là.

– Ça, c'était avant. Maintenant, c'est maintenant.

– Tu n'étais pas censé revenir.

– Ah. Je ne savais pas que vous vouliez dire partir pour toujours.

– Pourquoi tu ne vas pas au refuge ?

– Trop de règles. Faut être libre. C'est ça, l'Amérique.

– Je suis trop émue ! s'écria Rita Kravitz.

Puis elle regarda à l'intérieur de la deuxième tente de fortune, où une grosse femme ronflait dans un sac de couchage entouré de boîtes de bière mexicaine vides. Elle lui donna des petits coups sur les pieds – nus et bien crasseux –, jusqu'au moment où la fille se mit sur son séant et lança :

– Mais quoi, merde !

Hollywood Nate gagna la troisième tente, où il entendait d'autres ronflements. Du solide, avec en plus des sifflements, reniflements et autres crachouillis.

– Hé mec ! dit-il. Debout là-dedans !

Les ronflements se poursuivirent, leur rythme n'étant en rien altéré par cette interruption. Nate attrapa la tente et commença à la secouer.

– Tremblement de terre ! hurla-t-il. Aux abris !

Toujours pas de changement dans la cadence des ronflements ou des reniflements sibilants.

Nate attrapa la tente à deux mains et la secoua violemment en hurlant :

– Lève-toi le cul de là !

Et ça marcha. Du fond de la tente une voix profonde tonna :

– Je vais te flinguer, s'pèce d'enculé ! Je suis armé. Si je sors, t'es mort, s'pèce de fils de pute ! Tu m'entends ? Mort !

Nate bondit en arrière, sortit son Glock, trébucha sur un morceau de grès, tomba sur le cul et dégringola d'un bon mètre dans la colline.

Ronnie sortit son Beretta, Rita Kravitz l'imitant aussitôt. Bix Ramstead, lui, dégaina son 9 mm et prit sa matraque au cas où y aller à force létale serait hors de question. Et tous se mirent à hurler.

– Tu sors en rampant ! lança Rita Kravitz. Les mains en avant !

– On veut voir tes mains ! s'écria Ronnie. Tes mains !

– Tout de suite ! renchérit Bix Ramstead. On sort en rampant ! Tout de suite !

Hollywood Nate, qui s'était remis sur pied, s'avançait vers la tente en cherchant un endroit où se mettre à couvert si jamais le type sortait en tirant lorsque le pan de la tente s'ouvrant d'un coup, quatre flingues furent braqués en diagonale dessus.

Alors un vagabond tout ratatiné avec barbe blanche en folie qui lui descendait jusqu'au milieu d'une poitrine nue et maigrichonne passa la tête par l'ouverture et, son « arme » à la main – un morceau de manche à balai –, découvrit les quatre flics qui le mettaient en joue.

Aussitôt il s'excusa et déclara : « C'est que je suis pas du matin, moi », en souriant de toute son absence de dents.

Pour Leonard Stilwell, la situation commençait à devenir désespérée. Rien ne marchait plus dans un monde où la confiance s'érodait. Les anciennes cibles de cambriolage étaient devenues de plus en plus difficiles avec barreaux aux fenêtres et systèmes d'alarme de plus en plus sophistiqués. Son petit flirt avec l'arrachage de sacs l'avait terrifié lorsqu'il avait vu ce qui était arrivé au type à sandales et cheveux longs. Il avait essayé le coup du distributeur trois soirs d'affilée, sans jamais pouvoir égaler ce qu'il avait gagné avec l'Iranienne. Une des victimes avait même pigé tout de suite et menacé d'appeler les flics.

Il n'avait plus de caillou, plus de cristal, même plus un pétard pour se calmer avant de retourner à la rue avec pour seule perspective de mener la vie dégradante du voleur à la tire ordinaire. Mais il pensa soudain à un vieux client auquel il avait vendu des caisses d'alcool volées. Ali Aziz.

L'après-midi tirait à sa fin lorsqu'il arriva au Salon du Léopard de Sunset Boulevard. Il savait que le nightclub ne serait pas ouvert, mais qu'il y aurait des employés en train de nettoyer et préparer la salle. C'était l'heure où il gagnait jadis la porte de derrière avec Whitey Dawson et recevait la somme en liquide fixée par Ali. Il frappa à la porte de devant et fut introduit dans la place par un aide-serveur mexicain qui l'avait reconnu. Ali avait revêtu sa tenue de travail et vérifiait le stock derrière le comptoir.

– Ali ! s'écria Leonard en frappant dans les mains du propriétaire du club.

– Leonard ! lui renvoya Ali avec un sourire qui dévoila la canine supérieure en or dont Leonard se dit que ce devait être un symbole de puissance dans le pays de merde d'où il venait.

– On peut aller discuter dans ton bureau ? demanda Leonard. Juste cinq minutes ?

– Pour mon vieil ami Leonard, c'est oui, répondit Ali.

Leonard fut tout heureux d'avoir enfilé son seul T-shirt propre et un jean lavé de frais. Ses tennis étaient délabrées, mais il avait l'impression de ne pas avoir l'air aussi pauvre et désespéré qu'il l'était vraiment.

– T'as des alcools pour moi, Leonard ? demanda Ali dès qu'ils furent entrés dans le bureau.

– Hé bien, euh… non, pas encore. Mais j'y travaille.

Ali se fit maussade. Et ne le pria pas de s'asseoir. S'il n'avait pas d'alcool à vendre, que pouvait donc bien vouloir ce voleur ?

– Et donc… ? dit-il en s'asseyant sur le coin de son bureau.

– J'ai une affaire en route, mais j'ai besoin d'une avance. Pas beaucoup, mais assez pour payer un gars qui me donnera un code d'alarme.

– Une avance ? répéta Ali en se mettant à tripoter une des bagues en or qu'il avait aux petits doigts, celle avec une grosse pierre blanche dont Leonard doutait qu'elle fût précieuse.

– Disons… cinq cents ?

– Tu souhaites emprunter cinq cents ? répéta Ali, incrédule.

– Comme avance sur recette quand je te livrerai la marchandise.

– Tu deviens fou, dit Ali en se levant. Fou, Leonard.

– Attends, Ali ! Deux cents. Je pense pouvoir me dégoter le code pour deux cents.

– Tu perds mon temps, lui renvoya Ali en jetant un coup d'œil à son énorme montre en or.

– Ali, on a fait des tas d'affaires ensemble. Je peux toujours te donner un coup de main. J'ai plusieurs trucs sur le feu.

Ali Aziz coula un regard aux photos posées sur la table à côté de son bureau. Puis il regarda Leonard, et revint sur les photos. Fit le tour de son bureau, s'assit sur son siège de directeur et invita Leonard à s'asseoir dans l'un des fauteuils réservés aux clients.

Leonard avait déjà les jambes qui tremblaient et la paume des mains moite. Il avait besoin de caillou quelque chose de sérieux. De la sueur lui coulait du front sur ses joues parsemées de taches de son, de la sueur lui perlait sous les orbites, là, sous ses yeux bleus au regard vide. Mais il était plein d'espoir et attendit.

Pas loin d'une minute s'écoula avant qu'Ali ne reprenne la parole. Et quand il le fit, ce fut pour dire :

– Leonard, t'es bon voleur, non ?

– Le meilleur, lui renvoya Leonard en essayant d'avoir l'air confiant. Tu le sais. On n'a jamais eu d'emmerdes quand Whitey et moi, on te vendait de l'alcool. Pas la moindre emmerde.

– Pas la moindre emmerde, répéta Ali. C'est ainsi. Mais maintenant Whitey est mort.

– Et si moi, j'avais seulement le code que ce mec m'a dit vouloir…

Ali hocha la tête, agita la main, paume en bas, et Leonard la ferma.

– Tu me donnes grande idée, dit-il. Pour le code. Tu entres et voles dans immeubles d'affaires beaucoup de fois. Tu sais entrer dans les maisons et voler aussi, non ?

– Oui, bien sûr, mais pourquoi je voudrais faire un truc pareil ? Dans les trois quarts des maisons, y a rien. Même dans les grandes où tu vis. Les gens laissent plus traîner de liquide. Tout se fait par cartes de crédit. Et un paquet de ces beaux bijoux qu'on voit aux événements tapis rouge ? C'est des faux.

– Comment tu sais où je vis ?

– Tu m'as dit une fois. Dans les collines. Au Mount Olympus, non ?

Ali fit signe que oui.

– D'accord, mais j'y vis plus. Ma salope de femme habite avec mon fils. On est dans grosse bagarre divorce. La maison est vendue et faudra attendre comptes débloqués.

– Désolé de l'apprendre, dit Leonard, incapable de se concentrer pleinement sur quoi que ce soit.

Leonard qui songeait à la vitesse à laquelle il allait se rendre aux Tacos de Pablo ou au cybercafé dans sa Honda pour se trouver quelque chose à fumer. Leonard qui se demandait combien il allait pouvoir soutirer à c't'Arabe.

– Je me dis que j'ai besoin de toi pour entrer chez moi la semaine prochaine jeudi. À trois heures de la journée. Il y a quelque chose je dois avoir pour ma bagarre de divorce.

– Quelque chose comme quoi ?

– Des papiers de banque. Très importants.

– Tu peux pas les demander ? Ou demander à ton avocat de s'en occuper ?

– Impossible. Salope de femme va pas les donner. Elle veut utiliser documents contre moi.

– Ils sont dans un coffre ? J'ai jamais fait de coffres.

– Non, juste dans un tiroir bureau.

Leonard transpirait de plus en plus. Tout ça ne lui plaisait pas. Il n'aimait pas la façon dont Ali lui expliquait les choses. Il y avait trop d'hésitations, comme s'il inventait au fur et à mesure. Si seulement il s'était tapé un petit joint pour se calmer, il aurait pu mieux réfléchir.

– Une des raisons qui m'empêchent de cambrioler des baraques, c'est qu'il y a toujours une chance que quelqu'un te tombe dessus. Et je fais pas dans la violence, Ali.

– Pas de violence. C'est pour ça que jeudi est le bon jour. La bonne finit nettoyer la maison à quatre heures. Elle met l'alarme, ferme les portes et va. Son petit-fils la prend dehors. Là tu entres chez moi et me prends papiers de banque.

– Je ne sais pas, Ali. C'est pas aussi facile. Et l'alarme ? Tu as le code ?

– Je suis sûr salope de femme change toutes les serrures et ma clé plus bonne. Et elle change aussi le code normal de l'alarme. Mais je crois pas qu'elle change le code pour la bonne. Lola est une Mexicaine très stupide qui voit pas bien de près. Stupide vieille qui peut pas trouver poussière dans la maison non plus. Je veux la virer, mais ma femme dit Lola est très bien avec mon Nicky. OK, Lola oublie beaucoup fois son code et souvent déclenche l'alarme. Ma femme change pas le code pour Lola, pas question. Ce code-là, je te donne.

– Laisse-moi préciser les choses, dit Leonard. J'entre par une des portes d'accès avec alarme, d'accord ? Une porte qu'on utilise pour entrer et sortir sans foutre la panique à la compagnie de gardiennage ? Enfin… du moment que j'entre le code de la bonne en moins d'une minute, d'accord ?

– Absolument correct, dit Ali avec un sourire rassurant.

– Tu pourrais pas le faire ? lui demanda Leonard, inquiet.

– Non, je peux pas, répondit Ali après une légère hésitation. Raison numéro un : je peux pas permettre qu'on voie moi en train de faire une chose pareille. Mon avocat exploserait comme… comme…

– Comme un EEI[1] à Bagdad.

– Précisément. Raison numéro deux : je sais pas entrer par porte qu'a la serrure fermée sans faire gros dégâts.

– Pourquoi est-ce que c'est important ? Quand elle s'apercevra que les papiers ont disparu, elle saura que quelqu'un est entré les voler de toute façon.

– Non, non, dit Ali, qui marqua une pause pour réfléchir avant d'ajouter : Elle ne doit pas apprendre ces papiers ont tellement de valeur et savoir qu'ils ont disparu. Tu vois, y a beaucoup d'autres documents là-dedans.

Leonard fut alors sûr et certain qu'il y avait quelque chose de louche et qu'Ali improvisait. Mais comme cela n'impliquait aucune violence, il déclara :

– Entrer par les fenêtres est hors de question. Et je suis sûr que tu as un détecteur de mouvements. Il y a un garage attenant ?

– Oui, le garage attient à la maison.

– Tu crois qu'elle a changé le code sur le truc pour l'ouvrir ?

– Je crois pas, répondit Ali après avoir réfléchi un instant. Le jardinier a une télécommande pour ouvrir le garage et Lola aussi.

1. Soit un engin explosif improvisé *(NdT)*.

– Et toi, t'en as une ? Enfin, je veux dire… en dehors de celle que t'as probablement fait installer dans ta voiture…

– Oui, j'ai une vieille.

– Je suis sûr que la porte de devant a un verrou et les autres sans doute aussi, mais la porte qui conduit au garage… elle a un verrou ? Celui qu'il faut tourner ?

– Verrou ? se demanda Ali. Oui.

– Et une autre serrure, non ? Un verrou au bouton ou à la poignée de porte qui se ferme tout seul quand on la claque à moins de repousser le loquet derrière ?

– Oui, c'est correct. Sur le bouton de porte. C'est une très vieille serrure.

– Et le pavé de l'alarme est à l'intérieur ?

– Oui.

– Bon, dit Leonard. Voilà ce que je te propose. Les trois quarts des gens ne se donnent pas la peine de verrouiller la porte intérieure du garage. Ils ne s'inquiètent pas parce qu'ils ont deux portes entre eux et la rue. En plus qu'ils sont toujours en train de charger ou de décharger des trucs de la voiture pour les apporter à la maison. Tu crois que la bonne pourrait verrouiller cette porte-là quand elle met l'alarme avant de s'en aller ?

– Absolument pas. Quand j'habitais là, j'entrai toujours dans le garage en voiture et utilisais ma clé seulement pour le verrou. Mais quand ma femme est là, jamais verrou. Rien.

Leonard songea qu'à mentir, il valait mieux mentir en grand. Ce boulot, il le lui fallait.

– Une serrure ordinaire, je saurai faire pour que ta femme ne s'aperçoive de rien. Il va me falloir ta télécommande d'ouverture du garage et une idée exacte des papiers que je dois chercher et où. Il va aussi me falloir le code de la bonne.

– Et tu es certain que personne ne saura t'es entré ?

– Oui, à moins que ta femme soit parano et appelle la société de gardiennage pour voir si ta bonne est revenue pour une raison x ou y. Mais pourquoi elle ferait ça, hein ?

– Non, ma salope de femme fera pas ça.

– Si ta télécommande d'ouverture du garage marche pas ou si le verrou est mis à la porte d'accès, moi, je dégage.

– OK pour moi.

– Bon donc, où je trouve les papiers de la banque et à quoi ils ressemblent ?

– Faut chercher le dossier marron. Gros. Avec « Année 2004 » marqué dessus. Tu trouveras en ouvrant tiroir du bas dans le bureau blanc. Il est dans le bureau près de la cuisine. D'autres enveloppes marron y a aussi, mais tu touches pas. Tu laisses autres papiers. Tu comprends ?

– Je crois. Et je touche combien pour ce boulot ?

– Je te donne les deux cents dollars que tu dis veux.

– Au cul, oui ! s'écria Leonard. C'était juste une avance. Là, on parle de cambriolage et ça, c'est dangereux et ça exige un talent particulier.

– Bon, bon, dit Ali. Je te donne quatre cents dollars quand tu me donnes les documents de banque.

C'était le plus gros pari qu'il ait jamais fait depuis longtemps, mais il décida de tenter le coup.

– Deux cents tout de suite, dit-il. Mille de plus quand je te donnerai les papiers.

– T'es fou, Leonard ! Pas question.

Leonard était tout à fait prêt à en rabattre sur le prix, mais décida de parier à nouveau.

– Bon, salut, je m'en vais, dit-il en se levant. Bonne chance, Ali.

– OK, OK ! Je suis d'accord.

– Mais… et si les documents n'y sont pas ? Non, parce que moi, je risque toujours d'atterrir au pénitencier. Donc, j'exige mes mille dollars.

– Mais comment je saurai tu es entré et as essayé ?

– Dis-moi un truc qu'est dans la maison et qui ne manquera pas à ta femme. Un petit truc.

– Serviette. Elle a serviettes de cocktail très spéciales. Regarde dans les paniers sur le comptoir cuisine. Elle a ses initiales imprimées en or sur chaque serviette. Apporte-moi une si tu trouves pas papiers de banque. Je vois la serviette, je paie.

– Tu me fileras les mille dollars ? Sans discuter ?

– Oui, je ne discuterai.

Leonard se leva et lui tendit la main. Ali eut l'air de ne pas vouloir la lui toucher, mais s'y résigna.

– Nous avons deal, dit-il.

– Appelle-moi sur mon portable dès que t'es prêt. Je passerai ici à la même heure qu'aujourd'hui. Et faudra avoir la télécommande du garage et le code de l'alarme. Et maintenant, tu me files les deux cents.

Ali prit son portefeuille à regret, en sortit quatre billets de cinquante et les lui tendit.

– Encore une chose, dit-il. Quand tu finis le boulot, tu me retrouves en bas panneau du Mount Olympus. Je serai dans ma voiture. Jaguar noire.

– C'est bizarre, ça. Pourquoi tu ne veux pas que je t'apporte les papiers ici ?

Ali hésita de nouveau.

– Peut-être je regarde les papiers et trouve pas le document j'ai besoin. Peut-être je te demande de remonter et regarder quelque part ailleurs.

– Absolument pas question ! s'écria Leonard. J'y vais une fois et c'est tout. Qu'est-ce que t'essaies de me faire ?

– OK, dit Ali aussitôt. Si le document correct y est pas, c'est OK.

– On a fini ?

– Tu laisses la porte avec pas verrou sur la poignée. Très important. Pas verrou.

Leonard ne savait plus du tout où il en était. Tout partait de travers avant même de commencer.

– Pas verrouillée ? Mais tu as dit que tu ne voulais pas que ta femme sache qu'on était entré dans la maison. Si elle descend de sa bagnole et trouve que le verrou est pas mis, qu'est-ce qu'elle va penser, hein ?

– Elle va penser que la stupide vieille Mexicaine a encore oublié de mettre verrou. Pas de problème.

– Ça va pas, ça, Ali, dit Leonard en plissant le front. Y a quelque chose qui colle pas dans ton truc.

– Je souhaite qu'elle vire la stupide Mexicaine. Mais ma salope de femme pense que Lola est bien pour mon fils. Je pense pas. Ma femme trouve encore la porte pas fermée au verrou, peut-être qu'elle décide de virer Lola. Ça sera bon pour mon Nicky.

– Écoute, et si on faisait le boulot ensemble ? Dans tout ça, j'ai rien d'autre à faire qu'à forcer la serrure et te laisser entrer. Comme ça, tu pourras regarder partout où tu veux. Tu peux aller foutre ton nez dans son tiroir à petites culottes et les renifler si tu veux. Et moi, je te laisse là et je m'occupe de mes affaires. C'est pas plus sensé ?

– Non, Leonard. Je n'irai jamais dans la maison, pas question. Pas avant que mon divorce est fini. Je ne dois pas prendre risque fou. Quelqu'un me voit entrer dans la maison, qu'est-ce que tu crois qui arrive à ma bagarre de divorce ? Tu fais le boulot comme je te dis, pas de problème. D'accord ?

– D'accord, mais tu veux toujours que je te retrouve dans ton quartier plutôt qu'ici ?

– Près du panneau Mount Olympus, Leonard.

Leonard sentit les quatre billets à l'effigie du président Grant dans sa poche et se dit que s'il pouvait fumer un peu de caillou, tout ce bazar s'éclaircirait peut-être dans sa tête. Peut-être même comprendrait-il alors ce que manigançait vraiment cet enfoiré d'Arabe.

– Je serai à ce numéro quand tu m'appelleras, dit-il à Ali Aziz en prenant le bloc-notes pour y porter le numéro de son portable jetable. À propos… c'est quoi, l'adresse ?

Ali lui récita le nom et le numéro de sa rue du Mount Olympus et Leonard les inscrivit sur une autre feuille du bloc.

– Non, Leonard, lui lança Ali, qui l'observait. Tu écris mauvais numéro. Deux derniers sont pas chiffres corrects.

Leonard lui décocha son sourire entendu.

– C'est une petite astuce que m'a apprise Whitey Dawson. Je soustrais toujours deux des deux derniers numéros de l'adresse du boulot que je vais faire. Comme ça, j'ai rien à mémoriser. On oublie des trucs quand faut mémoriser. Si les flics m'arrêtent et trouvent l'adresse, pour eux ça voudra dire que dalle.

– Très malin, Leonard, dit Ali. Je pense que tu es très malin.

– Faut ce qui faut, répondit Leonard en pensant au caillou qu'il allait fumer ce soir-là.

Et s'ajoutant qu'il aurait tout le temps d'aller voir son voisin des Fidji pour apprendre comment diable on force une serrure.

8

Tard ce soir-là, après la séance « Main tendue aux sans-abri » qui avait vidé le campement dans les collines derrière l'Hollywood Bowl, Ronnie honora son rendez-vous avec les amateurs de surf. Arrivée avec Hollywood Nate à 4 heures, elle se gara devant un atelier de carrosserie d'East Hollywood qui réduisait sérieusement la qualité de la vie pour plusieurs centaines d'Hispaniques à l'autre bout de la ruelle. Bix Ramstead était resté au commissariat pour rattraper de la paperasse en retard et traiter des messages de « plaignants à répétition » qu'il avait repoussés à plus tard. On estimait qu'environ 30 % de tous les appels passés aux Corbeaux émanaient des mêmes individus.

Déjà là, les amateurs de surf se tenaient debout près du pick-up du Bris dans leur tenue ordinaire pour la rue : T-shirt et jean.

– Merci d'être venus, lança le Bris en jetant un regard hésitant à Nate dont l'expression semblait dire : « T'es un badaud innocent ou quoi ? »

– Bon, et si vous veniez avec nous pour vous assurer que je fais ce qu'il faut ? dit Ronnie aux amateurs de surf.

Le Débris entra derrière elle, le Bris qui la suivait murmurant alors à Nate :

– La partie est commencée, mec. Il se prend pour Sherlock Holmes, mais moi, je suis pas du genre docteur Watson.

Le propriétaire de l'atelier de « Stan, le Carrossier » n'était ni arabe, ni iranien, ni originaire d'aucun pays étranger. Âgé de 50 ans, c'était un pur Anglo blanc natif de Los Angeles, Stan Hooper de son nom, qui fut très surpris de voir deux flics en uniforme et deux autres types qui ressemblaient sacrément à des flics entrer dans son atelier.

– Bonjour, monsieur, lui lança Ronnie. Nous sommes du Hollywood Division Community Relations Office. Voici ma carte.

Et tandis que Stan Hooper l'examinait, elle ajouta :

– Nous avons une plainte des gens qui habitent à l'autre bout de la rue. Ils disent que vos voitures obstruent souvent la voie publique tôt le matin. Ils ne peuvent pas sortir les leurs quand ils ont besoin de partir au boulot. De fait, je remarque que vous en avez trois garées à cet endroit et il y a à peine la place d'y faire passer une Coccinelle.

– On va les déplacer tout de suite, répondit Stan Hooper en s'essuyant le cambouis des mains. Je m'excuse. J'essaie de garder la voie libre, mais des fois des clients se garent là avant que je puisse leur dire de pas le faire.

– Les affaires ont l'air de bien marcher, reprit Ronnie en regardant du côté de la porte qui donnait sur la grande salle où l'on s'affairait autour d'une Lexus SUV couverte d'adhésif et passée au minium.

– Trop même, mais je vais pas me plaindre, répondit Hooper en regardant les amateurs de surf et se demandant pourquoi il fallait quatre flics pour lui faire passer ce message. Je ne veux pas de contredanses. Je vais faire ce qu'il faut pour que ça ne se reproduise pas.

– Belles bagnoles, dit le Débris en entrant dans la grande salle où l'on travaillait.

– C'est un de nos officiers, dit Ronnie. Il aime bien les voitures.

Stan Hooper suivit le Débris dans le coin réparations et lança :

– Y en a deux à vendre. Mon client m'a dit que je pouvais les vendre si je trouvais un acheteur. Je ne prendrais pas la commission si c'était un policier du commissariat d'Hollywood qui me la prenait. La Mercedes est vraiment bien et le prix aussi.

L'amateur de surf commença à prendre des numéros de plaques et de moteurs, Stan Hooper lui demandant alors :

– Quelque chose qui ne va pas, monsieur l'agent ?

– On a eu des rapports selon lesquels des SUV volés seraient réparés chez vous et leurs plaques changées. La routine.

– J'ai jamais eu d'ennuis de ma vie ! s'exclama Stan Hooper. Vous pouvez vérifier. J'ai la réputation de bien faire le boulot et à un bon prix pour les compagnies d'assurance et nous, nous nous spécialisons dans les SUV. On arrive même à redresser des châssis s'ils ne sont pas trop pliés. Les compagnies d'assurance n'arrêtent pas de nous envoyer des clients.

À ce moment-là, les trois autres flics comprirent que le Débris essayait seulement de sauver la face lorsqu'il lança :

– Ce n'est pas à vous que je pensais. Je pensais aux propriétaires des SUV. Vous les connaissez personnellement ?

– J'en connais deux depuis toujours. Ça fait dix-quinze ans que je travaille sur leurs voitures. Les deux autres, non, je ne les connais pas. Y en a un qu'est vieux. Il habite à Los Feliz. L'autre est une femme. Belle à tomber raide. Elle habite quelque part dans les Hollywood Hills. Un de mes mécanos l'a ramenée chez elle.

– Vous avez des ouvriers du Moyen-Orient ? Des Arabes ?

– Des Arabes ? Non. On a trois Mexicains, deux Salvadoriens et un Okie[1]. C'est à peu près tout.

Le Débris jeta un coup d'œil embarrassé aux autres flics, Stan Hooper ajoutant aussitôt :

– Une de mes clientes a un nom qui pourrait être arabe, mais elle est américaine. Son SUV était plein de vieux journaux et de magazines écrits dans une langue du Moyen-Orient. Y en avait partout dans l'atelier la dernière fois que j'ai regardé. J'aimerais bien qu'elle vienne me payer et qu'elle reprenne sa voiture, mais elle espère que je vais pouvoir la lui vendre.

Stan Hooper tendit le devis des réparations à Ronnie, qui y jetait un coup d'œil rapide plus pour aider le Débris à bien se sortir de ce merdier qu'autre chose lorsqu'elle vit le nom de Margot Aziz.

– Aziz, dit-elle. Cette cliente n'aurait pas un lien avec Ali Aziz, qui tient un night-club dans Sunset Boulevard ?

– Alors là, aucune idée, répondit Stan Hooper en haussant les épaules.

Hollywood Nate fut soudain très intéressé. Il regarda par-dessus l'épaule de Ronnie et vit sur la commande de travaux l'adresse qu'il connaissait déjà.

1. Soit un travailleur agricole migrant. Jadis originaire de l'Oklahoma pendant la Grande Dépression *(NdT)*.

– Combien veut-elle pour son SUV ? demanda-t-il, l'air de ne pas y toucher.

– Il a trois ans, mais pas grand-chose au compteur. Y a eu des dégâts au châssis, mais rien d'essentiel. Quelqu'un lui est rentré dedans au parking du Farmer's Market, d'après ce qu'elle m'a dit. Elle en accepterait vingt-huit mille dollars.

– Vingt-huit mille dollars ?! s'exclama Nate. C'est pas un peu beaucoup ?

– Peut-être qu'elle descendra.

– Bien, veillez à dégager la ruelle, s'il vous plaît, dit Ronnie en se tournant vers la porte.

Les quatre flics une fois dehors, elle ajouta :

– Un SUV Mercedes ? Tu viens pas d'acheter une Mustang ? Tu serais pas en train de piquer dans la caisse, dis ?

– Jolie bagnole. J'ai toujours adoré ces SUV Mercedes.

– Bon, à plus, les gars, dit Ronnie. Je vous laisse passer les numéros de plaque et de moteurs à l'ordinateur central si vous voulez pousser plus loin.

Les amateurs de surf étant remontés dans le pick-up pour rejoindre le commissariat d'Hollywood, le Bris lança :

– Hé mec, je sais que la Ronnie te fait planer la libido à fond, mais c'est pas le genre de truc qui va faire de toi un Corbeau.

Et le Débris de lui renvoyer :

– En tout cas, j'avais bien raison pour le canard en arabe.

En arrivant à Hollywood South, Ronnie trouva Bix assis à un bureau. Son BlackBerry posé devant lui, il continuait de passer des appels assommants. Nate, lui, semblait très pressé de donner quelques coups de fil, mais pas dans le bureau où travaillaient les autres. Il avait filé dehors et, surpris de se trouver tout soudain la bouche en coton, venait juste de composer un numéro sur son portable lorsqu'elle décrocha.

– Allô… Margot ? dit-il.

– Oui. Qui est à l'appareil ?

– C'est moi, Nate Weiss. L'agent de police que vous avez rencontré la semaine dernière.

– Ah oui ! Comment avez-vous eu mon numéro ?

– Vous ne croirez pas la coïncidence ! s'exclama-t-il. Mais aujourd'hui, j'ai eu la chance de passer chez « Stan, le Carrossier », y ai vu votre SUV et appris qu'il était à vendre.

– Il l'est en effet, dit-elle.

– J'aimerais bien qu'on en parle. Ça pourrait m'intéresser.

– J'en demande vingt-huit mille dollars.

– Vous seriez prête à descendre ?

– Ça pourrait se faire, répondit-elle après quelques secondes d'hésitation.

– Je pourrais passer pour qu'on en discute ?

– Quand ?

– Oh disons, ce soir après le boulot.

– Ce qui nous donnerait quelle heure ?

– Je pourrais être chez vous sur le coup de huit heures.

– La fille au pair n'est pas disponible ce soir, dit-elle. J'ai peur d'être prise par mon fils de cinq ans. Ce serait mieux que vous passiez demain soir.

– Demain soir à huit heures ?

– Ce serait parfait, répondit Margot Aziz. Mais j'ai une question, agent Weiss.

– Appelez-moi Nate. Quelle est votre question ?

– C'est l'heure où je dîne et je ne suis pas mauvaise cuisinière. Que diriez-vous de partager des pâtes maison et une salade de poulet à la mangue avec moi ?

De fait, lorsqu'il referma son portable, Hollywood Nate fut comme pris de vertige.

Margot Aziz raccrocha son fixe, prit son portable avec carte prépayée et appela un autre portable qu'elle avait acheté pour une superbe danseuse seins nus amérasienne.

– C'est moi, dit-elle lorsque Jasmine décrocha. Je peux plus attendre notre con de premier choix. Tu te rappelles le mec dont je t'ai parlé ? Il passera ici demain soir. Je vais voir ce que ça donne. Il pourrait faire l'affaire.

– J'en ai plus que ma claque, lui renvoya la danseuse. S'il ne se passe pas vite des trucs, je me retire de tout le bazar. C'est trop éreintant.

– Patience, ma belle. On a beaucoup bossé pour entrer dans sa tête. Il est accroché. Faut juste attendre encore un peu.

Ce soir-là, il y avait « lune d'Hollywood », selon l'expression de l'Oracle, le chef de sûreté récemment décédé. Qu'il y ait pleine lune sur Hollywood signifiait que tout pouvait arriver, et c'était souvent le cas. Et l'essentiel de ce qui se passait alors n'était pas de ces choses dont on parlait aux réunions du Community Police Advisory Board.

Dan Applewhite ayant pris quelques jours de rattrapage d'heures supplémentaires, le jeune Gil Ponce avait été mis en tandem avec Gert Von Braun. Ils ne roulaient pas depuis plus d'une demi-heure lorsque l'atelier 6-X-66 reçut un appel de Southeast Hollywood signalant le déclenchement d'une alarme silencieuse dans un magasin de meubles.

Ils étaient arrivés et vérifiaient les fenêtres de l'établissement lorsque la nouvelle torche de 20 cm de long – celle qui pesait 300 grammes –, commença à clignoter. Gert lui donna deux ou trois petites tapes et l'engin s'éteignit.

– Saloperie de merde ! s'écria-t-elle.

Et d'y redonner des petites tapes et d'appuyer plusieurs fois sur le bouton.

C'est alors que Gil Ponce assista, et aux premières loges, à une manifestation du syndrome de tempérament explosif de Gert Von Braun, dont les autres flics parlaient parfois entre eux.

– Putains d'enculés de politiciens de merde ! aboya-t-elle.

Puis elle balança sa lampe contre le mur du fond, des bouts de plastique volant dans tous les sens.

Gil se contentait de regarder sans rien dire lorsqu'elle se retourna vers lui et lui lança :

– On va s'arrêter dans une droguerie et s'acheter une torche qui marche, bordel de merde !

Il eut l'impression qu'elle le défiait et répondit :

– Oui, m'dame, d'accord.

– Arrête de m'appeler « m'dame », nom de Dieu ! s'écria-t-elle en montant dans l'atelier et se squeezant entre le volant et le siège.

– Entendu… Gert, dit-il en s'installant le plus rapidement et silencieusement que possible sur le siège passager et se mettant aussitôt à scruter la rue.

Une heure plus tard, Charlie le Compatissant était une fois de plus arraché à son reality show préféré pour rejoindre l'équipe du 6-X-66 sur la scène d'un homicide possible avec absence de cadavre et bébé mort. Cela s'était passé dans le genre d'endroits que les comités spécialisés dans l'embellissement et le renouveau d'Hollywood aimaient croire si éloignés des boulevards qu'on pouvait très bien les considérer hors zone. Sauf qu'ils faisaient bel et bien partie d'Hollywood.

L'affaire s'était produite à Brentwood, dans un immeuble locatif de trois étages propriété d'un marchand de sommeil. À l'arrière du bâtiment se trouvait un escalier extérieur couvert que squattaient souvent des sans-abri. Ils y dormaient, urinaient, voire déféquaient, faisant ainsi mentir l'adage selon lequel on ne chie pas dans le lit où on dort. Il y avait longtemps que tous les tuyaux en métal avaient été arrachés et volés et, avant que les gonds en cuivre aient été remplacés par des gonds en acier, un vagabond avait été poignardé alors qu'il démantibulait la porte d'un appartement vide à coups de pied pour piquer ce trésor qui brillait. Les enfants hispaniques n'osaient plus s'y promener pieds nus par peur des seringues qui traînaient.

En sortant du parking et passant devant la cage d'escalier pour rejoindre celle de devant qui, elle, était libre de vagabonds, un des Honduriens qui habitaient l'immeuble avait remarqué ce qui lui avait paru être des taches de sang dans l'allée en ciment le long de laquelle on rangeait les bennes à ordure. Il avait passé la tête dans la cage en se bouchant le nez tellement ça puait et avait vu encore plus de sang. Il avait alors suivi la piste sanglante jusqu'au coin du bâtiment et avait découvert des flaques de sang visqueux et quelque chose qui ressemblait à des huîtres mais bon… il n'avait pas eu envie de savoir. Il y avait aussi des giclées rouges et une espèce de test de Rorschach sur le sol en ciment, juste à côté d'une couverture raide de sang et d'autres articles vestimentaires abandonnés. Il s'était dit que tout cela était tellement horrible que les rats s'en seraient tenus à l'écart. Mais il se trompait. Des rats, il y en avait.

Et c'est là, sous un carton près de l'autre coin, qu'il avait trouvé le bébé mort. Pas un fœtus, non, un bébé arrivé à terme avec le cordon ombilical encore attaché. Un garçon, mais c'est tout ce qu'il avait pu en dire. Il savait qu'il ne fallait pas corrompre une scène de crime et avait foncé chez lui pour appeler la police. Puis il avait raconté ce qu'il avait vu à sa femme, qui était redescendue à la cage d'escalier pour attendre l'arrivée de la police avec lui.

Mais, malgré les protestations de son mari, elle était remontée à l'appartement pour y prendre une serviette de bain – elle ne supportait pas que le cadavre reste sur ce sol en ciment crasseux. Elle avait pris le bébé mort – la *rigor mortis* ayant cessé d'agir, il n'était déjà plus raide –, et l'avait déposé sur la troisième marche de l'escalier et avait plié la serviette sur son petit corps.

– *Pobrecito,* avait-elle dit avant de faire une prière pour le nourrisson et sa mère si elle vivait encore, mais elle ne le pensait pas.

Tout ce sang !

Arrivée sur les lieux, Gert Von Braun dit à Gil Ponce :

– C'est toi qui causes. Y a des chances pour qu'ils ne parlent pas mieux anglais qu'un député.

Ça recommence, se dit Gil Ponce avant de lui répondre :

– Je suis désolé, Gert, mais je ne parle pas espagnol.

Elle lui jeta un regard dubitatif et murmura le refrain habituel :

– Bordel d'Hollywood ! Rien n'est jamais comme on croit.

Ce fut au jeune Gil Ponce que le Hondurien adressa ses remarques :

– Très mauvaise chose sé prodouit, dit-il dans un anglais passable. Y a dou sang partout. On a vou ce bébé mort.

Il conduisit les deux flics à la cage d'escalier et ôta la serviette. Gert braqua le faisceau de sa torche neuve sur le cadavre et lança :

– On dirait qu'il est ici depuis pas mal de temps. Je me demande où est passé mama.

– Beaucoup sang là-bas, ajouta le Hondurien en montrant la couverture maculée de sang séché.

– Ça ressemble assez à une éclaboussure, reprit Gert. Il pourrait y avoir plus qu'une sans-abri qui a accouché. Vaudrait mieux gérer ça comme une scène de crime. Appelle le chef de sûreté. Dis-lui qu'on a quelque chose qui ressemble à de la sauce à pizza sans pizza.

– On reste ici ? demanda le Hondurien à Gil.

– J'ai dix ans de plus que lui, dit Gert Von Braun. Et si vous commenciez à me parler, à moi, hein ?

– M'excouse, dit l'homme qui n'avait pas compris.

– Bon, on laisse tomber. Parlez-lui.

Elle s'y était habituée à force de parler avec des gens venant de cultures machistes.

– Remontez chez vous, dit Gil au Hondurien. Un inspecteur viendra vous poser des questions bientôt. D'accord ?

– D'accord, répondit l'homme.

Charlie le Compatissant arriva sur les lieux bien avant l'équipe du coroner. Il s'entretint avec Gert et Gil, regarda la giclée de sang et l'énorme perte de sang qu'avait subie la victime inconnue et appela la patronne des Vols et Homicides chez elle pour lui rapporter ce qu'ils venaient de trouver. Elle lui répondit qu'elle allait joindre ses inspecteurs et le rappeler.

C'est à ce moment-là que le vagabond le plus énorme que les flics aient jamais vu arriva sur les lieux du crime en titubant. Sans domicile fixe et alcoolique, il avait été souvent arrêté sur les boulevards, où il faisait la manche auprès des touristes. Blanc entre deux âges, il devait avoir à peine quelques années de plus que l'inspecteur Gilford, mais était nettement plus imposant. Il portait un feutre mou tout cabossé, une veste de sport rapiécée et pleine de pellicules et une cravate graisseuse par-dessus une chemise de flanelle crasseuse – sa façon à lui de garder, qui sait ?, une once de dignité.

Il se tourna brusquement vers la cage d'escalier, le goulot d'une bouteille de vin dépassant de sa poche de veste, et ne vit même pas les flics avant que Gert Von Braun l'illumine avec le faisceau de sa torche neuve.

– Putain de Dieu ! s'écria Charlie Gilford. Ce poivrot double volume doit peser ses trois cents kilos facile !

– Euh, holà, lâcha l'énorme en les voyant. Bonsoir, m'sieur dame !

Gil Ponce enfila des gants, le palpa et lui prit sa bouteille de vin. L'homme la regarda partir à regret. Il avait le souffle aussi chargé de gaz qu'un caniveau et ses veines lui faisaient comme un réseau de vers roses sur la figure. Que son visage ait des couleurs et n'ait pas viré au jaune citron disait que le foie fonctionnait encore.

– Comment vous appelez-vous ? lui demanda Charlie Gilford.

– Livingston G. Kenmore, répondit l'homme en penchant si fort d'un côté que Gil Ponce dut le redresser.

– Qu'est-ce que vous savez de tout ça ?
– De tout ça quoi ?
– Le sang… le bébé mort.
– Oh… ça !

Les flics se regardèrent, puis reportèrent leur attention sur le pochard.

– Oui, « ça », reprit enfin Charlie Gilford. Qu'est-ce qui s'est passé ?

– Pour le sang ou pour le bébé ?

– Commençons par le bébé, dit Gert.

– C'est le bébé à Ruthie. Et il est mort.

– On le sait qu'il est mort. Qui est Ruthie ?

– Elle dormait ici. Elle était grosse comme un camion, mais ça l'empêchait pas de se taper des mecs pour dix dollars le coup. Sauf qu'elle avait plus beaucoup de types sur la fin. Elle avait le ventre jusque-là, dit-il en caressant le sien, qui était gigantesque.

– Où est-elle maintenant ? demanda Charlie.

– Elle est allée au centre d'accueil y a deux jours, répondit l'énorme. Vous pourrez l'y trouver. Elle se sentait pas très bien après l'accouchement. Le pauvre. Il était mort avant de sortir. Elle a saigné un max.

– Vous l'avez aidée à avoir le bébé ? demanda Gert.

– Non, c'est sa copine Sadie qui l'a aidée. Elle est allée au centre avec elle. Vous pouvez leur demander. Moi, j'essaie de pas me mêler de leurs trucs. C'est des femmes d'affaires, si vous voyez ce que je veux dire.

– Vous êtes en train de nous dire que tout ce sang, c'est Ruthie qui l'a perdu ? demanda Charlie Gilford.

– Non, une partie seulement, répondit l'homme en le regardant comme s'il était con ou quoi ?

– Et l'autre partie est de Sadie ? insista Charlie.

– Non, de moi.

– De vous ?! s'écria Gert. D'où ça ?

– De mon schwanze. Faut savoir que comme j'avais du mal à pisser, je suis passé au dispensaire y a quelques semaines de ça et qu'ils m'ont fait une opération. Un docteur m'a enfoncé un cathéter dans la bite avec un petit ballon dans la vessie pour que tout tienne en place. Mais l'autre soir, je me suis tapé deux ou trois topettes et un litre de Porto et je suis devenu comme fou et j'ai tout arraché. Du coup, y a du sang qu'a giclé partout.

Sans même le vouloir, Charlie Gilford et Gil Ponce poussèrent l'un et l'autre des gémissements de douleur et de sympathie. Gil se plia même un rien en deux et Charlie s'empoigna l'entre-deux tandis que Gert Van Braun se payait leur tête à tous les deux. Gil, qui savait déjà qu'elle les prenait pour des femmelettes, se redressa, respira un grand coup et s'enjoignit de rester calme.

– Quoi ? lança Gert au pochard. Tu veux dire que c'est ton truc qu'a pissé tout ce sang ?

– Vous imaginerez jamais ! s'écria l'énorme. J'ai failli appeler police-secours. Vous voulez voir ?

– Non, non ! s'écrièrent ensemble Charlie Gilford et Gil Ponce.

Mais Gert Von Braun, elle, y alla de ceci :

– Ouais, allez, sors-moi ton bazar !

Ce qu'il fit. Et là, tandis que Charlie Gilford et Gil Ponce s'affairaient à regarder ailleurs, Gert braqua le faisceau de sa lampe sur le pénis de l'énorme et lança :

– Aïe aïe aïe ! C'est dégueu ! Faut que t'ailles te le faire recoudre par un médecin. Ça ressemble aux saucisses que faisait ma mère.

– Et si vous conduisiez M. Kenmore au centre et vous empariez de Ruthie et de Sadie, hein ? lança Charlie à Gert et Gil. Au cas où elles auraient d'autres noms, il pourrait vous les montrer. On gère ça comme un homicide possible. Elles pourraient bien avoir tué le bébé.

– Mais non ! s'écria l'énorme. Elle allait le donner à adopter. Elle pensait pouvoir en tirer dans les deux mille dollars si c'était un Blanc. Même que c'en était un, ce bébé. Elle a pleuré quand elle a vu qu'il était mort. Elle y aurait pas fait de mal. Il était mort-né. Je suis témoin. C'est moi qui l'ai mis dans le coin et qui y ai posé un carton par-dessus. On l'aurait pas jeté aux ordures ou autre, ah non. Elles allaient revenir et s'occuper du bébé comme des citoyennes responsables.

– On va essayer de corroborer tout ce que tu viens de nous dire et on aura besoin de ton aide pour le faire, dit Charlie Gilford.

C'était le mot qu'attendait Gert. Aussitôt elle se dirigea vers la rue de devant pour aller chercher la voiture et faire le tour du parking pour qu'ils n'aient pas trop à marcher avec l'énorme poivrot.

– Vous vous contentez de ramener les deux nanas, dit Charlie Gilford à Gil Ponce. Vous les conduisez au commissariat et on laissera les mecs des Homicides décider de la marche à suivre.

– Et si elles veulent pas venir, on les met en état d'arrestation ? demanda Gil.

– Absolument, répondit Charlie Gilford. On a un bébé mort. Nous sommes en présence d'une scène de crime jusqu'à ce qu'il en soit décidé autrement.

– Personne n'a commis de crime ! dit l'énorme en se remettant à vaciller et se rattrapant au coin du mur en ciment. Ruthie aurait été une bonne mère.

– Ouais, ouais, ça fait chaud au cœur de l'entendre, mais je doute que nos Corbeaux aient envie de partager ce truc à sangloter avec les mecs du projet « Restaurons Hollywood » la prochaine fois qu'ils les retrouveront.

Et là, pendant que Charlie Gilford rappelait la patronne des Homicides pour la mettre au courant des derniers développements de l'affaire et que Gil Ponce, lui, regardait l'inspecteur et brûlait d'impatience de lui poser d'autres questions sur ses tâches à venir, personne ne surveillait Livingston G. Kenmore. Lequel Livingston G. Kenmore n'arrivait plus à tenir debout. Lequel Livingston G. Kenmore fit quelques pas en vacillant pour gagner la cage d'escalier plongée dans l'obscurité, y repérer une espèce de coussin sur la troisième marche et s'asseoir dessus.

– Putain de Dieu ! s'écria Gil Ponce. Levez-vous ! Levez-vous ! Levez-vous, bordel de merde !

Tout cela au moment même où, à l'autre bout du fil, la patronne des Homicides demandait à Charlie Gilford :

– Le bébé mort a-t-il subi un traumatisme évident ?

– Oh mais absolument, lui répondit Charlie le Compatissant en se tournant vers l'endroit d'où montait le tapage. Même que c'est tout récent.

9

Les Corbeaux avaient un problème récurrent, et ce problème n'avait rien à voir avec les plaintes du Night-Club Committee contre les marchands de hot-dogs. La veille au soir, les Mœurs, de concert avec les Corbeaux et la patrouille de nuit, avaient lancé l'opération Hot-Dog.

Les équipes du soir et de la nuit étant trop occupées et, manquant trop de personnel pour s'occuper des vendeurs, la situation avait dégénéré. Dans Hollywood et Sunset Boulevard, où nombre de night-clubs se créaient – leurs propriétaires changeaient presque aussi souvent que les nappes qu'on trouvait dans ces établissements –, des vendeurs de hot-dogs latinos installaient partout leurs voitures à bras pour avoir les clients qui allaient et venaient dans les parages jusqu'aux premières heures du matin. La nuit de l'Opération, plus d'une cinquantaine de ces marchands ambulants avaient déjà eu droit à des contredanses pour vente illégale et leurs voitures à bras avaient été saisies. Le parking du commissariat était maintenant encombré de ces engins et de hot-dogs qui pourrissaient et tout le monde se demandait si on ne s'était pas montré un peu trop zélé dans « le coup de balais antisaucisses ».

Ronnie avait été déchargée de toute responsabilité dans l'Opération lorsque Bix Ramstead et elle avaient reçu l'ordre de retrouver l'atelier 6-A-97 dans Southeast Hollywood. Le Corbeau qui gérait les appels de ce quartier avait pris un bref congé suite à un décès dans sa famille. Il n'y avait pas beaucoup de Noirs dans la juridiction de la division d'Hollywood et le Corbeau en congé, un Noir, avait établi de bons rapports avec eux.

L'équipe de l'atelier 6-A-97 répondait à une plainte ayant pour objet des caddies – il y en avait cinq – abandonnés autour d'un bungalow à charpente en bois loué à un couple de Somaliens. Lorsque Ronnie et Bix arrivèrent sur les lieux, l'aîné des deux flics qui les attendaient salua Bix Ramstead d'un hochement de tête.

– On essaie pas de se débarrasser de ce truc, dit-il, mais vous autres Corbeaux gérez bien des plaintes à répétition pour tapage et autres conneries qualité de la vie, pas vrai ?

– Et les conneries qualité de la vie, ça va loin, lui renvoya Bix d'un ton las. C'est quoi, le problème ?

– La femme qui nous a appelés dit que les gens qui habitent dans cette petite maison sont originaires de Somalie et que, comme le mari aime pas les Noirs, elle ne peut pas leur parler.

– Mais… les Somaliens ne sont pas noirs ? lança Bix.

– Si, mais lui aime pas les Noirs-Américains. Bref, elle veut qu'on parle au mec pour lui dire que dans ce pays on ne peut pas quitter le parking d'un supermarché en embarquant le caddie. De fait, elle dit que le Somalien a même repris le caddie à son fils qui voulait le ramener au supermarché. Pour elle, ce mec ne comprend rien au problème des caddies.

– Vous avez essayé de lui parler ? voulut savoir Ronnie.

– Il refuse d'ouvrir, répondit le flic, mais d'après la femme, il est là. Vous pouvez prendre la suite ? On a des crimes sérieux à résoudre, nous.

Ça y était, songea Ronnie. Eux étaient de vrais flics, et les Corbeaux étaient autre chose.

– D'accord, répondit Bix. Comment s'appelle-t-elle ?

– Mme Farnsworth.

Le flic était manifestement heureux de refiler l'affaire aux Corbeaux – pour les gars de la patrouille, les Corbeaux n'en foutaient pas une rame.

Mme Farnsworth était une femme robuste avec des cheveux gris coiffés à la Condoleezza Rice. Repeint de frais, son bungalow, qui se trouvait juste en face de chez les Somaliens, comportait un jardin plein de géraniums sur le devant. Elle invita les flics à entrer et leur demanda s'ils avaient envie de boire quelque chose de frais, mais ils déclinèrent son offre.

– J'aimerais gérer ça toute seule, leur dit-elle, mais ce Somalien est méchant. Il a une grande balafre qui lui descend sur tout un côté de la figure et il ne sourit jamais. Sa femme, elle, est très gentille. Je lui parle quand elle passe en allant au marché. Elle a une vingtaine d'années de moins que lui, voire plus. Et elle l'a déjà quitté une fois. Ça faisait environ trois semaines que je ne l'avais pas vue et je ne savais pas où elle était partie, mais elle est revenue il y a huit jours.

– On va faire enlever les caddies, dit Bix. Une idée sur la raison qui pousse ce type à en prendre des différents à chaque coup ?

– Pour moi, il est complètement fou. Un soir, je lui ai demandé de baisser sa musique et il s'est mis à me crier dessus. Il m'a traité de négresse. Je lui ai dit : « Et vous, qu'est-ce que vous croyez être ? », mais il n'a pas répondu.

– Autre chose que vous pourriez nous dire sur lui ? Quelque chose qui vous ferait croire qu'il est fou ?

– J'ai parlé deux ou trois avec sa femme à la grande fête qu'il a organisée avec quelques amis somaliens la veille du Nouvel An. Elle m'a dit qu'ils mâchent un truc qui s'appelle le « kaat », qu'ils mangent de la nourriture épicée et qu'ils passent leur temps à parier. Ils ont tous leur anniversaire le jour du Nouvel An et c'est pour ça que leur fête a duré trois jours.

– Pourquoi le Nouvel An ? demanda Ronnie.

– Ils sont tellement arriérés qu'ils ne savent même pas quand ils sont nés. Ils se choisissent n'importe quelle année pour leurs papiers d'immigration et font en sorte que leur anniversaire tombe le jour du Nouvel An, comme ça, c'est facile à se rappeler. Enfin… c'est ce qu'elle m'a dit. Ce sont de gros ignorants. Et il a le culot de me traiter de négresse !

– Comment s'appelle-t-il ? demanda Ronnie.

– Omar, répondit Mme Farnsworth. Mais j'ai découvert qu'ils s'appellent tous Omar, ou Mohamed. Je ne connais pas son nom de famille.

– Et vous êtes sûre qu'il est chez lui en ce moment ? demanda Bix.

– Pour y être, il y est ! s'exclama-t-elle. Et elle aussi. Il y a une heure de ça, y avait leur satanée musique qui gueulait et, tout d'un coup, ça s'est arrêté et il est pas parti de chez lui. J'ai surveillé. Il veut pas parler à la police, c'est tout.

– On va aller frapper à sa porte et voir s'il ouvre, dit Bix. On va aussi appeler le magasin et faire enlever les caddies.

– Je peux vous dire ceci, reprit Mme Farnsworth : sa femme a peur de lui. Ça se voit. Ça m'étonne même qu'elle soit revenue, mais peut-être qu'elle n'avait plus d'argent ou d'endroit où aller.

Ils traversèrent la rue et Ronnie frappa à la porte du bungalow pendant que Bix se tenait de côté et essayait de voir à l'intérieur par une déchirure dans ce qui semblait être un rideau de mousseline. Pas de réponse.

Ronnie frappa plus fort et lança :

– Police ! Ouvrez, s'il vous plaît.

Ils entendirent très clairement du mouvement à l'intérieur, puis une voix qui disait avec un fort accent :

– Qu'est-ce que vous voulez ?

– On a juste besoin de vous parler une minute, dit Ronnie.

La porte s'ouvrit et un homme de haute taille, à la peau très foncée et aux traits burinés comme on en voit souvent dans la Corne de l'Afrique parut sur le seuil. Vêtu d'un simple pantalon noir et chaussé de tennis, il était facilement reconnaissable à la cicatrice pâle qui lui courait sur le côté droit de la figure de la racine des cheveux jusqu'à la gorge.

– Des gens se plaignent du volume trop élevé de la musique et des caddies qui traînent dans votre jardin. Savez-vous qu'il est illégal de prendre les caddies du supermarché ? Cela constitue un vol.

– Je les rapporterai, dit-il d'une voix qui grondait tout au fond de son être.

– Comment vous appelez-vous ? lui demanda Ronnie.

– Omar.

– Et votre nom de famille ?

– Omar Hasan Benawi.

– Pourquoi prenez-vous tous ces caddies, monsieur Benawi ? lui demanda Bix.

L'homme regarda les deux flics un instant et lança :

– S'ils en volent un, j'ai plus.

– Si qui en vole un ? demanda Bix.

– Eux.

– Eux qui ? demanda Ronnie. Les voisins ?

– Eux, répéta-t-il sans préciser, mais en regardant vaguement au loin.

– Votre épouse est-elle ici ? demanda Bix.

– Oui.

– Nous voulons la voir. Maintenant. S'il vous plaît, dit Ronnie.

Le Somalien se retourna et marmonna quelque chose. Aussitôt une jeune femme osseuse et portant un foulard bordeaux, une robe rose en coton et des sandales se présenta à la porte. Sa peau n'était pas aussi foncée que celle de son mari, mais comme lui elle avait des traits bien dessinés et de grands yeux de velours.

– Vous parlez anglais ? lui demanda Ronnie.

Elle fit oui de la tête et regarda son mari qui fronçait les sourcils.

– Avez-vous entendu ce que nous venons de dire à votre mari ?

– Oui, dit-elle. J'entends.

– Comprenez-vous que vous ne pouvez pas jouer de la musique fort le soir et que vous ne pouvez pas ramener les caddies du supermarché chez vous ?

– Oui, dit-elle en regardant de nouveau son mari.

– Vous vous sentez bien ? lui demanda Bix Ramstead.

– Oui, dit-elle.

– J'aimerais vous parler des caddies. Pourriez-vous sortir, s'il vous plaît, dit Ronnie.

La jeune femme regarda son mari qui hésita, puis acquiesça d'un signe de tête. Elle passa dans la véranda et suivit Ronnie dans le jardin de devant, où celle-ci remit droit un caddie renversé.

Puis en baissant la voix pendant que Bix occupait son mari en lui demandant des noms, des numéros de téléphone et d'autres renseignements, Ronnie lui demanda :

– Votre mari a-t-il quelque chose qui ne va pas ?

Et de lui montrer sa tête en ajoutant :

– Là-haut ?

– Non, répondit la jeune femme en jetant un coup d'œil par-dessus son épaule.

– Comment vous appelez-vous ?

– Safia.

– N'ayez pas peur de me dire la vérité, Safia. Vous a-t-il fait du mal de quelque façon que ce soit ? S'il l'a fait, nous pouvons vous conduire dans un centre où vous serez en sécurité.

– Non, je vais bien, dit-elle.

– Et votre mari, insista Ronnie. Il va bien ? Là-haut ? Et de se montrer à nouveau la tête.

– Il va bien, répondit Safia en baissant les yeux.

– A-t-il un travail ?

– Non, pas maintenant. Il cherche travail. Je cherche travail aussi. Je nettoie maisons.

– Quel âge avez-vous ?

– Vingt et un ans, dit-elle. Je crois.

– Voulez-vous rester avec votre mari ? Est-il gentil avec vous ?

– Je reste, répondit la jeune femme en regardant Ronnie. Mon père m'a donnée à Omar. Je reste.

Bix laissa le Somalien dans la véranda et s'approcha de Ronnie et de Safia en disant tout doucement :

– Vous n'êtes pas obligée de rester avec lui.

– Ici, c'est l'Amérique, reprit Ronnie en parlant lentement et articulant soigneusement, vous êtes libre. Voulez-vous prendre vos affaires et partir avec nous ? Il y a des gens qui peuvent vous aider.

– Non, non ! lança la jeune femme avec force. Je reste.

Ronnie lui mit sa carte de visite professionnelle dans la main et lui dit :

– Vous appelez si vous avez besoin d'aide. D'accord ?

La jeune femme cacha la carte dans sa manche et fit oui de la tête.

Bix Ramstead retourna voir Mme Farnsworth et lui donna une de ses cartes de visite, au dos de laquelle il inscrivit son numéro de portable.

– Si vous avez l'impression qu'il se passe quoi que ce soit de mal en face, je veux que vous m'appeliez. On peut me joindre à ce numéro à n'importe quelle heure.

Et l'on en resta là. Bix et Ronnie s'arrêtèrent au supermarché deux rues plus loin et informèrent le gamin qui récupérait les caddies abandonnés dans le quartier qu'il y avait une mine d'or dans le jardin d'Omar. Puis ils reprirent leurs occupations en espérant que ce serait la dernière fois qu'ils entendraient parler d'Omar Hasan Benawi.

Une demi-heure plus tard, alors qu'ils roulaient vers Hollywood South, Bix Ramstead lança :

– Ce couple de Somaliens me fait une très mauvaise impression.

– À moi aussi, dit Ronnie.

Ce soir-là, au crépuscule, Los Angeles connut une averse d'orage d'été particulièrement rare. La pluie dégringola en trombes pendant vingt minutes, puis s'arrêta, un gigantesque arc-en-ciel apparaissant ensuite au-dessus des collines d'Hollywood. Instant de magie pure, dirent les habitants. Et avec cette pluie arriva un moment tellement incroyable qu'il devait marquer le folklore du LAPD pendant des années entières. L'affaire se produisit quelques instants seulement après que la patrouille du soir fut partie dans les rues, et les amateurs de surf en furent les témoins.

Le Gang Impact Team, appelé GIT, s'était arrangé avec le chef de sûreté pour avoir deux voitures de la patrouille du soir et deux de la patrouille de nuit pour mener une descente surprise contre le gang de la 18e Rue. Le GIT tenait le record d'arrestations pour crimes graves des inspecteurs d'Hollywood et adorait se farcir les membres des gangs, mais le moral avait baissé depuis que, croisade anticorruption oblige, le juge fédéral du district qui supervisait l'application du décret du consentement civique avait ordonné aux six cents flics versés dans les unités de l'antigang et des stups de dévoiler tout ce qu'ils avaient sur leurs comptes en banque. Cela dit, étant donné que ces informations pouvaient être obtenues par ordonnance du juge, renseignements bancaires, numéro de sécu et bien d'autres choses encore, c'était tout ce qui fait l'identité d'un flic qui pouvait tomber entre les mains d'avocats travaillant pour la pègre. Les flics menaçaient de refuser leurs missions plutôt que de laisser faire, et leur syndicat, la Police Protective League de L.A., se battait pour eux. C'était là une énième petite guerre aussi oppressante que génératrice de paperasse qui se livrait pendant les sombres années du décret du consentement civique.

Les renseignements obtenus par le GIT laissaient craindre que les membres du gang de la 18e Rue ne s'apprêtent à faire route vers le sud dans leurs caisses surbaissées pour aider les membres d'un autre gang hispanique à passer justice – justice de la rue, s'entend – contre les membres d'un gang de Noirs qu'ils soupçonnaient d'avoir abattu un Latino. L'année précédente, plus de la moitié des homicides de Los Angeles avait concerné les gangs. L'indic avait précisé que les durs de la 18e Rue attendraient devant une clôture métallique proche d'un immeuble de location de Southeast Hollywood où habitaient la plupart d'entre eux. Lorsque les flics arrivèrent, onze des malabars s'étaient installés en haut de la clôture ou adossés à un bout de grillage arraché et roulé en une masse confuse de fils d'acier. À un signal convenu passé sur la fréquence police, commandées par deux équipes de l'antigang d'Hollywood, les unités s'abattirent sur eux.

Aucun voyou ne parut particulièrement troublé et personne ne s'enfuit. Plusieurs d'entre eux qui fumaient continuèrent même de tirer sur leurs clopes. Personne n'essayait de jeter du cristal ou du crack. On continuait de bavarder comme si les flics leur offraient un beau spectacle. Personne ne pouvant être allongé par terre à cause des grosses flaques d'eau qui s'étaient formées sous la clôture et autour, les ordres habituels furent modifiés ainsi :

– On se tourne et on regarde le grillage !

– On croise les doigts derrière la tête !

– On ne parle ni ne bouge !

Après quoi, les flics se mirent à palper tous les voyous et à les prendre à part pour remplir leurs fiches d'arrestation. Les flics de l'antigang emmenèrent ainsi plusieurs membres de l'équipe pour un petit entretien privé, mais en gros l'opération était bien décevante et les flics de l'antigang très gênés et en colère.

Pendant les premières vingt minutes de l'affaire, alors que quelques-uns des voyous faisaient les malins, un dur en pantalon taille basse et kaki – il avait aussi les tatouages habituels en larmes et toiles d'araignées – se tourna vers son équipe et lui montra fièrement deux dents en or. Comme pas mal d'autres, il portait un bandana rouge et blanc autour de son crâne rasé.

– Yo, mec, c'est pas juste ! lança-t-il à l'un des flics hispaniques de l'antigang qui l'avait déjà arrêté par le passé.

– Qu'est-ce qu'est pas juste, *ese* ? lui renvoya le flic.

– On faisait que traîner, mec. On a violé aucune loi.

– Homes, c'est pas moi qui t'accuserais de violer la loi !

Et tous de tellement se marrer ensemble que les flics commencèrent à se dire que Dieu sait comment les voyous avaient eu vent de la descente.

Le Bris, qui n'était nullement surpris, confia alors au Débris :

– Hé, man, t'as déjà entendu parler d'un flic qui saurait garder un secret ?

– Autant aller le raconter à *Access Hollywood*, acquiesça le Débris. Tu veux qu'on soit au courant. Y a le téléphone, les télégrammes et « on passe un tuyau aux flics ».

Les amateurs de surf attendaient que l'unité antigang leur donne la permission de dégager lorsqu'un flic à moto se pointa. Francis Xavier Mulroney de son nom, c'était un vrai monstre taillé à la serpe, un vétéran très vieille école qui portait encore des lunettes d'aviateur à verres réfléchissants et des gants de cuir noir. Il avait donné trente-sept ans de sa vie au LAPD, dont trente passés à moto. Généralement affecté à la ronde d'Hollywood, il avait « Effets Spéciaux » comme surnom et cela lui allait sauvagement bien. Il descendit de sa machine et passa dans les flaques, ses bottes éclaboussant tout flic qui ne dégageait pas de son chemin.

Avec son casque, ses bottes, sa bedaine et ses lunettes, il ressemblait au type qui avait joué le général Patton dans un vieux film sur la Seconde Guerre mondiale. De fait, le Débris eut l'impression qu'il avait la même voix rocailleuse quand il se mit à parler.

Ainsi :

– C'est quoi cet amas de merde ? lança-t-il au premier des flics de l'antigang hispanique.

– Pas grand-chose, on dirait, lui renvoya le flic.

– Pourquoi que ces *vatos* ont pas la gueule dans la flotte au lieu de rester là à se marrer comme des gonzesses ?... Quoi ?... On fout plus ces têtes à claques à plat par terre quand il pleut ? insista-t-il.

– Message reçu cinq sur cinq, Effets Spéciaux, lui répondit le flic de l'antigang en souriant gentiment. Ce que j'aimerais qu'on puisse faire comme dans l'ancien temps !

En faisant référence à la grande manifestation pour l'immigration du 1er Mai qui s'était déroulée à MacArthur Park et avait donné lieu à bien des commentaires négatifs lorsque les flics du LAPD avaient fait usage de la force contre des journalistes et des manifestants, Mulroney Effets Spéciaux ricana et lança :

– C'est quoi ça ? On recommence le coup du 1er Mai ? Genre oh, ma chère, surtout ne rudoyons pas ces gens ! Ben merde alors ! Putain de Dieu, sœur Mary Ignatius nous mettait au pas plus sévère que ça quand j'étais en 9e !

– Bien reçu, répéta patiemment le flic.

– C'est même pour ça que quand je prendrai ma retraite l'année prochaine, je vais foutre ma bécane dans le monte-charge de Parker Center, aller jusqu'au sixième et la laisser devant la porte du chef. Avec un panneau pour tout le gratin du LAPD, la Commission de la police et le maire. Et mon panneau dira : « Foutez-vous cette fusée dans l'entre-deux. Vous avez rien d'autre entre les jambes. » Ouais, c'est ce que je vais faire.

Il était clair que personne n'en doutait. C'est alors qu'un des flics de la patrouille de nuit se tourna vers sa voiture pour y ranger son fusil à balles en caoutchouc.

Le vieux motard ricana, puis lança :

– Des balles en caoutchouc ! Quand j'ai commencé, les balles en caoutchouc, les mômes s'en servaient pour dégommer des clowns en carton. Voilà ce qu'on a fait du LAPD ! Une bande de clowns !

– Autre message bien reçu, dit le flic de l'antigang en soupirant. On t'entend haut et fort, Effets Spéciaux.

Les autres flics avaient encore plus envie de dégager maintenant que Mulroney Effets Spéciaux avait débarqué. Mais les racailles perchées sur la clôture ou qui s'appuyaient dessus regardaient le vieux flic à moto d'un sale œil. Certains allèrent même jusqu'à se payer sa tête. C'est alors qu'une grosse erreur fut commise.

En chuchotant comme un acteur de théâtre, mais juste assez fort pour qu'Effets Spéciaux l'entende, le voyou aux dents d'or lança à l'un de ses potes :

– Il est tellement vieux qu'ils devraient lui mettre des roues de tricycle sur sa bécane de bébé !

Et tous les voyous de la 18e Rue de se fendre la gueule en chœur.

Le motard fit trois grands pas en avant dans ses bottes noires qui brillaient et s'approcha du flic de la patrouille de nuit qui se tenait près du coffre ouvert de l'atelier où il allait ranger son fusil.

– Laisse-moi t'emprunter ce bazar une minute, lui dit Effets Spéciaux, et il lui sortit son Taser du ceinturon.

– Hé mais ! s'écria le flic. Qu'est-ce que tu fous ?

– Nous, on n'a que les vieux trucs de merde qui nous encombrent. Celui-là, c'est un nouveau, non ?

– Mais qu'est-ce que tu fous ?! répéta le flic.

Le vieux motard lui montra ce qu'il allait faire.

– Hé, Homes, lança-t-il à la racaille aux dents en or et à tous les voyous qui avaient droit à des tickets de nourriture gratuits et se baladaient en Adidas à deux cents dollars, faut jamais avoir des appareils électriques dans sa salle de bains. Et jamais jamais avoir les pieds dans la flotte quand on s'appuie sur une clôture métallique. Y pourrait y avoir un éclair qui frappe du haut du ciel.

Et de tirer une flèche attachée au Taser par un fil de cuivre de six mètres cinquante de long en plein dans le fouillis de grillage.

Lorsque la pointe de l'engin s'enfonça dans la masse d'acier mouillé, cinquante mille volts déclenchèrent un craquement d'enfer et une dague bleue d'arc électrique comme on en voit dans le labo de Frankenstein. Et là, complètement abasourdis, les flics regardèrent les racailles entamer la danse du Taser.

Deux d'entre eux dégringolèrent de la clôture, cependant que trois autres qui s'appuyaient sur elle tombaient cul en avant dans les flaques. Le reste sauta vite fait après avoir ressenti quelques jolis chocs, essentiellement imaginaires, tout le monde se mettant à hurler et jurer.

– Y m'a électrocuté, c't'enfoiré !

– Je vais le traîner en justice !

– Et vous autres flics, vous êtes tous témoins !

– J'ai le cul qui m'brûle !

Et Mulroney Effets Spéciaux de se joindre à eux en criant :

– Mais quoi ? Je faisais que vérifier l'étincelle ! Les merdes, ça arrive !

– *Pinchi* flic ! hurla Dents d'or. Il nous a carbonisés ! Vous l'avez vu !

– Je veux mon avocat ! cria une racaille. J'appelle mon avocat !

Alors le Bris et le Débris regardèrent Francis X. Mulroney ouvrir grand les bras, jeter un coup d'œil au ciel qui s'assombrissait et s'écrier :

– Dieu m'est témoin que je suis innocent ! Même Bill Clinton déchargeait trop tôt !

– Je le poursuis en justice ! hurla Dents d'or.

Alors Mulroney Effets Spéciaux baissa la tête et murmura :

– Oh horreur ! Oh horreur !

Et Le Bris chuchota au Débris :

– Effets Spéciaux dépasse toujours les bornes. Il est genre super trop théâtral.

Et le Débris lui renvoya :

– À Hollywood tout le monde est acteur.

Tout ce drame fit que le Bris et le Débris regagnèrent leur atelier sans bruit, démarrèrent et s'éloignèrent avant qu'on puisse remarquer leur absence.

Les trois quarts des autres flics faisant pareil, le flic de l'antigang prit Dents d'or à part et lui dit :

– Hé, Homes, moi à ta place, j'oublierai tout ce… cet accident.

– Accident mon cul ! lui renvoya la racaille.

– Est-ce que tu vois ce qui va se passer si jamais cette histoire se répand ? Ce vieux fou de flic à moto peut prendre sa retraite à n'importe quel moment. Tu peux pas l'atteindre. Mais tout le monde va se marrer comme des hyènes… en se payant ta tête, mec. Et en se foutant de la gueule de ton gang. Les mecs du MS 13 vont rigoler. Et ceux de la White Fence aussi. Pareil pour ceux d'El Emme. Et c'est les Crips et les Bloods de Southeast L.A. qui vous ont fait du mal qui se marreront le plus fort. Tu les entendras rigoler jusque dans ton sommeil.

Dents d'or réfléchit à la question, tint réunion avec son gang une minute ou deux, puis revint et dit :

– D'accord, mais on veut pas que ça se sache, vu ? Tous tes flics, va falloir qu'ils ferment leur gueule.

– S'il y a un truc que nous autres flics, on sait pas faire, c'est garder un secret, lui renvoya celui de l'antigang.

Ils étaient à deux rues de la scène lorsque le Bris déclara :

– Hé, mec, tu te rends compte qu'on a été témoins d'une légende hollywoodienne en train de se créer ? Ce vieux flic a tout simplement fait tomber tout le gang d'un seul coup de flingue !

– Nous, on n'a rien vu, frangin, dit le Débris. On était déjà partis quand la légende s'est créée.

Et après une pause, il ajouta :

– Quand il sera prêt à dégoupiller, tu crois vraiment que ce cinglé de vieux flic à moto va genre… monter sa bécane jusqu'au bureau du chef et la laisser avec un écriteau dessus ?

– Quel flic à moto ? répondit le Bris.

10

Ronnie Sinclair s'inquiétait de voir que son coéquipier Bix Ramstead était tout remué par sa rencontre avec les Somaliens. Ils se trouvaient au Starbucks de Sunset Boulevard, où l'un et l'autre remplissaient de la paperasse avant de finir leur service. Bix, qui n'était déjà pas volubile, avait été d'un mutisme inhabituel le restant de la journée.

La troisième fois qu'il mit le sujet sur le tapis, ce fut pour dire :

– Y a des moments où je me dis qu'être flic fait de toi une bête et de plus d'une façon. J'ai toujours les cheveux qui se hérissent depuis qu'on a posé les yeux sur le Somalien à la cicatrice. Ce mec est sûrement 51/50[1].

– C'est vrai qu'il dérape sec, répondit Ronnie, mais qu'est-ce qu'on pouvait y faire ? Il n'y avait aucune preuve de violence. J'ai donné toutes les possibilités à la fille de se tirer et elle a refusé, point final. Qu'est-ce qu'on pouvait faire d'autre ?

– Rien, j'imagine. Mais t'avais pas ton petit radar bleu qui clignotait dans ta tête ? Ce type va lui faire du mal, à cette fille.

1. Code signifiant fou et violent *(NdT)*.

– Il lui en a probablement déjà fait. Des tas et des tas de fois. D'après leurs coutumes, elle lui appartient. Tu sais bien qu'on ne pouvait pas la ramasser et l'emmener rien que parce qu'on avait le petit radar bleu qui nous tournait dans la tête.

– Évidemment, mais ça m'inquiète quand même.

– Moi, ma façon de prendre ce genre de trucs, c'est de me dire : c'est pas ma tragédie à moi. Je suis obligée de la voir, c'est vrai, mais je suis pas obligée de la ramener à la maison avec moi. Je laisse filer.

– C'est ce que m'a répété ma femme pendant des années, dit Bix. C'est même une des raisons qui m'ont poussé à entrer chez les Corbeaux... la façon qu'elle avait de me dire que je ramenais trop de merdes à la maison depuis des années.

– Elle avait raison, dit Ronnie en songeant que de temps en temps elle rencontrait des flics comme Bix Ramstead, des types qui n'avaient pas le tempérament qu'il faut pour le Boulot avec un grand B, des individus qui ne pouvaient pas laisser filer.

Brusquement il eut l'air un peu gêné comme le sont les flics qui se laissent aller à des propos qui les trahissent et sont assez peu flics. Il remit la conversation sur elle :

– Bon, dis, lança-t-il, tu penses jamais à te remarier ?

– Je suis pas sur le marché, répondit-elle. J'ai plus que prouvé que je sais pas acheter ce qu'il faut. En plus, en ce moment je me concentre sur l'examen de sergent. Mais si jamais je me remarie, ce ne sera pas avec un flic, ah ça non.

– Futée, la fille, dit-il en souriant.

Et Ronnie de penser : Si t'étais pas déjà acheté et payé, pour toi, je pourrais peut-être faire une exception. Qu'il lui plaise autant la surprenait. Ses yeux d'un gris crépusculaire et son regard plein de sensibilité savaient faire flancher les filles.

– Tu vas aller jusqu'au bout du Boulot ?

– Jusqu'à cinquante-cinq ans, au moins, répondit-il. J'ai deux ados qui vont devoir faire des études supérieures et ma fille parle de devenir médecin. S'il y a quelque chose de sûr, c'est que je ne vais pas prendre ma retraite bientôt.

Elle lui suggéra presque d'envisager de demander un boulot de bureau, quelque chose qui le tiendrait à l'écart d'individus du type Omar Hasan Benawi et de sa pitoyable femme, mais se dit qu'il valait peut-être mieux qu'elle ne donne pas de conseils de carrière à un vétéran tel que lui. Sans même parler du fait que travailler aux Corbeaux avait quasiment tout d'un boulot de bureau. Parce que… combien de vrai travail de flic auraient-ils jamais à faire en cette qualité ?

– On est deux ou trois à aller manger des tacos et boire une tequila ou deux dans Sunset Boulevard après le travail. Tu veux venir avec nous ?

Il hésita, mais il était clair qu'il lui faisait confiance et pensait pouvoir se confier à elle comme il ne l'aurait jamais fait avec un coéquipier.

– Vaudrait mieux pas, non, répondit-il. J'ai un petit problème.

– Un problème ?

– Je n'ai pas bu depuis pratiquement un mois et je ne suis pas chaud pour aller dans des endroits où tout le monde descend de l'alcool.

– Oh je te demande pardon, dit-elle. Je ne savais pas.

– Ça n'a rien d'énorme. Ça fait des années que je m'en débrouille. Un coup je bois, un coup je ne bois plus. Je gère.

– J'entends bien. Mon premier ex était un alcoolo qui niait. Et il l'est toujours.

– Oh mais moi, je ne suis pas alcoolique, lui renvoya-t-il aussitôt. C'est plutôt que je ne tiens pas bien l'alcool. Dès que je bois, je change de personnalité. Mon épouse Darcey m'a mis en garde le mois dernier un soir que je rentrais bourré et je lui en suis reconnaissant. Je suis un peu trop vieux pour ces conneries.

Ronnie ne savait plus que dire et Bix, lui, songea manifestement qu'il en avait trop dit. Ils finirent leurs cappuccinos et leurs rapports en silence.

Hollywood Nate mourait d'impatience de se tirer à 19 h 30. Il avait troqué sa tenue contre une chemise en lin blanc et un jean noir de chez Nordstrom. Il avait même envisagé de se mettre sur son trente et un, mais avait décidé que ç'aurait pu lui donner l'air d'un nullard qui n'a jamais dîné en tête à tête chez une nana aussi chaude que super-friquée des Hollywood Hills. Ce qui était très exactement le cas.

En roulant vers le Mount Olympus, il réfléchit à une demi-douzaine de préambules dont il pourrait la gratifier, mais les répéter à voix haute comme il le faisait les rendait plus idiots que ce qu'il avait en tête. Il se rangea presque devant chez elle, puis décida que l'invité qu'il était avait le droit de se garer dans la cour en brique réservée aux voitures. Le lotissement était plus que spacieux pour cet endroit perché dans des collines où les terrains étaient rares, et la cour à voitures suffisamment grande pour qu'on puisse y faire, et facilement, un demi-tour complet. Trompeusement grande, la maison, elle, comprenait un toit de tuiles à l'espagnole, des murs en plâtre blanc et beaucoup de voûtes, tout cela dans le style que les agents immobiliers aiment bien appeler « Californie première période ». Simple comme bonjour à vendre, surtout à des non-Californiens qui trouvent ça romantique.

Nate fut très heureux de voir qu'il n'y avait pas d'autres véhicules dans la cour. Il avait craint que la baby-sitter ait décidé de rester chez Margot avec le gamin. Ou alors que Margot ait invité quelqu'un d'autre à son dîner de pâtes. Il essaya de se calmer et d'afficher le mini-sourire affable mais à moitié posé dont il avait usé avec succès dans son dernier film de merde, et appuya sur la sonnette.

Margot lui ouvrit et ah ! ce sourire étincelant qu'elle lui servit ! Elle aussi avait passé un jean – taille basse et designer – et un T-shirt jaune qui s'arrêtait une quinzaine de centimètres au-dessus de son jean. Des yeux de la jeune femme, le regard du flic descendit droit à son ventre aussi bronzé que musclé. Elle avait tiré ses cheveux blond caramel en arrière et les avait retenus avec un peigne en écaille de tortue.

Elle tendit sa main chaude et sèche, prit la sienne et lui lança :

– Agent Weiss ! Comme vous avez l'air différent en civil !

– Ce serait l'uniforme qui fait l'homme ? lui renvoya-t-il en essayant de ne pas avoir la voix qui tremblait.

Il avait besoin d'un verre pour se détendre.

Comme si elle lisait dans ses pensées, elle lui renvoya :

– Qu'est-ce que je peux vous donner à boire ? Et pour répondre à votre question : non, vous n'avez pas besoin d'un uniforme pour ça. De fait, vous avez l'air bien plus jeune maintenant.

– Du vin ? dit-il en essayant un sourire plus large.

– Vous me dites la saveur ?

– Ce que vous avez…

– Pinot *grigio* ce sera, dit-elle. Côté vin, je ne suis pas snob. Qu'on me donne un honnête pinot de Californie et je suis aussi heureuse que rossignol dans le parc. Entrez donc verser le vin pendant que je finis les pâtes.

À peine entré, Nate fut attiré par la salle de séjour avec sa vue sur Hollywood et au-delà. Les couches de lumière, certaines qui scintillaient, d'autres immobiles, et le smog d'été bas et sombre sur les rougeoiements dorés du crépuscule le calmèrent. La vue n'était pas aussi spectaculaire que d'autres qu'il avait découvertes dans des maisons des collines plus à l'ouest, mais ça ferait l'affaire. Il ne pouvait même pas imaginer combien de millions devait coûter une maison avec vue dans ce secteur.

Côté meubles, c'était un rien exagéré, comme dans beaucoup de salles de séjour qu'il avait vues dans le magazine *Los Angeles* ou le *L.A. Times.* L'image déplaisante de l'ex en train de fumer le narguilé assis sur un de ces canapés rembourrés lui passa par la tête, puis s'évanouit. Rien ne pouvait lui gâcher cet instant. Pour lui, tout ça sentait le gros paquet de fric.

– Vous savez, reprit-il, d'ici, même le smog paraît beau.

Margot eut un rire de gorge, qu'il trouva charmant et chaleureux. Tout en elle était chaleureux.

– Allons, garçon, passons à la cuisine où vous pourrez nous verser du jus de la treille. J'ai besoin de me détendre dès que mon gamin de cinq ans reste chez sa baby-sitter.

Nate la suivit dans une très grande cuisine pour gourmets avec deux ensembles frigidaire-congélateur en acier inoxydable, une cuisinière à gaz avec four, modèle professionnel, lui aussi en acier inoxydable. Il y avait encore trois éviers en inox, il se demanda lequel elle choisirait pour égoutter les pâtes. Elle avait trop de choix !

Il prit le tire-bouchon et la bouteille de pinot *grigio* et tenta d'ôter la capsule et d'enlever le bouchon comme il l'avait vu faire à des sommeliers les rares fois où il avait eu assez d'argent pour emmener une fille dans un restaurant cher. Il eut du mal avec le bouchon, mais Margot ne parut pas le remarquer.

– Nate, reprit-elle, vous êtes officier de police depuis longtemps ?

– Depuis presque quinze ans.

– Vraiment ? Vous ne m'avez pas l'air assez vieux pour ça.

– J'ai trente-six ans, répondit-il.

Puis il ajouta :

– Et vous, vous n'avez pas l'air assez âgée pour avoir un fils de cinq ans.

– Je pourrais en avoir de bien plus vieux, mais il n'est pas question que je vous dise mon âge.

– Je le sais déjà. Votre permis de conduire, vous vous rappelez ?

– Ah zut ! s'écria-t-elle. J'avais oublié.

Il versa le vin dans les verres et en posa un sur la paillasse près de Margot.

– Votre fils reste-t-il souvent avec votre gouvernante ? demanda-t-il.

– Seulement dans les occasions exceptionnelles, répondit-elle, et ça y était : son petit sourire timide était revenu.

Il avala une bonne gorgée de vin, mais s'intima l'ordre de ralentir, beaucoup beaucoup. Et se mit à penser à des trucs d'acteur, tel que faire semblant d'être dans un film avec Nate Weiss en vedette. Il n'avait tout simplement pas de cadre de référence pour un tel rendez-vous.

– Et donc, ma Mercedes vous intéresse vraiment ? enchaîna-t-elle.

– Bien sûr, répondit-il nerveusement. Pour quelle autre raison vous aurais-je téléphoné ?

Elle arrêta de trancher sa mangue. Réprima un sourire et le regarda avant de lui lancer, pince-sans-rire :

– Alors là, aucune idée.

Il se sentit rougir. Il se conduisait comme un vrai gamin avec cette femme !

– Je serais donc nul ou quoi ? demanda-t-il enfin. Bien sûr que j'adore la Mercedes, mais je me suis acheté une voiture neuve l'année dernière. Vous devriez me foutre à la porte.

Elle apporta la bouteille de vin au comptoir, remplit son verre à ras bord et brusquement très sérieuse, lui lança :

– Je suis contente que vous ayez appelé, Nate.

– Vraiment ?

– Vraiment. À dire vrai, j'ai peur de quelque chose et je pensais en parler à la police.

– De quoi avez-vous peur ?

– Dînons et on en parlera après, répondit-elle.

Gert Von Braun avait été mise en tandem avec Dan Applewhite dès après le retour de congé de ce dernier. Les autres flics se disaient que coller Dan Jugement Dernier avec quelqu'un d'aussi explosif qu'elle créerait un couple infernal. Les amateurs de surf avaient engagé des paris sur le temps durant lequel Gert voudrait bien écouter Dan lui parler de la catastrophe musulmane qui se dessinait à l'horizon du monde, ou de l'effondrement imminent des marchés financiers mondiaux, avant de procéder à son arrestation par étranglement. Ce qu'ils ignoraient ? À quel point le mépris que l'un et l'autre vouaient au sergent Treakle allait donner naissance à un attachement mutuel que personne n'aurait pu prévoir.

L'affaire commença au moment où le sergent Treakle informa Gert que la façon dont elle avait accidentellement déchargé son fusil allait certainement donner lieu à un blâme officiel, le premier qui l'ait jamais frappée en onze ans de carrière. Bien sûr, elle y était prête, mais pas à la manière dont elle en fut avisée.

Le sergent Treakle, qui se donnait rarement la peine d'apprendre les prénoms de ses flics, l'ayant appelée dans son bureau, lui lança :

– Von Braun, vous allez recevoir un blâme officiel pour votre négligence en matière de maniement des armes à feu.

– Je m'en doutais, répondit-elle en se préparant à partir.

– Qui plus est, ajouta-t-il, et aussitôt elle s'arrêta à la porte, cela aura pour conséquence une sérieuse amende si jamais ce genre de choses devait se reproduire.

De rose qu'elle était, Gert devint toute blanche autour de la bouche et lui renvoya :

– Parce que vous pensez que ça va se reproduire, sergent ?

– Je vous donne seulement un conseil de sagesse, dit le jeune sergent en se détournant nerveusement.

Plus forte d'encolure que lui, elle aurait, on le disait, mis dans l'embarras un flic de Central Division qui, alcoolisé, avait voulu faire un bras de fer avec elle à la soirée de Noël.

Elle s'obligea à rester calme et lui répondit :

– Merci pour le conseil de sagesse.

Et tenta encore une fois de partir.

Sauf que le sergent Trekle lui asséna :

– Il n'est pas impossible que votre état physique y soit pour quelque chose.

Elle pila. De fait même, elle revint vers son bureau et lui jeta :

– Qu'est-ce qu'il a, mon « état physique » ?

– Votre poids. Ça doit être difficile de faire bouger tout ça assez vite quand il se produit quelque chose d'inattendu. Disons que votre portable tombe et que vous essayez de l'attraper lorsque poum, accident, vous appuyez sur la détente du fusil. Ne pas oublier que l'officier de police doit être prêt à réfléchir et agir vite. Comme un athlète, si j'ose ainsi m'exprimer.

Elle le dévisagea un instant, puis lui dit tout doucement :

– J'ai réussi tous mes examens physiques depuis que je bosse chez les flics. Et j'étais première en agilité à l'Académie de police. J'ai aussi concouru deux fois aux Olympiades de la police. Même que, là, j'ai une question à vous poser : avez-vous jamais entendu parler des lois sur l'ECE ?

– Égalité des chances dans l'embauche ?

– Exactement, sergent. Ç'a à voir avec la discrimination sur le lieu de travail. Et moi, là, je vais vous faire le cadeau d'oublier cette conversation. Parce que vous êtes en train de m'offenser d'une manière tout ce qu'il y a de plus personnelle.

– On en reparlera plus tard, dit le sergent Treakle en pâlissant. J'ai des coups de fil à passer.

Lorsqu'enfin elle rejoignit Dan Applewhite dans le parking, la façon dont elle serrait sinistrement la mâchoire lui dit que ce n'était pas le moment de lui raconter qu'une infection aux staphylocoques venait de frapper plusieurs flics des divisions voisines et que l'épidémie n'était plus loin.

Elle conduisit cinq minutes en silence, puis, lorsqu'elle parla, ce fut pour dire :

– Tu as déjà eu affaire à Treakle… personnellement ?

– Une fois. Il m'a dit que j'avais une sale gueule quand je parlais aux gens et que j'avais besoin d'améliorer mon attitude. Il a ajouté qu'il était sûr que je pourrais aussi améliorer mon point de vue sur la vie en allant à des séances d'étude de la Bible avec lui. C'est un *born again*[1] qui s'est fait baptiser dans une mare quelque part avec des mecs qui chantaient sur le bord.

– Il te l'a dit ?

Dan Applewhite acquiesça d'un signe de tête.

– Moi, je lui ai dit que j'étais unitarien. Et j'ai bien vu qu'il ne savait pas ce que c'était.

– Ben, moi non plus, lui renvoya-t-elle avant d'ajouter : On avait un sergent comme lui au commissariat central. Et des choses ont commencé à lui arriver, à ce mec.

– De quel genre, ces choses ?

– Surtout à sa bagnole. Quand il oubliait de la fermer à clé, il trouvait une ficelle reliant le commutateur de ses gyrophares à sa portière. Ou alors c'étaient ses menottes en plastique qu'il trouvait attachées à son essieu et qui faisaient du raffut quand il roulait. Ou

1. Nom donné dans les Églises évangéliques américaines à la doctrine de la regénération baptismale, dans laquelle un chrétien naît une seconde fois à la faveur d'une intense révolution spirituelle *(NdT)*.

quelqu'un lui mettait du talc dans le circuit d'aération. Après, avec son uniforme il avait l'air d'avoir été pris dans un blizzard.

– Des trucs de mômes, ça, lui fit remarquer Dan Applewhite.

– Un jour qu'on avait récupéré un camion qui s'était fait détourner alors qu'il apportait d'énormes sacs de pop-corn et de bonbons à une fête de la Chambre de commerce, quelqu'un lui a rempli l'habitacle de sa bagnole privée de pop-corn. Du plancher jusqu'au toit, s'entend. Tu regardais le pare-brise et tout ce que tu voyais, c'était du pop-corn.

– Des trucs de mômes, répéta-t-il.

– Y a aussi eu quelqu'un qui a filé dix dollars à un rebut de la société pour qu'il fasse du ski sur asphalte un soir. Le flic qui a fait ça avait emprunté un vieux morceau de toiture en contre-plaqué à un abri de fortune où dorment les vagabonds. Il y avait noué une corde et attaché cette dernière à la bagnole du sergent pendant qu'il bouffait dans un *diner*. Le clochard avait aussi reçu la promesse qu'on lui filerait dix dollars de plus s'il arrivait à tenir debout sur tout un pâté de maisons. Il a réussi, mais ç'a été assez crade. Y avait des étincelles qui partaient de tous les côtés et le mec s'est mis à hurler, même que tout a bien failli partir en couilles. Sur le trottoir les gens n'en revenaient pas et le lendemain, le téléphone n'a pas arrêté de sonner sur le bureau du capitaine. Les Affaires internes[1] ont enquêté sur la brigade de nuit pendant un mois, mais n'ont jamais coincé le coupable. Le clodo acceptait seulement de dire que le gars qui l'avait embauché

1. Équivalent américain de l'IGN, l'Inspection générale des services *(NdT)*.

était un flic, mais que tous les flics se ressemblent dès qu'ils se mettent en tenue. Le sergent s'est mangé dix jours de mise à pied pour ne pas avoir pris soin de sa voiture.

– Alors ça, non, c'est pas puéril ! s'exclama Dan Applewhite. C'est nettement plus mature quand on peut coller dix jours de suspension à un trou du cul de cet acabit.

Moins d'une demi-heure s'était écoulée lorsque le sergent Treakle lui-même prit un appel assigné à l'équipe 6-X-66. Dan Applewhite grogna fort quand il tourna et vit le jeune superviseur se garer devant un immeuble locatif de Thai Town essentiellement occupé par des immigrants asiatiques.

– Lèvres de poulet est venu nous contrôler, lança-t-il en guise d'avertissement à Gert qui frappait à la porte.

La personne qui avait appelé était une Thai qui paraissait trop vieille pour avoir une fille de 12 ans, mais n'en avait pas moins une. La fillette pleurait lorsque les flics arrivèrent, et la mère était furieuse. La tante de la jeune fille, qui avait dix ans de moins que la mère, essayait de calmer les choses. Elle parlait un anglais passable et traduisait les paroles de la mère.

Le problème avait commencé plus tôt dans la journée, au moment où le dispensaire du coin avait informé la mère que les crises de vomissements de sa fillette de 12 ans étaient dues à un début de grossesse. La mère voulait que le coupable soit trouvé et arrêté.

Bien évidemment, les flics séparèrent la mère et la fille, Gert conduisant celle-ci dans une chambre minuscule et lui disant gentiment :

– Essuie-toi les yeux, ma biche. Et n'aie pas peur.

L'enfant, qui était toute en pommettes et lèvres genre poupée Kewpie, habitait L.A. depuis qu'elle avait 8 ans et son anglais était bon. Elle arrêta de sangloter assez longtemps pour demander à Gert :

– On va m'emmener à Juvenile Hall[1] ?

– On ne t'emmènera nulle part, mon chou. Tout ça peut se régler. Mais il faut qu'on trouve le type qui t'a mis le bébé dans le tiroir.

L'enfant baissa les yeux et demanda :

– Je vais avoir des ennuis ?

Puis se remit à sangloter.

– Allons, allons, dit Gert. Il n'y a pas besoin de ça. Tu n'auras pas d'ennuis avec nous. Nous sommes tes amis.

Puis, sentant quelqu'un derrière elle, elle se retourna et vit le sergent Treakle qui observait la scène.

Gert tenta bien de réprimer le soupir qui lui monta, mais échoua, puis lança au sergent :

– Je me demande si ça ne vous gênerait pas de nous laisser parler de ça entre filles.

Le sergent Treakle haussa un sourcil, grogna, puis regagna la cuisine, où Dan Applewhite était en train de constituer une liste de suspects possibles pour le suivi des inspecteurs. L'enfant n'avait ni frères ni sœurs, mais il y avait des oncles, des cousins et des voisins qu'on pouvait soupçonner.

Le sergent Treakle consulta deux ou trois fois sa montre et lorsque Gert laissa enfin la fillette dans la chambre et revint dans la cuisine, il lui demanda :

– Qui est le père ?

– Je ne sais pas, lui répondit Gert. Les inspecteurs des Mœurs vont devoir parler avec elle.

– Vous ne savez toujours pas après tout ce temps ?

1. Prison pour délinquants juvéniles *(NdT)*.

D'une voix aussi tranchante qu'un rasoir, Gert lui répondit :

– Elle dit qu'elle ne sait pas comment c'est arrivé.

Le sergent Treakle ricana fort et lança :

– Quoi ? Elle ne sait pas ?!

– Dites-moi, sergent Treakle, lui renvoya Gert qui connaissait ses opinions religieuses, et si la fillette s'appelait Marie, hein ? Et que le bébé qu'elle porte allait s'appeler Jésus, vous rigoleriez encore ? Après tout, Marie elle non plus ne savait pas ce que diable il lui était arrivé. Non ?

Les mâchoires du sergent s'ouvrirent et se fermèrent à deux reprises, mais rien n'en sortit. Il commença à dire quelque chose à Dan Applewhite, mais là non plus, rien ne se produisit. Il quitta l'appartement et se précipita vers sa voiture pour inscrire une remarque négative dans son journal de bord.

Lorsqu'ils revinrent à leur atelier et se mirent à rouler, Dan Applewhite regarda longuement Gert Von Braun. Il était nettement plus âgé qu'elle et savait qu'il n'avait rien d'un Adonis. En plus de quoi, il ne semblait pas capable de garder une épouse bien longtemps quel que soit l'argent qu'il dépensait pour elle. Cela étant, il commençait à avoir des sentiments qu'il n'éprouvait plus depuis un bon moment. Malgré sa masse et sa réputation à faire peur, Gert Von Braun commençait à lui paraître de plus en plus attirante.

– Qu'est-ce que tu dirais qu'on s'arrête au Starbucks, lui demanda-t-il sur un coup de tête.

Puis il ajouta quelque chose qui d'habitude intéressait d'autres coéquipières :

– J'aimerais qu'on se prenne un *latte biscotti*.

– Je suis pas fana du café pour petites gonzesses, mais je serais pas contre un burger In-N-Out.

Et *dooooiiiing* firent les cordes de son cœur !

– OK ! lança-t-il avec un grand sourire. Un burger In-N-Out, un !

– Avec des oignons grillés et des frites au fromage, précisa-t-elle.

Ce soir-là, Leonard était revenu à un distributeur de billets, un autre, dans Hollywood Boulevard. Et cette fois, il avait fort diligemment travaillé à installer son piège à pellicule avec les fils collants bien en place. Il ne pouvait plus rester dans sa chambre à attendre le boulot de mercredi pour Ali. L'avance que ce dernier lui avait donnée avait déjà disparu, entièrement fumée dans sa pipe et perdue sur ces andouilles de Dodgers après qu'il avait été assez bête pour parier sur eux avec un bookmaker sportif qui le rinçait quatre-vingt-dix fois sur cent.

Malgré ses hésitations antérieures et la trouille de tous les flics qu'il avait repérés autour du Kodak Center, pour lui l'endroit était irrésistible tant il s'y trouvait de touristes abrutis. Ainsi donc avait-il, après un repérage soigneux, décidé qu'un distributeur de billets bien précis n'était pas aussi dangereux que les autres parce qu'il se trouvait dans un coin sombre et offrait une possibilité de fuite plus facile vers la rue résidentielle où, quelques croisements plus loin, il avait garé sa vieille Honda. Et maintenant, il le surveillait. Plusieurs Asiatiques avec caméras autour du cou avaient déjà presque mordu à l'hameçon. Sauf qu'ils ne lui serviraient à rien s'ils ne parlaient pas assez bien l'anglais pour accepter son aide.

Le client qui enfin s'arrêta était exactement celui qu'il voulait. Il avait au moins 70 ans, et sa femme aussi. Il portait le sac d'un des magasins de souvenirs du boulevard, et elle un autre. Shorts, tennis et casquettes de base-ball couverts de pin's d'Universal Studios, Disneyland et Knott's Berry Farm. Le T-shirt flambant neuf de la vieille proclamait « Movies For Me »[1] dans le dos. Rien que de les regarder, il se représenta la fumée paradisiaque en train de lui remplir les poumons.

Le type glissa sa carte dans la fente, mais rien ne se produisit. Il entra son code et regarda sa femme. Puis il chercha de l'aide autour de lui, juste au moment où, cheveux couleur citrouille trop mûre, lavis de taches de son et sourire genre salut les amis, un homme plus jeune que lui s'avançait vers le distributeur, sa carte de crédit à la main.

– Vous avez fini vos transactions, monsieur ? demanda Leonard.

– Il y a quelque chose qui cloche dans cette machine, répondit le touriste. Ma carte refuse de ressortir et cette satanée machine ne fonctionne pas.

– Ah, mon Dieu ! lança Leonard d'un ton aussi sirupeux que possible. J'ai déjà eu ce problème. Ça vous embête que j'essaie quelque chose ?

– Non, allez-y, jeune homme. Je n'ai aucune envie d'appeler ma banque pour annuler ma carte. Pas au moment où nous venons juste d'arriver à Hollywood.

– Ça, je comprends. Voyons voir.

Il s'avança, appuya les doigts sur les touches « correction » et « annulation » et déclara :

1. Soit « Le cinéma pour moi » *(NdT).*

– Moi, ce qu'on m'a expliqué, c'est qu'il faut entrer son code en même temps qu'on appuie sur « annulation » et « enter », et ça devrait recracher la carte. Vous voulez essayer ?

– Bien sûr, dit le touriste. Voyons, c'est quoi, les deux touches sur lesquelles j'appuie ?

– Là, laissez-moi vous aider. J'appuie sur ces deux touches et vous, vous entrez votre code de carte.

– Non, c'est moi qui vais appuyer dessus, lança une voix grave dans son dos.

Leonard se retourna et tomba sur un type de son âge. Grand, tout en muscles, celui-ci le regarda droit dans les yeux. Leonard sentit sa pomme d'Adam se mettre en branle.

– Je vous présente mon fils, dit le touriste. Wendell, y a quelque chose qui marche pas dans ce distributeur. Ce monsieur essaie de nous aider.

– C'est gentil à lui, dit Wendell, mais sans jamais le lâcher de ses yeux d'un bleu délavé, non, pas un seul instant.

– Allez-y, saisissez votre code, dit Leonard sans oser regarder le clavier.

De fait même, il mit un point d'honneur à regarder ailleurs.

– Rien, dit le touriste. Bon sang de bonsoir, il s'est rien passé !

– Bon, ben, faut croire que vous allez devoir annuler, dit Leonard. Ça valait le coup d'essayer. Désolé de ne pas avoir réussi.

Il s'éloignait furtivement lorsqu'il entendit la femme qui déclarait :

– Tu vois, Wendell, des gens vraiment gentils et polis, y en a plein à Hollywood.

Leonard avait envie de pleurer lorsque, après avoir traversé plusieurs rues, il arriva à sa voiture. Il avait un tel besoin de crack qu'il était incapable de penser à quoi que ce soit d'autre. Il n'avait même pas faim bien qu'il n'ait pas avalé un vrai repas depuis deux jours. Et comme si ça ne suffisait pas, il y avait une voiture de police avec les gyrophares allumés juste derrière la sienne – et deux flics en train de lui coller une contredanse, nom de Dieu !

– C'est votre voiture ? demanda le Bris lorsque Leonard s'en approcha, ses clés à la main.

– Oui, qu'est-ce qu'il y a ?

– Ce qu'il y a ? répéta le Débris. Regardez un peu où vous êtes garé.

Leonard gagna l'avant de sa voiture et s'aperçut qu'il en avait garé la moitié devant l'entrée d'une étroite allée cochère en ciment appartenant à une vieille maison en stuc de deux étages coincée entre deux immeubles de location plus récents. Il ne l'avait pas remarquée en se garant, pas après avoir tourné vingt minutes autour du pâté de maisons pour trouver une place où il n'aurait pas droit à une putain de contredanse comme celle-là.

– Oh, foutez-moi la paix, quoi ! s'écria-t-il. Je suis entre deux boulots. Et même si je n'étais pas fauché, je ne pourrais pas filer ma bagnole à ces cinglés de dos mouillés[1] du parking payant. Ils vous la rangent en reculant jusqu'à la banane du premier touriste assez con pour couper à travers le parking et après, qu'est-ce qui se passe, hein ?

1. Surnom donné aux immigrants clandestins qui franchissent la frontière sud des États-Unis, plus précisément en traversant le Rio Grande *(NdT)*.

– Trop tard, lui renvoya le Bris. La contredanse est déjà écrite. Même que vous avez de la chance d'être revenu. Le type de la maison voulait vous faire enlever votre voiture.

– Pas de pitié ! dit Leonard. Il n'y a pas une once de pitié ou de compassion dans toute cette ville de merde.

Le Débris avait braqué le faisceau de sa lampe suffisamment près du visage de Leonard pour y voir les tics qui le secouaient et la sueur qui y coulait. Il haussa sa torche pour examiner ses pupilles et lança :

– Vous avez des papiers d'identité ?

– Pour quoi faire ? J'ai rien fait.

– C'est vous qui conduisez cette voiture. Vous devez bien avoir un permis de conduire, non ?

Leonard glissa la main dans sa poche pour y prendre son portefeuille.

– Pas une once de pitié ou de compassion pour le prochain, répéta-t-il en prenant la contredanse des mains du Bris et tendant son permis au Débris.

Ce dernier s'en empara, regagna l'atelier et s'assit à l'intérieur.

– Et merde ! s'écria Leonard. Qu'est-ce qu'il fait à vérifier ?

– La routine, répondit le Bris en palpant brièvement Leonard.

– C'est toujours ce qu'ils disent, gémit Leonard. Ça vous arrive jamais de donner une chance à un mec ? Jamais jamais ?

– Z'avez été arrêté pour quoi ? demanda le Bris.

– Vous allez le savoir dans trois minutes. Deux ou trois petits vols, et c'est tout. J'ai appris ma leçon. Je suis juste un mec qui bosse, maintenant. Sauf que là, je suis entre deux boulots.

– M. Stilwell ici présent a un casier : cambriolage et larcin.

– Les cambriolages ont été requalifiés en larcins[1], le corrigea Leonard. J'ai plaidé coupable et je n'ai fait que de la prison du comté. L'autre, c'est un vol à l'étalage quand il a fallu que je pique de la bouffe pour un voisin âgé qu'était malade. Putain de Dieu ! On n'aura donc jamais de deuxième chance ?

À ce moment-là, les deux flics avaient compris qu'ils avaient affaire à un accro au crack, à tout le moins à un camé.

– Monsieur Stilwell, dit le Bris, ça vous ennuierait qu'on jette un coup d'œil dans votre voiture ? Pure routine, naturellement.

– Allez-y. Si je disais non, vous trouveriez une excuse pour le faire de toute façon.

– Vous nous dites non ? demanda le Débris.

– Je vous dis seulement de faire ce que vous voulez pour que je puisse rentrer chez moi, bordel. Je renonce. Y a vraiment plus une once de pitié, de compassion et de charité dans cette saloperie de ville. Tenez.

Il sortit les clés de sa poche et les jeta au Débris, qui ouvrit la portière et procéda à une fouille rapide du véhicule dans l'espoir d'y trouver de la drogue dans la boîte à gants, sous les sièges, les tapis de sol et autres endroits évidents. Il ne découvrit guère qu'un bout de papier avec une adresse glissé sous le pare-soleil. Il se rappela alors que la rue qui y était indiquée se trouvait dans le quartier de Mount Olympus, près de la maison où s'étaient déroulés plusieurs meurtres

1. Terme juridique indiquant la peine maximale qui sera demandée par le procureur *(NdT)*.

impliquant des gangsters russes. Il recopia l'adresse dans son carnet.

Son travail fini, il fit un signe de tête au Bris et lança :

– Bien, monsieur Stilwell, merci de votre coopération.

Leonard, lui, hocha la tête de dégoût, monta dans sa voiture et, en marmonnant haut et fort, continua de se plaindre de la ville sans merci ni pitié où il habitait.

– On monte une minute à Mount Olympus, dit le Débris lorsqu'ils eurent regagné leur atelier.

– Pour quoi faire ?

– Ce type avait une adresse derrière son pare-soleil. Qu'est-ce que pourrait faire un loser comme lui à Mount Olympus ? En dehors d'y repérer des maisons pour des casses, s'entend ?

– Et c'est reparti, lui renvoya le Bris. Dis donc, mec, t'es vraiment décidé à me la jouer inspecteur et détective privé pendant que t'es en service avec moi ? Et si ce mec essayait de se faire embaucher comme jardinier ou autre, hein ? Tu y as pensé ?

– Il est pas de la bonne couleur. Allons, frangin, ça prendra juste quelques minutes.

Le Bris se dirigea vers les Hollywood Hills sans un mot de plus, trouva la rue sinueuse et la suivit jusqu'en haut.

Le Débris vérifia l'adresse.

– Ce numéro n'existe pas, dit-il.

– Bien, dit le Bris. T'es satisfait ?

Il faisait demi-tour lorsque le Débris aperçut une voiture familière dans une allée cochère à quelques maisons de la rue où ils auraient dû trouver l'adresse.

– Putain, mais c'est la caisse à Hollywood Nate ! s'écria ce dernier.

– Quoi ? La Mustang ?

– Ouais.

– Allez, mec, des Mustangs, y en a des tonnes dans cette ville.

Le Débris s'empara du projecteur directionnel et le braqua sur la voiture.

– Oui, mais combien y a de plaques avec SAG 4 NW dessus, hein ?

– Quoi ?

– Screen Actors Guild for Nate Weiss[1]. Dis, combien ?

– Bon et alors ?

– Peut-être qu'on devrait s'arrêter et demander si le résident connaît notre Leonard Stilwell.

– Écoute, mec, lui renvoya le Bris. Hollywood Nate, on l'a déjà entraîné dans une de nos opérations à la noix. Il est pas question qu'on interrompe ce qu'il est en train de fabriquer dans cette maison avec une autre de nos pistes. Et tel que je le connais, ce qu'il fabrique là-dedans, ç'a forcément à voir avec du cul, et ça, c'est sûr à cent pour cent. Bref, il risque de pas être content de nous voir.

– Ça pourrait être un truc qu'il devrait savoir, tu vois, frangin ?

– Mais c'est même pas la bonne adresse, bordel ! s'écria le Bris. T'auras qu'à lui en parler demain. Ce voleur qu'on a palpé va pas tuer des habitants de cette rue ce soir. Ça te va, dis ?

– Ouais, bon, peut-être.

– Demain t'appelles « Les limiers, c'est nous » si t'as d'autres tempêtes sous le crâne, d'accord ?

1. Soit la Guilde des acteurs de cinéma pour Nate Weiss.

– Dis, frangin, tu crois pas que tu pourrais arrêter de m'déchirer avec ça ? Bon, d'accord, je me suis gouré sur le SUV. Tu peux pas me les lâcher ?

– OK, j'te les lâche, répondit le Bris. Faut bien que quelqu'un te montre qu'il y a une once de pitié et de compassion dans cette putain de ville, non ? Alors, ça roule, mec ?

– Ça roule, frangin, répondit le Débris. Du moment que tu laisses tomber.

– Je laisse tomber à jamais. Et ça, c'est la vérité, Pépé.

11

Naturellement, Hollywood Nate n'avait aucune idée du débat dans lequel s'étaient lancés les amateurs de surf, là, dans la rue, devant chez Aziz. Assis à la table de la salle à manger, il sirotait du vin en regardant les yeux ambrés d'une Margot Aziz qui ne cessait de lui remplir son verre et tentait de le convaincre que c'était elle qui faisait les meilleurs martinis d'Hollywood[1].

– Je ne suis pas très martini, finit-il par lui dire. Le vin est génial et les pâtes et la salade étaient sensationnelles.

– Oh, ce n'était que des pâtes aux quatre fromages, dit-elle. Votre mère appelait ça du « macaroni au fromage ».

– Vaudrait mieux que je vous aide à faire la vaisselle, dit-il. Là, je suis bon. Mon ex était une obsesso de la vaisselle et a fait de moi un esclave de la plonge.

– Pas question de vaisselle pour vous, lui renvoya-t-elle. La bonne viendra demain matin et elle se met en colère quand on ne lui laisse rien à faire.

Puis elle ajouta :

– Vous avez eu des enfants avec votre ex ?

1. Cocktail à base de gin et de vermouth blanc sec *(NdT)*.

– C'est la seule chose qu'il y ait eu de bon dans mon mariage : pas d'enfants.

– Ça peut être bon ou mauvais, dit-elle. Nicky est la seule bonne chose de mon mariage, qui va bientôt prendre fin officiellement, Dieu soit loué.

– Et vous allez garder cette maison ? lui demanda Nate en regardant autour de lui.

– Nous allons la vendre. C'est triste. C'est la seule maison que Nicky ait jamais connue. Votre femme a-t-elle réussi à garder la maison ?

– C'était un appartement. Dans notre divorce, il n'y avait que des casseroles et des marmites. Elle s'en sort mieux que moi. Elle a épousé un médecin et vit la vie de *jewish princess*[1] à laquelle elle était destinée. Son père n'avait vraiment pas aimé qu'elle épouse un flic. Elle aurait dû l'écouter. Et moi aussi.

– Mon Nicky a cinq ans et mérite de continuer à mener le style de vie qu'il a toujours eu.

– Bien sûr, dit Nate. Évidemment.

– Je me fais beaucoup de souci pour lui et ça fait partie de ce dont j'ai besoin de vous parler.

– Bien, dit-il. Je vous écoute.

– Je commence à avoir peur de son père, dit-elle.

Puis elle s'arrêta, avala une autre gorgée de vin et reprit en ces termes :

– Vous êtes sûr de ne pas vouloir un autre martini ? Moi, il faut absolument que j'en prenne un quand je parle de mon mari, Ali Aziz.

– Non, vraiment. Mais allez-y.

Margot Aziz se leva, quitta la salle à manger, passa dans la desserte, puis dans la cuisine, où Nate l'enten-

1. Soit de princesse juive. Surnom donné aux Juives gâtées par leurs pères, puis leurs maris *(NdT)*.

dit prendre des glaçons dans une machine à glace. Il se leva et la rejoignit pour la regarder préparer son cocktail.

– Je ne suis pas une fille de la ville, reprit-elle. Je suis originaire de Barstow, en Californie. Barstow où les ados du désert passent leurs samedis soir à dîner au fast-food historique du Del Taco et où les pucelles se font déflorer au motel historique d'El Rancho. Je rêvais d'être artiste de music-hall. Je dansais et chantais à toutes les assemblées générales et dans toutes les pièces de l'école. Je m'appelais Margaret Osborne à cette époque-là, et l'on m'avait élue « fille la plus talentueuse de la promotion ».

Elle garda le silence un instant, puis ajouta lorsqu'ils eurent regagné la salle à manger :

– C'est un martini James Bond à la vodka. Passé au shaker, pas secoué. Je ne pourrai donc pas vous tenter ?

– Non, vraiment, Margot, je me sens juste comme il faut, dit-il en se demandant si ce « tenter » n'était pas à double sens – et en espérant que ce soit le cas.

Elle goûta le martini et hocha la tête d'un air satisfait.

– Le problème, c'est que lorsque je suis venue à Hollywood et que j'ai commencé à chercher un agent et à aller à des auditions aussi bien ouvertes que restreintes, j'ai découvert que toutes les filles que je rencontrais avaient, elles aussi, été élues filles les plus talentueuses de leur école. Passer de Margaret à Margot ne m'a pas rendue beaucoup plus glamour.

Et d'y aller d'un petit haussement d'épaules d'autodérision.

– Je me doutais bien que vous étiez danseuse, dit-il. Vos jambes.

– Depuis que j'ai dépassé la trentaine, il faut que je travaille plus dur pour garder tout ça, reprit-elle. (Elle avala une autre gorgée de son cocktail, puis reposa son verre.) Parce que je ne l'ai pas trouvé en naissant. Mon père travaillait à la poste et mes parents se sont presque ruinés pour payer les études supérieures de ma sœur aînée. Heureusement pour eux, je ne voulais pas en faire. Je voulais danser et j'ai décidé d'y donner tout ce que j'avais. Et c'est ce que j'ai fait pendant presque quatre ans. Je faisais serveuse pour m'acheter de quoi manger et mettre de l'essence dans ma voiture. Et après, j'ai fait d'autres trucs.

Nate songea qu'il avait déjà entendu cette histoire. Ou qu'il l'avait vue dans à peu près tous les films sur les gens qui veulent percer dans le show-biz. Il attendit qu'elle baisse ses yeux couleur d'ambre comme si elle avait honte, puis il dit :

– D'autres trucs ?

– J'ai fait de la danse seins nus dans quelques-uns des clubs des boulevards. Côté argent, c'était mieux comparé à ce qui me permettait de végéter avant. Certains soirs, il m'arrivait de me faire cinq cents dollars rien qu'en pourboires.

Elle le regardait comme si elle attendait une réaction, il dit donc :

– Faut bien que les filles gagnent leur vie d'une manière ou d'une autre. Ce n'est pas une ville facile.

– Exactement. Mais je n'ai jamais dansé dans des clubs nu intégral. Ces bouis-bouis sans alcool où on fait ça attirent des soudards et d'autres types un peu trop agités. Jamais je n'enlèverais tous mes habits.

– Je comprends, répondit-il en se demandant quand même ce qu'un string pouvait changer à l'affaire.

Puis il se rappela un cours d'écriture de scénario qu'il avait suivi à UCLA. Réducteur. Cette histoire était foutrement réductrice.

– Et après, j'ai décroché un boulot au Salon du Léopard, reprit-elle. Et c'est là que j'ai rencontré Aziz.

– Votre mari.

Elle acquiesça d'un signe de tête, puis ajouta :

– Il avait deux clubs. J'ai dansé plus de deux ans au Salon du Léopard et j'ai gagné beaucoup d'argent, d'après mes critères. J'ai emménagé dans un très bel appartement en copropriété et Ali a continué à m'inviter à dîner, à me faire des cadeaux qui coûtaient cher et à se conduire comme un vrai gentleman. Il n'arrêtait pas de me supplier d'emménager chez lui, mais je refusais. Mais il a fini par me convaincre qu'il ferait un mari aimant et gentil et, pauvre idiote que je suis, j'ai accepté et je l'ai épousé, mais seulement lorsqu'il est tombé d'accord pour qu'on ait un vrai mariage, et sans contrat. À propos… avez-vous jamais entendu parler de mon mari ?

– Le nom me dit quelque chose. Nous avons un Comité des night-clubs géré par notre Community Relations Office. Il me semble avoir vu son nom.

– Il fait des dons à tous les organismes de charité de la police d'Hollywood. Il n'est pas impossible que vous l'ayez croisé à des événements organisés par la police. Il est copain avec des tas de flics du commissariat d'Hollywood.

– Oui, je crois bien avoir entendu parler de lui, dit-il en mentant et se demandant jusqu'à quel point Ali pouvait être copain avec les flics juifs du commissariat.

– Mes parents n'ont pas été ravis quand je leur ai parlé d'Ali, mais je l'ai amené à Barstow avant les noces et ils ont été très impressionnés par ses bonnes manières. Il a même assuré à ma mère que si nous avions des enfants, ils seraient élevés chrétiens.

Cette fois, lorsqu'elle s'arrêta, elle avala une gorgée de martini et remplit à nouveau le verre de Nate à ras bord.

– Et à ce moment-là, tout était super, non ? dit-il en songeant que c'était la femme la plus excitante avec laquelle il ait jamais partagé un repas de toute sa vie, sauf que cette histoire à la guimauve commençait à lui casser la bandaison !

– Ça, c'est sûr, lui renvoya-t-elle. On a passé notre lune de miel en Toscane, il m'a acheté une petite Porsche comme cadeau de mariage et, bien sûr, je n'ai plus jamais eu à remettre les pieds au Salon du Léopard, sauf pour l'aider à tenir la comptabilité. Le dernier vrai travail que j'y ai effectué a été quand je lui ai parlé de refaire le mobilier et qu'il m'a laissée me charger du design.

Nate jeta un coup d'œil furtif à sa montre. Il était 10 h 30 et ils étaient encore bien loin d'être à poil. Et tout ce putain de vin lui donnait des gaz. Dans pas longtemps il allait péter !

– Et donc, après ces quelques années de mariage, on a affaire à quoi ? Il a cessé d'être un gentleman ?

– C'est un porc, oui ! s'écria-t-elle si violemment qu'il sursauta.

– Qu'est-ce qui s'est passé ?

– Les femmes. La coke. Le jeu, même ça. Et l'inquiétant est qu'il parlait de quitter Hollywood. L'Amérique, même. Et de retourner au Moyen-Orient avec Nicky et moi.

– Génial, dit-il. Je vous vois assez bien en burka ou une de ces tenues d'apiculteur.

– Il m'a dit que l'Arabie Saoudite me plairait. Il a prétendu y avoir des contacts alors qu'il n'est pas saoudien. Je lui ai dit que je préférais mourir et qu'il était hors de question qu'il emmène mon fils ailleurs.

– Et c'est là que le feu d'artifice a commencé ?

– Absolument. Résultat, j'ai entamé une procédure de divorce et enclenché une bataille vraiment énorme pour le partage de nos biens. Mais ça, c'est une autre histoire.

Nate décida enfin que, si tout cela était vrai, il était quand même difficile d'avoir de la sympathie pour les riches. Et se fendit d'une réponse typiquement flic en lui demandant :

– Vous a-t-il blessée ou menacée en quelque façon que ce soit ?

– C'est pour ça que je voulais vous parler ce soir. Oui, il m'a menacée, mais de manière très subtile.

– Du genre ?

– Du genre quand il passe prendre Nicky pour sa visite, il me lance des trucs du style : « Profites-en tant que ça dure. » Ou « Un garçon a besoin de son père, pas d'une mère comme toi. » Et il me fait des signes.

– Quels signes ?

– Il me menace de son doigt comme d'une arme. Une fois même il a dit « Pan ! ». Des trucs comme ça.

– C'est pas énorme comme menace. Et ce serait votre parole contre la sienne.

– C'est ce que m'a dit l'autre policier.

– Quel autre policier ?

– J'en ai parlé à un autre de vos policiers. Un policier que j'ai rencontré l'année dernière à une collecte de fonds pour le Tip-a-Cop. Je ne me rappelle plus son nom. Je lui ai raconté ce qui se passait, mais il m'a dit que je devais en parler à mon avocat. Pour lui, jusque-là, mon mari n'avait rien fait de criminel que je pourrais prouver.

– Vous me prenez les mots de la bouche.

– Mais la semaine dernière, en ramenant Nicky, Ali m'a dit quelque chose qui m'a glacé les sangs.

Nate se rappela que son prof de scénario lui avait dit que ces cinq derniers mots ne devaient jamais figurer dans un scénar.

– Oui ? dit-il en essayant de battre le rappel de son enthousiasme.

– Il m'a dit que si je n'étais pas d'accord pour signer quelques papiers d'affaires, quelque chose de très vilain se produirait.

– Quels papiers ?

– Des documents qui ont trait à l'affaire, au portefeuille d'actions et à nos propriétés.

Nate, qui avait une compréhension limitée du droit du divorce, sentit enfin quelque chose piquer sa curiosité.

– Vous voulez dire que tous vos biens vous appartiennent en commun ?

– Oui, évidemment.

Et là, Hollywood Nate sentit son érection lui revenir. Cette poupée de Barstow devait avoir un cul d'enfer pour avoir conclu un marché pareil avec un mec du Moyen-Orient.

– Et il veut que vous renonciez à certaines choses ?

– Oui, des choses dont je ne peux même pas parler. Des signatures que j'ai données pour lui permettre d'éviter certains impôts, et autres affaires à lui que je ne peux pas mentionner.

– D'où retour aux méchants trucs qui pourraient arriver, dit-il. A-t-il précisé de quoi il pourrait s'agir ?

– Il est trop malin pour ça. Mais il s'est passé le doigt en travers de la gorge.

Et ça recommence, songea-t-il. Le doigt en travers de la gorge. Chaque fois qu'elle disait quelque chose qu'il était prêt à avaler, il fallait qu'elle lui sorte des reparties qu'on pouvait trouver dans tous les films à la con où il apparaissait.

– Vous en avez parlé à votre avocat ? demanda-t-il.

– Bien sûr. Mais il m'a dit qu'Ali nierait. Il fallait juste que je change mes serrures et le code de l'alarme. Ce que j'ai déjà fait.

– Autre chose côté menaces ?

– Oui. Un soir de la semaine dernière, je l'ai vu dans la rue en rentrant d'un dîner avec une amie. Il était à quelques maisons d'ici, derrière une voiture. Il s'est baissé quand je suis passée devant, mais je suis sûre que c'était lui. Et quand j'ai pris l'allée cochère, j'ai vu ses feux arrière qui descendaient la colline.

– Vous avez appelé la police ?

– Oui. J'ai appelé le commissariat d'Hollywood et j'ai parlé à un policier de la réception. Je lui ai demandé d'envoyer une voiture patrouiller dans ma rue et que, si jamais ils trouvaient mon mari, de l'arrêter et d'ouvrir une enquête. Le policier m'a dit qu'il avertirait l'équipe du secteur d'ouvrir l'œil. J'ai insisté pour qu'il note mon appel dans la main courante. Mon avocat m'a conseillée de m'assurer que le moindre incident soit consigné de manière officielle.

– Vous l'avez donc dit à ce flic que vous avez rencontré à cette levée de fonds, vous avez appelé le commissariat d'Hollywood et maintenant vous me le dites. Y a-t-il d'autres flics au courant ?

– Oui, samedi dernier je suis sûre d'avoir entendu des bruits de pas sous le balcon de ma chambre à coucher aux environs de onze heures du soir et j'ai rappelé le commissariat d'Hollywood. Deux policiers et un sergent sont passés. Mais ils n'ont rien trouvé.

– Vous vous rappelez le nom de ce sergent ?

– Voyons… non, mais il était jeune et très empressé. Il a donné des tas d'ordres aux policiers.

– Avait-il des lèvres ?

– Quoi ?

– S'appelait-il Treakle ?

– Voilà ! C'est ça. Le sergent Treakle.

Bon, se dit-il, elle a tout fait en dehors de mettre ça sur MySpace et d'envoyer des signaux de fumée. À l'aide ! Ali Aziz me menace, mais je ne peux pas le prouver.

– Votre mari voit-il encore votre fils ? demanda-t-il.

– Oh oui. J'ai dû lui accorder des droits de visite raisonnables. Ali a un luxueux appartement en copropriété dans les Hollywood Hills, une bonne et une fille au pair vingt-quatre heures sur vingt-quatre. Je n'ai rien pu faire pour m'y opposer.

Nate sentit son érection retomber à nouveau, surtout lorsqu'elle ajouta :

– Vous ne voulez vraiment pas que je vous prépare un martini à la vodka ? C'est merveilleux pour fouetter les humeurs.

Alors même qu'elle n'avait pas fini la moitié du sien. Cette nana trouvait nettement plus passionnant de le bourrer d'alcool que de se bourrer elle-même. Et ses humeurs à elle, hein ? Il lui vint à l'esprit que les gens aisés pouvaient être très compliqués.

– Avez-vous envisagé de déménager si vous avez vraiment tellement peur de lui ? demanda-t-il en déclinant encore une fois son offre.

– Oui, répondit-elle, et je vais le faire. En attendant, je suis passée chez un armurier de la Valley où ils ont un stand de tir et j'ai pris une leçon. Le propriétaire m'a dit que j'apprenais vite. Je songe à m'acheter un pistolet. Qu'est-ce que vous préférez, vous ? Le Glock ou le Beretta ?

– Hou là ! s'écria Nate. Vous avez vraiment peur à ce point-là ?

– Oui. J'aurais déjà acheté une arme, mais avec Nicky qui fourre son museau partout dans cette maison, j'ai eu peur. L'alternative est plus chère, mais serait sans doute plus sage.

– Et ce serait ?

– D'engager un garde du corps qui resterait dans cette maison jusqu'à ce que le compte bloqué soit fermé. Oh mais… je vous ai dit que j'avais vendu ?

– Non.

– Eh bien, si. Avec l'accord de mon mari et de son avocat. Et on partagera le montant de la vente. Je vais juste avoir besoin de quelqu'un ici encore quarante jours, peut-être moins si l'acquéreur arrive à conclure vite. Nous avons des chambres et des salles de bains dont nous ne nous sommes jamais servis. Jusqu'au moment où je me suis dit : quel genre d'individus ces boîtes de sécurité embauchent-elles ? Et c'est là que je me suis dit qu'il y avait peut-être un policier du commissariat d'Hollywood que cette location gîte et couvert plus qu'avantageuse pouvait intéresser. Je pense que je me sentirais en sécurité avec un vrai policier dans la maison. C'est faisable ? Qu'est-ce que vous en pensez ?

Il était tellement déconcerté par cette femme qu'il décida de la tester.

– Ça pourrait m'intéresser, moi, dit-il.

– C'est ce que j'espérais entendre, lui renvoya-t-elle en y allant d'un petit soupir. J'ai vraiment peur pour ma sécurité et celle de mon fils.

– Et vous emménagez où ?

– Je n'ai pas encore décidé. Nos avocats se bagarrent aussi là-dessus. Il ne veut pas que j'emmène Nicky hors de Los Angeles, mais nous essayons de montrer au tribunal que l'environnement propre aux affaires d'Ali ne constitue pas un endroit idéal où élever le gamin. Ali sait que j'adore San Francisco et New York. Mais jusqu'à ce que ce soit résolu, je louerai un appartement pour Nicky et moi ici même, à Los Angeles.

– Bonne chance dans cette bagarre, dit-il.

Elle avala encore une minuscule gorgée de son martini et ajouta d'une voix enfin sensuelle :

– Qu'est-ce que vous buvez en dehors du vin ? Allez, on prend deux autres cocktails avec nous et on passe sur le balcon pour parler de tout ça plus avant.

Et c'est là que ça se déclencha : l'instinct de survie du flic, celui que peaufinent les années et les années de petites parties de « Devine un peu ce que je pense vraiment » auxquelles on a joué avec des tas de voyous dans les rues. Elle avait bu bien moins de vin que lui et avait à peine goûté à son martini. Et ces yeux – de la couleur du bon whisky, du Jack Daniel's, disons, peut-être même du Johnnie Black Label – l'hypnotisaient, mais sa réaction à l'alcool fut plus dictée par le petit radar bleu que par le chahut des hormones.

– Bon, dit-il, j'adorerais en parler encore, mais je ne suis pas vraiment très cocktail. Je vais m'en tenir à mon verre de vin. Allez-y. Prenez donc un autre spécial James Bond.

Et dans l'instant il vit la déception se marquer sur son visage. Et entendit un portable se mettre à sonner.

Margot s'excusa, gagna l'office et y prit son portable sur le meuble classeur.

– Oui, dit-elle, et elle écouta.

Puis elle referma la porte et murmura :

– Non, ma choute. Ça ne marchera pas.

Elle écouta encore un moment, puis ajouta :

– Il ne boit pas.

Écouta encore et s'écria :

– S'il te plaît, ne dis pas ça. J'en reviens à la solution numéro un. Je le travaille sérieusement. Je t'en prie. Donne-moi une semaine.

Pendant que Margot Aziz était à l'office, Hollywood Nate prit une décision très difficile. Il passerait sur le balcon pour prolonger la discussion, mais il sonnerait la charge pour voir ce que ça donnait. Et si elle résistait et tentait encore une fois de lui faire avaler de l'alcool, il s'éclipserait. C'est à Hollywood qu'on est, se dit-il, et à Hollywood il y a des gens extrêmement inhabituels… des gens superbes et terrifiants capables de vous transformer une belle érection en un petit tas de sciure qui fume.

Nate n'eut pas l'occasion de mettre en œuvre sa stratégie.

– Nate, dit Margot en sortant de l'office et repassant dans la salle à manger, je suis vraiment désolée, mais c'était la fille au pair. Nicky a de la fièvre et elle est inquiète. Il faut que j'aille le reprendre en voiture.

– Pas de problème, dit-il, moins déçu que ce à quoi il aurait pu s'attendre. Je peux faire quelque chose ?

– Non, je vous rappellerai demain. J'ai votre numéro.

En se dirigeant vers la porte, Hollywood Nate songea brusquement qu'il n'avait pas son numéro de portable. Il commença à le lui demander, mais se dit qu'il valait mieux partir. Elle avait un gamin malade à soigner. Et en plus, il voulait voir si cette femme éblouissante autant que riche et étrange l'appellerait effectivement le lendemain. Le plus étonnant était bien qu'elle l'avait tellement sidéré qu'il avait oublié de faire ce qu'il faisait chaque fois qu'il sortait avec une beauté qu'il avait quelque chance d'emballer : lui parler de sa carte SAG et lui dire qu'il avait fait une apparition dans deux films télé.

Il rentrait chez lui en voiture lorsqu'il se rappela ce que son premier instructeur lui avait dit quand il n'était encore qu'un bleu à peine sorti de l'Académie de police :

« Fiston, avec cet écusson, du cul tu pourras en avoir. Mais c'est aussi ton écusson que ce cul pourra te coûter. »

Jasmine faisait la gueule lorsqu'elle sortit en coup de vent des toilettes des danseuses pour entrer dans sa loge avec pour tout vêtement son string jaune et ses chaussures à talons aiguilles rouges. Elle balança son jetable dans le casier où elle mettait ses habits.

Une des danseuses qui partageaient la scène avec elle ce soir-là, une rousse large d'épaules appelée Tex, s'était assise dans un fauteuil inclinable pour regarder des photos dans une revue de fans. Lourde du haut à cause d'une surcharge saline, elle portait un string, un chapeau de cow-boy, un petit gilet à sequins et des bottes blanches.

– Qu'est-ce que t'as, Jasmine ? demanda-t-elle. Des ennuis de mec ?

– Ouais, des ennuis de mec, répondit-elle, le visage assombri par la colère et la frustration.

– Si on pouvait inventer un vibromasseur avec vingt réglages possibles, on n'aurait plus jamais besoin d'eux. Il est quoi ? Joueur, camé ou alcoolo ?

– Ça non, ce n'est pas un alcoolo, dit-elle. Et c'est vraiment dommage, bordel.

Tex s'apprêtait à lui demander ce qu'elle voulait dire par là lorsqu'Ali passa la tête à la porte sans frapper et lui lança :

– Jasmine, faut que je te voie.

– Mon numéro va commencer, lui renvoya-t-elle.

Pour cette soirée, Ali avait mis un blazer croisé en soie bleue, une cravate en soie, bleue elle aussi, et une chemise blanche avec boutons de manchette à monogramme.

– Tex pourra te remplacer. Viens.

– Tu parles d'un boulot de merde ! lança Tex en levant les yeux au ciel.

Jasmine une fois entrée dans le bureau, Ali ferma la porte à clé, s'assit dans son fauteuil et se versa un verre de Jack Daniel's. Pendant que Jasmine restait debout à attendre. Depuis peu, Ali s'était mis à passer rien que pour râler, surtout quand il avait bu, et donc… peut-être aurait-elle la chance de ne pas devoir lui tailler une pipe.

– Salope de chienne ! hurla-t-il. Salope de connasse !

Il n'y avait qu'une personne dont il pouvait parler ainsi.

– Margot ? dit-elle.

– Enfoirée ! Elle fait rien que veut mon avocat. Rien que je dis. Elle essaie toujours de me prendre mon Nicky. Elle me le donne seulement quand le juge l'oblige. Elle m'oblige à filer l'argent à l'avocat pour tout. Chaque semaine encore plus d'argent avocat. Connasse d'enfoirée !

Il avala une grande goulée de Jack et ajouta :

– Tu la connais trois ans. Tu l'as aidée à décorer ici. T'es son amie. J'ai besoin que tu sois mon amie. J'ai besoin que tu m'aides plus.

– Quoi ? Encore plus ?

– T'occuper de mon Nicky. La maison va arrêter compte bloqué dans pas longtemps et elle va emménager dans une copropriété. C'est ce qu'elle dit à mon avocat. Mais maintenant je veux que tu t'occupes.

– Ali, dit-elle, Nicky, je m'en occupe presque comme tu m'as dit de faire. Mais Margot, je peux lui parler que quoi ? Deux fois par semaine ? Elle habite à Mount Olympus. Et moi à Thaï Town. Putain, Ali, lâche-moi !

– Elle me dit qu'elle va emmener Nicky loin de la Californie quand la maison a fini le compte bloqué et le divorce aussi. Elle me dit que son avocat va m'obliger. Elle me dit qu'elle a un mec et que ça me regarde pas. Elle me dit tout ça au téléphone hier. Je deviens fou, Jasmine ! Mon Nicky ! C'est ma vie !

– D'accord, Ali, je vais te dire un truc dont j'avais pas envie de te causer. La dernière fois que je lui ai parlé, je suis sûre qu'elle était complètement pétée à un truc. La coke, y a des chances. Et Nicky était là parce qu'elle arrêtait pas de lui crier dessus vraiment méchant.

Tout à coup, Ali Aziz se mit à sangloter comme un poivrot et sortit un mouchoir rouge de la poche de son blazer.

Jasmine attendit en le regardant et juste avant qu'il arrête de chialer, elle lui lança :

– Bon, je pourrais peut-être aller la voir une ou deux fois par semaine. Pour lui apporter des petits gâteaux chinois comme elle aime. Comme ça, je pourrais peut-être savoir si son petit copain s'est installé à demeure.

Même que je pourrais peut-être lui demander carrément si elle prend toujours de la coke.

– Je lui demande, je la supplie, je lui dis « Margot, s'il te plaît, quoi qu'il arrive, repique pas la coke, dit-il en cessant de pleurer. Il faut prendre soin de notre Nicky ». Quand je l'ai rencontrée, elle dépensait tout argent dans la coke. Une aussi belle danseuse, se taper autant de coke !!! Vite, j'ai été plus que son patron. J'étais son ami et elle a arrêté la cocaïne. Et assez vite après, j'étais son mari.

– Oui, tu me l'as raconté, répondit-elle en songeant qu'elle détestait clore le spectacle.

En attendant, il allait bien falloir qu'elle fasse le dernier numéro à la place de Tex pour écouter ces merdes qu'elle avait déjà entendues cent fois.

– Jasmine, reprit-il, je veux que tu vois Margot et que tu lui dis comme c'est. Je paierai. T'inquiète pas, je te paierai le temps que tu prends. Je dois savoir ce qui est dans sa tête. Souhaite-t-elle véritablement emporter mon Nick dans un État différent ? Peut-être reprendre la coke avec ce nouveau homme ? Sans mon Nicky, je mourrai, Jasmine !

– Je ferai ce que je peux.

Puis elle ajouta :

– Dis-moi, Ali, ça serait comment pour toi si Margot venait à mourir ?

– Margot mourir ? Ah, si Dieu voulait ! s'écria-t-il. J'aurais mon fils. Mais s'il te plaît, Jasmine, ne pense pas que je peux faire faire truc pareil. Je suis un homme d'affaires. Je suis père aimant. Je suis pas tueur.

– Bien sûr que non. Mais ton deal avec elle m'intéresse. Tu sais bien… comment tu t'es débrouillé pour que tous tes avoirs soient mélangés aux siens.

– Enculé d'avocat ! Enculé de comptable ! Je m'en suis débarrassé, mais trop tard. Ils m'ont dit je pouvais pas payer d'impôts si elle figurait sur les titres et les licences pour certains trucs. Crétins enfoirés ! Maintenant, je dois souffrir.

– Et si tu meurs, toi ? demanda-t-elle. Qui c'est qui a ton fric et tes biens ?

– Tu parles trop de mort, Jasmine, lui renvoya-t-il, soupçonneux.

– Tu veux que j'espionne pour toi ? D'accord, mais faut que je sache ce qui se passe. Je veux pas être prise dans des trucs violents.

– Non, non ! Pas de violence ! s'exclama-t-il aussitôt. Je suis pas un violent !

– Alors dis-moi… quand tu mourras, qui c'est qui héritera ?

– Nicky, bien sûr. Mon avocat est comment dit… exécuteur. Mais tout va à Nicky. Je pleure de penser à mon Nicky sans papa et seulement cette salope de connasse de mère pour s'occuper de lui.

– Moi, d'abord, j'ai du mal à comprendre comment un homme d'affaires aussi futé que toi s'est marié sans contrat, dit-elle.

– Tu la connaissais pas quand elle jeune fille. La plus belle danseuse de tout Los Angeles. Une jeune fille avec des yeux qui te chavirent. Et si futée qu'elle pouvait me rendre idiot. Elle veut jamais me faire un pompier. Elle refuse même de me donner des baisers plus que quelques fois. Elle me fait croire qu'elle est vierge. Elle me rend si con que je cours lui acheter une très grosse bague en diamant. Elle veut pas de cul même une seule fois. Je dis qu'on signe un contrat et on se marie. Elle me dit : pas de mariage avec contrat. J'étais l'homme le plus bête de Los Angeles parce qu'elle me rend malade à la cervelle. Je fais elle ma femme. Pas de contrat, rien. Deux ans après j'écoute mon con d'avocat et mon con de comptable qui foutent son nom à elle partout. J'économise un peu d'impôts, mais regarde où j'arrive aujourd'hui !

– Et les pipes après ça, c'était bien ? lui demanda-t-elle en riant.

– Pas mal, répondit-il. Mais pas comme celles que tu me fais.

– Si tu mourrais, ça serait vraiment bien d'être la mère de Nicky. Parce qu'il y aurait des moyens de lui piquer un peu de sa fortune.

– Pourquoi tu parles comme ça, Jasmine ? Arrête ! Tu me rends malade !

– Je te dis seulement ce que tu dois penser. Si tu veux que je commence à espionner au milieu d'un divorce super-dur avec… combien de millions à la clé ?

– S'il te plaît, Jasmine, arrête tout de suite !

– C'était juste pour dire. Faut juste que je fasse attention où je mets les pieds. Elle a peut-être des copains pas gentils qui pourraient la trouver drôlement intéressante si tu disparaissais tout d'un coup. Et vu que moi, je t'aide, je pourrais me retrouver avec de sérieux ennuis. Tiens, ce nouveau copain qu'elle a… qu'est-ce que tu sais sur lui ?

Ali s'était pris la tête dans les mains et sentait monter la migraine.

– Rien. Je sais rien.

– Et si c'était un dealer de coke qu'elle connaît depuis sa jeunesse, hein ? Est-ce que tu sais ce qu'ils pourraient manigancer ? C'est peut-être un type très dangereux.

– Je te supplie d'arrêter.

– Tout ce que j'espère, c'est que ça marchera pour toi, Ali. Pour l'amour de ton fils.

– Quand il sera plus vieux, je crois qu'il prendra sa mère pour salope de connasse. Et il voudra venir habiter avec papa. C'est ce que m'a dit mon nouveau avocat. Il me dit faut que j'aie beaucoup beaucoup patience.

– Bon d'accord, je vais faire de la plongée pour toi, Ali, mais va falloir que les compensations soient à la hauteur.

– Oui oui, dit-il. Si elle se tape coke avec ce type, faut que tu me dis très vite. Là, je peux dire à mon avocat et, là, on peut peut-être aller au juge pour reprendre mon fils. Ce pays a des lois très cinglées.

– Tu veux dire que je pourrais avoir à faire une déposition ou des trucs comme ça ? demanda-t-elle. Ça ne me plairait pas trop.

– Je te paierai, Jasmine. Tu ne seras pas triste.

– Trahir mon amie ? Et peut-être risquer que son nouveau copain le découvre ? Ça vaut beaucoup, ça.

– Je te paierai plein plein, dit-il. Nick, c'est ma vie.

– D'accord, je verrai ce que je peux faire.

– Merci, Jasmine, merci. Et maintenant viens ici et fais que je me sente encore comme un homme.

– Ah non, on va pas recommencer ! s'écria-t-elle.

Mais elle ne s'en agenouilla pas moins devant le fauteuil d'Ali pendant qu'il défaisait la fermeture Éclair de sa braguette en regrettant de ne pas avoir pris du Viagra.

12

Le lendemain après-midi, l'officier de police Tony Silva prit une photo extraordinaire à Laurel Canyon. Un producteur de films pornos qui, complètement bourré, revenait en Ferrari d'une journée de tournage dans son studio de Ventura Boulevard dans la San Fernando Valley avait viré droit dans deux eucalyptus et fortement endommagé l'avant de sa voiture, mais sans déclencher les airbags.

Les Corbeaux venaient juste de gérer une énième plainte contre des paparazzi qui harcelaient des acteurs de seconde zone dont la résidence – une maison en location – se trouvait dans les collines, lorsqu'il était tombé sur l'accident qu'un voisin avait signalé. Cela dit, Tony Silva n'était que le deuxième flic à arriver sur les lieux, celui qui l'avait précédé n'étant autre que Mulroney Effets Spéciaux.

La moto du LAPD était garée six mètres derrière la Ferrari dont le moteur tournait encore, le conducteur, qui devait plus tard souffler dans l'Alcootest un total stupéfiant de 3,70 grammes par litre de sang, jetait des coups d'œil paniqués par-dessus son épaule gauche. Le producteur de films pornos avait dû se concentrer sur ce qu'il pensait être la route droit devant lui, mais qui en réalité n'était que le vide entre les deux arbres où sa voiture avait fini par s'encastrer pour ne plus bouger.

Avec son expérience de plusieurs décennies dans ce genre d'affaires, Effets Spéciaux avait tout de suite compris que le conducteur pensait toujours négocier les virages du canyon, mais en voyant double, ça ne faisait guère de doute. Lorsque Tony Silva était enfin descendu de la Ford Explorer des Corbeaux, Effets Spéciaux, qui s'était mis au boulot depuis un bon moment, était tout essoufflé par sa « poursuite » de la Ferrari.

Tony Silva devait déclarer plus tard que s'il avait eu une caméra vidéo, il aurait pu lui aussi se tailler un gros succès sur Internet, mais qu'il n'avait guère que l'appareil photo de son téléphone portable. Les clichés bien granuleux qu'il avait pris montraient Effets Spéciaux en grande tenue de motard en train de courir sur place à côté de la Ferrari, ses grosses bottes noires pompant l'air tandis qu'il hurlait « Arrêtez-vous ! Garez-moi c'te putain de bagnole ! » au producteur qui écrasait le champignon en regardant en arrière tant il avait envie de semer ce motard sans merci qui, comme dans un rêve, ou plutôt un cauchemar, semblait le poursuivre à pied !

– Je veux pas être obligé de vous tirer dessus ! criait encore Effets Spéciaux. Garez-vous le long du trottoir et coupez le moteur !

Et là, comme toujours avec lui, il avait perdu toute mesure et s'était écrié :

– Attention à la femme avec le bébé ! Virez à droite ! À droite !

L'espace d'un instant le moteur à hautes performances était monté à plein régime et, les roues virant sec, pneus fumant et moteur hurlant, la voiture avait grimpé d'une trentaine de centimètres sur le tronc du plus gros des deux eucalyptus. Avant de retomber en toussant et crachant, avant qu'enfin le moteur ne finisse par mourir en explosant.

Alors seulement Effets Spéciaux remarqua la présence de Tony Silva, mais ne put parler. Il dut se pencher en avant et poser les mains sur ses genoux pour reprendre son souffle après une « course-poursuite » aussi longue. Puis il se redressa, ôta ses lunettes d'aviateur à verres réfléchissants et lâcha en regardant l'appareil photo :

– Qu'est-ce que je suis content d'avoir enfin réussi à arrêter ce connard ! J'avais presque plus d'essence.

C'est alors que le producteur leva les yeux et regarda le vieux flic de la route debout à côté de sa voiture. Et que, l'œil à moitié en berne, il ouvrit sa portière et déclara :

– Mes compliments ! J'ai bien cru vous semer deux ou trois fois, mais vous avez réussi à me coincer comme il faut !

Ronnie avait l'impression que Bix Ramstead n'était pas dans son assiette. Les trois quarts de la journée, il s'était montré mal à l'aise, agité, nerveux. Ils avaient passé plusieurs heures à frapper aux portes et à gérer les myriades d'appels de râleurs à répétition qu'ils ne connaissaient que trop. Le travail était assommant, mais par le passé il lui avait semblé parfait pour ce qu'on leur demandait. Par le passé, mais pas aujourd'hui. Aujourd'hui Bix n'était pas aussi patient que d'habitude. Ses réponses expertes ne paraissaient pas aussi sincères. Il regardait sa montre quand on lui racontait des problèmes pour lesquels la majorité des flics ne pouvaient rien faire. Très seuls, les gens qui appelaient demandaient l'attention des autorités, mais n'avaient droit qu'aux Corbeaux d'Hollywood South.

Le dernier appel qu'ils avaient traité ensemble les avait amenés dans la cuisine d'un bungalow vieux de 80 ans, en stuc blanc et toit de tuiles à l'espagnole, où ils avaient écouté les doléances d'une vieille immigrante salvadorienne, dont les enfants ne venaient plus la voir depuis trois mois. Elle parlait un anglais assez convenable pour qu'ils finissent par comprendre que c'était les vide-greniers de son voisin qui lui gâchaient l'existence : fréquents, ils attiraient de mauvais éléments qui jetaient des ordures dans sa propriété et n'hésitaient pas à uriner dans son allée cochère en plein jour.

La vieille dame s'étant arrêtée assez longtemps pour aller décrocher le téléphone dans sa chambre, Bix avait gagné l'évier pour prendre un verre d'eau. Dans un coin de la cuisine il avait alors remarqué une souris prise dans un piège à glue. Fermement collé par le ventre et les pattes, l'animal le regardait d'un air triste et apeuré comme s'il savait que la situation était désespérée.

Et Ronnie l'avait entendu lancer à la petite prisonnière :

– Désolé, nénette. Je te filerais bien un coup de main si je pouvais, mais je ne suis même pas capable de me rendre service à moi-même.

Une fois revenue à la cuisine, la Salvadorienne s'était emparée du piège et avait noyé le rongeur dans un seau dans la véranda de derrière. Et repris sa litanie contre les voisins.

– On repasse au bureau prendre une autre voiture, avait dit Bix lorsque la visite avait pris fin. Je suis d'avis qu'on se sépare pour traiter le plus d'appels possible jusqu'à la fin de la journée. Il faut qu'on rattrape notre retard.

Ronnie avait acquiescé, mais n'avait pu s'empêcher de se demander ce qu'il avait voulu dire lorsqu'il s'était adressé à la souris condamnée.

Depuis quelques années, la rue Alvarado, qui dépend de la division Rampart, commençait à ressembler à une avenue commerçante de Tijuana. Les étalages de presque tous les magasins débordaient sur les trottoirs, trottoirs eux-mêmes foulés à toute heure du jour et jusque tard le soir par des hordes de piétons qui parlaient espagnol. Images, bruits et odeurs, tout disait l'autre côté de la ligne imaginaire qui marque la frontière sud des États-Unis d'Amérique.

Dans ce quartier se trouvait en particulier une pharmacie que fréquentait Ali Aziz depuis le 11 Septembre, date à laquelle il avait dû renoncer à ses voyages à Tijuana. Avant cette catastrophe, il voyait beaucoup d'avantages à franchir la frontière en voiture à cet endroit afin d'aller acheter au Mexique tous les médicaments pour maigrir et autres tranquillisants et stimulants que lui réclamaient ses danseuses. Mais, après le 11 Septembre, il en avait eu vite assez d'échouer dans un centre d'interrogatoire secondaire chaque fois qu'il rentrait aux US, d'être obligé d'y répondre à des tas de questions et de se faire fouiller dès après qu'il répondait à : « Où êtes-vous né ? »

La dernière fois, les médicaments qu'il avait achetés à Tijuana lui avaient été confisqués par un agent des douanes américaines qui avait très justement mis en doute l'authenticité des ordonnances délivrées sur-le-champ par des médecins de Tijuana en cheville avec les *farmacias* du coin. Après cet incident, il avait donc parlé avec ses employés mexicains, qui l'avaient aiguillé sur la pharmacie d'Alvarado Street que possédait et gérait un certain Jaime Salgando – lequel était prêt à lui vendre n'importe quel médicament sans ordonnance à condition que le prix soit le triple de celui pratiqué dans une pharmacie légale. Pour obtenir les ordonnances adéquates, il aurait fallu que toute son écurie de danseuses aille consulter des médecins chers et ça, Ali le voulait d'autant moins que lesdits médecins ne leur prescrivaient jamais en quantités suffisantes les médicaments qu'elles exigeaient.

Jusque-là, jamais Ali n'avait été éconduit par Jaime Salgando, mais, ce jour-là, c'était la fidélité du pharmacien – et sa cupidité – qui allait être mise à l'épreuve. Ali avait sur lui une seule et unique gélule qu'il avait volée dans l'armoire à pharmacie de son ancienne maison du Mount Olympus. Le larcin s'était produit le jour où il avait repris tous ses vêtements et affaires personnelles sous la surveillance humiliante d'un gardien de sécurité que Margot avait engagé afin de s'assurer qu'il n'embarquait que ce sur quoi leurs avocats étaient tombés d'accord.

À un moment où le garde ne regardait pas, il avait, sur un coup de tête, pris, dans le flacon de médicaments de Margot, une seule et unique gélule bicolore magenta et bleu turquoise de cinquante milligrammes de produit pour dormir. Quelque temps auparavant en effet, il avait lu dans un journal arabe un article sur un riche Égyptien qu'on avait arrêté pour avoir essayé d'empoisonner son frère aîné en lui trafiquant son somnifère. Ce médicament sur ordonnance était le seul dont se servait Margot quand de temps en temps elle n'arrivait pas à dormir, et c'était son médecin de Los Angeles qui le lui avait prescrit. Ali n'avait jamais vu Margot en prendre plus qu'une gélule une ou deux fois par semaine, en général les soirs où elle disait être stressée. Le flacon en comportait trente et elle le renouvelait tous les quatre mois environ.

Il avait eu très peur le jour où il avait ouvert l'armoire à pharmacie et y avait pris cette gélule qu'il avait ensuite glissée dans sa poche. Mais l'avoir depuis des mois et des mois lui avait Dieu sait comment redonné confiance et avait apaisé la frustration et l'indignation qu'il éprouvait à l'endroit du système judiciaire américain et de toutes ces Américaines qui savaient comment le manipuler. La détenir l'aidait à se sentir moins impuissant alors même qu'il se faisait écrabouiller par cette machine incompréhensible. La gélule lui disait qu'il pouvait maintenant mettre un terme à tout ça si jamais la situation devenait intolérable. Si jamais Margot lui faisait craindre pour la sécurité de son fils.

Une douzaine de Latinos se trouvaient dans la pharmacie lorsqu'il y entra. Une jeune femme qui travaillait à la caisse de devant lui dit quelque chose en espagnol et lui sourit. Il ne comprit pas, mais lui renvoya son sourire et lui montra le pharmacien esseulé au fond du magasin. Qu'il n'y ait que deux clientes qui attendent qu'on leur fournisse leurs médicaments lui plaisait bien. Il s'assit sur une chaise entourée de rayons remplis de flacons de vitamines et d'herbes médicinales et attendit. Lorsque la seconde cliente eut réglé ses achats, il se présenta au comptoir et sourit à Jaime Salgando, un Mexicain chauve de 60 ans aux paupières tombantes, à la fine moustache gris galet et à l'air tout à fait sûr de lui.

Le pharmacien lui sourit puis, sans le moindre accent espagnol ou presque, lui lança :

– Ali ! Où tu te cachais ?

– Salut, frère Jaime, lui renvoya Ali avec un sourire sans aucune sincérité.

Ils se serrèrent la main.

– C'est quoi, le problème ? reprit Jaime. T'as encore besoin de Viagra pour satisfaire toutes tes superbes employées qui se battent pour te fourrer dans leurs pieux ?

– Si seulement Dieu voulait ! répondit Ali en gardant le sourire.

– Je crois avoir tout ce dont tu as besoin. Comment je peux t'aider, mon ami ?

Ali lui tendit la liste des médicaments habituels : des pilules pour maigrir pour Tex et des cachets contre l'angoisse pour Jasmine. Et comme Margot se faisait toujours exécuter ses ordonnances à la pharmacie la plus proche de chez son médecin et que Jaime ne connaissait donc pas ses besoins, il demanda à ce dernier un médicament bien précisément dosé à cinquante milligrammes contre l'insomnie, prétendument pour Goldie.

– Goldie a changé de traitement ? demanda Jaime en lui prenant sa liste.

– Je fais pas attention, répondit Ali en haussant les épaules. Tu as ce truc ?

– Oui, oui. Et toi, Ali, comment tu te portes ? La santé est bonne ?

– Très bonne.

Puis, le pharmacien s'étant mis au travail, il ajouta :

– Et toi, mon frère, comment vont les affaires ?

– Pas aussi bien que les tiennes, Ali. Et mes employés aiment pas tes employées.

Petit bonus offert par Ali, Jaime avait déjà passé plusieurs soirées avec Tex pour services médicaux rendus.

– Tex te réclame, reprit Ali. Quand tu vas revenir la voir, Jaime ?

– La prochaine fois, va falloir que je double la dose de Viagra, lui répondit le pharmacien en soupirant. Un comprimé ne suffit pas quand je suis avec elle.

Ali y alla d'un rire bien plus forcé qu'il ne l'aurait voulu et ajouta :

– Tu me dis juste le jour, frère. Elle sera là pour toi.

– À mon âge, c'est très bon à savoir.

Lorsque Jaime Salgando eut fini de lui donner tous ses médicaments, Ali le paya et lança :

– Jaime, j'ai problème terrible et besoin d'aide.

– C'est pour ça que je suis là, lui renvoya Jaime.

– J'ai besoin gélule de poison. Cinquante milligrammes.

– Pour quoi faire ? s'écria le pharmacien ébahi.

– Faut que je tue un chien. Faut que je mets du poison dans sa viande.

– Quel chien ?

– Mon voisin russe du Mount Olympus est très riche. C'est un très méchant gangster. Et il a un gros chien. Cinquante kilos. Le chien est tueur. La semaine dernière, le chien tueur a presque eu mon Nicky. Mon fils ! La femme de ménage a juste eu temps de rentrer Nicky dans la maison. Je suis allé à ce Russe. Il m'a dit de crever en enfer !

– Tu as appelé Animal Control[1] ? Les flics ?

– Non, le Russe me fait peur. C'est un type très dangereux. Tous mes voisins ont peur du Russe et son

1. Service chargé de la sécurité publique lorsqu'il y a des incidents impliquant des animaux dangereux *(NdT)*.

chien. Tous les voisins parlent : nous disons qu'on va empoisonner le chien russe. La prochaine fois qu'il sort, on lui donne du poison. Faut pas que le Russe sait qui a fait.

– Je sais pas, moi. C'est pas une bonne idée.

– Tu as lu histoire du Russe de Los Angeles qui kidnappe et tue les gens pour argent ? Il a lien avec eux. C'est un type dangereux. Sa maison est à vendre. Il va s'en aller, si Dieu veut. On a tous trouille de lui, mais là, on a plus trouille du chien. S'il te plaît, aide-nous.

– C'est un crime.

– Tout est crime dans ce pays, bordel !

– Oui, mais ça, c'est pas pareil. Mes médicaments, moi, c'est pour aider, pas pour tuer.

– C'est un voisin qui m'a donné idée. On met gélule de poison dans boulette de viande. L'espèce du poison m'est égale.

– Pourquoi t'as dit cinquante milligrammes ?

– Mon voisin pense il faut cinquante milligrammes du machin qu'ils mettent dans poison à nuisibles pour tuer ce gros chien. Et vite, pour qu'il souffre pas. Nous souhaitons nullement être gens cruels.

– Ton voisin doit penser à la strychnine, dit le pharmacien. Quand j'étais gosse et que je travaillais dans un ranch au Mexique, on appâtait les coyotes pour les tuer, mais avec bien moins de strychnine que ça. Bien moins.

– Le chien russe est gros comme deux, peut-être même trois coyotes.

– Je sais pas, moi, répéta Jaime Salgando.

Ali l'attendait au tournant. Il posa cinq billets de cent dollars sur le comptoir et lança :

– S'il te plaît, frère, pour moi. Et tu connais Goldie ? La danseuse blonde ? Grande comme Tex ? Je t'ai fait rendez-vous avec Tex et Goldie. Les deux en même temps. T'oublieras jamais. Va te falloir beaucoup de Viagra pour ça !

Ali sentit trembler son menton, mais fit ce qu'il fallait pour garder son sourire entendu tandis que Jaime Salgando réfléchissait.

– Va falloir que je me procure ce dont tu as besoin chez un fournisseur que je connais, dit enfin ce dernier. Je te l'apporterai au club jeudi soir à huit heures.

– C'est bon, frère, dit Ali. Mais s'il te plaît, assure-toi qu'on a petite gélule qu'on peut coller dans petite boulette de viande. Je vois souvent le Russe filer petites boulettes de viande russes à la main.

– Je dirai à mon ami ce qu'il faut pour l'appât.

– Quand tu veux le rendez-vous à trois, frère ?

– Samedi soir, répondit Jaime.

Avant d'ajouter :

– Personne ne doit entendre parler de ça, Ali.

– Bien sûr. Personne ne doit savoir ou le Russe me tuera ! Et merci, frère, merci. Tu as sauvé la vie de mon fils !

– On se retrouve jeudi avec ta commande. Au Salon du Léopard.

– Oui, mon frère ! lui renvoya Ali en guise d'adieu plein de légèreté. Et Tex portera son chapeau de cow-boy et sa botte de cow-boy pour toi samedi soir ! Promis !

Dès qu'il fut dans sa voiture, Ali déchira le sac en papier et fut soulagé de constater que les somnifères de Goldie étaient identiques aux gélules turquoise et magenta de Margot. Il avait dû dépenser presque deux cents dollars pour être sûr que l'industriel qui fabriquait ce médicament n'avait changé ni la taille ni les couleurs des gélules dont elle se servait ces derniers mois. Il n'était pas impossible qu'il doive rajouter quelques gélules dans son flacon pour que tout ne se produise pas trop tôt. Il voulait qu'elle meure quand il serait prêt, lui, et pas avant.

En repartant d'Alvarado Street pour regagner Hollywood, Ali commença à s'inquiéter. Mais plus il approchait d'Hollywood, plus la peur que lui inspirait Jaime lui parut irrationnelle. Si Margot venait à mourir dans trois mois, pourquoi diable n'y verrait-on pas un suicide dû à l'aventure qu'elle avait avec son nouveau copain, comment qu'il s'appelait déjà ? Ou alors, même si on parlait de meurtre, comment le nouveau copain pourrait-il ne pas faire l'objet d'une enquête de la police ? Dieu seul savait le genre d'intrigues dans lequel celui-ci pouvait s'être lancé avec elle. La police pourrait se dire qu'elle avait menacé de le quitter et qu'il l'en avait punie. Non, ce serait son cochon de copain qui serait la cible des recherches policières, et pas lui, Ali Aziz.

Même le scénario le plus effrayant ne tenait pas la route lorsqu'il regardait les choses en face avec courage et raison : à savoir la trouille qu'il avait que, pris d'une horrible attaque de remords chrétien, Jaime Salgando aille voir les flics pour les informer qu'un jour d'été particulièrement chaud il avait fourni à Ali Aziz cinquante milligrammes de poison… censément pour tuer un chien. Non, non : c'était la crainte la plus idiote qui soit. Que Jaime fasse un truc pareil et qu'adviendrait-il de sa licence, de son affaire, de sa vie ? Jaime était quelqu'un qui acceptait son fric depuis des années et qui fournissait illégalement des médicaments aux danseuses du Salon du Léopard. Jaime, l'adorable père et grand-père qui avait mis dans son lit bon nombre de ces danseuses qu'il fournissait en médicaments frauduleux. Et d'ailleurs, comment pourrait-il jamais prouver qu'il lui avait bien donné cinquante milligrammes de poison ? Non, non, Jaime Salgando avait déjà commis bien des crimes et délits derrière le comptoir de sa *farmacia*. Jaime était le dernier de ses soucis.

Son principal problème serait d'obtenir la garde de Nicky lorsque Margot serait retrouvée morte. Ali savait que sa famille, tous ces gens insignifiants de Barstow, en Californie, se battraient pour avoir la garde de leur petit-fils et héritier de la fortune de Margot. Enfin non… de la moitié de cette fortune, de tous les biens que cette salope lui avait piqués par ses fourberies. La vérité ? Il les laisserait avoir tout ce qu'elle lui avait fauché… tout ! Si seulement ils ne se lançaient pas dans une bagarre pour avoir la garde de Nicky. Tout ce qu'il voulait, c'était son fils.

Arrivé au Salon du Léopard cet après-midi-là, Ali gagna son antre et en ferma la porte à clé derrière lui. S'assit à son bureau, alluma sa lampe, s'essuya les mains sur le devant de sa chemise et but un coup de Jack Daniel's pour les calmer. Il trouvait absolument stupéfiant de constater que, malgré toutes ses craintes, l'idée de détenir bientôt cette gélule mortelle lui donnait l'impression d'être extrêmement puissant. C'était le pouvoir de vie et de mort qu'il allait avoir. Et avec tous ces cadeaux inattendus qu'il allait donner à ses danseuses, il avait quand même bien le droit de se faire tailler de super-pipes sans que ça râle, non ? Il décida d'appeler une des filles. Et il n'aurait pas besoin de Viagra. Pas ce coup-là.

Ce soir-là, le service de dix heures de Ronnie et de Bix Ramstead – moins la demi-heure de bouffe aussi appelée « code 7 » – devait s'achever à 8 heures. Mais lorsque Ronnie signa le registre de sortie, Bix n'était toujours pas revenu. Elle l'avait appelé deux fois sur son portable, mais n'avait pas réussi à le joindre. Elle était tellement inquiète qu'elle s'apprêtait à en parler au sergent avant que celui-ci ne s'en aille à une réunion du Comité des graffiti. C'est alors que son portable sonna.

– C'est moi, lança Bix lorsqu'elle décrocha.

– Je commençai à m'inquiéter, dit-elle.

– Désolé. J'ai été retenu.

Elle eut l'impression qu'il avait la voix pâteuse, mais espéra se tromper.

– Tu reviens ? lui demanda-t-elle.

– T'as qu'à signer pour moi, tu veux ? Je vais rentrer rendre la voiture.

Et là, elle fut certaine.

– Et si je venais te rejoindre ? On pourrait manger un morceau ensemble.

– Non, je vais avaler un hamburger avec un flic que je connais de l'époque où j'étais à North Hollywood. T'as qu'à signer pour moi. Je vais rentrer bientôt.

Et l'on en resta là. S'il s'était agi de quelqu'un d'autre, Ronnie Sinclair, qui connaissait encore si peu les Corbeaux, n'aurait pas obéi. Elle songea à en toucher un mot à un autre Corbeau, mais n'en fit rien. Jamais encore un flic du commissariat d'Hollywood ne lui avait plu autant que Bix. Elle se sentait nerveuse et inquiète lorsqu'elle signa le registre et pour elle et pour lui. Elle savait qu'elle allait passer une nuit agitée à se demander si Bix Ramstead n'allait pas avoir un accident avec sa voiture de patrouille parce qu'il avait trop bu.

Ce soir-là, au sud-est d'Hollywood, il y eut de la bagarre entre plus de cinquante Philippins et Mexicains. Ils s'étaient rassemblés dans un hangar qui fermait à 18 heures, mais dont la porte de derrière avait été déverrouillée par un employé qui s'était arrangé en cachette avec tous les autres sportifs amateurs y travaillant. Un des entrepôts ayant été condamné avec des cordes, des types couverts de tatouages y buvaient maintenant de la bière et de la tequila en marcels et T-shirts de la boîte autour d'une arène temporaire en contreplaqué cloué, où un horrible spectacle allait commencer.

Plusieurs camions ayant fait leur apparition, très vite douze cages en acier furent apportées dans le hangar et empilées contre le mur. Chacune contenait un coq de combat, tous ces volatiles s'égosillant tant l'agitation ambiante les paniquait. De la musique mexicaine hurlait dans un vieux boom box tandis que les buveurs se lançaient des paris en espagnol, tagalog et espanglais avant de préparer leurs bestiaux pour leurs sanglants duels à mort qui devaient commencer à 20 h 30.

Tout aurait pu se dérouler comme prévu si un jeune opérateur de chariot élévateur mexicain, un certain Raul, n'avait pas commis l'erreur de dire à sa femme Carolina, une Mexicano-Américaine née et élevée à Los Angeles, qu'il aurait du travail et rentrerait tard ce soir-là.

– Du travail comme quoi ? avait-elle voulu savoir.

– Je peux pas te dire.

– Comment ça, tu peux pas me dire ?

– J'ai juré le secret.

– Vaudrait mieux que t'oublies d'avoir juré, mec. Je veux savoir où tu vas.

C'était toujours comme ça. L'opérateur de chariot élévateur regrettait mille et mille fois de ne pas avoir épousé une vraie Mexicaine. Toutes ces brunes noix de coco d'un blanc laiteux à l'intérieur n'étaient que des grincheuses de *gringas* avec des noms hispaniques.

– J'ai promis à mes amis, dit-il.

– Et moi, je me dis que tu vas aller revoir ta vieille copine. Cette espèce de salope de Rosa avec ses gros *chichis*. Ben tu sais quoi ? Rentrer à la maison après, tu peux oublier tout de suite.

Il s'était assis sur la chaise de la cuisine, avait penché la tête de côté, avait fini par se rendre comme il le faisait toujours et lui avait lâché la vérité.

– On a un grand combat de coqs à l'entrepôt.

– Un combat de coqs ?! s'était-elle écriée. Tu veux dire que vous allez pousser des coqs à s'entre-tuer ? Comme… dans un combat ?

– Oui. Mais je ne vais parier que vingt dollars. Pas plus.

– Tu ne vas rien parier du tout. Parce qu'il n'est pas question que t'ailles à un combat de coqs. C'est illégal dans cet État au cas où tu le saurais pas.

– Tous mes amis y seront, Carolina ! l'avait-il suppliée.

– Tu passes cette porte et, moi, j'appelle les flics pour ton combat de coqs. C'est dégoûtant et cruel !

Il avait gagné la chambre à coucher et en avait claqué la porte. Dix minutes plus tard, pendant qu'il continuait de faire la gueule, elle avait décroché le téléphone et composé le 911.

Une heure avant que le combat ne commence, le chef de sûreté du commissariat d'Hollywood mit hâtivement sur pied une équipe pour effectuer une descente dans l'entrepôt. Trois unités de patrouille de la troisième brigade et deux de la cinquième y furent affectées, plus les deux équipes des Mœurs qu'on pouvait rassembler sans délai. Deux types d'Animal Control devaient rejoindre les policiers du LAPD une demi-heure après le début du raid afin de mettre les coqs à la fourrière. Tout le monde s'attendait à donner des tas de contraventions, voire à boucler les organisateurs de l'événement. Les articles du code ayant trait à la cruauté envers les animaux prévoyaient une amende de vingt mille dollars et/ou un an de taule à la prison du comté.

Les agents de la cinquième brigade retenus étaient Cat Song, Gil Ponce, Dan Applewhite et Gert Von Braun. La plupart des flics se disaient que la mission ne manquait pas d'intérêt. Il n'y avait pas eu beaucoup de descentes sur les arènes du centre-ville où se déroulaient ces massacres et aucun de ces policiers n'avait vu de coqs de combat.

En gagnant le parking de rassemblement, d'où ils convergeraient sur celui de l'entrepôt, Gert Von Braun fit un aveu saisissant à Dan Applewhite.

– Pour moi, les grands oiseaux ne sont que des espèces de serpents avec des ailes. Penser à ces coqs me dégoûte.

Dan Jugement Dernier en resta abasourdi. À ses yeux, il n'était pas possible que Gert Von Braun ait peur de quoi que ce soit. Tout à coup, elle n'était plus cette masse ô combien intimidante de fliquesse en colère et prenait tout simplement l'air d'une fille aussi douce que vulnérable.

Ce fut avec une tendresse absolue qu'il lui lança :

– Ne t'inquiète pas, Gert. Si jamais ça tourne mal avec ces oiseaux tueurs, je serai là. Un été quand j'étais gamin à Chino, j'ai travaillé à ramasser des œufs dans un élevage de poulets. Un vrai cow-boy à coqs que je suis ! Tu couvres mes arrières et t'occupes de tous ces Mexicains et Philippins éméchés et je ferai le reste.

– Ben voyons ! lui renvoya-t-elle. Je te vois bien avec ton gaz poivre en train de lancer à un coq fou avec des lames de rasoir aux pattes : « Allez, p'tite tête d'oiseau, ramène-toi un peu ! » Tu parles ! Ah, mon héros !

Arrivés à l'aire de combat, les flics éteignirent leurs phares et sortirent de leurs véhicules pour bavarder un peu. C'est alors qu'ils apprirent un changement de situation abominable : le sergent des Mœurs qui devait mener le raid n'était pas disponible et avait été remplacé par un sergent de la patrouille de nuit.

– Treakle Lèvres de poulet ! gémit Cat Song en apprenant la nouvelle.

– Vu les circonstances, le choix n'est pas mauvais, fit remarquer le jeune Gil Ponce.

– Il va sûrement trouver le moyen de tout faire merder, dit Gert. Si tant est qu'il y ait plus merdeux qu'un combat de coqs.

– Ça ! acquiesça Dan Jugement Dernier. Treakle au commandement, ça me donne envie de me taper une crise de dos.

Et pour ne rien arranger, le sergent Treakle balaya l'équipe avec le faisceau de sa mini-torche toute neuve, s'approcha de Dan Applewhite et déclara :

– Je monte avec vous et Von Braun.

– Sergent, lui renvoya Gert, vous voulez pas prendre votre voiture au cas où on aurait besoin d'ateliers de rab pour transporter des prisonniers ?

– Non, Von Braun, lui répondit-il sèchement. Je veux que vous me lâchiez à cinquante mètres du parking pour que je procède à une reconnaissance rapide avant de donner l'ordre d'y aller à la radio.

Le sergent Treakle était particulièrement nerveux. Il se passait du baume sur les lèvres d'une manière obsessionnelle, mais le faisait en tournant le dos à tout le monde. Comme s'il sniffait de la coke.

– Pourquoi a-t-il besoin d'un truc pour les lèvres ? chuchota Applewhite à l'oreille de Gert. Il en a pas !

C'est alors qu'un flic des Mœurs latino portant chemise de travail frappée du sigle Ace Hardware et des jeans sans genoux demanda :

– Il vaudrait pas mieux que ce soit moi qui effectue la reconnaissance, sergent ? Votre uniforme est un rien ostentatoire.

– Merci du renseignement, lui décocha le sergent Treakle d'un ton glacial, mais je m'en sortirai.

– Bien, dit le flic des Mœurs, mais j'espère qu'on va pas se faire plumer.

Il regarda les autres flics qui gardaient le silence autour de lui et précisa :

– Plumer… comme de la volaille ?

On grogna et ricana, le sergent Treakle notant dans sa tête de trouver le nom de ce petit malin des Mœurs.

– Et que ça roule, Applewhite et Von Braun ! s'écria-t-il en regardant sa montre.

– « Et que ça roule » ? répéta le flic des Mœurs lorsque le sergent Treakle eut disparu. Non mais ! Ce connard de blaireau se croit à bord du vol 93 d'United[1] !

Une autre brigade de nuit qui n'avait pas été réquisitionnée pour la descente passa à ce moment précis,

1. Vol qui s'écrasa le 11 septembre 2001 près de Pittsburgh, lorsque les passagers attaquèrent le commando suicide d'Al Qaida pour empêcher que l'avion ne tombe sur Washington *(NdT)*.

après avoir entendu la communication radio donnant le lieu du rendez-vous. Le Débris était au volant, le Bris, qui avait passé une matinée assez difficile à Malibu, se tenant sur le siège passager, où il dorlotait une épaule blessée. En relatant tout ce qui lui était arrivé à son coéquipier :

– Dis, mec, c'est que je fonçais, moi, dans ce tube quand je me suis fait cisailler !

– Quoi ? L'éjection totale en plein rouleau ?

– Du tête-à-queue, mec. Le nez est monté à la verticale et, moi, j'suis parti à l'horizontale pendant que la planche pétait la laisse et s'envolait droit en l'air ! Et c'était mon U-boat que j'avais pris. Pââânce que tu vois, c'est le longboard que j'avais sorti de mon carquois ce matin, même que je m'attendais à ce que mes neuf pieds de verre, ils me dégringolent dessus comme un obus de mortier !

– Ben merde alors ! Pourquoi qu'y a toujours du méga surf quand moi, faut que j'aille au dentiste ou autre ! s'écria le Débris.

– Et le pire, c'est que j'ai dû avaler du deux à trois litres de bouillon, même que j'tousse comme un phoque et tout et tout et qu'est-ce qui se passe ? Y a une nana pas possible avec un bikini blanc super-étroit qui s'approche et me dit : « Ça va ? » Alors, moi je la regarde et c'est la plus belle minette que j'aie jamais vue à Malibu. Tu te rappelles la crevette qu'on a vue à la teuf de minuit le mois dernier ? Celle qui sautait tout partout par-dessus le feu sans soutif avec une bouteille de tequila dans chaque main ? Tu te rappelles ?

– Quoi ? T'es en train de me dire qu'elle était aussi cooléo qu'elle ?

– Du plus pur, mec. Complètement géniale.

– T'as récupéré son bigo ?

– Mec, c'est à peine si j'arrivais à respirer. J'étais tout à bouche-béer. À m'étouffer. Et là, v'là pas comme si j'avais les crêpes qui me remontaient ?

– Oh non ! s'écria le Débris. T'as dégueulé ?

– Ouais, tout le bazar, dit le Bris en hochant la tête. Complètement dégueulbif !

– Arrête, mec ! s'écria le Débris, qui mourait d'envie d'en savoir plus.

– Putain, j'y ai largué toutes les pépites sur elle. Elle a hurlé et sauté dans la flotte pour faire partir le vomis et je l'ai plus jamais revue. Qu'est-ce que j'étais luguuuuubre !

– Tu sais, frangin, lui renvoya le Débris tout doucement, c'est comme qui dirait une des histoires les plus tristes que j'aie jamais entendues.

Cat Song et Gil Ponce étaient la dernière équipe à quitter le parking lorsque l'atelier 6-X-46 leur arriva dessus, tous phares clignotant.

Le Débris se rangea près de la voiture et, l'avant de la sienne dans la direction opposée, lança :

– La partie a commencé ?

– Ouais, et faut qu'on y aille, répondit Cat. C'est Treakle qu'est aux manettes.

– Ah, merde ! Je suis désolé pour vous.

Le Bris regarda le vieil atelier noir et blanc, sans cage à l'arrière, garé sur le parking.

– Quel est le contrôleur qu'appartient à ce tas de boue ? demanda-t-il.

– Lèvres de poulet, répondit Cat. Il est en mission de zyeute pour vérifier la cible. On peut pas causer. Faut qu'on y aille.

– À plus, dit le Débris pendant que Cat se mettait au bout de la file des voitures de police qui s'apprêtaient à fondre sur l'entrepôt.

Le Bris massait son épaule endolorie lorsque le Débris passa de la fréquence Hollywood sur la fréquence tactique, juste à temps pour entendre le sergent Treakle s'écrier de sa voix de fausset :

– Convergence de toutes les unités sur la cible !

Et de balancer de la salive partout sur sa radio en ajoutant :

– On converge ! On converge ! On converge !

– Ça l'excite drôlement, toute cette volaille, pas ? fit remarquer le Débris.

– J'te parie que ce mec a des nichons de nana, lui renvoya le Bris. Allez, on va s'payer un burrito !

Pendant que les amateurs de surf se régalaient de bouffe tex-mex assis dans leur véhicule, un des ateliers assignés aux Corbeaux montait la colline du Mont Olympus et entrait dans l'allée cochère de Margot Aziz. Le chauffeur descendit de voiture, mais n'en referma pas la portière. S'intima l'ordre d'y remonter, mais en fut incapable. Alors il referma la portière doucement derrière lui, gagna la porte de devant et sonna. Entendit des bruits de pas sur le marbre de l'entrée et comprit qu'elle regardait par le judas enchâssé dans du cuivre jaune.

À peine eut-elle ouvert la porte qu'elle lui jeta les bras autour du cou et l'embrassa encore et encore sur la bouche et les joues tandis qu'il essayait de la repousser. Elle avait les yeux brillants et mouillés dans la lumière du clair de lune qui ruisselait sur elle, et des larmes s'accrochaient à ses cils. Il les sentit sur ses pommettes, les goûta tandis qu'elle l'embrassait, mais se demanda pourquoi elles n'avaient rien de salé.

– J'avais peur que tu ne te montres pas, dit-elle. J'avais peur que tu ne reviennes jamais. Je t'ai laissé quatre messages sur ton portable aujourd'hui.

– Il faut que tu arrêtes ça, Margot, lui renvoya Bix Ramstead. Ma coéquipière risque de prendre mes appels.

– Mais je ne t'ai pas vu depuis vingt-neuf jours et vingt-neuf nuits ! s'écria-t-elle en l'attirant dans l'entrée et en refermant la porte.

Elle voulait sentir s'il avait bu, mais il ne cessait de reculer chaque fois qu'elle essayait de l'embrasser.

– Je ne peux pas rester, reprit-il. J'ai pris une voiture de fonction pour venir. Il faut que je la ramène au commissariat.

– Vas-y et reviens vite. Je te prépare à dîner.

– Je ne peux pas, répéta-t-il. Je suis juste passé te dire d'arrêter de m'appeler. Tu vas me causer de sérieux ennuis.

– Des ennuis, Bix ? Des ennuis ?! Les ennuis, c'est moi qui les ai. Je suis folle amoureuse de toi. Je peux plus dormir, je suis incapable de penser. On tient quelque chose, Bix, et tu peux pas le foutre en l'air. Je suis presque libérée d'Ali. Alors, je serai toute à toi. Moi et tout ce que je possède !

– Je ne peux pas ! Moi aussi, je deviens fou. À force de penser à toi. À ma famille. Je ne suis pas bon pour toi. Nous ne sommes pas bons l'un pour l'autre.

– Tu es le meilleur homme que j'aie jamais connu ! dit-elle et elle posa son visage sur son écusson et serra fort Bix dans ses bras.

– Il faut que j'y aille, répéta-t-il, mais déjà il ne tentait plus de se dégager.

– J'ai essayé d'être patiente. La seule chose qui m'empêche de lâcher prise est de savoir qu'il y a deux jours ta famille est allée voir tes beaux-parents. C'est marqué dans mon agenda, tu vois, Bix ? Je ne pense plus qu'à toi. Je suis égoïste, oui ! Je te veux ici avec moi tous les soirs qu'ils seront partis. Je veux avoir la chance de te convaincre que nous sommes faits l'un pour l'autre, là, tout de suite.

– Je suis incapable de penser droit ce soir, dit-il. Je t'appellerai demain. Il faut que je ramène la voiture au commissariat.

Elle le libéra, il la regarda. Puis il l'embrassa et là, oui, elle fut sûre de sentir l'alcool sur son haleine.

– À demain, mon chéri, dit-elle avec un sourire plein d'espoir. J'attendrai ton appel.

En reprenant l'allée cochère en marche arrière et obliquant vers le bas de colline, Bix Ramstead ne vit pas la Mustang garée une rue plus haut. Hollywood Nate avait attendu toute la journée un appel qui n'était jamais venu. Lui aussi avait bu quelques verres après le service. Et impétueux, il était parti vers le Mount Olympus, bien décidé à frapper à la porte de la dame. À trouver ce que cette satanée bonne femme avait dans le crâne. Mais en approchant de sa maison, il avait vu une voiture de police. Il avait donc dépassé l'entrée de l'allée, fait demi-tour, s'était garé et avait attendu.

Il n'eut pas à lui filer longtemps le train pour s'apercevoir que le conducteur n'était autre que Bix Ramstead. Il eut envie de le suivre jusqu'au commissariat afin d'avoir une petite explication amicale avec lui, histoire de comparer ses notes sur Margot Aziz avec lui. Mais il décida qu'il valait mieux attendre d'avoir complètement dessoûlé avant d'essayer un truc pareil.

Après qu'ils eurent terminé leur burrito, le Débris repartit dans la direction du combat de coqs au lieu de reprendre la ronde.

– Mais où tu vas, mec ? s'écria le Bris.

– Jeter un coup d'œil au grand rodéo à poulets.

– Pourquoi ?

– T'as déjà vu un coq de combat ?

– Non, et je n'en ai aucune envie.

– Ça pourrait t'apprendre des trucs.

Lorsqu'enfin ils se garèrent sur le parking de l'entrepôt, la situation était maîtrisée. Tous les Mexicains et Philippins se faisaient interroger à l'intérieur du bâtiment, les flics remplissant leurs fiches d'interpellation comme il fallait. On vérifiait tous les antécédents, et certains en avaient. Il n'y avait personne dehors, hormis Gil Ponce qui se tenait près d'une pile de cages en métal renfermant les coqs de combat, lesquels coqs s'égosillaient furieusement en donnant du bec contre les barreaux d'acier qui les retenaient prisonniers.

– Alors, qu'est-ce qui se passe là-bas dedans ? demanda le Débris en s'approchant du jeune flic.

– Plus rien maintenant, répondit Gil. Ils les passent tous aux fiches d'interpellation et vérifient les antécédents. Ils vont en serrer quelques-uns. T'aurais dû être là quand on a débarqué ! Un des organisateurs du truc a essayé de se barrer, mais Gert lui a fait une prise qui l'a expédié direct au tapis.

– Typique ! dit le Bris.

C'est alors qu'une silhouette toute en souplesse sortit des ténèbres, une cage en acier à la main. Lorsqu'elle arriva à leur hauteur, ils s'aperçurent qu'il s'agissait de Cat Song.

– Quelle tête de rat, ce mec ! lança-t-elle aux amateurs de surf. Il nous oblige à apporter les oiseaux ici au lieu d'attendre les types d'Animal Control. Il veut fermer l'entrepôt pour aller dire au chef de sûreté comment il a été génial dans ce raid pendant que nous, on devra baby-sitter ces volatiles jusqu'à l'arrivée d'Animal Control. J'ai des plumes et de la fiente de poulet partout sur ma tenue !

Elle posa sa cage sur les deux autres, les oiseaux piaillant encore plus fort pour saluer le nouveau venu.

– T'as combien de bestiaux ? demanda le Débris.

– Je sais pas. Dix, douze. Je les ai pas comptés.

Puis elle se tourna vers Gil Ponce et ajouta :

– Allez, fiston. Je vais pas porter ces trucs-là toute seule !

Ils regagnèrent l'entrepôt, le Débris jetant alors un coup d'œil au Bris, qui semblait au bord de recommencer à se plaindre de son épaule.

Le Débris éteignit les phares, bondit hors de la voiture et ouvrit la portière arrière, côté le Bris.

– Qu'est-ce que tu fous, mec ? voulut savoir ce dernier.

Et là, abasourdi, il regarda le Débris s'emparer de la cage du dessus de la pile et la jeter à l'arrière en disant :

– T'as eu une sale journée à Malibu, frangin. J'essaie de te remonter le moral.

– Hé mais, qu'est-ce que t'as dans le citron ? insista le Débris, inquiet.

– Allons, mec, tu vas pas me siphonner le cool de la situation, hein ? lui renvoya le Débris en refermant la portière et reprenant le volant.

– Quelle situation ? demanda le Débris, qui eut bientôt sa réponse.

Le Débris roula tous phares éteints et entra dans le parking où une voiture de patrouille esseulée était garée dans le noir.

– Dis, t'as toujours ton bazar pour ouvrir les portières dans ton sac de guerre ?

– Mec, c'est pas cool du tout, ça ! s'écria le Bris.

Le Débris descendit de voiture et lui renvoya :

– Écoute, frangin, disons que c'est le destin qui s'invite au boulot. Regarde-moi cet atelier sans cage qui nous attend. Tu vas pas faire ta gonzesse. C'est le destin !

– Reste sur terre, mec ! dit le Bris qui, fasciné, n'en regarda pas moins son collègue enfiler des gants, glisser la tige dans la fente de la vitre et déverrouiller la portière.

– Allez, dors bien, mon gros poulet, dit le Débris à l'oiseau en le transférant dans l'atelier du sergent Treakle.

Mais lorsqu'il ouvrit la cage du volatile, celui-ci lui piqua le doigt.

– Aïe ! s'écria-t-il. Cet oiseau ingrat vient de me mordre ! Et dire que je commençais à l'apprécier tellement il ressemble à Keith Richards !

– Moi, tout ce que j'ai à dire, c'est que c'est pas cool cool, reprit le Bris.

Sauf qu'en fait, il pensait que cool cool, ça l'était vraiment. À condition de ne pas se faire prendre.

Ils avaient refermé à clef l'atelier du sergent Treakle et roulaient à nouveau dans l'espoir de trouver une benne à ordures où jeter la cage vide lorsque le Bris demanda :

– Tu crois que le bleu va paniquer et nous dénoncer quand ce petit nazi qui claque des talons et n'a pas de lèvres va essayer de savoir qui lui a fait le coup du coq de combat ?

– Je ne sais pas trop si Ponce est encore en formation. Il n'est pas impossible qu'il ait déjà son diplôme. De toute façon, Cat Song lui collerait une de ses baguettes coréennes en métal dans l'œil si jamais il essayait de nous foutre dans la merde. On est dans le rouleau, frangin !

Tout bien considéré, le sergent Treakle était heureux comme un roi de sa descente. Des contredanses avaient été données à trois types qui se pintaient sur le parking lorsque les flics leur étaient tombés dessus. Cinq autres avaient été arrêtés pour ivresse sur la voie publique ou pour des amendes impayées. Personne n'avait eu droit à une contravention pour avoir assisté à un spectacle illégal étant donné que le combat de coqs n'avait pas eu lieu. Les deux organisateurs avaient été arrêtés et placés en détention au commissariat d'Hollywood pour cruauté envers les animaux.

Les fonctionnaires d'Animal Control étant arrivés et ayant pris possession des coqs, le sergent Treakle s'était assuré que l'entrepôt était en sécurité et l'alarme réenclenchée. Il était méticuleux et fier du boulot accompli. Et parce qu'il était monté avec Gert Von Braun et Dan Applewhite, ceux-ci avaient dû attendre jusqu'au bout. Ils avaient faim, ils étaient grognons et l'un et l'autre avaient sali leurs uniformes en aidant les autres à sortir les coqs de combat de l'entrepôt.

Hormis les deux unités de nuit, tout le monde avait filé ou s'éloignait lorsque le sergent Treakle lança :

– Et maintenant, Von Braun, j'ai une petite surprise pour vous et Applewhite.

– Et c'est quoi ? lui renvoya Gert, sceptique.

– Je vous invite tous les deux à un code sept avec moi. C'est moi qui régale. Vous me dites où vous voulez aller.

L'odeur des volatiles furibonds et de leurs fientes encore dans les narines, Gert Von Braun lui répondit d'un ton aigre :

– Alors là, génial ! On va au Kentucky Fried Chicken, sergent Treakle. Je veux des ailes et un pilon !

Gil Ponce s'interdit de ricaner en voyant le patron se mettre à fulminer.

– Oui, bon, maintenant que j'y pense, vous pouvez dégager… tous les deux ! lança le sergent Treakle en décochant un regard glacial à Gert.

Puis il se tourna vers Cat et ajouta :

– Song, vous et Ponce pouvez me ramener à ma voiture.

– Désolée, Cat, articula Gert en silence en regagnant son atelier avec Applewhite.

– Merci, collègue, dit Dan à Gert. Treakle me flanque tellement mal au ventre que j'ai l'impression d'avoir besoin d'un flacon d'anti-acides dans mon holster avec goutte à goutte intégré.

Le sergent Treakle s'installant sur la banquette arrière de l'atelier de Cat et Gil, tous se dirigèrent rapidement vers le parking de rassemblement sans mot dire.

– Restez ici jusqu'à ce que je démarre, ordonna Treakle en descendant. L'allumage de ce vieux truc est un peu défectueux.

Cat soupira, mit le frein à main, décocha un hochement de tête à l'adresse de Gil et commença à attendre avec lui. Elle devait en garder un bonheur éternel. Rater la suite l'aurait navrée.

Épuisé, le volatile se traînait sur le plancher à l'arrière du véhicule lorsque le sergent Treakle ouvrit sa portière et monta en songeant que l'odeur de ces horribles bestiaux n'avait pas l'air de vouloir s'en aller. Il semble que l'oiseau soit resté endormi quand le sergent referma sa portière. Et qu'il n'ait toujours pas bougé lorsque le sergent fit démarrer le moteur. Mais lorsque le sergent donna un coup de Klaxon pour signaler à l'équipe du 6-X-32 qu'elle pouvait s'en aller, le coq de combat ne fut plus qu'une seule et même explosion de plumes, que tornade d'ergots, de grincements abominables et d'ailes qui battaient.

Entendant des bruits bizarres, Gil Ponce s'empara du projecteur et le braqua sur l'atelier du sergent. Et s'écria :

– Cat ! Agression en cours sur le sergent Treakle !

– Quoi ? s'exclama Cat.

Figés sur place un instant, ils restèrent tous les deux bouche bée tandis que le volatile enragé labourait le dos du sergent Treakle avec ses ergots tranchants et lui picorait le crâne sans cesser de battre des ailes et de piauler comme un chat sauvage.

Mais il avait beau crier fort, jamais il ne pouvait hurler aussi fort que le sergent Treakle, qui finit par dégringoler de la voiture en gargouillant du gosier. Cat Song se précipita vers l'atelier, à grands coups de matraque força l'oiseau en colère à réintégrer le véhicule et put enfin en refermer la portière.

– Ah, mon Dieu ! s'écria Gil Ponce. Vous êtes blessé, sergent ?

Mais incapable de parler, celui-ci faisait d'horribles bruits de gorge et tentait désespérément de respirer.

– Appelle une équipe de réa ! lança Cat Song à Gil Ponce. Et ramène-nous le camion d'Animal Control. Et un sac. Il est en pleine crise d'hyperventilation !

– Un sac ? répéta Gil Ponce. Où veux-tu que je trouve un sac ?

– Laisse tomber le sac. Passe les coups de fil !

– D'accord ! répondit Ponce en fonçant vers l'atelier.

En revenant, il trouva Cat en train de remettre le superviseur sur son séant et de l'adosser tout doucement à la portière de la voiture. Le sergent couina un coup lorsque son dos toucha le métal, Cat lui ordonna d'oublier le mal qu'il avait pour essayer de respirer normalement.

– Le sergent va s'en sortir ? demanda Ponce.

– Je crois, répondit Cat. Mais il est très choqué et s'est fait sérieusement maltraiter. Et, en plus, il est couvert de fiente de poulet !

Les ambulanciers étaient arrivés et soignaient déjà les plaies que le sergent avait à la tête, au cou et au dos, lorsque les types d'Animal Control se pointèrent à leur tour. Cat leur ouvrit la portière et bondit en arrière. Ils capturèrent le volatile enfin calmé sans incident et le mirent en cage à l'arrière de leur van. Le lieutenant profitant de son jour de liberté, le chef de sûreté qui le remplaçait fut appelé sur les lieux. Comme par hasard, c'était le sergent de patrouille le plus ancien du commissariat d'Hollywood et il connaissait très bien les méthodes et la réputation du jeune sergent Treakle.

Parce qu'elle était assez près de lui, elle l'entendit dire à ce dernier :

– On ferait peut-être mieux de ne pas ébruiter cet horrible tour de con. C'est très exactement le genre d'histoire que les petits enfoirés du *L.A. Times* qui suivent les activités du LAPD adoreraient mettre à la une de leur édition locale. On aurait l'air de crétins et vous aussi.

– Moi, avoir l'air d'un crétin ? répéta le sergent Treakle. Je n'ai rien fait pour mériter ça ! Je veux que les Affaires internes interrogent tous les policiers qui ont participé à la descente et qu'ils les passent tous au détecteur de mensonges.

Cela mit la puce à l'oreille du vieil officier qui était là depuis assez longtemps pour savoir à quel point cet appareil est peu fiable, surtout avec les ego surdéveloppés des individus qui entrent dans la police. Là où le sociopathe ressort de la séance avec un tracé plat, le flic lui s'en tape un en montagnes russes si on se risque seulement à lui demander s'il s'est branlé une seule fois en dix ans.

– Je sais que vous ne méritez pas ça, reprit le vieux sergent pour l'apaiser. Personne ne mérite un truc pareil. Mais tous les gens qui lisent le *Times* se fouteraient de nous. De vous, sergent. Que les Affaires internes lancent une enquête et dans le quart d'heure il y aura une fuite. Pour l'instant, en dehors de Song, de Ponce et des ambulanciers, personne n'est au courant de l'affaire. Je vais leur causer.

Et ce disant, il se tourna vers Cat qui faisait semblant d'écrire dans son journal de bord.

– Mais tout au fond de moi, je sais très bien qui m'a fait ça ! s'exclama le sergent Treakle.

– Et ce serait ?

– Le petit malin des Mœurs. L'Hispanique avec une barbe. C'est lui, je le sais !

– Écoutez, Treakle, lui renvoya le vieux sergent. Vous voulez vraiment que vos parents et vos amis lisent une manchette qui dira…

– Non, je comprends ! dit enfin Treakle en trouvant que l'éventualité d'une manchette était insupportable à envisager. Mais je sais que c'est ce flic des Mœurs.

– Vous feriez peut-être bien de demander au capitaine de vous transférer dans une autre division. Histoire de repartir du bon pied. Ça vous dirait ?

– Le plus vite sera le mieux ! acquiesça Treakle.

Et pour la première fois on l'entendit proférer un gros mot. Il s'était rassis, il réfléchit un instant, et lança :

– Bordel d'Hollywood !

Le sergent Treakle refusa d'être transporté à l'hôpital Cedars-Sinai pour y recevoir des soins supplémentaires : Cat Song venait de lui préciser qu'il leur faudrait peut-être porter une tenue contre les risques biologiques pour le nettoyer. Il préféra reprendre le volant de son atelier sans cage et réintégrer le commissariat tout seul – plumes, fiente de poulet et le reste.

Alors le vieux sergent expliqua à Cat et Gil Ponce combien il était nécessaire de ne pas ébruiter l'incident pour le bien du commissariat d'Hollywood. Ils lui indiquèrent qu'ils comprenaient parfaitement la gravité d'une situation où une blague avait fini par terroriser et blesser physiquement un jeune superviseur… qui en plus avait toutes les chances de se faire transférer hors de la division aussi vite qu'il le pourrait. Ils lui jurèrent de ne pas en souffler mot.

Une heure s'était à peine écoulée que Cat Song avait déjà téléphoné à Ronnie Sinclair, envoyé un texto à Gert Von Braun et réussi à joindre sur son portable un Hollywood Nate qui, elle le savait, méprisait absolument le sergent Treakle. Tout le monde la remercia avec effusion – et jura de ne pas en souffler mot non plus.

Gil Ponce, lui – c'était un des policiers qui avaient décliné l'offre de participer à des séances d'études de la Bible avec le sergent Treakle –, murmura tous les détails de l'affaire à l'oreille de Dan Jugement Dernier à la fin de son service… et y ajouta une question théologique : le jeune flic se demandait s'il se pouvait qu'au moment même où, se retrouvant tout soudain enveloppé dans de grandes ailes noires et entendant des hurlements qui n'étaient certes pas de ce monde, le sergent Treakle n'avait pas senti une odeur de soufre et cru être emporté au loin par l'Antéchrist en personne !

– Le penser a de quoi réchauffer le cœur, lui répondit l'ancien.

Avant d'ajouter :

– L'Oracle disait toujours qu'il ne s'amusait jamais autant que lorsqu'il faisait du bon boulot de flic. Hé bien… ce soir, nous avons là-bas dehors des policiers anonymes qui ont fait de l'excellent boulot de flic. J'espère que cela leur aura rappelé l'Oracle.

13

Le lendemain, deux des Corbeaux d'Hollywood South s'interrogeaient toujours sur Bix Ramstead, ni l'un ni l'autre n'ayant conscience de leur questionnement respectif. Ronnie voulait savoir s'il s'était remis à boire et avait picolé pendant son service la veille au soir, Nate se demandant, lui, ce que diable ce même Bix fabriquait chez Margot Aziz. Mais lui poser directement la question, aucun n'osait.

Ce matin-là, Ronnie et Bix avaient reçu pour tâche d'effectuer un suivi d'enquête chez les voisins d'un salon de bronzage, d'un autre d'aromathérapie, d'un acuponcteur et d'un chiropraticien. Toutes les plaintes émanaient de résidents et d'hommes d'affaires du quartier, l'objet en étant le plus souvent des histoires de stationnement interdit et de tapage nocturne. On accusait même le salon de bronzage de favoriser la prostitution à cause du nombre excessif de messieurs qui y entraient et en sortaient à longueur de journée et ce, jusque tard le soir. Aussi bien ce salon et la clinique d'aromathérapie avaient-ils déjà fait l'objet d'une descente de flics des Mœurs déguisés en clients, mais on disait maintenant que ces deux établissements avaient une nouvelle direction.

Au moment où Ronnie et Bix s'apprêtaient à filer

dans les rues, leur sergent avait, lui, une discussion assez bizarre avec Rita Kravitz sur certaine course qu'il fallait faire au Celebrity Center de l'Église de Scientologie afin d'y prendre un chèque fort généreux que l'Église avait établi pour la collecte de fonds des Olympiades pour handicapés. Rita avait déjà servi quelques excuses bien boiteuses à son sergent pour lui expliquer qu'elle était trop occupée pour traiter ce dossier et lui suggérer d'envoyer quelqu'un d'autre à sa place.

– Mais tu pourrais tomber sur John Travolta ou Tom Cruise ! s'écria le sergent. Ça serait pas génial ?

Rita Kravitz remonta sa dernière paire de lunettes super-tendance haut sur son nez et lui renvoya en ourlant la lèvre :

– Il se pourrait aussi que je sois faite prisonnière par ces robots et qu'on me lave le cerveau jusqu'à ce que je ne sois plus qu'une petite nana qui sourit tout le temps et a comme une vague lueur dans les yeux. Même que si vous ne me croyez pas, z'avez qu'à demander à Katie Holmes[1].

Le deuxième Corbeau qui songeait à Bix s'était, lui, assis à sa table préférée du Farmer's Market pour grignoter un feuilleté aux fruits en buvant un cappuccino et écoutait un ex-metteur en scène et trois anciens scénaristes se moquer du jeunisme qui avait tué leurs carrières et promu la médiocrité à Hollywood.

– Mon dernier rendez-vous a été avec un type de vingt-huit ans en charge du développement des scénars, lança un de ces ex-scénaristes.

1. Star qui fut séduite par Tom Cruise, membre de l'Église de Scientologie *(NdT)*.

– Ils ne cherchent qu'à garder leurs boulots, dit un deuxième.

– Ils préfèrent se taper un four dont ils pourront accuser quelqu'un d'autre plutôt que de risquer quoi que ce soit qui pourrait générer un grand succès, lâcha le troisième.

– Chaque fois qu'ils me refusent un truc, ils me disent que c'est pas assez différent, ce qui veut dire quoi, hein ? Ou alors que ça l'est trop, ce qui veut dire quoi, hein ? reprit le premier.

– Au fond, dit l'ex-metteur en scène, ils sont terrifiés par les gens de notre âge parce qu'ils se disent qu'on pourrait savoir des trucs sur l'art et la manière de faire des films, trucs dont ils n'ont eux-mêmes aucune idée. Et ils ont raison !

Grand chœur de « oui oui » suite à celle-là.

Nate n'appréciait guère cette séance de débinage. Il ne pensait qu'à deux choses : la beauté de Margot Aziz la première fois qu'il l'avait vue à ce même endroit et la façon dont elle ne l'avait pas appelé la veille comme elle l'avait promis. Il se disait aussi que Bix Ramstead y était peut-être pour beaucoup. Il avait réfléchi à une demi-douzaine de manières d'aborder la question avec lui afin de savoir la vérité. Mais pour ça, il fallait commencer par pouvoir lui parler seul à seul, loin de Ronnie Sinclair.

Il finit son cappuccino et commença son service. Il avait trois visites à rendre à des locataires qui se plaignaient régulièrement du bruit. Il commençait à se dire que ces histoires de qualité de la vie étaient nettement plus assommantes que ce qu'il aurait cru. Cela étant, il avait au moins l'aventure de la veille avec le sergent Treakle et son coq de combat pour le soutenir. Il aurait adoré partager l'histoire avec quelqu'un, mais jusque-là, il n'avait trouvé personne au commissariat qui ne la connaisse pas déjà par cœur.

Neuf sur les dix heures et demie de leur service s'étant déjà écoulées, Ronnie et Bix étaient fatigués. Ils n'avaient en tout et pour tout réussi qu'à infliger des avertissements aux propriétaires de certains salons et à leur recommander de bien sélectionner leurs employées de façon à être sûrs que les intermittentes ne fassent pas de passes quand le patron avait le dos tourné. Ils savaient bien évidemment que les trois quarts de ces dernières étaient très précisément engagées parce qu'elles étaient plus que prêtes à offrir des services très spéciaux à certains clients aussi sûrs qu'enthousiastes.

Situé dans Sunset Boulevard, non loin de Western Avenue, leur dernier salon de beauté avait pour nom « Au bronzage miracle ». Plus grand que les autres, il donnait l'impression de s'adresser à une clientèle exclusivement masculine. Les employées en étaient des minettes en tennis, shorts ultra-courts et T-shirt frappés de l'inscription « Au bronzage miracle ». Dès que les flics se présentèrent à la réception, deux clients qui attendaient assis sur un canapé s'empressèrent de lâcher leurs revues et de décamper.

– Si vous voulez bien attendre, dit la réceptionniste aux Corbeaux, je vais chercher la patronne.

– On ferait peut-être bien de s'occuper sérieusement de ce salon, fit remarquer Ronnie. Rien qu'à nous voir, ces deux types se sont fait la malle plus vite que le collant que je me suis acheté en solde chez Sav-on.

Bix acquiesça d'un signe de tête. Il n'avait pas dit grand-chose de toute la journée et n'avait pas les yeux aussi clairs et brillants que d'habitude. Ronnie avait déjà essayé d'orienter la conversation sur ce qui s'était passé la veille au soir après qu'il lui avait demandé de signer le registre de fin de service à sa place, mais chaque fois il avait réussi à changer de sujet.

La patronne était aussi grande que Bix. Ses cheveux blond cendré lui descendaient en deux nattes sur les seins. Implants qui faisaient fortement saillie et joues comme des pommes bien rouges, elle avait tout de la laitière des films pornos qu'on voit partout dans les boutiques pour adultes d'Hollywood Boulevard. Elle portait une jupe en vinyle blanc, un chemisier rose à manches longues et des chaussures à semelles compensées, blanches elles aussi.

– Je m'appelle Madeline, pour vous servir, dit-elle avec un sourire plein de dents d'un blanc impossible derrière ses lèvres d'un beau rouge cramoisi.

Ronnie était trop fatiguée et la journée trop chaude pour faire dans le subtil.

– Nous recevons beaucoup de plaintes de vos voisins qui soupçonnent votre établissement d'abriter des activités illicites jusque tard le soir. Nous entendons aussi dire que vos clients font du tapage nocturne et se garent n'importe comment.

– Ah, ça ! s'écria Madeline. C'est qu'on a changé de direction. Ça, c'était avant que j'arrive ici il y a deux mois. Une des filles faisait des trucs et personne n'en savait rien. Les policiers des Mœurs l'ont arrêtée. Votre Detective Support Division sait tout de cette affaire.

– Nous avons des plaintes plus récentes, lui dit Bix.

– Je parie qu'elles viennent des vieux Asiatiques qui tiennent la boutique de tailleur à deux maisons d'ici, c'est ça ?

– Nous n'avons pas le droit de vous dire de qui il s'agit, lui renvoya Ronnie.

– Non, bien sûr, dit-elle, mais il faut toujours qu'ils se plaignent de quelque chose. Vous n'avez qu'à demander à tous les gens du coin.

– Lorsque nous sommes entrés, deux de vos clients nous ont presque renversés pour filer, reprit Ronnie.

– Peut-être qu'ils avaient des problèmes avec la loi, eux aussi.

– Ça vous ennuierait qu'on jette un œil ? demanda Ronnie. Je pourrais avoir envie d'essayer vos services un jour. Surtout celui du bronzage par brumisation.

– Bien sûr, répondit Madeline qui n'avait pas l'air ravie. Si vous voulez me suivre.

Les flics lui emboîtèrent le pas et descendirent un long couloir flanqué de cinq portes de chaque côté, toutes fermées. Madeline les conduisit jusqu'à un autre couloir et prit à droite, vers une grande pièce carrelée qui faisait penser à une salle de douche.

– Ça, c'est pour le bronzage artificiel, dit-elle. De fait, une de nos employées s'apprête à y entrer. Elle a un rendez-vous important ce soir et veut être belle.

Elle se tourna vers Bix et ajouta :

– Si vous voulez bien nous tourner le dos, monsieur l'agent, je suis sûre que Zelda ne verrait aucun inconvénient à montrer comment ça marche.

Bix redescendit le couloir sur quelques mètres et se tourna vers le mur.

– Zelda, ma chérie, tu peux sortir, dit Madeline en frappant à l'une des portes closes.

La blonde platine était jeune et bien roulée dans sa serviette. Un bonnet de douche lui recouvrait entièrement la tête, des bottines ne lui couvrant, elles, que le bout des orteils et le dessous des pieds. Elle écarquilla grand les yeux en voyant Ronnie à côté de sa patronne. Elle se précipita vers la salle de bronzage, ôta vite sa serviette en révélant ainsi ses propres implants mammaires et la suspendit à un crochet près de la porte.

– Zelda s'est mis de la crème sur les paumes, les ongles des mains et des orteils, expliqua Madeline. Il ne faut pas que le liquide de bronzage coule sous les ongles, sur les paumes et le dessous des pieds. Le résultat ne serait pas naturel.

Zelda prit place devant une rangée de robinets au milieu du mur et appuya sur un bouton. Aussitôt le liquide de bronzage jaillit en brume et la couvrit. Elle appuya de nouveau sur le bouton, se retourna et bronza l'autre face de son anatomie. Elle ruisselait d'une mélasse couleur chamois lorsqu'elle mit fin à l'opération et commença à se sécher à petits coups de serviette.

– On pourrait vous offrir un rabais spécial police, enchaîna Madeline. Si vous voulez prendre rendez-vous…

Bix les rejoignant lorsque Zelda eut regagné la pièce où se changer, ils poursuivirent la visite de l'établissement et jetèrent un coup d'œil dans une des petites pièces équipées d'un lit de bronzage.

– C'est un peu claustro, fit remarquer Bix. C'est comme d'entrer dans un cercueil et de s'en refermer le couvercle sur la tête.

– Pas du tout, lui renvoya Madeline. On donne de minuscules lunettes noires au client et il ne reste là-dedans qu'environ huit minutes au niveau de bronzage qu'il a choisi. C'est nettement plus agréable que de cuire au soleil de l'été.

– Peut-être que je préférerais ça à la brumisation, dit Ronnie. On en a plus pour son argent.

Pendant que Ronnie et Madeline continuaient de parler bronzage, Bix s'enfonça encore dans le couloir en essayant les portes, mais toutes étaient fermées. De l'autre côté de la troisième, il entendit gémir une femme. Fort, et d'une manière caractéristique.

Madeline remarqua qu'il écoutait et s'approcha aussitôt.

– Il ne faut pas déranger les clients, monsieur l'agent, dit-elle. Si vous voulez bien me suivre, je vais vous montrer…

– Il y a quelqu'un qui gémit dans cette pièce, dit-il. Une femme.

– Peut-être qu'elle s'est endormie et qu'elle rêve. Non vraiment, il faut que…

– Ça n'est pas dangereux ? demanda Ronnie en échangeant des regards avec Bix. Je veux dire… s'endormir sous ces lampes de bronzage ?

– Elles s'éteignent automatiquement, répondit Madeline, qui lui avait pris le bras et tentait de lui faire remonter le couloir.

Puis ils entendirent un type s'écrier :

– Oui ! Allez, vas-y, ma poule !

– Vous avez une clé ? demanda Bix.

– Je… je vais en chercher une, répondit Madeline en se dépêchant de retourner à la réception.

Ronnie fit un clin d'œil à Bix et frappa légèrement à la porte.

– Hé ! lança-t-elle. Y a les flics des Mœurs qu'ont débarqué ! Séparez-vous et rejoignez chacun une pièce différente. Vite !

En quelques secondes la porte s'ouvrit, un petit mec tout dodu en sortit en courant avec ses habits dans les bras.

– Ah, putain ! s'écria-t-il en découvrant les deux flics en tenue, et il lâcha ses vêtements, son pénis en érection braqué droit sur Ronnie.

Dans la pièce, une employée âgée de 18 ans avec anneaux aux sourcils, au nez et aux lèvres, T-shirt « Au bronzage miraculeux » et rien d'autre sur les fesses essayait de se glisser dans son short.

– Je lui disais juste qu'il avait fini sa séance de bronzage ! s'écria-t-elle. Non, c'est vrai !

Pendant que Bix décrochait sa radio et demandait des renforts, Ronnie montra du doigt le pénis du monsieur et dit à son propriétaire :

– J'espère qu'on vous a mis plein de lotion de bronzage sur ce truc, monsieur.

Voyant que les flics n'étaient pas vraiment sur le point de croire son histoire, la fille précisa :

– Quand je suis entrée pour le réveiller, il était là à se polir le poireau ! J'ai rien à voir avec ça, moi ! Non, c'est vrai, quoi !

– Putain, mais quelle petite salope de menteuse, celle-là ! s'exclama le type dont la tumescence donnait des signes de faiblesse.

La journée commençait à évoluer d'une manière bien différente pour une équipe de Corbeaux qui n'avaient pas souvent la chance d'arrêter quiconque pour crime grave. Après interrogatoire du client et de la jeune employée qui, l'un comme l'autre, impliquèrent clairement la patronne dans cette affaire de prostitution et signèrent une déposition dans ce sens, il fut décidé que Madeline serait emmenée au commissariat d'Hollywood afin d'y être interrogée par le sergent des Mœurs et incarcérée pour proxénétisme.

Une unité fut appelée pour le transfert, unité qui se trouva être celle des amateurs de surf qui venaient juste de finir l'appel. Le Débris avait bondi sur l'occasion en écoutant l'appel radio et comprenant quel était le Corbeau qui avait besoin d'aide.

Pendant que le Débris faisait la causette avec Ronnie, le Bris examina le permis de conduire de Madeline et s'écria :

– Ben merde alors ! Madeline est un mec ! Il s'appelle Martin Lester Dilford !

Madeline gardant le silence et refusant d'avouer quoi que ce soit, le Débris sortit ses menottes et lança :

– Bon, ben, j'imagine qu'il va falloir procéder à la palpation ici même vu que c'est un mec.

– Pas question ! s'exclama Madeline. Je ne suis plus un homme. Et je ne veux pas qu'on me mette dans une cellule avec des mecs. Quant à vous, pas touche !

– Quoi ? T'es un trans ? demanda le Bris.

– Le terme est « transsexuel », si ça ne vous gêne pas. Je n'ai pas encore eu le temps de changer de nom.

– On est avant ou après l'opération ? voulut savoir Ronnie.

– Après. Ça remonte à trois mois et je suis prête à me mettre à poil si vous voulez.

– Bon, ben, faut croire que c'est moi qui vais procéder à la palpation, conclut Ronnie. Du calme, Madeline, du calme.

Déjà désespérée, la situation de Leonard Stilwell avait encore empiré. Il ratait son coup chaque fois qu'il essayait de se faire un dollar et Ali Aziz ne l'avait toujours pas appelé pour le boulot de Mount Olympus. Un après-midi, Leonard était même monté par Laurel Canyon en voiture et avait pris à droite, vers le lotissement dont la publicité proclamait qu'il y avait là plus de cyprès italiens que partout ailleurs dans le monde. Il avait sillonné le quartier et s'était dit que tout y semblait assez inquiétant. Il y avait des panneaux de sociétés de gardiennage absolument partout et il avait même vu quelques villas où des types de la sécurité en uniforme se tenaient dans l'allée cochère. Ça ne l'avait guère encouragé.

Il en était maintenant réduit à piquer des trucs dans les magasins de discount, mais même tirer des babioles n'était plus aussi facile. C'est au cybercafé que, humiliation suprême, il fut poussé à commettre un crime des plus lamentables qu'il puisse imaginer.

Il y avait là plus d'une centaine d'ordinateurs en location, des tas de chacals et de peigne-culs qu'il connaissait (des camés pour la plupart) s'en servant pour vendre des articles volés et conclure des marchés moyennant paiement en cristal et autres drogues. Leonard, lui, détenait un petit lecteur de CD bon marché avec des écouteurs qu'il avait fauché – il avait même bien failli se faire prendre avec lorsqu'il avait contourné la caisse. Malheureusement, pas une seule des charognes qui traînaient dans le parking du cybercafé ne voulait lui échanger même seulement un petit caillou contre son appareil. De fait, un des accros à l'héro s'était même payé sa tête. Bref, il était sur le point de renoncer lorsqu'un camé qu'il avait déjà vu quelque part mais ne connaissait pas de nom lui fit un petit signe de tête.

Blanc, le type était plus jeune que lui de quelques années, mais bien plus amoché. Les oreilles en feuilles de chou, il avait les yeux rapprochés et des bosses de speed pleines de pus partout sur ses joues creuses. Il n'avait plus que quelques dents à la calandre, et s'en servit pour lui sourire. Ils reconnurent l'un comme l'autre dans quel état ils étaient et il n'en fallut pas plus. Savoir comment on s'appelait était sans importance.

– J'ai besoin d'un chauffeur, lança le camé à Leonard, et comme je t'ai vu sortir de la Honda… T'es partant pour un boulot ?

– Tu me dis quoi, mec ?

Le camé suivit Leonard jusqu'à sa voiture garée devant un magasin de donuts, dans l'enceinte du mini-centre commercial. Une fois à bord, le camé souleva son T-shirt et montra à Leonard un pistolet de petit calibre coincé dans sa ceinture.

– Tu déconnes, mec ! s'écria Leonard. Je fais pas dans les flingues.

– C'est pas un vrai, lui renvoya le camé en se collant l'arme sur la tempe et pressant la détente.

Clic.

Il sourit et ajouta :

– C'est un pistolet de starter. Et il est pas chargé.

– Vaudrait mieux que tu dégages de ma voiture.

– Fais pas chier, quoi ! T'auras juste qu'à me déposer quelque part. Rien d'autre. Tu tournes dans le coin jusqu'à ce que je voie ce que je cherche et tu me largues. T'auras même pas besoin de me reprendre sur les lieux du crime.

– Sur les lieux du… répéta Leonard en levant les yeux au ciel. Pourquoi t'appelles pas un taxi ?

– Va peut-être falloir qu'on tourne pas mal avant que je repère la cible. Et si y a quelque chose qui cloche, faudra peut-être qu'on suive le mec sur un bout de chemin. Je peux pas avoir un chauffeur de taxi comme témoin.

– Comme témoin de quoi ? voulut savoir Leonard. Tu vas te faire un gus avec un pistolet de starter ?

– Mais non ! Je vais juste lui piquer son camion. Et après, je te retrouve dans la cabine et je te file deux Franklin[1]. Tu seras même pas là quand je piquerai le camion.

– Attends que je comprenne… T'es en train de me dire que tu vas me filer de la petite monnaie pour un détournement ?

– Mais non ! C'est pas un camion de la Brinks que je vais piquer !

– C'est quoi alors ?

– Une camionnette de marchand de glaces.

– Putain, lança Leonard au camé en serrant fort son volant, y a plus un seul mec de sensé dans tout Hollywood !

– Tu vois ? reprit le camé. Le gus qui conduit ce truc rapporte sa recette tous les quinze jours à un autre gus qui lui a prêté l'argent pour qu'il puisse acheter sa camionnette.

– Combien il transporte ?

– Ça, c'est mes oignons.

– Descends.

– Trois Franklin, que je te file.

– Dehors.

– Trois et demi et c'est bon.

– Trois et demi, répéta Leonard. Et je risque… quoi ? Disons… cinq ans de taule pour des clopinettes ?

– Bon, ben, salut, dit le camé en ouvrant la portière.

1. Soit cent dollars. D'après le portrait représenté sur le billet *(NdT)*.

– Non, non, c'est bon, s'empressa de dire Leonard. Les temps sont durs.

– Bien, lui renvoya le camé avec un sourire plein de trous. Y a aucun risque pour toi. J'ai bien étudié le coup. T'as juste à me larguer près de l'endroit où le type vend ses ice-creams. Il a son pognon dans la boîte en métal qu'il garde derrière son siège. Je lui fous une trouille à chier, je saute dans son bahut et je le conduis à cinq ou six rues de l'endroit où tu m'attends. Je saute dans ta bagnole et tu me ramènes au cybercafé.

– Mec, moi, je veux mes trois cent cinquante dollars quoi que tu finisses par lui faucher, à ce type.

– Pas de problème.

– Bon alors, on fait ça quand ?

– Dans une heure. En attendant, tu pourrais pas me payer une barre chocolatée Baby Ruth ? J'ai tellement envie de came que je pourrais avaler un sandwich à l'arête de poisson s'ils la trempaient dans du chocolat.

Leonard regarda fixement le panneau « On embauche » dans la vitrine du café. Il eut envie de dire à ce traîne-savates d'aller se trouver du boulot, bordel. Il en eut envie, mais en fut incapable. Trois cent cinquante dollars lui permettraient d'acheter assez de caillou pour attendre que ce putain d'Arabe l'appelle pour son cambriolage.

Il regarda le camé et sortit un dollar de sa poche.

– Entre là-dedans et achète-toi un donut au chocolat. Dis-leur de le tremper dans du sucre en poudre. Ça t'aidera à tenir deux ou trois heures.

Le détournement devait se produire dans une rue résidentielle d'Hollywood Est, un des rares quartiers où un marchand d'ice-creams pouvait se faire quelques dollars. Rogelio Montez était le chauffeur du petit camion blanc qui passait dans les rues en jouant des berceuses pour enfant dans un grand haut-parleur attaché au toit du véhicule. C'était un immigrant du Yucatán et jamais encore il n'avait eu un aussi chouette boulot de sa vie.

Rita Kravitz, le Corbeau qui gérait les plaintes qualité de la vie dans ce secteur, avait contacté l'équipe du 6-X-66 à l'appel de mi-service pour qu'elle lui donne un coup de main avec le marchand d'ice-creams. Rita Kravitz avait briefé les deux flics à propos d'une râleuse chronique qui habitait dans la rue – elle avait neuf petits-enfants en âge d'aller à l'école et voyait des pédophiles partout.

– Le suspect conduit un petit camion « Bonne Humeur », leur avait-elle dit, et les soirs d'été, il passe assez tard. Disons vers les sept heures. Collez-lui une contredanse et assurez-vous qu'il ne conduit pas avec Popaul à l'air. La vieille a déjà accusé d'exhibitionnisme le facteur, le mec des compteurs et un des candidats à la présidence. Même qu'elle a peut-être raison pour ce dernier.

– D'accord, lui avait répondu Gert Von Braun, mais c'est *Dateline*[1] qu'il vaut mieux appeler pour ce genre de trucs. Ce sont eux qu'ont toutes les caméras cachées et des tonnes de temps libre pour coincer ces mecs.

Gert Von Braun et Dan Applewhite faisaient de nouveau équipe parce que Dan Jugement dernier l'avait exigé maintenant que Gil Ponce venait de finir sa période d'entraînement. Gert avait dit au sergent responsable qu'elle ne voyait absolument aucun inconvénient à

1. Programme de la chaîne NBC où l'on voit des enquêteurs traquer de possibles pédophiles *(NdT)*.

travailler avec Dan Jugement dernier, le sergent estomaqué devant déclarer plus tard à ses superviseurs que, eh bien oui, il y a toujours un quelqu'un pour sa quelqu'une en ce bas monde.

Dès la fin de l'appel, l'équipe du 6-X-66 fonça droit sur le quartier, trouva le vendeur et lui fit signe d'arrêter en prétextant qu'il n'avait qu'un stop qui fonctionnait. Au lieu de lui coller une contredanse, ils se contentèrent de noter les renseignements portés sur son permis dans une fiche d'interpellation.

L'homme parlait mal l'anglais et parut désolé pour son stop et reconnaissant de ne pas récolter de contravention. Il avait l'air si pauvre et mal habillé que Dan Applewhite insista pour lui payer les ice-creams qu'il voulait leur donner. Après quoi, les deux flics restèrent garés le long du trottoir tandis qu'il s'éloignait, sa camionnette jouant ses airs joyeux pour pousser les petits Latinos à sortir de chez eux avec des dollars et des pièces plein les mains, tout un chacun babillant joyeusement en espagnol.

Gert et Dan ne bougeaient pas, tout au bonheur de lécher leurs ice-creams en bavardant. Ils étaient de plus en plus à l'aise l'un avec l'autre – les liens profonds qui unissent les policiers commençaient à se former. Et, bien sûr, ils n'avaient jamais entendu parler de Leonard Stilwell et ne savaient absolument pas comment sa vie allait télescoper la leur. Il était agréable de manger une glace par cette chaude et sèche soirée d'été, tandis que les rayons du soleil couchant jetaient comme un halo magique sur les terres du faire-semblant, là où pas une seule cochonnerie de nuage sombre n'encombrait le ciel de Sunset Boulevard.

Leonard Stilwell savait qu'il était en train de faire une grave erreur en conduisant son camé vers les rues résidentielles d'Hollywood Est, où le marchand de glaces était censé travailler. Et d'un, le camé n'arrêtait pas de jouer avec son pistolet, de le tourner et retourner dans sa main, de le remettre dans la ceinture de son jean sous son T-shirt et de dégainer à toute allure.

Ils dépassaient L. Ron Hubbard Avenue, une petite rue en retrait de Sunset Boulevard qui conduit à l'immeuble Dianetics, lorsque Leonard déclara :

– Je sais que t'as méchamment besoin d'ice, mais tu pourrais pas… comment dire… te calmer ? Tu me rends nerveux.

– Reprends-toi, mec, lui renvoya le camé en rentrant encore une fois son flingue dans son jean, faut rester dans la course. Pour me reprendre, va falloir chercher une rue au sud de Santa Monica, à deux croisements à l'est du cimetière d'Hollywood, mais je sais pas comment qu'elle s'appelle, c'te putain de rue.

– Boor-del, mec ! s'écria Leonard. Ça fait trois fois que tu me le dis. T'as plus de mémoire immédiate !

– Bon, bon, c'était juste pour dire, quoi ! Faut quand même que je te sonne pour savoir si t'as toujours la tête au jeu.

– Ma tête à moi ? Tu t'inquiètes pour ma tête ?

Ils étaient à une rue du petit camion de glace lorsque le camé le repéra.

– Le v'là, mec ! s'écria-t-il. Vire à droite !

– Je le vois, dit Leonard en ralentissant et gardant un œil sur le camé qui avait l'air de vouloir descendre et se mettre à courir à la moindre occasion.

À six maisons du petit camion, Leonard se gara au coin de la rue et coupa le moteur.

– Tu te rappelles, faut que tu me retrouves au…

– Hé mec, colle-toi ça dans ta banque de données, bordel ! l'interrompit Leonard qui ne pouvait plus supporter qu'il lui répète encore une fois le chemin. Si jamais les flics te chopent, va falloir que tu les dépasses dans un camion qui progresse à peu près aussi vite que le cancer de la prostate. Cela dit, si jamais tu t'en sors et que tu me rapportes moins que les trois cent cinquante dollars promis, je vais te faire gicler cette espèce de gland que t'appelles une dent hors de ta calandre !

– Calmos, Andros ! lui renvoya le camé. T'auras ton dû. Bon et maintenant, tu me fais un beau demi-tour et tu dégages.

Sur quoi, Leonard s'éloigna, fit son demi-tour et regarda le camé dans son rétroviseur latéral. Le vit se diriger aussitôt vers le petit camion. Et, dernier spectacle, vit l'épouvantail se mettre à trotter, puis foncer en mode agression pleine et entière.

Gert et Dan Jugement dernier finissaient juste leurs glaces lorsque Dan lança :

– Bien, on a observé notre vendeur dans son activité habituelle et il n'y a rien d'anormal. Allez, on le note et on reprend le cours normal de nos existences.

– Ouais, il est clean, dit Gert, mais quand on y pense, ça fait un sacré bon boulot pour un pédophile. Vendre des esquimaux, des grandes barres glacées, des… genre… « Bonjour, ma petiote, tu veux pas sucer un grand esquimau ? » Tu vois ce que je veux dire ?

– T'as pas tort, lui renvoya Dan tandis qu'elle faisait démarrer l'atelier.

– Putain, v'là un mec qu'a besoin d'une glace super méchant ! s'écria-t-elle soudain.

Le camé sprintait comme un damné lorsqu'ils l'aperçurent dans la rue suivante. Il fonça droit sur le vendeur en train de tendre deux esquimaux à une gamine d'une dizaine d'années qui tenait une petite fille plus jeune par la main. Le moteur de la camionnette tournait, *It's a Small World*[1] passant bruyamment dans le haut-parleur.

Le camé envoya valdinguer le chauffeur d'un grand coup d'épaule. Les enfants hurlèrent, laissèrent tomber leurs glaces et se mirent à courir. Le camé sortit son pistolet de starter, le braqua sur la figure du Mexicain tombé à la renverse et cria :

– Tu bouges pas ou t'es mort !

Et le camé sauta dans la camionnette et s'éloigna.

– Nom de Dieu ! s'exclama Gert Von Braun qui déboîta du trottoir en faisant crisser les pneus et allumant les gyrophares tandis que Dan Applewhite décrochait la radio et lançait :

– Agression à main armée ! 6-X-66 à la poursuite d'un véhicule volé !

Le signalement et le lieu où se trouvait la camionnette qu'on poursuivait s'étant perdus dans les hurlements de la sirène, le radio du central libéra la fréquence de l'atelier et demanda :

– 6-X-66, répétez le lieu ! Et… vous parlez bien d'une camionnette de marchand de glaces ?

Cela suffit à alerter une équipe des nouvelles télévisées qui écoutait les appels de police. En quelques minutes, elle se rua vers Hollywood Est. Personne n'avait envie de rater une poursuite pareille ! Une camionnette de marchand de glaces ? Allons !

Moteur arrêté, Leonard Stilwell, lui, attendait en se demandant s'il arriverait à repartir. Ç'aurait bien été sa chance ! Quelques minutes ayant passé, il démarra.

1. Soit « Comme le monde est petit » *(NdT)*.

Puis il craignit que la vieille Honda ne se mette à chauffer et coupa de nouveau le contact.

L'unité de police se trouvait encore à deux rues, mais fonçait déjà vers lui lorsqu'il entendit la sirène. Ça venait du cimetière d'Hollywood. Il se dit que c'était peut-être une ambulance. Oui, oui, pensa-t-il, c'était probablement ça. Mais trente secondes plus tard, il y alla d'un « Au cul, ce truc ! », démarra et déboîta du trottoir. La sirène pouvait bien appartenir à qui elle voulait, Leonard Stilwell venait de renoncer aux affaires de détournement.

Le camé emballait le moteur de la camionnette à tout va, mais ce tout va n'allait pas loin. Ça crachouillait et la transmission avait plein de ratés tandis qu'il roulait vers le nord dans Van Ness Avenue. Dans l'autre sens, c'était le chauffeur du véhicule de fuite qui filait dans sa Honda.

Le camé braqua si fort qu'il lui rentra presque dedans et hurla par sa fenêtre :

– Espèce de fumier ! Espèce de petit merdeux de mes couilles ! Ne me laisse pas, quoi !

Poursuivi et poursuivants avec l'équipe du 6-X-66 toujours en tête, tout le monde croisa Leonard qui arrivait dans la direction opposée. Celui-ci prit alors vers l'ouest dans Melrose – tout plutôt que de revenir vers le cybercafé où, pas de doute, il y aurait des flics pour l'attendre dès que le camé se ferait serrer et se mettrait à table. Sauf que ledit camé ne savait pas son nom et n'avait certainement pas noté son numéro de plaque, et que de toute façon il était tellement grillé de la cervelle qu'il ne se rappellerait probablement pas la marque de sa voiture. Une fois rentré chez lui, Leonard téléphonerait à Ali Aziz. Il en avait besoin, de ce boulot. L'argent, c'était maintenant qu'il le lui fallait.

La course-poursuite toucha à sa fin après que la camionnette du marchand de glaces eut pris vers le nord, côté est des studios Paramount, longé le cimetière d'Hollywood et viré à l'ouest dans Santa Monica Boulevard. Parce que là, il y eut collision lorsqu'un SUV Toyota, qui essayait de ne pas la heurter par le travers, rentra dans l'arrière d'un bus de la MTA. Le camé, lui, causa presque un deuxième accident en virant sec dans Gower Street (ce qui fit quasiment chavirer la camionnette) et en pilant du côté ouest du cimetière, où il décida d'abandonner le véhicule.

Gert Von Braun eut elle aussi presque droit à son accident au croisement de Santa Monica Boulevard et de Gower Street, où elle dut s'arrêter net : incapables de dire d'où venait la sirène dans la lumière déclinante du jour, deux automobilistes âgés avaient jugé bon de ne plus avancer, bloquant ainsi complètement l'intersection. Fumasse et rouge de colère, Gert réussit à contourner leur voiture, prit vers le sud dans Gower Street et fonça, les deux flics repérant enfin la camionnette abandonnée.

Un type qui promenait son chien leur fit signe et leur cria aussitôt :

– Il a franchi la clôture et disparu dans le cimetière !

Cimetière dans lequel, ici une tombe, là un mausolée, on trouvait les restes ô combien mortels de Rudolph Valentino, Douglas Fairbanks, Cecile B. DeMille et bien d'autres immortels d'Hollywood. Deux gardiens ouvrirent un portail à Gert Von Braun et Dan Applewhite, trois autres voitures des brigades nocturnes entrant dans le cimetière à leur suite.

Pour une raison que personne ne devait jamais élucider, le camé qui fonçait comme un dératé dans le parc décida de gagner l'obélisque qui se dressait dans le ciel déjà bleu-noir, là, au nord de Mount Lee, avec le panneau d'Hollywood en arrière-plan. Et là, il attendit pendant que les flics et les gardiens le cherchaient partout avec des lampes torches et les projecteurs de leurs ateliers. Et c'est encore là, à l'obélisque, qu'il commit sa dernière erreur de la journée après que Gil Ponce, qui faisait équipe avec Cat Song, l'eut repéré.

Dans la voiture qui l'emmenait aux urgences, le camé déclara à un ambulancier qu'il ne s'était accroché à son pistolet de starter que parce qu'il voulait que la police s'en empare si jamais il ne pouvait pas lui échapper. Cela bien sûr afin de prouver qu'il ne s'était pas servi d'une arme véritable dans sa tentative de détournement. Il ajouta qu'en voyant des tonnes et des tonnes de flics courir vers lui et en comprenant que l'un d'entre eux l'avait repéré et commençait à lancer des ordres, il avait pris peur à cause du pistolet qu'il avait à la ceinture et avait craint que le bleu ne le voie et se mette à paniquer. Il avait alors essayé de dégainer avec seulement trois doigts, comme dans les films de cow-boy, avant de laisser tomber son arme par terre.

Sauf que le LAPD n'avait pas entraîné Gil Ponce avec des films de cow-boys et qu'il faisait bien trop sombre pour remarquer un type en train de dégainer à trois doigts. Bref, au moment même où il sortait son arme de sa ceinture, le camé vit des boules de feu orange et fut projeté en arrière contre l'obélisque, touché au torse par deux des trois balles tirées par Gil Ponce.

Son 9 mm tenu en avant à deux mains, Cat courait vite lorsque Gil avait commencé à faire feu. Le camé une fois à terre et d'autres flics se ruant vers l'obélisque, elle sortit sa radio et demanda une ambulance, Gil Ponce lui lançant :

– Il a sorti une arme, Cat ! Fallait que je le flingue !

– Je sais bien, dit-elle en passant le bras autour du jeune homme. J'aurais fait pareil. Tu t'en es bien tiré.

Lorsqu'enfin le camé arriva aux urgences, son état fut jugé sérieux, mais pas critique. Cela dit, trois heures plus tard, après une opération qui semblait avoir réussi, il mourut d'une embolie pulmonaire. Les chirurgiens déclarèrent qu'un des projectiles de Gil Ponce avait mis un point sur le « i » du tatouage qu'il avait en travers de la poitrine et qui disait : « Pour ma Mamie ».

Malgré les déclarations du camé, que les ambulanciers répétèrent lors d'une interview télévisée, on crut assez généralement que coincé et complètement cerné, le voleur avait voulu mettre fin à ses jours. De fait, le reporter de la télé qui avait couvert l'événement dès le début de la poursuite passa au bulletin de onze heures pour décrire ce qui s'était passé au cimetière d'Hollywood. Après avoir récité une longue liste de stars de cinémas qui y étaient enterrées, il dit aux spectateurs que la police ne donnerait pas le nom du défunt avant que ses proches aient été retrouvés.

Puis, en réponse à une question que lui posait le présentateur, il affirma :

– Il est de l'opinion du présent reporter que, malgré ce qui a été dit aux ambulanciers du véhicule de secours, ce à quoi nous avons assisté n'est autre qu'un nouvel exemple tragique de suicide par policier interposé. Croire que le suspect de vol qui était coincé ait tenté d'obéir aux ordres des policiers en sortant de sa ceinture ce qui avait tout l'air d'une arme mortelle va à l'encontre de toute vraisemblance. S'il avait voulu se rendre, il n'aurait jamais fait quelque chose d'aussi bête.

Leonard Stilwell qui était au lit lorsqu'il regarda les infos savait, lui, et de longue expérience, qu'à

Hollywood les choses sont rarement ce dont elles ont l'air. Et là, à son écran de télé il marmonna :

– Mais non, mec ! Ce type avait une cervelle qu'aurait tenu tout entière dans une cuillère à cocaïne !

14

Tôt le lendemain matin, Hollywood Nate reçut chez lui un appel de son sergent des Corbeaux d'Hollywood South. Les amateurs de surf avaient essayé de le joindre et laissé un numéro de portable. Nate le composa et, le Débris ayant décroché, entendit un bruit de vagues s'écrasant sur une plage.

– Pourquoi faut-il toujours que ce soit l'équipe qui me fout mal au crâne qui m'appelle ? demanda-t-il.

– Frangin, Malibu, c'est super-radical aujourd'hui ! lui renvoya le Débris. Tu devrais venir. Mon coéquipier est parti avec deux petites jeunesses qu'ont des strings minces comme des ficelles.

– Je vois, dit Nate. Fallait que tu fasses un rapport surf à quelqu'un et c'est moi qu'ai décroché le gros lot ?

– Non, frangin. Faut que je te parle d'un truc.

– Parle.

– J'aurais préféré le faire en personne au commissariat, mais mes horaires et les tiens ne collent pas vraiment.

Le reste de la conversation ayant disparu lorsqu'enfin le signal revint, Nate lui lança :

– Je t'entends plus.

– Merde ! s'écria le Débris. Retrouve-nous au Hamburger Hamlet[1] à midi pile.

Ce fut au tour de Nate de crier « Merde ! ». Le signal s'était à nouveau fait la malle et Nate se dit que c'était probablement parce que cette andouille de surfer avait oublié de recharger son portable.

Nate était censé retrouver Rita Kravitz pour s'entretenir avec trois membres du Comité des sans-abri, mais se sentit obligé de remettre ça à plus tard et de se rendre au Hamburger Hamlet où le Bris et le Débris allaient sûrement l'attendre. Il espéra seulement que le Débris ne lui ferait pas encore un coup genre détective privé. La dernière fois, il y avait gagné un petit souper avec Margot Aziz, mais rien de plus. La dame ne l'avait toujours pas rappelé.

Tard ce matin-là, Leonard Stilwell se traîna hors du lit sans avoir dormi plus de deux heures en tout et pour tout. Il s'était réveillé plusieurs fois en plein cauchemar et avait dû attendre des heures et des heures avant de retrouver des sommeils aussi brefs qu'agités. Il avait passé l'essentiel de sa nuit à réfléchir à la manière dont la veille au soir, réduit qu'il était à des mesures désespérées, il n'avait évité la catastrophe que de peu. S'il avait de la chance d'être encore vivant et libre, il n'avait toujours aucune perspective de boulot, hormis celui d'Ali Aziz. Il allait devoir régler le loyer dans deux jours et avait à peine assez d'argent pour mettre de l'essence dans sa voiture et de la nourriture dans son ventre pour ne pas avoir la nausée et tomber de faiblesse. Il n'avait pas de lait, il mangea ce qu'il lui res-

1. Soit Au hameau du hamburger *(NdT)*.

tait de céréales à même la boîte, avala une tasse de café, ne se donna pas la peine de se raser et monta dans sa voiture, bien décidé à gagner le Salon du Léopard pour y exiger une autre avance d'Ali Aziz.

Il fut obligé de cogner plusieurs fois à la porte des cuisines avant qu'un des Mexicains lève la tête et vienne lui ouvrir.

– Où est Ali ? demanda-t-il.

– L'est au bouro, lui répondit le jeune type qui se demandait s'il avait bien fait de lui ouvrir.

Leonard passa devant lui, entra dans la grande salle, où un autre Mexicain passait l'aspirateur et nettoyait les tables, et enfila le long couloir pour rejoindre le bureau d'Ali. Et ne se donna pas la peine de frapper.

– Leonard ! s'écria Ali, irrité par cette entrée intempestive.

– Faut que je te parle, lui renvoya Leonard.

– Je te dis que j'appelle.

– Oui mais moi, je peux plus attendre.

Ali le fusilla du regard. Déjà couvert de taches de son, le visage de Leonard était tout marbré. Ses yeux bleus renvoyaient un regard encore plus vide et crétin que d'habitude. Ses cheveux rouille n'étaient que fouillis et il ne s'était pas rasé depuis des jours et des jours. Ali songea qu'il était bien bête de s'être embringué avec ce voleur. Si seulement il avait su crocheter une porte tout seul comme un grand ! Il commença à se demander combien de temps il lui faudrait pour acquérir ce talent et s'il ne pourrait pas embaucher un serrurier pour le lui apprendre.

– Je vais avoir besoin toi bientôt, dit-il.

– Oui bon, mais bientôt, c'est pas assez tôt. Je suis à bout, mec. C'est maintenant que j'ai besoin d'argent. Je veux bien attendre à condition que tu me files une autre avance.

– Non, Leonard. Je t'en donne déjà une. On a passé marché.

– Quatre cents de plus. Faut que je paie le loyer et faut même que je me nourrisse de temps en temps. T'y as déjà pensé ?

– On fera l'affaire semaine prochaine. Je promets.

– T'as dit mercredi. Mercredi, c'est demain.

– Pas cette semaine. La semaine prochaine, c'est sûr.

– Je m'en vais, dit Leonard en se tournant vers la porte.

– Bon, bon ! Leonard, s'il te plaît… Va à la cuisine et dis à Paco de te donner bouffer. Mange. Je te vois dans vingt minutes. D'accord ?

Leonard lui obéit à contrecœur en se demandant quel genre de nourriture on servait dans un endroit où les clients n'avaient vraiment qu'une envie : regarder des culs nus et se branler.

Leonard parti, Ali sortit son chapelet du tiroir de son bureau et en fit glisser les grains entre ses doigts en composant le numéro de la *farmacia* d'Alvarado Street.

– *Bueno*, lui lança Jaime Salgando en personne.

– Qu'est-ce qui se passe, Jaime ? lui demanda Ali en affectant une désinvolture dont il était loin. Tu engages plus fille pour répondre au téléphone ? Les affaires sont très mauvaises ?

– Ah, Ali, mon vieil ami ! lui renvoya Jaime Salgando en reconnaissant sa voix. Et comment se porte-t-on aujourd'hui ?

– Bien, frère, je vais bien. Mais je dois avoir grand service. Je dois demander à mon ami de venir s'il te plaît pour rendez-vous ce soir et m'apporter ce que je t'ai commandé. Les filles sont très prêtes pour toi. Cette nuit est bien mieux pour elles.

– Je ne peux pas, Ali. Ce soir, ma petite-fille joue dans une pièce à l'école et il faut que j'y sois pour la voir.

– Jaime ! C'est plus qu'important. Faut que je l'aie. Un autre enfant s'est presque fait attaquer dans ma rue. Par le chien tueur.

– Je suis désolé, Ali. Mais je peux pas décevoir ma petite-fille. Vaut mieux que je passe samedi.

– Je peux venir au magasin et prendre ma commande aujourd'hui ? Je fais, d'accord ?

– Mais je n'ai pas encore vu mon ami ! Je n'ai pas ce que tu as commandé.

Ali songea au désespoir qui se lisait sur le visage de Leonard Stilwell et se dit que c'était à son tour de se sentir désespéré. Il travailla à fond les grains de son chapelet jusqu'à ce qu'il trouve une histoire plausible.

– Jaime, mon frère, dit-il enfin, je suis si navré. Il y a une autre raison pour que samedi, c'est pas bon.

– Oui, quoi ?

– Tex, elle se marie samedi. Grandes noces. On va tous y aller. Elle me dit qu'elle peut pas s'amuser avec vieil ami Jaime après ça. Même Goldie ira au mariage. J'ai nouvelles filles pour travailler ce soir-là. Je les ai jamais rencontrées. J'embauche les filles par agence. Je peux pas demander aux nouvelles d'avoir fête toute spéciale avec mon ami Jaime. Suis désolé.

– Bizarre, dit le pharmacien après un instant de silence. Je pense jamais que ces filles puissent faire des trucs aussi normaux que se marier.

– Mais Tex dit que si son ami Jaime peut venir ce soir, elle lui fait grande fête. Comme, comment qu'on dit… fête avant mariage ?

– Enterrement de sa vie de garçon, répondit Jaime. Enfin… de fille dans le cas présent.

– Exactement ! Et Goldie, elle dit « oh oui, ça va être très très fun ».

– Bon, dit enfin le pharmacien après avoir hésité encore une fois. Je passe un coup de fil et je te livre ta commande à sept heures ce soir. J'aimerais dîner au club et regarder un peu le spectacle. Après, j'ai ma petite fête et je rentre chez moi avant minuit.

– Tout sera comme tu souhaites, mon frère ! s'écria Ali. Le dîner sera prêt et Tex et Goldie aussi !

– J'ai pas beaucoup aimé le motel la dernière fois. Il était pas très propre. Je veux aller à celui à côté du Salon du Léopard.

– Tout ce que tu veux, frère.

Ali raccrocha et appela le portable de Tex.

– Tex, dit-il lorsqu'elle décrocha, tu ne fais pas fête spéciale samedi. Faut la faire ce soir. Prends Goldie avec toi. Tu viens ce soir, à huit heures.

Il dut tenir l'appareil à deux mains lorsqu'elle lui hurla :

– Putain, Ali ! Je t'ai dit que j'avais besoin d'avoir ma soirée de libre ! J'ai un rendez-vous auquel je tiens ! Je me fais pas le vieux Mexicain ce soir et y a pas à y revenir !

Ali sentit son sang s'échauffer. Les plans, les dépenses, l'inquiétude, la trouille, tout ça commençait à faire. Et c'était pour son fils qu'il le faisait. Pour sauver son fils bien-aimé de sa salope de mère. Son mobile était noble et tout le monde lui foutait des bâtons dans les roues !

– Je te paie gros bonus ! s'entendit-il éructer dans le téléphone. Et Goldie aussi ! Mais tu viens ce soir. Tu m'écoutes ?

– Ton bonus, tu peux te le garder, Ali ! lui cria Tex en retour. Pour ce que j'en ai à foutre, le vieux Mexicain, tu peux te le faire toi-même !

Ali commençait à étouffer de rage. Il avait les yeux qui lui sortaient de la tête et venait de casser le fil qui retenait les grains de son chapelet.

– Tu fais comme je dis ou je te vire ! Faut que tu baises le vieux Mexicain ! C'est moi le boss. Le boss ne baise pas les vieux Mexicains !

Il soufflait fort, il avala sa salive et se sentit la tête légère et tout chancelant. Et crut qu'il allait vomir. Les grains de son chapelet s'étaient répandus partout sur son bureau.

– Vaudrait mieux que ce soit un putain de gros bonus, Ali, entendit-il enfin Tex lui chuchoter calmement à l'oreille. Et je rigole pas !

Quatre des douze officiers supérieurs des Corbeaux étaient en congé. Ronnie et Bix les remplaçaient pour le Police Explorer Program destiné aux jeunes gens des deux sexes, de quatorze à vingt ans. Nombre d'anciens Explorers finissaient par rejoindre les rangs du LAPD quand ils atteignaient leurs 21 ans. Ronnie aimait bien travailler avec eux – ils étaient ouverts, enthousiastes et idéalistes. Elle espérait qu'il leur en reste quelque chose lorsqu'ils deviendraient flics. Il n'y avait évidemment aucun moyen de les mettre en garde contre le cynisme qu'elle et ses collègues devaient combattre tout au long de leurs carrières. Pour ces gamins, le cynisme ne faisait pas partie de l'affaire.

Bix Ramstead commençait à l'inquiéter chaque jour davantage. Suite à des conversations impromptues, elle avait appris que sa femme et ses enfants étaient partis passer les vacances avec la belle-famille, dans la maison au bord d'un lac que celle-ci possédait dans l'Oregon. D'après ce qu'il disait et ne disait pas, elle avait compris que son beau-père, un juge à la retraite du genre perfectionniste, n'était sans doute pas son meilleur ami. Quoi qu'il en soit, Bix semblait soulagé de ne pas avoir à supporter quinze jours avec le beau-père.

Depuis que sa famille était partie, Ronnie avait l'impression de remarquer quelque chose de différent dans ses yeux, sa voix et ses mains. Elle était sûre qu'il buvait, et pas qu'un peu. Elle n'aimait du tout qu'il soit seul dans sa maison pendant quinze jours.

Ce jour-là donc, alors qu'ils se prenaient un code 7 dans un bon petit restaurant de Thaï Town et s'y partageaient une salade de crevettes bien relevée, elle lui lança :

– Tu dois te sentir un peu seul maintenant que toute la famille est partie.

– J'ai notre chienne Annie pour me tenir compagnie, répondit-il. Et toi ? T'es toujours toute seule.

– J'y suis habituée. Mais toi, t'es habitué à avoir une femme et deux ados qui courent partout. Comment tu te démerdes du silence ?

– Je peux regarder toutes les émissions de télé que je veux. Avec une grosse chienne qui me bave dessus en roupillant sur mes genoux. Et je suis pas obligé de faire le lit.

– Tu sais que tu seras toujours le bienvenu si tu décides de venir manger un burrito avec nous dans Sunset Boulevard. Des fois, Cat s'y pointe, ou Hollywood Nate. Rita Kravitz est une habituée, comme Tony Silva.

Le patron passe de temps en temps. De fait, tiens, on y va ce soir.

– Non, merci, dit-il. Je crois que je vais essayer de dormir huit heures, si Annie me le permet. Elle dort en travers du lit et prend presque toute la place. Elle rue comme une mule dans son sommeil et pète assez fort pour remplir de gaz tout le ballon Goodyear.

– Es-tu toujours aussi inquiet pour le… tu sais… la bouteille… quand tu sors avec des copains flics ? lui demanda-t-elle après une hésitation.

– J'y pense, oui, dit-il, mais c'est pas pour ça.

– Ça fait combien de temps que t'as pas bu ?

– Je compte pas les jours comme les alcoolos. Mais ça fait sûrement plus d'un mois.

– Ça te manque ?

– Bah, je peux boire, mais je peux m'en passer aussi, dit-il en haussant les épaules.

Ronnie Sinclair sut alors que Bix Ramstead lui mentait.

– Pas de chaussures, pas de service ! lança, impérieuse, l'hôtesse du Hamburger Hamlet (une des innombrables étudiantes en lettres autrement absolument inemployables qui travaillaient dans presque tous les restaurants et bars non ethniques d'Hollywood) aux amateurs de surf lorsqu'ils franchirent la porte de devant.

– Frangin, j'avais pas remarqué que t'avais pas de chaussures, dit le Débris à son collègue lorsqu'il leur fallut retourner au pick-up GMC du Bris pour que celui-ci y prenne ses baskets. Faudrait voir à être plus classe, mec.

– Pourquoi tu m'emmènes dans des restaurants chic où qu'il faut porter des chaussures, hein ? lui renvoya le

Bris. J'ai tellement l'habitude de cavaler toute la journée sur la plage que je sais même plus si j'ai mes tongs aux pieds ou pas. Tu crois que je passe mon temps à regarder ce que j'ai aux pieds ?

– Vu qu'on n'a pas nos flingues, j'espère que personne va essayer de nous tirer nos planches, dit le Débris en se rappelant qu'ils avaient caché leurs armes sous le siège du camion fermé à clé. De toute façon, les chiffes molles qui marchent au décret du consentement civique en auraient quasiment leurs règles si jamais on serrait un voleur de planches.

– Seulement s'il appartenait à une minorité opprimée, lui fit remarquer le Bris. Si c'était un Blanc, on pourrait l'abattre comme un pitbull enragé et lui rouler dessus cinq ou six fois avec le camion.

– T'as déjà étudié la démographie de la ville, frangin ? La minorité opprimée, c'est nous.

En réintégrant le Hamburger Hamlet, ils eurent droit à des regards désapprobateurs de l'hôtesse – deux surfeurs en T-shirt amples et shorts de planchistes ? Avec du sel qui collait encore à leurs visages grillés par le soleil ? Et du sable qui leur dégringolait des cheveux ? Ils n'auraient pas pu avoir l'air plus surfeurs s'ils avaient porté des combinaisons rabattues sur les jambes. Au moins pouvaient-ils maintenant dénombrer quatre baskets à leurs pieds sans chaussettes – et eurent donc le droit de prendre place dans un box pour attendre l'arrivée d'Hollywood Nate Weiss.

Ils n'eurent que dix minutes à poireauter et l'un comme l'autre ils s'hydrataient avec leur deuxième thé glacé lorsque celui-ci fit son entrée et vint s'asseoir à côté d'eux.

– À quoi dois-je le plaisir de déjeuner avec vous autres, crabes des sables ? leur demanda-t-il.

– Tu veux boire un truc froid ? lui renvoya le Débris lorsque la serveuse se pointa à leur table.

Elle était asiatique et avait de très jolies jambes.

– Je prendrai la même chose qu'eux, dit Nate.

– Et un thé glacé, un ! cria-t-elle. Appelez-moi quand vous voudrez autre chose.

Nate l'examina de haut en bas tandis qu'elle s'éloignait et lâcha :

– Je n'y manquerai pas.

Et ajouta à l'adresse du Débris :

– Bon alors, tu voulais qu'on se voie en face à face. Qu'est-ce qui se passe ?

Le Bris prit la pose « moi, j'ai rien à voir avec ça », le Débris y allant alors d'un :

– Y a trois soirs de ça, on a flanqué une contredanse pour stationnement interdit à un certain Leonard Stilwell. Ce nom te dit quelque chose ?

– Euh, non, répondit Nate, l'air interloqué.

– Une espèce de Blanc genre ver de terre. Peut-être un camé, voire pété au crack. La quarantaine. Taille moyenne. Cheveux roux, taches de son, Honda noire avec du minium par endroits.

– *Nada*, répéta Nate en hochant la tête. Je serais censé le connaître ?

– Je sais pas, répondit le Débris, mais il avait une adresse à Mount Olympus dans sa voiture et pour dire, nous, on a vérifié vu que ce mec aurait pas dû avoir une adresse dans ce quartier. À moins qu'il ait envie d'y nettoyer un garage ou autre. Il a déjà deux ou trois condamnations pour cambriolage.

– Ça me dit toujours rien.

– Ce qui fait qu'on trouve pas l'adresse, reprit le Débris. Le numéro correspondait pas vraiment. Mais juste à côté de là où ça devait être l'adresse, on voit une voiture.

– La sienne ?

– Non, pas la sienne.

Et là, tout s'arrêta d'un coup.

– Quoi ? La mienne ? demanda Nate en fronçant légèrement les sourcils.

– SAG 4 NW, précisa le Débris. Alors on s'est dit que tu devrais être au courant pour ce cambrioleur de Stilwell, voilà, c'est tout.

– Non, le corrigea le Bris, c'est toi qui pensais ça. Moi, je suis complètement neutre dans cette histoire.

– Vous avez pas dit que c'était la mauvaise adresse ? s'enquit Nate au bout d'un moment de silence.

– Si, mais comme y avait pas d'adresse qui corresponde vraiment à celle de notre bout de papier… Si je me souviens bien, celle où t'étais se terminait par soixante-six, non ? Alors que son adresse à lui, elle se terminait par quarante-huit. Sauf que la rue tourne et qu'après les numéros sont complètement différents. C'est la maison où t'étais qu'a l'adresse la plus proche de celle qu'on avait notée.

– Mec, dit le Bris qui en avait marre, mon collègue ici présent pense que la personne qui habite dans cette maison pourrait bien être la victime d'un crime prochain, voire être elle-même un ou une criminelle si elle a des liens avec ce sac à merde de Leonard Stilwell. Voilà, c'est comme qui dirait la version sténo du drame en question.

– Et la version calligraphiée serait… ?

– Que mon collègue ici présent est tout feu tout flamme pour la Sinclair au carré et qu'il adorerait être un Corbeau et travailler avec elle, même si elle est pas capable de reconnaître une planche à voile d'une planche à repasser. Sauf qu'à y penser… chaque fois qu'un mec lui demande de repasser quelque chose, elle divorce d'avec lui. Et vu qu'elle épouse personne si le mec s'appelle pas Sinclair, moi, j'aimerais bien que mon collègue ici présent prenne le nom de Sinclair et arrête toutes ces merdes à la Sherlock Holmes que ça me gonfle un max !

Stupéfait, le Débris contempla son coéquipier. Il n'avait encore jamais vu le Bris aussi excité.

– Je vois pas le rapport entre le béguin qu'il se paie pour Ronnie et votre cambrioleur, dit Nate au Bris, comme si le Débris n'était pas là.

– Il a entendu dire que Ronnie et Bix Ramstead travaillaient dans cette partie-là des Hollywood Hills, même qu'ils léchaient le cul de tous ces grincheux de riches qu'il y a là-haut, genre, il essaie de braquer le projo sur cette affaire et de marquer des points auprès de Ronnie et qui sait ? auprès du sergent des Corbeaux.

Le Débris continua de dévisager son coéquipier d'un air stupéfait, puis finit par dire :

– Frangin, pourquoi que t'es pas passé sur ma fréquence ? Je savais pas que ça te défrisait méga !

– Ça fait des jours et des jours que j'essaie ! lui renvoya le Bris. Mais t'es plus le même depuis que t'as allumé des fusées de détresse pour les SUV à l'atelier de carrosserie. Comme qui dirait que t'es monté sur ressort. T'écoutes même plus le langage du corps.

– Mais je savais pas que ça te cassait, moi, frangin !

– Bon, et si vous bossiez sur vos relations de couple un peu plus tard, hein ? dit Nate. Ce que je peux vous dire, c'est que la personne qui habite dans cette maison n'a rien à voir avec un quelconque escroc. Quant à être la cible de ce Stilwell, je ne sais tout simplement pas.

– Tu te la ramones ? lui demanda le Bris avec un sourire salace.

– Hé mais, je vous pose des questions sur vos mémés, moi ?

– Mec, t'as les hormones qui suintent de partout ! lui décocha le Bris, admiratif.

Rebond à la tirade du Bris, le Débris lança à Nate :

– Ça ferait pas de mal que tu demandes à ramonette, enfin, je veux dire… à la personne qui habite à cette adresse si elle connaît pas un certain Leonard Stilwell. Parce que si elle le connaît pas, c'est peut-être un truc dont il faudrait causer aux mecs des cambriolages. Fais-moi confiance, frangin, ce baquet de pus de Stilwell nous pompe du bon air et il a pas des bons plans dans la cervelle.

– Je lui passerai un coup de fil, dit Nate, et je verrai ce qu'elle sait.

– C'est une chaude ou elle est juste pleine aux as ? s'enquit le Bris avec le même sourire salace.

– C'est juste quelqu'un qu'a une voiture à vendre. Je lui parlais de son SUV.

Cela lui était sorti de la bouche avant qu'il ait pu l'empêcher et le Débris embraya aussitôt :

– Hé mais, c'est le SUV du body shop, non ? Celui dont t'as causé au mec ?

Nate vit que les amateurs de surf le regardaient d'un air impatient. Il décida de dire la vérité.

– Oui, c'est celui-là. Et oui, elle enflamme super, mais il s'est rien passé.

– Et voilà, c'est le destin en marche, frangin ! s'écria le Débris avec un moulinet du bras. On fait tous partie d'un plan insondable !

Nate en resta interdit jusqu'à ce que le Débris ajoute :

– Il est toujours comme ça après une séance de surf. Il reste des heures le cul dans l'eau et ça lui donne, tiens, comme des visions. Ça le rend tout gâteux pour le reste de la journée. Ça ira mieux plus tard.

– Le moins que vous puissiez faire serait de m'offrir le thé glacé, dit Nate en finissant son verre.

– Ouais, ouais, mec, ça sera pour nous, dit le Bris. Mais si tu veux savoir ce que j'en pense, les minettes des collines, faut faire gaffe. Toutes ces chairs bien sculptées et ces diamants de cinq carats, c'est super, mais y a comme qui dirait… de meilleures façons d'oublier le banal de l'existence. Prends-toi une planche et viens à Malibu. On sera tes gourous.

– C'est vrai, ça, frangin, renchérit le Débris. C'est complètement dingue de baver après ces nénettes des collines qu'elles croient qu'on devrait leur dorer leurs merdes et les accrocher à des chaînes en or.

– Ouais, acquiesça le Bris, elles croient que leurs merdes, on devrait en faire des bronzes et les exposer dans des vitrines, mec.

– Allez, viens à Malibu, frangin ! s'écria le Débris. Peut-être même que t'auras une vision et que tu trouveras ton vrai toi.

Alors Nate se leva, hocha la tête et leur lâcha :

– Qu'est-ce que je suis content d'être venu ! Dire que jusqu'à maintenant, je faisais qu'acheter des billets de loterie et chercher le contact avec des agents de cinéma alors que la réponse était là, sous mes yeux ! Et que j'pouvais pas la voir jusqu'à ce que vous autres, étrons de mer, vous me passiez ce coup de fil ! Ouais, tout ça se réduit à une planche. Le truc même dont sont faits les rêves !

Pour Ronnie Sinclair, à Hollywood, il n'y avait pas de meilleur moment dans la journée que le crépuscule. De fait, vu la façon qu'il avait de crever le smog d'été qui écrasait tout, le soleil couchant transformait toute la pollution en nuages lie-de-vin bien criards. Après, des rouges écarlates éblouissants se répandaient au-dessus des boulevards pour annoncer à tous : « Cet endroit est à nul autre pareil ! Ici, même les gaz toxiques sont splendides ! »

Après avoir jeté un petit coup d'œil superficiel pour voir si le campement des sans-abri n'avait pas refait surface, Ronnie ramena l'atelier vers Hollywood Boulevard. Bix Ramstead, lui, parlait dans son portable, l'air qu'il prit soudain la faisant tressaillir.

– Je travaille, chuchota-t-il, tout rouge, dans son appareil, je ne peux pas te parler. Je te rappellerai plus tard.

Sur quoi, il referma son portable d'un coup sec et précisa :

– C'est mon frère, Pete. Il me fait chier. Toujours à m'emprunter de l'argent, sans jamais me le rembourser.

– Oui, ma sœur était comme ça elle aussi jusqu'à ce que son mari se mette à gagner gros, dit-elle en le regardant sourire, mais pas avec ses yeux gris à grands cils qu'elle aimait tant.

Elle comprit qu'il mentait, encore une fois. Ce n'était pas à Pete qu'il parlait.

– Peut-être que je ferais bien de me joindre à vous le prochain coup que vous irez manger mexicain dans Sunset Boulevard, dit-il brusquement. Avec la famille partie, je devrais peut-être sortir et me mêler aux gens.

On finit par se sentir un peu seul en parlant à une chienne, même aussi futée qu'Annie.

– Je parie qu'elle l'est plus que les trois quarts des gens qu'on va voir tous les jours. Il est pas prévu que le détachement aille bouffer mexicain ce soir, mais si tu n'es pas pris, je serai heureuse de t'y retrouver.

Elle n'avait jamais décelé la moindre vibration sexuelle émanant de Bix Ramstead et elle n'en décela pas davantage lorsqu'il lui répondit :

– C'est pas impossible que je passe. Quand ? Juste après la fin du service ?

– Ça me va. Et c'est moi qui régale vu que je suis seule et à demi-prospère dans la mesure où, en dehors de moi-même et de deux poissons rouges, je n'ai de dépenses à faire pour personne.

C'est alors qu'un autre appel arriva sur le portable de Ronnie.

– Agent Sinclair, dit-elle en décrochant.

– C'est moi, Nate, lui lança Hollywood Nate. Je pourrais parler à Bix ?

– Bien sûr, répondit-elle en tendant son appareil à Bix.

Puis elle ajouta :

– C'est Nate.

– À quoi devons-nous ce plaisir ? demanda Bix à Nate.

Mais son sourire disparut aussitôt. Et son visage s'assombrit encore. Et les lèvres tirées vers le bas, il dit :

– Oui, je connais la personne qui habite à cette adresse.

Et ajouta au bout d'un moment :

– Je euh… je te retrouve à Hollywood South et on en parle. Dans une heure, d'accord ?

En raccrochant, il se sentit obligé de donner une explication à sa coéquipière.

– Encore un truc à la Hollywood Nate. Quelqu'un de Mount Olympus dont je me suis déjà occupé lors d'une visite précédente et qui pourrait être la cible d'un futur cambriolage. Un type avec quatre ou cinq condamnations avait l'adresse de cette personne dans sa voiture ou plutôt une adresse qui y ressemble fort. Des conneries, j'en suis sûr. Rien, quoi.

L'air songeur qu'il avait pris disait bien que pour lui ce n'était pas rien. Et Ronnie Sinclair comprit qu'il lui mentait encore un coup.

Pas moyen de manger un morceau de toute la journée. Ali Aziz avait déjà vérifié son plan une douzaine de fois et ne pouvait toujours pas s'empêcher de suer. Il alla même jusqu'à utiliser la douche des danseuses pour se nettoyer à la vapeur et laisser l'eau brûlante lui marteler le dessus de son crâne dégarni jusqu'à ce qu'il devienne tout rose. Il gagna ensuite la penderie de son bureau et enfila une chemise en soie propre. Se rasa, s'aspergea d'eau de Cologne, se laissa tomber sur son canapé en cuir et essaya de piquer un somme, mais en vain.

Il ne voulait ni nourriture, ni whisky, ni femmes. Il voulait seulement que cette torture prenne fin. Il voulait que Margot disparaisse à jamais. Il voulait avoir son fils Nicky avec lui pour l'emmener loin de cette ville horrible, loin de cet horrible pays sans dieu. Il n'y avait à L.A. ni respect, ni amour, ni vérité. À L.A. tout était mensonges.

Jaime Salgando se pointa au Salon du Léopard avec une demi-heure d'avance.

– Pour une fois qu'il n'y avait pas beaucoup de circulation ! lança-t-il en entrant.

Ali regarda d'un œil approbateur son costume croisé à rayures, sa chemise blanche amidonnée avec manchettes et boutons de manchettes en or et sa cravate en soie bleue parfaitement nouée.

– C'est comme ça que s'habillent les gentlemen, dit-il. Dans mon pays, dans ton pays, les hommes ont respect. Dans ce pays, pas de respect.

– Merci, dit Jaime en s'asseyant nerveusement dans le fauteuil réservé aux clients.

Il voulait qu'on en finisse avec cette affaire.

– Les filles arriveront à huit heures comme tu me dis, reprit Ali.

– Oui, oui, ça va nous permettre de régler notre affaire. J'ai un ami spécialisé en pharmaceutique qui m'aide pour les commandes inhabituelles.

– Quel est sens de pharmaceutique ?

– L'art de mélanger des tas de drogues et de médicaments pour les commandes spéciales. Cet employé vient d'un village du Mexique où je passais mes étés autrefois. Il a pu m'aider, mais ça m'a coûté six cents dollars.

Ali le regarda en essayant de garder son sourire bien droit. Il savait que Jaime lui mentait, mais ne pouvait rien y faire. Tout le monde lui mentait. Il avait forcé Jaime à venir ce soir-là au lieu du samedi prévu, il allait devoir payer. Il dégagea sa liasse de billets de cent dollars de sa pince en or, en compta six et les déposa sur le bureau.

– Bien sûr, mon frère, dit-il. Nous payons toujours pour bon service. C'est l'American Way.

Jaime Salgando ramassa les billets, les mit dans sa poche et sortit une petite enveloppe avec le nom de sa pharmacie dessus. Il l'ouvrit, laissa tomber deux gélules vertes sur le plateau du bureau et remit l'enveloppe dans sa poche.

Ali fut presque pris de panique.

– Deux ?! s'écria-t-il. J'ai besoin deux gélules pour tuer le chien ?

– Non, il ne t'en faudra qu'une pour tuer, et facilement, un chien de cinquante kilos. L'autre, c'est juste au cas où le chien ne l'avalerait pas ou s'il y a un truc qui cloche. Ça te permettra de recommencer plus tard.

Le soulagement d'Ali fut palpable.

– Tu es un homme malin, mon frère, dit-il. Très malin. Oui, c'est très bon d'avoir le comment on dit ?… le truc de recours ?

– De secours.

– Oui, maintenant on a secours. Très bon, très bon.

– J'aimerais boire quelque chose en attendant les filles.

– Oui, oui. Tout que tu veux. Tu veux du champagne ? J'ai du bon champagne pour les clients spéciaux.

– Je veux qu'on m'apporte une bouteille de bon champagne au motel, dit Jaime sur un ton très business business et prosaïque. Non, deux. Avec un seau à glace. Et trois verres, naturellement. Mais juste là, j'aimerais une tequila, double. La Patron Silver que tu sers à tes clients spéciaux.

– C'est gagné, mon frère, dit Ali dont le sourire forcé était devenu bien lugubre et lui dessinait des lignes blanches autour de la bouche.

Il commençait à mépriser Jaime Salgando à peu près autant que tous les voleurs avec lesquels il était obligé de traiter. Presque autant que Leonard Stilwell.

Le pharmacien avait fini son petit verre de tequila lorsqu'on frappa à la porte et Tex entra dans la pièce avec Goldie.

– Jaime, espèce de bandit ! lança Tex avec un accent traînant. Qu'est-ce que je suis contente que t'aies pu venir ce soir !

– Et moi donc ! renchérit Goldie. C'est trop cool, Raoul !

Les deux femmes pouffèrent lorsque, courtois, le pharmacien se leva et leur baisa les mains. Elles s'étaient toutes les deux habillées en dégriffés Chanel avec bretelles de soutien-gorge spaghetti comme si elles allaient passer la soirée dans le Sunset Strip. Goldie avait enfilé des chaussures à talons aiguilles de 7 cm, mais comme le pharmacien avait des besoins bien particuliers, Tex, elle, ne portait pas les siennes. Elle avait mis des bottes de cow-boy en lézard dont elle se servait pour son spectacle et un chapeau, lui aussi de cow-boy, d'un beau blanc neigeux avec un grand « T » en diamants fantaisie en travers de la calotte.

Jaime Salgando et les danseuses partis, Ali ferma la porte de son bureau à clé et sortit les gélules vertes de son tiroir pour les regarder. Pour ce que cette soirée lui coûtait, il aurait bien aimé en glisser une dans la tequila du pharmacien.

Il passa la main au fond du tiroir et en sortit la gélule magenta et turquoise qu'il avait volée dans l'armoire à pharmacie de Margot, avec la cuillère à cocaïne et la lame de rasoir dont il se servait quand il devait refiler un peu de drogue aux filles en échange de quelque service spécial. Puis il posa tous ces articles sur une feuille de papier à lettres de luxe, avec les deux gélules vertes et un entonnoir fabriqué avec du papier au grammage plus fort. Il ouvrit avec précaution la gélule de somnifère et en jeta le contenu dans la corbeille. Après quoi, il s'essuya les mains sur le devant de sa chemise et les tendit, paume en bas, devant lui, pour s'assurer qu'elles ne tremblaient pas.

Il ouvrit alors, et toujours aussi précautionneusement, la gélule verte et en versa le contenu dans l'entonnoir fait maison. On aurait dit un mélange de cocaïne et de sucre en poudre. Puis il prit la gélule magenta et turquoise vide avec une pince à épiler et y fit passer la dose létale avec l'entonnoir. La gélule verte contenant plus de cinquante milligrammes de produit, il lui en resta un peu et cela l'inquiéta. Mais comme le pharmacien semblait sûr et certain que cela suffirait à tuer un animal de cinquante kilos, il devait y en avoir plus qu'assez pour que ça marche.

Il s'apprêtait à jeter le reste de la gélule verte dans sa corbeille lorsqu'il décida de l'emporter aux toilettes, de le vider dans la cuvette et de tirer la chasse. Puis il se lava les mains à fond et sans raison logique brûla la serviette en papier dont il s'était servi. Il plaça ensuite la gélule mortelle, qui ressemblait maintenant à n'importe quel autre somnifère de Margot, dans une enveloppe avec sa sœur létale et rangea tout cela dans le tiroir du milieu, près du flacon rempli de gélules.

Sa seule inquiétude était que Margot n'ait plus que quelques gélules dans son flacon de somnifères. Cela voudrait dire qu'il aurait peur d'y ajouter trop de gélules et de rendre la manœuvre trop évidente. Dans ce cas-là, elle mourrait dans les semaines plutôt que dans les mois suivants après avoir emmené son fils où elle voulait. Pareille solution l'angoissait. Il voulait qu'on la trouve morte à l'autre endroit, de façon que les enquêteurs n'aient que peu de raisons de chercher des réponses à leurs questions à Hollywood.

Il sentit alors le cœur lui manquer en songeant aux lieux où elle pourrait s'en aller vivre dès que la maison serait vendue, à tous ces lieux dont elle parlait. San Francisco ? New York ? Si le juge l'y autorisait, il se pourrait même qu'il ne puisse plus jamais revoir son enfant chéri dès qu'elle déménagerait. À l'idée de ne plus revoir son Nicky pendant des mois, voire plus, il posa la tête sur ses bras croisés et pleura.

15

– Putain, mec, t'es pas fait pour ce boulot, lança ce soir-là son voisin, celui qu'on appelait « Junior », à Leonard Stilwell au moment où Ali Aziz, lui, se mettait à pleurer et le pharmacien mexicain à faire la fête.

Cela faisait vingt minutes que Leonard et Junior s'entraînaient avec une tige de tension et un rossignol que Leonard avait l'intention d'emprunter à Junior pour le boulot du lendemain. Bouteilles de Cuervo, magazines pornos, une barre de chocolat à moitié mangée, des papiers de bonbons partout, l'appartement de Junior, trois portes après celle de Leonard dans le couloir, était en gros identique à tout ce qu'il connaissait en matière de piaules de taulards en liberté conditionnelle. La chambre était si petite que le géant des Fidji aurait dû se tenir debout dans la kitchenette pour faire son lit, s'il en avait jamais eu l'idée. Il avait d'énormes battoirs et des tonnes de tatouages de prison qu'on ne voyait pratiquement pas sur sa peau foncée.

Après avoir réussi à arracher Junior à la chaîne des dessins animés, Leonard s'était agenouillé sur le plancher et, la porte ouverte, essayait de débloquer la serrure à double barillet de l'intérieur. Alors interrompu par un gros cafard qui s'était mis à lui remonter dans le dos, il se prit à couiner et danser la cucaracha en se giflant le cou et se secouant comme un chien mouillé.

– Mais ils font pas mal, mec ! dit Junior. Chez nous au pays, on les bouffe s'ils sont trop cons pour pas se barrer du plat.

– Moi, ils me font peur, lui renvoya Leonard. J'ai grandi à Yuma avec six frères et sœurs et un vieux qui buvait et ne foutait jamais rien. Y avait des cafards, et aussi des rats, qui nous grimpaient tout partout dessus quand on dormait.

– Mec, chez nous au pays, les rats on les bouffe aussi. Pas de problème.

– Bon, d'accord, laisse-moi réessayer, dit Leonard.

Leonard trouvait que la tige de tension tenait de la clé Allen un rien maigrelette et que le crochet que Junior appelait « râteau » avait des airs d'aiguille de dix centimètres avec ce qui ressemblait à deux bosses de chameau au bout. De fait, Leonard n'avait jamais forcé une serrure de sa vie et ne s'était pas davantage donné la peine d'apprendre avec Whitey Dawson, pas même une fois alors qu'ils avaient fait des dizaines de boulots ensemble.

– Putain, mais t'es pas né pour ce travail ! s'écria Junior. T'es sûr de vouloir t'y attaquer ? Tu vas merder et te faire gauler.

– Je l'ai vu faire des tas de fois quand j'avais un associé, lui renvoya Leonard. Ç'avait l'air facile quand c'était lui qui le faisait.

– Pourquoi que tu le mets pas dans le coup, lui aussi ? Je vois pas que tu pourrais apprendre.

– Parce qu'il est mort.

– Alors là, c'est dommage, mec. J'aimerais bien t'aider, mais j'ai promis à ma maman de plus jamais faire des coups pas bien.

– Allez, montre-moi encore. Juste une fois.

Le grand mec des Fidji tint la tige de tension dans son énorme main, la glissa dans la serrure et dit :

– Tu vois, mon frère, c'est ça qui fait tourner le cylindre.

Il glissa le crochet à l'intérieur avec l'autre main et ajouta :

– Le râteau, c'est le truc qui soulève la goupille.

Après quoi il tourna la poignée sans problème et tendit les petits outils à Leonard en disant :

– Mon grand-père y arrivait et lui, y a un requin mako qui lui avait boulotté une main.

– Laisse-moi essayer encore un coup, dit Leonard, et de concentrer toute son attention sur les gestes du grand mec des Fidji.

Il inséra la tige de tension et dit :

– Et donc, je fais tourner le cylindre avec ça.

Puis il inséra le crochet et déclara :

– Et avec ça, je soulève la goupille.

Et sentit le résultat.

– Ouais ! s'exclama-t-il en faisant tourner le bouton de porte.

Il recommença et encore une fois ça marcha.

– T'y es, mon frère ! s'écria le grand Fidjien.

– Je te rapporte ces trucs demain soir, dit Leonard en glissant les outils dans sa poche.

– Tu te fais gauler, tu me connais pas, d'accord ? T'as jamais entendu parler d'un mec des Fidji. Même pas Vigay Singh[1].

– J'ai rien à redire à ça. Et dès que je te rapporte tes outils, je te file le Président Grant comme je t'ai promis.

1. Nom d'un grand du golf originaire des îles Fidji *(NdT)*.

– Si t'es pas en taule.

– À plus, mec, dit Leonard en partant.

– Hé mon frère ! lança le grand mec des Fidji. Juste un truc que je me rappelle… Tu pourrais pas m'emmener au dispensaire ? J'ai choppé la chtouille avec une pute et le docteur m'a dit de revenir pour vérifier.

– D'accord, je te dépose. Où c'est que tu te fais soigner ?

Le grand mec des Fidji pointa un gros doigt sur ses parties et répondit :

– Là, en bas.

Lorsque Ronnie et Bix revinrent à Hollywood South pour rendre leur voiture et rentrer chez eux, Hollywood Nate les attendait en lisant *Daily Variety*[1], les pieds sur un bureau. Bix n'eut pas l'air heureux de le voir.

– Va devant, dit celui-ci à Ronnie. Faut que je parle une minute avec Nate. Je te retrouve au restaurant, d'accord ?

– D'accord, dit-elle en jetant un coup d'œil à Nate, qui se contenta de lui faire un petit signe de la main pour ne rien dévoiler.

Plus incertaine que jamais à propos de son coéquipier, Ronnie entra dans le vestiaire femmes pour se changer. Le problème ne se limitait pas aux petits verres qu'il buvait en cachette. Mais quel rapport y avait-il avec Hollywood Nate Weiss qui se tenait assis là tel le Sphinx ? Si elle avait connu Bix un peu mieux, elle l'aurait pris par le col et lui aurait asséné quelques questions auxquelles elle voulait des réponses.

1. Célèbre revue de cinéma et de théâtre *(NdT)*.

Mais, pour l'instant, elle ne se sentait pas le droit de s'immiscer.

Bix et Nate sortirent et allèrent se poster sur la marche devant le commissariat. Pour un soir d'été aussi doux, la circulation était légère. C'était à ces moments-là que les vieux habitants du quartier pouvaient presque sentir les jardins d'agréments et les citrus que tout le monde cultivait dans le temps. Maintenant, dans la ville la plus étouffée par la circulation de toute l'Amérique du Nord, on ne sentait plus que ce qui sortait des tuyaux d'échappement.

– Bon alors, de quoi s'agit-il ? demanda Bix en s'asseyant sur la marche.

Nate s'y assit lui aussi et répondit :

– Comme je te l'ai dit au téléphone, les amateurs de surf ont serré un mec avec quatre ou cinq trucs au casier judiciaire et ce mec avait une adresse dans sa voiture. Elle n'était pas bonne, mais l'adresse la plus proche était celle d'une certaine Margot Aziz.

– Le rapport avec moi ? demanda Bix Ramstead en lui décochant un regard vide.

– Ben, le Bris et le Débris se demandaient si ce gars-là était pas employé par la propriétaire. Il s'appelle Leonard Stilwell. C'est un Blanc d'environ quarante ans, taille et poids moyens, rouquin avec des taches de rousseur. Il pilote une vieille Honda noire merdique avec des taches de minium dessus. Et s'il bosse pas pour la propriétaire, il se pourrait qu'il ait la maison dans le collimateur pour un vol avec effraction. C'est ce que pensent nos fins limiers surfeurs.

– Bon mais encore une fois, le rapport avec moi ?

Nate l'avait bien appâté, mais Bix n'avait même pas fait mine de mordre à l'hameçon. Nate décida donc d'y aller d'une demi-vérité.

– Ils sont montés à Mount Olympus un peu plus tard et y ont vu une de nos voitures.

Bien évidemment, Bix se dit que ce « une de nos voitures » désignait un véhicule de la police et répondit :

– C'était quel soir ?

– Je ne sais pas, répondit Nate en y allant d'une deuxième demi-vérité. Mais ils ont vérifié et découvert qui conduisait la voiture.

Bix Ramstead donna l'impression de réfléchir un instant, puis lâcha :

– Ben, si c'est avant-hier soir, c'était moi.

Mais n'en dit pas plus. Et regarda Nate comme si c'était à son tour de parler.

– Je suis pas là à te demander ce que tu faisais, Bix, dit celui-ci. C'est juste qu'à leur avis, ce Stilwell, c'est pas une bonne nouvelle et qu'ils se demandent…

– Je connais la fille qui habite à cette adresse, dit Bix en l'interrompant. On s'est rencontrés l'année dernière à une soirée pour collecter des fonds pour Tip-a-Cop et elle m'appelle de temps en temps quand elle a des problèmes.

Nate devait toujours repenser à cet instant et regretter de ne pas avoir eu le courage et l'honnêteté de tout déballer et de comparer ce qu'il savait sur Margot Aziz avec lui.

– J'espère que son problème n'a rien à voir avec quelque chose qui cadrerait avec ce qu'on a sur ce Stilwell, dit-il seulement.

– Non, répondit Bix, qui semblait moins tendu et plus disposé à parler. En fait, c'est son ancien mari, Ali Aziz, qui l'inquiète. Tu connais le Salon du Léopard ?

– Le bar seins nus de Sunset Boulevard ?

– Voilà.

– Oui, je sais où c'est.

– C'est cet Ali Aziz qui en est le propriétaire. Toujours est-il qu'ils sont en plein milieu d'un divorce et d'une grosse bagarre pour avoir le droit de garde et qu'elle a peur qu'il s'en prenne à elle.

– C'est un de ces gangsters russes patrons de night-clubs ?

– Non. Lui, c'est juste une espèce de demi-sel du Moyen-Orient qu'a trouvé son rêve américain en vendant du cul et des nichons.

Maintenant c'était Nate qui se sentait moins tendu. Tout ça correspondait bien avec ce que Margot Aziz lui avait dit. Évidemment, la grosse question qui le taraudait était de savoir si les relations que Bix entretenait avec Margot étaient un peu plus que professionnelles. Encore une fois il essaya de rassembler tout son courage pour le lui demander et lui révéler qu'elle lui avait proposé d'emménager chez elle et avait passé toute une soirée à essayer de lui faire avaler de l'alcool.

Mais il n'eut que la force de lui lancer :

– Bon, donc, tu penses pas qu'il faudrait que quelqu'un lui demande si elle connaît ce Stilwell ?

– Je vois pas pourquoi il faudrait ajouter à ses inquiétudes. Elle est déjà assez parano sur son mari. Et après tout, t'as bien dit que c'était pas la bonne adresse.

– C'est vrai, sauf que le numéro qu'il a n'existe pas et que l'adresse la plus proche est celle d'Aziz.

– Si ça te tracasse, je pourrais l'appeler demain et lui demander si elle connaît ce mec. Peut-être qu'il lui fait des rabais sur un lavage de vitre ou autre. Elle m'a lâché que la maison était en main tierce et qu'elle allait déménager.

– Non, ça ne me tracasse pas. C'est ces pousse-planches à voile que ça tracasse.

– Je vais l'appeler, dit Bix. Peut-être demain.

Nate essaya de ne pas y toucher en disant :

– C'est une femme âgée ?

– Pourquoi tu me poses cette question ? voulut savoir Bix.

– Ben, parce que si c'est une femme âgée, faudrait pas lui foutre la trouille.

– Une femme âgée dans une bagarre de droit de garde ?

– Ah oui, t'as raison, j'avais oublié. Elle peut pas être si vieille que ça.

– Je l'appellerai demain, juste pour qu'on soit tranquille.

Et non, Hollywood Nate n'était pas prêt à mordiller plus loin sur les bords de l'affaire. Il était sûr que Bix Ramstead était plus qu'une simple connaissance de Margot Aziz. Parce que n'importe qui sur cette planète, n'importe qui à qui on aurait demandé si Margot était une vieille femme, aurait répondu que loin d'être une vieille, c'était une chérie des Hills capables d'arrêter la circulation dans Rodeo Drive ou ailleurs en plein midi et ce, quelle que soit la concurrence. Et ça, Bix ne l'avait pas fait.

– Bon, ben, faut que j'aille me changer pour aller retrouver Ronnie et manger un *carne asada* avec elle, dit-il. Tu veux venir avec nous ?

– Non, je vais peut-être aller faire un tour à la salle de gym et courir sur le tapis de jogging, dit Nate. J'ai mon examen physique dans quinze jours.

– Alors, à demain, dit Bix.

Et tout d'un coup, Nate Weiss ne se sentit plus aussi mal de ne pas avoir dit toute la vérité à Bix Ramstead parce qu'il était maintenant sûr et certain que ce dernier lui avait menti.

L'unité 6-X-66 des nuiteux avait droit à une ronde sans incident. Gert Von Braun avait collé une contravention à un type en Humvee qui zyeutait un travelo en chasse dans Santa Monica Boulevard. Le bonhomme avait grillé le stop de Western Avenue et avait failli prendre par le travers une voiture remplie de petits gamins d'origine asiatique. Après quoi, ils avaient arbitré une dispute familiale entre un soldat de retour d'Irak et son épouse qui avait emménagé chez le fils de son patron et refusait que ledit soldat reprenne les biens qui, disait-il, appartenaient à sa mère.

C'est alors qu'au bout de deux heures de patrouille, ils avaient reçu un message sur leur ordinateur embarqué, message qui les avait envoyés voir une femme de 90 ans qui avait passé toute sa vie dans un bungalow d'East Hollywood et affirmait qu'un cambrioleur potentiel surveillait sa maison. En arrivant sur les lieux, Gert et Dan Applewhite avaient trouvé la vieille dame en train de caresser un chat persan, assise dans un fauteuil à bascule dans la véranda devant chez elle. Il y avait de la lumière dans sa maison et une chaîne de télé câblée donnait les informations.

On aurait pu compter les os de la dame à travers sa peau couleur ivoire ancien, mais elle semblait alerte et leur donna le signalement du suspect : il avait les cheveux noirs et de « grands yeux marron au regard liquide ».

Lorsque Gert lui demanda si elle avait une idée de l'identité du bonhomme, elle répondit que oui et qu'il s'appelait peut-être Tyrone Power.

Gert qui avait presque vingt ans de moins que Dan Jugement Dernier lui demanda alors :

– Ce Tyrone Power est-il blanc ou noir ?

– Il est blanc, lança Dan à Gert.

– Comment tu le sais ? demanda Gert en le regardant.

Au lieu de lui répondre, Dan se tourna vers la vieille femme et lui demanda :

– Il n'aurait pas porté un masque noir, par hasard ? Et… avait-il une épée ?

– Non, répondit-elle, pas cette fois.

– Mais… à d'autres moments ?

– Oh oui, des fois.

– A-t-il jamais taillé des Z sur des trucs du coin ?

– C'est pas impossible. Il est très beau.

– Hé bien moi, je sais exactement où il est.

– Vraiment ? dit la vieille dame.

– Oui, et je vais veiller à ce qu'il ne vienne plus vous embêter. Ne vous en faites pas. Vous vivez avec quelqu'un ?

– Oui, avec ma fille. Elle est partie travailler.

– Vous pouvez dormir tranquille, madame. On va s'occuper de ce type.

– Vous n'allez pas lui faire de mal, hein ? Non, parce qu'il est très beau.

– Je vous promets qu'on ne lui fera aucun mal, la rassura-t-il.

Ils revenaient à leur atelier lorsque Gert demanda :

– Bon, d'accord. C'est qui, ce Tyrone Power ?

– Tu es trop jeune pour le savoir, mais c'était une grande star du cinéma.

– Et tu sais exactement où le trouver ?

– Oui, dans un mausolée, au cimetière d'Hollywood.

Gert vida l'écran en appuyant sur une touche de l'ordinateur embarqué et ils reprirent la patrouille, Dan au volant et Gert établissant son rapport. Elle entra l'appel, puis se tourna vers Dan.

– Tu sais ce que j'ai entendu dire sur toi ? lança-t-elle.

– Non, quoi ?

– J'ai entendu dire que tu faisais un sacré époux. Même que tu te serais marié quatre fois.

– C'est un mensonge ! s'écria-t-il. Je ne me suis marié que trois fois.

– T'aimes pas trop rester marié longtemps, c'est ça ?

– Marié, je l'ai été longtemps, lui renvoya-t-il, mais avec trois femmes différentes.

– Des enfants ?

– Seulement un.

– Quel âge a-t-il ?

– Vingt-six ans. C'est un fou des ordinateurs et un pleurnichard, comme sa mère. Et toi ?

– Je ne me suis jamais mariée. Le boulot ne s'y prête pas.

– T'as tout le temps, dit-il. Tu es jeune.

– Regarde-moi bien. On se rue pas à ma porte.

Il se tourna vers elle, la regarda un bon coup et demanda :

– Que veux-tu dire ?

– Je suis large, dit-elle, du défi dans les yeux. Demande à Treakle.

– Parce que tu fais attention à ce que raconte Lèvres de poulet ? Moi, je trouve que t'as l'air en bonne santé. J'en ai marre des anorexiques. Mes deux dernières femmes avaient trouvé un moyen de vomir plus de bouffe qu'elles n'en avalaient.

– Mon père est un Allemand tout maigrichon, reprit Gert, mais ma mère est une Hollandaise avec de grosses épaules et les hanches larges. À force de cueillir des tulipes, j'imagine. Et je tiens plutôt de son côté.

– J'aime bien la mine que t'as.

Elle eut un petit sourire et dit :

– Tyrone Power, hein ? Va falloir que je m'éduque un peu. Il a joué Zorro ?

– Bien avant Antonio Banderas. Tu aimes les vieux films ?

– Je n'en ai pas vu beaucoup, mais oui, j'aime bien.

– Je connais un cinéma d'essai où ils passent des films muets. On devrait y aller ensemble un jour. Enfin… pas en rendez-vous galant ou quoi. Je sais que j'ai dépassé et de loin ma date de péremption.

– T'es pas si vieux que ça.

– Tu trouves ?

Ce petit flirt naissant fut interrompu par un autre message sur l'ordinateur embarqué, message qui cette fois les expédia à une adresse que Ronnie Sinclair et Bix Ramstead connaissaient bien.

Lorsqu'ils arrivèrent à l'adresse et frappèrent à la porte, une Noire imposante leur ouvrit. Et du doigt leur montra un cottage en bois de l'autre côté de la rue, avec deux chariots de grands magasins renversés dans le minuscule jardin de devant.

– Je suis Mme Farnsworth, dit-elle. Je vous ai appelé pour les gens là-bas. C'est pour les chariots et le bruit.

– Seulement pour ça ? demanda Gert. Pour le bruit ?

– Non, pour le silence. C'est bien trop calme. À cette heure-là de la soirée, en général ils passent une drôle de musique somalienne. Mais pas ce soir.

– Peut-être qu'ils ne sont pas chez eux, lui fit remarquer Dan.

– Si, si, ils y sont. Je les ai vus à leurs fenêtres il y a une heure, mais maintenant ils ont baissé les stores.

– Ils sont peut-être au lit, dit Gert.

– Mon amie, dit Mme Farnsworth, au lit, ils n'y vont jamais avant deux ou trois heures du matin. En tout cas, pas lui. Lui, il lui gueule dessus tout le temps. Et je sais qu'il la bat, mais elle, elle ne dit rien chaque fois que j'ai l'occasion de lui demander.

– C'est assez difficile d'aller frapper à la porte des gens et de leur demander pourquoi ils sont si tranquilles, fit observer Dan.

– Il y a un jeune homme, dit Mme Fansworth, un Blanc. Il la ramenait chez elle de temps en temps. D'après ce qu'elle m'a dit, elle fait le ménage chez lui. Il vit avec ses parents handicapés, il a un bon boulot et il est gentil avec elle, à ce qu'elle dit. Un jour, je l'ai vu la déposer et alors, son mari est sorti de la maison avec juste son caleçon et l'a prise par le bras, a commencé à lui blablater dans leur langue, l'a traînée dans la maison et a claqué la porte. Après ça, elle prenait le bus pour rentrer chez elle après ses ménages. C'est un type très méchant et elle, elle est très douce et elle a peur.

– On pourrait aller frapper et essayer de trouver une raison de le faire, dit Dan en regardant Gert. Juste pour être sûrs que tout va bien.

– Les chariots, répéta Mme Farnsworth. Il a déjà eu un avertissement.

Elle se dirigea vers un rayonnage et y prit un vase en porcelaine avec des cartes à l'intérieur. Elle en sortit une et la tendit à Gert.

– Le policier a inscrit son numéro personnel derrière et a dit que je pouvais l'appeler n'importe quand.

– Officier de police Bix Ramstead, dit Gert en lisant la carte.

Puis elle se tourna vers la femme et ajouta :

– On va aller frapper et voir ce qui se passe.

– S'il vous plaît, dit Mme Farnsworth. Je suis vraiment inquiète pour cette fille. Et l'agent Ramstead aussi. Ça se voyait sur sa figure.

Gert Von Braun et Dan Applewhite traversèrent la rue résidentielle en se servant de leurs lampes torches pour éviter de tomber dans les nids de poule que la ville de Los Angeles n'avait plus les moyens de réparer.

Ils écoutèrent et n'entendirent rien à l'intérieur. Puis Dan frappa à la porte. Pas de réponse.

Gert fit quelques pas pour gagner la fenêtre et tendit l'oreille. Dan frappa à nouveau. Toujours pas de réponse.

– On peut rien faire, dit-il.

Gert leva la main en l'air pour le faire taire et colla son oreille à la porte.

– J'ai l'impression d'entendre quelque chose, dit-elle.

– Ça ressemble à quoi ?

– C'est très faible. On dirait un homme qui psalmodie. Dans leur langue à eux, pas dans la nôtre.

Dan sortit sa matraque et en frappa la porte, fort et net. Gert continua d'écouter lorsqu'il arrêta.

– Un changement dans le bruit ? demanda Dan.

Elle fit non de la tête et essaya la poignée. Fermée.

– On ferait peut-être bien d'appeler un superviseur, dit Gert. Pour obtenir le droit d'entrer.

– Et courir le risque de tomber sur Lèvres de poulet ?

– On laisse tomber le superviseur.

Les deux flics repassèrent dans la rue.

– Donne-moi de la lumière, dit Gert.

Dan lui tint la carte et braqua le faisceau de sa torche dessus. Gert sortit son portable et appela le numéro porté au verso de la carte.

Les Corbeaux s'étaient mis en civil : Ronnie en chemise cintrée à rayures et jeans Banana Republic, Bix en polo jaune et pantalon en coton Gap. Ronnie trouvait qu'il était encore mieux qu'en tenue. Va savoir pourquoi, l'uniforme bleu du LAPD ne lui semblait pas seyant. Elle avait commandé une assiette de chili relleno et un margarita. Bix, lui, avait opté pour deux tacos de carne asada et une horchata à base d'eau de riz et de cannelle. Ronnie avait hésité à commander une boisson alcoolisée devant Bix, mais s'était dit que ça le gênerait encore plus de savoir qu'elle évitait la bibine à cause de lui.

Ils étaient au milieu du repas lorsque le portable de Bix sonna. Ronnie se demanda si ce n'était pas le mystérieux interlocuteur qui l'avait mis si mal à l'aise auparavant. Celui qui l'avait fait mentir en déclarant qu'il s'agissait de son frère Pete.

Bix regarda le numéro et ne le reconnut pas.

– Allô ? dit-il.

– Atelier 6-X-66, Von Braun à l'appareil, lança Gert. C'est l'agent Bix Ramstead ?

– Oui, répondit-il. Qu'est-ce qui se passe ?

– J'ai eu ton numéro par une certaine Mme Farnsworth. C'est au sujet des Somaliens qui habitent en face de chez elle. Elle me dit que tu sais des trucs sur eux.

– Qu'est-ce qui est arrivé ?

– C'est bizarre. On dirait qu'ils sont là, mais il refuse d'ouvrir. La maison est bien trop calme pour que ça plaise à Mme Farnsworth et j'entends le mec psalmodier des trucs genre vaudou.

– Vous allez entrer ?

– On ne sait pas s'il vaut mieux laisser tomber ou continuer de cogner à la porte.

– Vous avez appelé le sergent ?

– Non, on a la trouille de tomber sur Treakle. Il en ferait un exercice d'alerte incendie.

– J'arrive tout de suite.

Dès qu'il eut refermé son portable, Bix sortit quelques billets de son portefeuille et les posa sur la table.

– C'était un nuiteux. Quelque chose qui ne va pas avec les Somaliens, ils ne veulent pas ouvrir la porte.

– Où vas-tu ? lui demanda Ronnie.

– Il pourrait m'ouvrir la porte à moi. J'ai établi un contact avec lui.

– Bix, tu n'es pas en service. Laisse un superviseur s'en occuper. Tu ne devrais pas t'en mêler.

– Finis ton dîner, Ronnie, dit-il. Je t'appelle dès que c'est terminé.

– Ce n'est pas de ton ressort !

– Je sens que j'aurais dû faire plus, lui renvoya-t-il en se tournant vers la porte. Je le sentais.

– On a fait ce qu'on pouvait, lui lança-t-elle. S'il est arrivé quelque chose, cette tragédie n'est pas la tienne, Bix !

Elle ne savait pas s'il avait entendu ces derniers mots. Déjà il franchissait la porte en courant pour rejoindre le parking.

Mme Farnsworth se tenait près de la voiture de patrouille dans la rue. Elle avait offert à Dan et à Gert une tasse de café qu'ils étaient en train de finir lorsque Bix Ramstead se pointa et gara sa voiture personnelle, un mini-van Dodge pour la famille.

Les deux flics rendirent leurs tasses vides à Mme Farnsworth, qui lança :

– Bonsoir, agent Ramstead.

– Bonsoir, madame Farnsworth, dit celui-ci. Je suis content que vous ayez gardé ma carte.

– C'est vraiment calme là-bas dedans, lui dit-elle. Et ça ne l'est jamais. Et la semaine dernière il s'est mis sacrément en colère contre elle quand un jeune Blanc pour qui elle travaille l'a ramenée en voiture. S'il l'avait frappée, je vous aurais appelé. Mais il l'a juste attrapée par le bras et s'est mis à lui gueuler des trucs somaliens à la figure. Le lendemain, elle est revenue en bus sans le jeune Blanc. Ça devrait pas être aussi calme là-dedans que ça l'est ce soir, monsieur l'agent. J'ai peur pour la fille.

Un instant plus tard, les trois flics étaient de retour dans la véranda du cottage à charpente en bois. Ils se turent et écoutèrent. Et n'entendirent que le grondement de la circulation dans l'avenue à quatre voies à côté, que les aboiements d'un chien pas loin, que les stridulations des cigales dans le jardin voisin et un rien de salsa quelque part dans le pâté de maisons. Puis ce fut une profonde voix d'homme en train de psalmodier des prières qui monta de la maison.

– Monsieur Benawi, dit Bix en frappant à la porte, c'est l'agent Ramstead. La semaine dernière, je vous ai dit pour les chariots, vous vous rappelez ?

Ils écoutèrent encore. Le chant s'arrêta.

– Monsieur Benawi, je vous en prie, ouvrez la porte. J'ai besoin de vous parler. Il n'y a pas de problèmes avec les chariots. J'ai juste besoin de savoir si tout le reste va bien. Ouvrez la porte, monsieur Benawi.

Les psalmodies reprenant, Gert Von Braun frissonna alors même qu'avec les vents de Santa Anna qui soufflaient du désert vers l'océan cette soirée estivale était chaude et l'air sec. Dan Applewhite sentit ses cheveux se hérisser et comprit que ça n'avait rien à voir avec les vents de Santa Ana.

– Monsieur Benawi, reprit Bix Ramstead, nous ne partirons pas tant que vous ne nous aurez pas ouvert. Ne nous obligez pas à forcer votre porte.

Le chantonnement s'arrêta encore une fois. Ils entendirent des bruits de pas traînants. Puis ce fut Omar Hasan Benawi qui de l'autre côté de la porte leur disait d'une voix de tonnerre :

– Y a rien pour vous ici. S'il vous plaît, quittez ma maison.

– On le fera, monsieur Benawi, lui renvoya Bix. Mais d'abord, il faut que je vous parle en personne. Et j'ai besoin de voir votre femme. Après, on s'en ira.

– Elle ne vous parlera pas, répondit la voix. C'est ma maison. Partez maintenant, s'il vous plaît. Il n'y a rien pour vous ici.

Ils entendirent les bruits de pas traînants s'éloigner de la porte et les psalmodies recommencèrent.

– Ah ben merde ! s'écria Dan.

– Bon et maintenant qu'est-ce qu'on fait ? demanda Gert.

– Voilà ce que le décret du consentement civique a fait au LAPD, dit Bix à Dan Jugement Dernier. Qu'est-ce que tu aurais fait avant, quand on était de vrais flics ?

Dan lui jeta un coup d'œil et répondit :

– On est blancs, il est noir. Vaudrait mieux ne pas se lancer dans des trucs précipités. Je ne peux pas me payer une suspension en ce moment.

– Réponds à ma question, insista Bix. Qu'est-ce que tu aurais fait il y a six ans de ça, avant qu'un juge fédéral et un tas de politiciens et de bureaucrates ne nous émasculent ?

Dan Applewhite regarda Gert Van Braun et s'écria :

– J'aurais défoncé c'te putain de porte qu'elle aurait sauté de ses gonds et je s'rais rentré là-dedans pour voir si cette fille va bien.

– Exactement, acquiesça Bix Ramstead.

Sur quoi, il recula de trois pas, fonça en avant et flanqua un grand coup de pied à la porte, juste à droite du bouton. La porte s'ouvrit et alla s'écraser contre le mur en placoplâtre.

L'élan qu'il avait pris l'expédia jusqu'au milieu de la salle de séjour plongée dans le noir. Gert Von Braun et Dan Applewhite dégainèrent leurs 9 mm et le suivirent en faisant courir d'étroits faisceaux de lumière dans toute la pièce miteuse. Dan ouvrit la marche en essayant d'éclairer le sinistre couloir qui conduisait aux autres pièces, à l'arrière du cottage.

Les psalmodies avaient cessé. Il n'y avait maintenant plus aucun bruit, hormis celui de la circulation dans l'avenue très passante à un demi-pâté d'immeubles de là. La première pièce était encombrée de cartons, de boîtes en alu et de bouteilles consignées. Les faisceaux de leurs lampes se promenant sur les caisses, les trois flics avancèrent en file indienne jusqu'à la dernière pièce, où brillait une faible lumière. Dan Applewhite se colla dos au mur et, son Beretta semi-automatique à la main droite, se baissa en jetant un œil dans la pièce.

– Ah l'enfoiré ! hurla-t-il.

Et il bondit et, laissant tomber sa lampe torche, empoigna son Beretta à deux mains et gueula :

– À terre ! À plat ventre !

Sa lampe dans une main et son Glock dans l'autre, Gert bondit elle aussi en avant, s'accroupit sous le bras tendu d'Applewhite et cria :

– À terre, nom de Dieu !

Bix Ramstead se faufila dans l'espace encombré et jeta lui aussi un œil dans la pièce.

Le Somalien s'était mis à genoux. Il ne portait que le pantalon kaki qu'il avait mis la dernière fois que Bix l'avait vu. Il portait aussi des verres demi-lune et s'allongea sur le ventre en serrant un Coran dans la main droite.

– Pour l'amour de Dieu ! murmura Bix Ramstead.

Allongé sur le ventre, Omar Hasan Benawi enchaîna ainsi :

– Oui, au nom du seul vrai Dieu. Elle a commis l'acte honteux avec un Blanc. Maintenant je la donne à l'homme blanc.

Il y avait des taches de peinture blanche sur le mur et des flaques de peinture avaient séché et durcissaient sur le tapis élimé. De la peinture maintenant sèche avait éclaboussé les autres murs et zébraient les stores. Les mains du Somalien étaient blanches de peinture séchée et il en avait des traces sur la poitrine et le haut de ses pieds nus. Sans parler du devant de son pantalon qui, lui aussi, était couvert de peinture blanche. Une lampe de chevet bon marché s'était brisée par terre, à côté d'un bidon de peinture de vingt litres posé près du lit et d'un pinceau de quinze centimètres de long. Il y avait de la peinture blanche séchée sur tout le couvre-lit couleur cuivre.

Et sur ce couvre-lit était étendue Safia, la femme d'Omar Hasan Benawi. Elle avait été étranglée avec le fil qu'il avait arraché à la lampe, le nœud coulant restant maintenant lové tel un serpent sur l'oreiller à côté de sa tête. Nue, elle semblait plus menue, fragile et vulnérable que dans le souvenir que Bix avait gardé d'elle. Et plus enfantine aussi. Elle était allongée sur le dos, la tête posée sur un oreiller et les bras croisés sur ses petits seins, ainsi que son mari les y avait disposés. Et elle était blanche.

Car il l'avait entièrement peinte en blanc. De la plante de ses pieds délicats jusqu'au sommet de sa petite tête ronde, elle était couverte de peinture blanche comme la mort. Jusqu'à ses yeux ouverts et sans vie qui n'avaient pas été épargnés. De la peinture séchée bouchait les orbes caverneux dont Bix Ramstead se souvenait si bien.

Lorsque Dan le menotta dans le dos, le Somalien lui lança :

– Maintenant, c'est à vous de l'enterrer avec d'autres salopes de Blanches dans vos lieux des morts infidèles.

– Ferme ta gueule ! lui cria Gert Von Braun. Et écoute-moi bien pendant que je te lis tes droits.

Il y eut des dizaines d'employés du LAPD sur la scène de crime avant que le soleil se lève. Un des premiers arrivés fut le chef de sûreté Charlie Gilford le Compatissant qui s'apprêtait à finir son service lorsqu'il avait reçu l'appel de Bix Ramstead. Ce truc-là, fallait qu'il le voie. Il avait donc sauté dans une voiture d'inspecteur et rejoint le sud-est d'Hollywood aussi vite qu'il avait pu.

Après avoir découvert l'horrible tableau dans la petite chambre, il était passé sur le perron de devant et avait fait bénéficier de ses pépites de sagesse deux nuiteux qu'on avait appelés pour aider à la préservation de la scène de crime.

– Putain d'Hollywood ! s'était-il exclamé, déçu. Pour ce genre de merdes, oui, on peut accuser le cinéma. Je vous parie que ce 555 a eu son idée en regardant *Goldfinger* à la télé, vu que c'est ce qu'ils font subir à la nana qu'a dénoncé James Bond. Y a juste que la couleur de la peinture qu'a changé. Y a pas beaucoup d'imagination là-dedans. Ce foldingue de Somalie n'est rien qu'un petit copieur sans talent.

Ronnie Sinclair reçut un appel de Bix Ramstead juste au moment où elle allait se coucher. Il lui décrivit ce qu'ils avaient trouvé dans le cottage du Somalien et l'informa qu'il serait au commissariat d'Hollywood jusqu'au début de la matinée à écrire ses comptes rendus et à répondre aux questions des inspecteurs des Homicides. Il lui dit aussi qu'il ne savait absolument pas à quelle heure il rentrerait chez lui et qu'il aurait besoin de prendre sa journée du lendemain. Et ajouta qu'il avait laissé un long message sur la boîte vocale du sergent pour lui expliquer ce qui s'était passé.

Avant que la conversation se termine, Ronnie lui dit :

– Ce n'était pas ta faute, Bix. Ce n'est pas notre tragédie à nous.

Il ne trouva rien à lui répondre.

16

C'était le jour à mille dollars ! Leonard Stilwell s'était réveillé avant l'aube et avait fait quelque chose qu'il ne faisait jamais. Il était allé se balader du côté de la promenade de la Gloire avant l'arrivée des touristes et, là, il avait respiré à fond, était même allé jusqu'à effectuer des mouvements de boxe, tantôt un direct, tantôt un crochet, jusqu'à ce que le nain qui tient le stand de journaux d'Hollywood Boulevard lui lance :

– Moi, à ta place, j'irais pas sur un ring avec ce direct. Même Paris Hilton qui te botterait le cul !

– Qu'est-ce que tu dirais que je l'essaie sur toi, ce direct, espèce de termite à la noix ?

Mais lorsque le nain belliqueux s'était propulsé en avant en criant « Allez, le bouffe-étron, fais-moi un peu voir ! », Leonard avait dégagé vite fait avant que le nabot ne commence à lui grignoter le mollet.

Leonard avait eu envie d'aller au Starbucks de Sunset Boulevard, mais n'avait pas assez d'argent. Au lieu de ça, il s'était rendu en voiture aux Tacos de Pablo Taco où traînent tous les camés et s'était payé une tasse de café merdique et une pâtisserie mexicaine bien graisseuse et sucrée. Après quoi, il était rentré chez lui pour se reposer et attendre. Et juste avant, s'était arrêté pour piquer un *L.A. Times* dans l'allée cochère d'une maison à deux pâtés d'immeubles de son appartement.

Il n'y avait qu'une seule raison au fait qu'Ali Aziz avait dormi aussi profondément : il s'était descendu deux des somnifères magenta et turquoise de son ex avec un double Jack Daniel's. Il s'était réveillé avec un léger mal de crâne et s'était alors rappelé que Margot n'en prenait jamais après avoir avalé de l'alcool. Il avait donc pris une douche chaude, puis une froide. Et s'était installé en robe de chambre devant une tasse de thé et, du balcon de son condominium, contemplait maintenant une vue qui embrassait une bonne partie du parc immobilier commercial de Beverly Hills.

Aucune comparaison possible avec la vue qu'ils avaient du Mont Olympus, de la maison qu'il adorait et que sa salope de femme lui avait fauchée. Un jour, si Dieu le voulait, lorsqu'il aurait son fils tout à lui, ils vivraient dans un endroit où le gamin pourrait avoir de la terre sous ses pieds, et peut-être un chien pour courir avec, voire un cheval à monter. Des endroits comme ceux-là, il y en avait dans certains coins de la San Fernando Valley et du comté de Ventura, mais ils disparaissaient vite sous l'afflux des gens qui bouchaient les freeways. Il n'empêche : pour l'amour de son fils, ce serait dans un endroit de ce genre qu'il vivrait et que, sans se plaindre, il ferait tous les jours le long trajet qui le conduirait à son travail à Hollywood. Oui, tout cela, il le ferait pour son fils. Pour lui, il ferait n'importe quoi.

À deux heures de l'après-midi, Leonard Stilwell arriva au Salon du Léopard. Il y trouva Ali Aziz dans son bureau et s'assit en face de lui, dans le fauteuil réservé aux clients. Sans faire de commentaires, Ali sortit du tiroir de son bureau la télécommande du garage et la lui glissa en travers du plateau.

– Combien je touche si ça ne marche pas et qu'il faut enterrer ce plan ?

– Ça marchera, lui dit Ali, solennel.

– Comment peux-tu en être sûr ?

– Un jour semaine dernière où je sais que ma femme était pas à la maison, je suis passé devant en voiture et j'ai appuyé sur le bouton. La porte s'ouvre et se ferme.

– Bon, d'accord, file-moi le code de l'alarme, dit Leonard.

– Le boîtier de l'alarme est sur le mur, juste derrière la porte, dit Ali en lui tendant un bout de papier pardessus le bureau. Je veux tu me rends la télécommande du garage et le papier quand on se retrouve plus tard. Avec ma grosse enveloppe, évidemment.

– Ouais, ouais. Toi, tu récupères toutes tes pièces à conviction et moi, mes mille dollars, tout ça en même temps.

– Tu les auras, tes mille dollars.

– Vaudrait mieux. Sinon…

– Quel est le sens de cela ? Sinon ?

– Non, rien, dit Leonard. Il faut qu'on se fasse confiance tous les deux, c'est tout. Pas vrai, Ali ? Et faudra se tenir super-tranquilles après.

Ali n'aimait pas les mots qui venaient de sortir de la bouche de ce voleur, mais songea qu'il valait mieux n'en rien dire pour le moment. Pas maintenant.

– À quatre heures, tu fais, dit-il. Tu te gares cinquante mètres après la maison, en haut de la colline. Y a pas encore de maisons là. Personne fera attention.

– Et je te retrouve au panneau de Mount Olympus après.

– C'est exactement correct, dit Ali.

– À plus.

Leonard une fois parti, Ali resta immobile à réfléchir au sens de ce « Sinon ». Et se demanda s'il n'avait pas sous-estimé le voleur. Et si ce Leonard menaçait de dire à Margot qu'il l'avait payé pour entrer chez elle par effraction et y dérober une enveloppe ? Pour Margot, cela n'aurait aucune importance. Il n'y avait pas le moindre document de valeur dans cette maison et elle le savait – seules s'y trouvaient des chemises remplies de factures et de talons de chèques qu'on leur avait dit de garder plusieurs années en cas de contrôle fiscal.

Mais cela l'amènerait à se demander pourquoi Ali était prêt à payer un cambrioleur pour entrer dans sa maison. Ce qui l'amènerait ensuite à appeler son avocat. Et Ali ne voulait pas que Margot réfléchisse trop. Il la haïssait, mais il admirait son esprit. Margot était une femme très astucieuse. Il n'y avait qu'à voir comment elle lui avait volé la moitié de sa fortune. Si jamais Leonard lui parlait, il risquait de se retrouver en grand danger.

Il ouvrit le tiroir du milieu de son bureau et en retira l'enveloppe qui contenait la gélule verte de rab. Puis il posa une feuille de papier propre sur le bureau. Sortit la cuillère à coke et la lame de rasoir du tiroir avec le flacon de somnifères magenta et turquoise et en vida un dans sa corbeille à papier. Et confectionna un autre petit entonnoir.

Son travail achevé, il se retrouva avec deux gélules magenta et turquoise très particulières au fond de la petite enveloppe. Deux petites sœurs mortelles l'une à côté de l'autre. Il en emporterait une avec lui cet après-midi même et laisserait l'autre derrière lui. Au cas où il y aurait un « Sinon » de la part de ce voleur de Leonard Stilwell.

À quinze heures trente, quelques instants après que Ronnie eut, sans succès, essayé pour la troisième fois de joindre Bix Ramstead sur son portable en ce brûlant après-midi d'été, Leonard Stilwell quitta le drugstore où il avait acheté des gants en latex. Et monta en voiture pour le Mount Olympus avec un peu d'avance sur l'horaire prévu. Et là, alors que sa Honda crachouillait pour grimper la colline, il vit un jeune Latino et une vieille femme descendre la rue dans une Plymouth qui vomissait de la fumée. Il se demanda si ce n'était pas la bonne avec son petit-fils. Il passa devant la maison et continua son chemin pour tourner dans la rue où il n'y avait pas de maisons parce que le terrain était trop en pente.

Il gara la Honda, en descendit et la ferma à clé. Et se rappela Whitey Dawson lui racontant la fois où lui et un accro au crack avaient réussi à cambrioler un supermarché et à piller un distributeur de billets sans déclencher la moindre panique. Sauf que le camé avait merdé et déclenché l'alarme silencieuse alors qu'ils sortaient du magasin et qu'en plus, une fois dehors, ils s'étaient aperçus qu'on leur avait fauché leur voiture. Ils s'étaient fait prendre comme de vrais pieds-plats par les flics qui répondaient à l'alarme. Leonard Stilwell avait beaucoup appris de Whitey Dawson, mais certainement pas l'art de forcer une serrure.

À 16 heures, il choisit de marcher d'un pas vif et l'air occupé pour descendre la rue très raide qui conduisait à la maison d'Aziz. Whitey Dawson n'avait jamais été partisan de traîner et d'ainsi éveiller les soupçons. En approchant de la maison, Leonard appuya un bon coup sur le bouton de la télécommande qu'il avait dans la poche. Et quand il fut devant l'allée cochère la porte du garage s'ouvrit. Il se baissa pour passer dessous et se servit à nouveau de la télécommande pour la refermer avant même qu'elle ait fini de s'ouvrir. Une fois en sécurité dans le garage, il enfila ses gants en latex, sortit les outils de sa poche et s'approcha de la porte de la maison.

– Putain d'Arabe ! lança-t-il en découvrant qu'il n'aurait pas affaire à un bouton de porte à l'ancienne, mais à un verrou simple et une poignée en bronze avec, sans aucun doute, une targette poussoir à l'intérieur.

Il s'intima l'ordre de rester calme. Cela ne devait pas avoir d'importance. Bouton à l'ancienne, poignée moderne, qu'est-ce que ça changeait, bordel de merde ?! Il trouva l'interrupteur et alluma. L'éclairage fluorescent lui fournit plus qu'assez de lumière. Il s'agenouilla devant la poignée, inséra la tige de tension, puis le crochet et répéta les mots de Junior.

– La tige de tension fait tourner le cylindre. Le râteau soulève la goupille.

Et pendant quelques secondes il eut l'impression de se retrouver devant la serrure de Junior. Mais perdit les pédales aussitôt. Ressortit les outils, prit un crayon lumineux et regarda le trou de la serrure en clignant des yeux. Elle ressemblait vraiment beaucoup à celle de la piaule de Junior. Et donc, pourquoi ça ne donnait pas la même impression ?

Il réessaya. Cette fois, il fit usage de toute la terminologie et la marmonna comme un mantra :

– Insérer la tige pour faire tourner le cylindre. Puis insérer le crochet pour soulever la goupille.

Et de bouger les doigts avec délicatesse et grâce, exactement comme Junior avait remué les siens en forme de boudins marron. Rien ne se produisit.

Il refoula un sanglot de frustration. Dix Benjamin Franklin qu'il avait claqués rien que pour faire tourner un putain de cylindre et soulever une putain de goupille ! Alors qu'un gorille des îles Fidji avec une cervelle de cacatoès pouvait le faire les yeux fermés !

Cela lui donna une idée.

Il ferma les yeux lui aussi et inséra la tige et le crochet. Les aveugles ont un sens du toucher très développé, se dit-il. Il essaya de sentir le cylindre et la goupille, mais ne sentit que du métal en train de gratter du métal.

Il rouvrit les yeux et cette fois une bulle de sanglot bien humide s'échappa de ses lèvres.

– Putain de Dieu ! s'écria-t-il. Pourquoi est-ce que j'ai jamais droit à une chance, bordel de merde ?!

Et là, il eut un instant à se gifler le crâne. Les gants ! Ces putains de gants en latex avaient émoussé ses sensations. Son toucher.

Il les ôta. Fit gigoter ses doigts. Alors même que dehors l'air était brûlant et que dans le garage il faisait aussi chaud que dans un four, il souffla sur ses doigts, les ouvrit et les referma comme font les perceurs de coffre au cinéma. Et tint la tige et le crochet aussi légèrement qu'il le pouvait. Comme deux insectes délicats auxquels il ne voulait faire aucun mal.

Et inséra la tige. Et le râteau. Et essaya de sentir le cylindre et la goupille. Et sentit la sueur lui dégouliner sur la figure. La goûta. Elle lui coulait sous l'encolure du T-shirt. La sueur du gros bide, le mal hollywoodien par excellence.

Il sentait que dalle ! Il jeta la tige et le crochet sur le sol en ciment. Si ç'avait été des insectes, ces petits enfoirés auraient été morts.

Leonard Stilwell grogna en se relevant. C'était fini. Il allait mettre cet échec sur le dos de la nouvelle serrure. Peut-être que cet enfoiré d'Arabe lui filerait quand même quelque chose pour sa peine. Un billet de cinquante avec Ulysses Grant dessus ? Et sinon, un Andrew Jackson à vingt dollars ? Mais au fond de son cœur, Leonard n'était pas dupe. Ce mec à serviette de table sur le crâne exigerait qu'il lui rende ses deux billets de cent d'avance… alors qu'il les avait déjà dépensés.

Il se pencha en avant pour ramasser la tige et le crochet. Son dos se raidit et là, ne se sentant pas solide sur ses pattes, il attrapa la poignée de la porte pour s'y appuyer. Et elle s'abaissa. Et la porte s'ouvrit. Lola avait oublié de pousser la targette de sûreté de l'autre côté.

– Nom de d'là ! s'écria Leonard en déboulant à l'intérieur et cherchant la feuille de papier dans sa poche tandis que le gazouillis de l'alarme se faisait entendre.

Pas moyen de la trouver ! Dans quelques secondes, la violation du système de sécurité allait apparaître sur l'ordinateur de la société de gardiennage s'il ne…

Il trouva la feuille de papier dans la poche de son pantalon ! La regarda, entra le code et la tonalité d'avertissement s'arrêta. Il repassa dans le garage et y reprit sa tige et son crochet. Remit ses gants en latex et, pour faire bonne mesure, se servit du pan de son T-shirt pour essuyer le bouton de porte qu'il avait empoigné. C'était pas demain que les Experts allaient le serrer !

Une fois de nouveau à l'intérieur, il partit à droite, entra dans la cuisine et passa dans la salle à manger, où il découvrit la vue sur Hollywood. C'était la première fois qu'il se trouvait dans une maison pareille. Aussi terrorisé qu'il fût, il ne put s'empêcher de l'admirer un instant. Il n'était pas facile de digérer tout ça. Complètement extravagant, que c'était ! Il regretta de ne pas avoir exigé plus pour ce boulot. Ali n'arrêtait pas de se plaindre que sa femme l'avait quasiment mis sur la paille. Non mais, regardez-moi ça ! C'était quoi, mille dollars de plus pour ce bouffeur de chèvres ? Pour un type qui avait vécu dans une baraque pareille ?

Leonard Stilwell se dit que c'était là une des faiblesses qui l'avaient toujours empêché de foncer dans la vie. Il était trop généreux et faisait trop confiance à son prochain – et qu'est-ce que ça lui rapportait, hein ? Il s'arracha au panorama et se mit au boulot. Trouva le petit bureau près de la cuisine où Margot Aziz réglait ses dettes. Il ouvrit le tiroir qu'Ali lui avait décrit et y trouva les grosses enveloppes rangées par années. Il les écarta jusqu'à ce qu'il tombe sur celle marquée 2004. Il la glissa sous son bras, regagna la porte et vit la targette que la bonne avait oublié de pousser.

Il était dans le garage et le groom de la porte commençait à la refermer derrière lui lorsqu'il se rappela. Ali lui avait dit plus d'une fois de la laisser ouverte. Leonard arrêta la porte juste à temps. Exactement comme Ali le lui avait demandé, il dégagea la targette de façon que la bonne se fasse engueuler comme il faut pour ne pas l'avoir poussée. Bien sûr, Ali, lui, n'apprendrait jamais de sa bouche que c'était Lola qui avait oublié de la pousser.

Leonard s'éloignait enfin de la maison lorsqu'il commença à regretter de ne pas avoir remis la targette. Trous du cul de riches qui ne donnaient jamais une chance aux travailleurs ! Il n'avait pas envie que cette conne de vieille Mexicaine se fasse botter le cul. Mais se dit aussi que le divorce des Aziz était si féroce que jamais l'ex d'Ali ne virerait la bonne, quand ça ne serait que pour le faire suer, lui.

D'un autre côté, la bonne mexicaine avait sans doute de la famille qui prendrait soin d'elle, plus la Sécu, plus peut-être même des chèques de l'aide sociale et tout ce que le gouvernement des États-Unis donne aux millions d'immigrés clandestins de ce pays. Ce même gouvernement fédéral qui lui avait refusé le SSI[1] pour sa mauvaise santé et son addiction au caillou. Y avait toujours une assistante sociale du comté pour lui trouver un boulot de merde, genre plongeur, et s'attendre à ce qu'il le prenne. Non ça, à Los Angeles en 2007, ça ne payait vraiment pas d'être blanc.

Après s'être assis au volant de sa Honda, Leonard ouvrit la grande enveloppe pour voir s'il ne pourrait pas y découvrir ce qui lui donnait tant de valeur aux yeux d'Ali Aziz. Mais il n'y trouva que des reçus, des talons de chèques et des relevés bancaires. Rien que des conneries que tout le monde pouvait garder chez soi pendant quelques années.

Lorsqu'il redescendit la colline pour retrouver Ali Aziz, des tas de choses se bousculèrent dans sa tête.

1. Supplemental Security Income, soit le supplément de revenu de sécurité. Fonds fédéraux qui donnent aussi droit au remboursement des frais médicaux *(NdT)*.

Comment cette enveloppe pouvait-elle avoir une importance pareille ? Et l'insistance qu'Ali avait mise à lui recommander de laisser la porte ouverte afin que son ex soit plus en colère contre la bonne Mexicaine, hein ? Parce que si la maison était en main tierce et l'ex sur le point de déménager, la bonne était foutue de toute façon. Ça ne collait pas, et ça n'avait jamais collé depuis qu'Ali avait essayé de lui faire avaler cette histoire.

En arrivant au panneau Mount Olympus, il vit la Jaguar d'Ali garée un peu plus bas dans la rue, le nez face à la pente. Il se rangea de l'autre côté de la chaussée, descendit de voiture avec l'enveloppe et traversa pour rejoindre la voiture d'Ali.

Et lui tendit l'enveloppe par la vitre ouverte.

– Bien, Leonard, dit Ali. Tu as fait très bon boulot. Donne-moi télécommande du garage et bout de papier avec code de l'alarme, s'il te plaît.

– Ç'a pas été facile, dit Leonard en lui tendant les deux objets. Elle a fait refaire la serrure. Si j'étais pas un vrai expert, j'aurais jamais réussi à la forcer.

Ali lui passa une liasse de billets de cent.

– Y a tout, Leonard, dit-il. Merci de l'aide.

– C'était un autre système de serrure. Pas celui que t'avais dit, insista Leonard.

– T'as bien laissé la porte pas fermée à clé ? lui demanda Ali, soudain inquiet.

– Oui, bien sûr.

– OK, Leonard, dit Ali en faisant démarrer le moteur. Passe au Salon du Léopard un de ces quatre. Je te paierai un coup à boire.

– Non parce qu'il a fallu que je fasse beaucoup de boulot en plus sur c'te serrure, même que ça m'a pris plus de temps et que ça m'a mis en danger. Je crois mériter un bonus.

– On avait contrat, dit Ali en repassant au point mort.

– Oui, mais tu t'étais trompé et tu m'as rendu le boulot très difficile et très risqué. Je devrais avoir un Franklin de plus.

– Allez, salut, Leonard, dit Ali en enclenchant la première.

Puis il fit demi-tour et reprit la direction des boulevards, comme s'il repartait au boulot.

Alors Leonard eut une idée et décida de tenter le coup. Il prit son temps pour remonter dans sa Honda et attendit que la Jaguar d'Ali ait disparu dans la circulation d'Hollywood. Il mit alors le moteur en route, fit lui aussi demi-tour, remonta à Mount Olympus, dépassa la maison des Aziz, tourna dans la rue en haut de la colline et se gara derrière le camion d'un jardinier. Descendit de voiture, gagna le coin de la rue et se mit à observer la maison de Margot Aziz cinquante mètres plus bas.

Il n'y avait pas cinq minutes qu'il attendait lorsque la Jaguar d'Ali apparut, dépassa la maison et se rangea à l'endroit exact où lui-même s'était garé avant de commettre son cambriolage. Ali descendit de sa voiture, gagna le garage et l'ouvrit. Et là, Leonard vit la grosse enveloppe dans sa main. Ali était en train de la remettre à sa place, exactement comme Leonard pensait qu'il le ferait. Tout cela n'avait rien à voir avec une connerie d'enveloppe remplie de chèques et de trucs pour la maison.

Ali vit de ses yeux que Margot avait effectivement changé la serrure du garage et toutes les autres. Il ne s'y attendait pas, mais douta que cela ait présenté la moindre difficulté pour Leonard Stilwell. Il était encore furieux que ce petit voleur ait essayé de lui extorquer cent dollars de plus. Il enfila une paire de gants en latex qu'il avait empruntée au plongeur de son night-club, examina la poignée et ouvrit la porte.

Il se servit du code de la bonne pour réduire au silence le gazouillis de l'alarme, referma la porte derrière lui et consulta sa montre. Il y avait aussi que Margot était un être d'habitudes. Elle allait faire du Pilates tous les jeudis et y restait jusqu'à 5 heures et demie, quoi qu'il arrive. Après, elle allait chercher Nicky chez la fille au pair, l'emmenait quelque part manger la bouffe de merde qu'il adorait, mais à laquelle elle n'aurait, elle, jamais touché. Et pour ça aussi, Ali la détestait. Quand il aurait la garde de son fils après sa mort, il veillerait à donner une alimentation saine au gamin. Des tas de yaourts, d'agneau, de riz et de légumes.

Il apaisa ses craintes en se rappelant l'histoire entendue aux nouvelles quelques jours plus tôt, histoire selon laquelle des femmes de Los Angeles en vacances en Russie avaient été empoisonnées au thallium, le métal toxique auquel on avait commencé par attribuer la mort de l'ancien espion Alexandre Litvinenko, avant de s'apercevoir que c'était du polonium 210 qui l'avait tué. Il se rappela aussi que les patrons des services de santé du comté de Los Angeles s'étaient aperçus qu'une marque d'eau minérale américaine très populaire contenait de grandes quantités d'arsenic. Il y avait aussi le rappel national et local d'aliments pour animaux domestiques bourrés de mort-aux-rats qui tuait chiens et chats. Du poison, il y en avait partout. Si la mort de Margot survenait après qu'elle aurait quitté Los Angeles, personne ne pourrait le soupçonner, quelles que soient les sommes qu'il aurait à y gagner. Nicky aurait droit à son héritage et Nicky, c'est lui qui l'aurait. En gros, tout redeviendrait comme il fallait.

Après avoir remis la grosse enveloppe dans le petit bureau, Ali monta l'escalier pour gagner la grande chambre, et la nostalgie le saisit. Ce qu'il avait pu aimer cette maison ! Au début, il avait adoré être marié avec Margot, avoir le plus beau bébé qu'il ait jamais vu et gagner plus d'argent qu'il aurait jamais cru possible grâce à ses deux night-clubs, surtout le Salon du Léopard. À cette époque-là, Margot, oui, il l'avait aimée. Ou plutôt, en avait été ensorcelé. C'était la femme la plus parfaite qui soit jamais montée sur les planches. Rien que du naturel, pas de silicones ou de solutions salines, pas même maintenant, à ce qu'il en savait. Ces premières années passées avec Margot et son nourrisson de fils, Ali avait été un homme comblé. Un mari dévoué, un père aimant et un patron attentionné qui n'exigeait que rarement de ses employées qu'elles lui fassent un pompier.

La nostalgie qu'il éprouva fut encore plus douloureuse lorsqu'il entra dans la chambre de maître. Il y avait eu jadis une photo de lui sur le mur à côté de la commode, mais elle n'y était plus. L'énorme penderie était encore plus pleine des vêtements de son ex qu'elle l'avait jamais été quand il habitait cette maison. Les factures qui arrivaient au bureau de son avocat étaient un vrai scandale et avaient donné lieu à tellement de bagarres devant le juge qu'il avait décidé qu'il valait mieux les payer que de régler les honoraires que lui réclamait son avocat.

Il jeta un coup d'œil dans son ancienne penderie à lui en s'attendant à y voir les habits de l'amant dont lui avait parlé Jasmine, mais s'aperçut qu'elle était plus qu'à moitié pleine des tenues qui avaient débordé de celle de Margot. Il se dit que celle-ci devait avoir cinquante paires de chaussures, sinon plus. Et il ne s'agissait là que des chaussures habillées. Les autres, les plates, les sandales et les chaussures de sport se comptaient, elles aussi, par dizaines. Mais pas trace de vêtements d'hommes.

Il entra dans la salle de bains et fut heureux de constater qu'il n'y avait là non plus aucune trace d'un quelconque bonhomme vivant à demeure. Après avoir parlé avec Jasmine, il avait craint que l'amant que Margot lui avait jeté à la figure au cours de leurs entretiens téléphoniques ait pris entièrement possession de la suite. Il ne supportait pas d'imaginer ce mec dans cette chambre, nu avec Margot. Et où était donc Nicky à ces moments-là, hein ?

Il ne put reculer plus longtemps. Il devait faire l'horrible chose pour laquelle il était venu. Il sortit la petite enveloppe de sa poche et ouvrit l'armoire à pharmacie. Les somnifères de Margot avaient disparu ! La panique le prit. Ils auraient dû y être. Ils y étaient toujours, là, sur l'étagère du haut, où Nicky ne pouvait pas les atteindre. Il commença à ouvrir des tiroirs. Il ouvrit l'armoire à pharmacie de son côté de la salle de bains. Il ouvrit des meubles bas alors même qu'il savait que jamais elle n'y aurait rangé ses médicaments sur ordonnance.

Il se précipita dans la chambre de maître et se mit à ouvrir des tiroirs dans les deux commodes en noyer massif. Puis il passa aux éléments du haut et les ouvrit eux aussi. Avec le climatiseur programmé pour se mettre en route une demi-heure avant qu'elle rentre, il faisait chaud dans la maison. Il transpirait beaucoup. Et le sentait. Il s'intima l'ordre de rester calme et de ne regarder que dans les endroits élevés que Nicky ne pouvait pas atteindre.

Il entra dans son ancienne penderie, celle où les habits de Margot avaient débordé. Sur l'étagère du haut, il aperçut un coffret à bijoux, celui où elle gardait ses bijoux de scène. Il le descendit. C'était là que se trouvaient les gélules magenta et turquoise. Il tremblait tellement qu'il dut s'asseoir.

Il gagna la coiffeuse et s'assit sur la chaise rembourrée dont Margot se servait lorsqu'elle se brossait les cheveux avant de se coucher. Il vida le flacon sur le dessus du meuble et sortit la gélule mortelle de l'enveloppe. La déposa dans le flacon vide et remit les autres gélules par-dessus. Puis il ouvrit le flacon neuf que Jaime Salgando lui avait donné et en sortit six gélules qu'il ajouta au flacon de Margot parce que celui-ci était à moitié vide. Elle ne remarquerait pas les quelques gélules supplémentaires, celles qui donneraient assez de temps à tout le monde pour qu'elle habite ailleurs lorsque l'horrible chose se produirait.

Il remit le flacon de Margot dans son coffret à bijoux et replaça celui-ci sur l'étagère du haut, à l'endroit où il l'avait trouvé. Et jeta un dernier coup d'œil à la chambre. Il savait qu'il ne la reverrait jamais et en eut les larmes aux yeux. Dire que tout aurait été parfait si elle n'était pas devenue l'espèce de salope américaine manipulatrice et au cœur froid qui lui avait piqué son fric et brisé le cœur !

Une fois revenu à la porte d'accès au garage, il remit la targette comme il croyait qu'elle était lorsque Leonard avait forcé la serrure. Puis il ôta ses gants, ouvrit la porte du garage et la referma tout de suite après être sorti. Et remonta la colline, très heureux de constater qu'il n'y avait pas de voiture qui passait et pas davantage de jardiniers dans les propriétés voisines. Il reprit sa voiture, fit prudemment demi-tour et repartit dans la direction des boulevards.

Le jardinier avait déplacé le camion derrière lequel s'était garé Leonard Stilwell et dans la maison d'à côté une femme regarda celui-ci regagner sa voiture et consulter sa montre.

Leonard lui sourit et lança :

– Vous savez où habite Madonna ? J'ai l'impression d'avoir la mauvaise adresse.

– Non, je ne sais pas, lui répondit-elle en le regardant d'un air soupçonneux. Je ne pense pas qu'il y ait quelqu'un de ce nom qui habite dans ce pâté de maisons.

– Bon, ben, je vais essayer plus bas, lui renvoya-t-il en lui faisant un signe de la main.

Et il descendit la colline sans arriver à se sortir cette histoire de la tête. Ce n'était pas pour faucher un truc dans la maison de son ex qu'Ali l'avait engagé. Il l'avait engagé pour pouvoir y entrer, lui. Et le coup n'avait rien à voir avec la grosse enveloppe qu'il avait rapportée. Ali avait passé treize minutes à l'intérieur de la baraque. Que cherchait-il donc ? Il ne pouvait pas avoir volé quelque chose qui manquerait à sa femme ou alors il aurait tenu à ce que Leonard donne à son affaire tous les airs d'un cambriolage. Oui, c'était bien ça qu'Ali ne voulait pas.

Leonard s'approcha du trottoir dès qu'il y repéra une bouche d'égout, sauta de la Honda et jeta ses gants en latex dans l'ouverture. Voyons voir comme les Experts allaient essayer de le serrer maintenant ! se dit-il.

Une fois de retour dans sa voiture, il sortit la tige et le crochet de sa poche et les mit dans la boîte à gants. Il était à deux rues du cybercafé où il pensait se trouver plein de caillou avec quelques-uns des Franklin qu'il avait empochés lorsque ça lui vint : soit la réponse au problème Ali. Brusquement, il pigea. Ça ne pouvait être qu'une chose. Ce putain de déviant d'Arabe avait collé un micro dans la maison de son ex !

Qu'il remonte là-haut plus tard dans la soirée et il était sûr d'y trouver quelqu'un garé à un endroit de la rue où il n'avait rien à faire, quelqu'un qu'Ali aurait engagé pour suivre ce qui se passait dans la chambre à coucher de la petite dame. Leonard se dit que c'était le genre de conneries que faisaient les riches déjantés quand ils divorçaient. Ils étaient tous incapables d'apprécier vraiment ce qui vaut le coup dans la vie.

Ainsi donc, tout cela n'était que mensonges. Ali l'avait embauché sous de faux prétextes et lui avait menti sur toute la ligne ou pas loin. Bon, il s'était bien douté qu'il y avait de l'entourloupe depuis le début et aurait dû deviner plus tôt qu'Ali n'était qu'un menteur et un faux jeton. C'était comme ça maintenant. Il ne restait plus personne d'honnête dans c'te putain de ville !

17

De terribles événements devaient se produire tôt ce soir-là dans Hollywood Boulevard, des événements qui feraient hurler les touristes et laisseraient les enfants en larmes. Et bourré de dollars et en manque de caillou qu'il était, Leonard Stilwell s'y jeta tête la première.

Cela faisait un bon moment que tout était calme sur la promenade de la Gloire, devant le Chinese Theatre. Il y avait toujours un personnage de dessin animé pour se faire gauler pour ceci ou pour cela par le Détachement spécial anti-personnages. C'est ainsi que, pour n'en citer que certains, un Muppet Elmo, un Chewbacca et un Mister Incredible s'étaient fait arrêter. Et les Corbeaux tenaient des réunions, où ils essayaient de rassembler la centaine de personnages de dessins animés qui travaillaient en free lance dans les rues (beaucoup d'entre eux se déguisaient toujours de la même façon, et beaucoup étaient des camés) et de les avertir que les lois contre la mendicité agressive allaient être appliquées à la lettre.

Et ce n'était pas seulement que les personnages se battaient contre la loi, ils se battaient aussi entre eux. C'est ainsi par exemple que lorsqu'un touriste prenait un Superman en photo, un Bob l'Éponge pouvait s'immiscer dans le cliché et tenter de récolter la moitié du pourboire. Cela déclenchait des bagarres, certaines bien physiques, et contribuait à la formation de cliques. Tel ou tel jour, un ou deux Spiderman pouvaient ainsi faire alliance avec un Willy Wonka qui, lui, pouvait très bien se disputer avec une Catwoman ou un Shrek. Ce qui pouvait encore foutre en rogne un Donald Duck, ou un Wolfman, voire un des innombrables Dark Vador. L'affaire pouvait tourner au vilain lorsque des équipes du genre Lone Ranger et Tonto, ou Batman et Robin, commençaient à se massacrer dans la mesure où les pourboires des touristes dépendaient, et pas qu'un peu, de la solidité interne du tandem. Qu'était donc un Robin sans son Batman ?

Ce fut pourtant ce qui arriva ce jeudi soir-là, quelques heures après qu'Ali Aziz se fut bien démené pour préparer l'assassinat de son ex-épouse. Et peu après que Leonard Stilwell, avec ses mille dollars en poche, n'eut pas réussi à s'acheter de la came au cybercafé ou aux Tacos de Pablo à cause d'une mini-task force des Stups qui alpaguait tous les camés et petits dealers qui traînaient autour de ces deux établissements.

Il se peut que tout un chacun, y compris les personnages de rue, ait été particulièrement déprimé d'apprendre qu'inauguré par la Chambre de commerce d'Hollywood en 1928 le défilé de Noël n'aurait pas lieu cette année-là. Cette parade très populaire avait été présentée par des Grand Marshals aussi célèbres que Bob Hope, Gene Autry, James Stewart, Natalie Wood, Arnold Schwarzenegger et Charlton Heston. Mais tout comme Hollywood, elle avait perdu beaucoup de son glamour. Au nombre des derniers Grand Marshals, on trouvait Tom Arnold, Dennis Hopper et Peter Fonda. Pour finir, les choses avaient si mal tourné qu'il avait fallu se contenter d'un politicien du cru, le maire de Los Angeles, Antonio Villaraigosa, pour ouvrir le défilé. Il y a des chances que ça ait signé l'arrêt de mort de l'événement.

Bref, dans Hollywood Boulevard, par cette soirée d'été où l'air frappait à la figure comme un coup de sèche-cheveux et où la température à l'intérieur des costumes des personnages était proprement insupportable, le décor était planté pour une émeute. Et pour envenimer les choses, il y avait bagarre syndicale et une section locale avait demandé à un groupe de ses adhérents de défiler avec des pancartes devant le Kodak Center parce que ce dernier employait des travailleurs non syndiqués[1]. Une policière en civil du service des Relations syndicales du LAPD surveillait l'affaire, mais la présence policière n'allait pas plus loin.

Juste après le coucher du soleil, au moment où Hollywood devient toute rose, les centaines de touristes massés devant le Chinese Theater sentent le frisson qui leur dit : « Ici tout peut arriver », et il arriva effectivement quelque chose. Certains affirment que c'est Robin qui aurait tout déclenché, d'autres accusent Batman. Robin aurait traité Batman de « gros pédé d'arnaqueur ». Mais Batman, lui, aurait traité Robin « de petite pédale geignarde ». Personne n'est sûr de détenir la vérité, mais il ne fait aucun doute que c'est Robin qui décocha le premier coup de poing à son associé. À savoir un crochet à l'ample bedaine de Batman, la cui-

1. Au contraire de la France, il peut n'y avoir qu'un syndicat, alors dit « fermé », par entreprise, ce syndicat pouvant alors entamer des actions si l'entreprise embauche des travailleurs non syndiqués *(NdT)*.

rasse en plastique de ce dernier ne le protégeant pas vraiment.

Batman y alla donc d'un grand « Ou-ou-ou-ouh ! ». Et s'assit sur les empreintes de pieds de Steve McQueen conservées dans le ciment de l'avant-cour.

C'est alors qu'un Spiderman, un des plus imposants et qui s'était rangé du côté de ce Batman précis lors d'une récente bataille rangée de personnages, flanqua sa main dans la gueule de Robin et l'expédia sur l'empreinte en ciment du cigare de Groucho Marx.

Du coup Superman et sa copine Wonderwoman – qui, de fait, était un travelo tout maigre avec du poil aux pattes – traita Spiderman d'« insecte à vomir » et se mit en devoir de lui foutre une raclée maison tandis que hurlaient les touristes et que tremblaient de peur leurs enfants.

Leonard Stilwell avait garé sa Honda dans le parking le plus proche du Kodak Center. Il se foutait assez du prix exorbitant que ça lui coûterait – avec tous les Franklin qu'il avait en poche… Il se disait qu'il allait retrouver Junior dès le lendemain et qu'alors il lui rendrait ses outils et lui filerait un Président Grant.

Cela dit, il était tout étonné de découvrir qu'avec tout l'argent qu'il avait, parfois il y avait des choses qu'on ne pouvait pas acheter. Et pour l'heure, l'après-midi durant et toute la soirée, nulle part il n'avait réussi à s'acheter du caillou. Il espérait qu'un des décroches d'Hollywood South qui traînaient aux alentours de la station de métro en aurait un peu sur lui. Sinon, il essaierait peut-être d'en acheter à l'un des personnages devant le Chinese Theatre, mais seulement en dernier ressort. Il se rappelait encore très clairement ce qui était arrivé au gros Pluto qui planquait sa drogue dans sa tête devant le Kodak Center.

La fliquesse des Relations syndicales du LAPD se rua vers la mêlée en montrant son écusson et criant « Police ! Police ! », mais Superman et Wonderwoman refusèrent d'arrêter et Spiderman gémissait de douleur. Les ennuis ne faisaient que commencer.

Batman, qui s'était remis de son crochet au ventre, eut brusquement et sérieusement envie d'aller à la selle. Et vit alors que les syndicalistes qui manifestaient avaient une grande caravane garée le long du trottoir avec des toilettes de chantier Andy Gump en remorque.

En tenant son ventre meurtri d'une main, il gagna l'Andy Gump en crabe, en ouvrit la porte, y entra et se soulagea en une éruption qu'abasourdis, les syndicalistes qui gardaient la remorque entendirent clairement.

Lorsqu'enfin il ressortit, un des gardes – 52 ans, noir et minuscule, qui se trouvait être le délégué syndical du coin – lui lança :

– Hé mec, personne t'a dit que tu pouvais couler un bronze dans notre Gump.

– Batman chie où il veut, lui renvoya Batman.

– Sauf que Batman, pour moi, c'est rien qu'un petit rat volant qui s'est collé une cape à vingt dollars sur les fesses.

– T'as du pot que je t'aie pas chié dans le chapeau, espèce de nègre laid comme un pou.

Le délégué syndical qui, trente ans plus tôt, avait fait un assez bon champion de boxe poids plume, lui décocha aussitôt :

– C'est pas une chauve-souris de merde qui va me faire peur ! Même pas Dracula !

Ce soir-là, aux nouvelles de onze heures, le reporter qui avait assisté à la mini-émeute, montra au public un dessin de Batman et précisa que ce qui s'était passé ensuite était conforme à ce qu'on trouvait dans les albums de bandes dessinées, soit : « POUM ! BING ! PAN ! »

– C'est le croisé en cape qui s'est fait démolir et a embrassé le béton, précisa-t-il.

Et c'est ainsi que, ce jour-là, Batman devint le deuxième super-héros à être emmené aux urgences pour contusions et écorchures diverses.

Mais déjà, le flic des Relations syndicales avait appelé des renforts et les unités de nuiteux qui venaient de terminer l'appel et avaient encore tout ce qu'il faut de lumière du jour pour bosser s'étaient mises en route. Gert Von Braun et Dan Applewhite arrivèrent les premiers et séparèrent Superman et Wonderwoman de Spiderman, Gert attrapant Wonderwoman par les tresses auburn qui lui descendaient jusqu'aux épaules – tresses qui tout d'un coup lui restèrent dans la main.

– Maman ! hurla une fillette. Wonderwoman est chauve comme papa !

Deux autres unités étant arrivées, il y eut bientôt des centaines de touristes qui mitraillaient comme des dingues tandis qu'un camion de la télé causait un embouteillage dans le boulevard. Leonard Stilwell estima que ce n'était pas le bon coin. Il s'écarta des touristes au petit trot dans la promenade de la Gloire et se dirigeait vers le parking lorsqu'il tomba nez à nez avec l'équipe du 6-X-46.

– Putain, mec ! s'écria le Bris. C'est lui !

Le Débris attrapa Leonard par le bras juste au moment où celui-ci dépassait les flics à la course et lui fit faire demi-tour.

– Je pense beaucoup à toi, frangin, dit-il.

Leonard les reconnut aussitôt : c'étaient les flics sans cœur, couverts de coups de soleil et aux cheveux décolorés pleins de petites crêtes.

– J'ai rien à voir avec le bordel là-bas derrière, dit-il.

– Tu nous montres le bout de papier dans ta voiture, lui renvoya le Bris. Celui avec l'adresse.

– Quel bout de papier ?

– Fais pas chier, dit le Débris.

– Mais je vous fais pas chier, moi ! gémit Leonard. Je sais pas de quoi vous parlez !

– Le bout de papier avec l'adresse de Mount Olympus dessus, dit le Bris. Tu te rappelles maintenant ? Et vaudrait mieux que tu nous donnes la bonne réponse.

– Ah, celui-là !

– Oui, allez, on va à ta voiture pour que j'y jette un autre coup d'œil, dit le Débris.

– Ben, je l'ai plus.

– Et d'abord, pourquoi tu l'avais ?

– Pourquoi j'avais quoi ?

– Va te faire, mec ! dit le Débris en approchant la main de ses menottes.

– Attendez une minute ! s'écria Leonard. Laissez-moi réfléchir !

– Réfléchis vite, mec ! lui conseilla le Bris. Mon associé manque de patience.

– C'est une adresse que j'avais trouvée dans le journal. Pour un boulot. Y avait quelqu'un qu'avait besoin d'un peintre.

– Parce que t'es peintre en bâtiment maintenant ? voulut savoir le Bris.

– Oui, mais en ce moment j'ai pas de boulot.

– Ben justement, je pensais à faire repeindre ma chambre, moi, dit le Bris. Vaut mieux que je mette de l'émail semi-brillant sur les murs ou de la peinture au latex ?

Leonard commençait à avoir la bouche sèche. Le seul latex dont il avait entendu parler, c'étaient les gants dont il se servait pour ses petits travaux.

– Ça dépend des goûts, répondit-il.

– La plupart des gens se servent-ils d'une peinture émail à base d'huile ou d'une peinture latex à base d'eau pour les murs de leurs chambres ? insista le Débris.

– Une peinture émail ? répéta Leonard.

– Allez, on va voir ta bagnole, mec, dit le Bris. Peut-être que ton bout de papier y est encore.

Lorsqu'ils arrivèrent au parking, Leonard les conduisit à sa voiture qu'il avait garée tout au bout.

– Vous avez pas le droit de fouiller ma bagnole et vous le savez, dit-il.

– Qui parle de fouiller ta bagnole ? lui rétorqua le Débris. On veut juste revoir ce bout de papier.

– Et après, vous arrêterez de me harceler ?

– Il dit qu'on le harcèle ! s'écria le Débris en regardant le Bris.

– Alors là, ça me choque, moi. Ouais, je suis tout choqué ! s'écria le Bris.

Leonard ouvrit la portière, monta dans sa voiture et tendit la main vers la boîte à gants.

– Minute, minute, mec ! s'écria le Bris[1].

1. C'est très souvent dans la boîte à gants que les détenteurs d'armes cachent leurs pistolets ou revolvers *(NdT)*.

– J'allais juste voir si je l'aurais pas mis dans la boîte à gants.

– Attends un peu que mon collègue ait fait le tour pour pouvoir regarder à l'intérieur. C'est comme ça que les flics se font amocher.

– Moi, vous faire mal ? s'écria Leonard, dégoûté. Mal où ? Au cœur ?

Mais déjà le Débris avait ouvert la portière côté passager, la main sur la crosse de son 9 mm.

– Bon, maintenant tu peux y aller, dit-il.

Le crépuscule jetant déjà de grandes ombres partout, le Débris alluma sa lampe-torche pour éclairer l'intérieur de la boîte à gants.

À cet instant, Leonard se rappela où se trouvait le mot et passa la main derrière le pare-soleil en disant :

– Le voilà !

Mais il avait oublié qu'il avait jeté la tige et le crochet dans la boîte à gants.

– Qu'est-ce que c'est que ça ? demanda le Débris en promenant le faisceau de sa lampe torche sur ces outils de serrurier.

– Qu'est-ce que c'est ? répéta Leonard.

Et là, il se rappela !

– Oui, ces petits objets bizarres dans la boîte à gants, précisa le Débris. Est-ce que… tu t'en sers pour ouvrir les couvercles des bidons de peinture ?

– Ces trucs-là sont dans la voiture depuis que je l'ai achetée, répondit Leonard en jetant un coup d'œil à la boîte à gants. Je ne sais pas ce que c'est. Pourquoi, c'est illégal ? Comme la porno enfant ou autre ?

– Descends de voiture, lui ordonna le Débris. Et donne-moi tes clés. Je ne pense pas que ça te gênera que je cherche d'autres petits objets bizarres dans ta chiotte, pas vrai ?

– Bah, à quoi bon ? Vous allez le faire de toute façon.

Pendant que Leonard Stilwell se tenait à l'extérieur de sa voiture et que le Débris cherchait sous les sièges et dans le coffre, le Bris le palpa, sentit les billets dans sa poche et demanda :

– C'est quoi, ça ?

– Mon fric, quoi.

– Combien y a ?

– Faut que je réponde ?

– Si tu sais combien t'as, on se dira que c'est bien ton fric, lui renvoya le Débris. Mais si tu le sais pas, on se dira que tu viens juste de le piquer dans une poche ou dans un sac à main devant le Kodak Center. Et on ira chercher une victime. Ça pourrait prendre du temps.

– Mille dollars. Dix Franklin.

Les amateurs de surf se dévisagèrent et le Débris ajouta :

– T'as mille dollars dans ta poche ? Où les as-tu eus ?

– En jouant au poker.

– Et tu as des outils de serrurier, reprit le Débris. Et ils étaient déjà dans ta voiture quand tu l'as achetée.

– Voilà, c'est ça.

– Et tu sais pas forcer une serrure ?

– C'est à peine si je sais forcer sur quoi que ce soit. Vous me harcelez ! C'est du harcèlement policier !

– Que j'te dise, mec, lâcha le Débris. Si t'es capable de m'épeler harcèlement, on te laisse filer. Si tu y arrives pas, on te ramène au commissariat d'Hollywood, histoire que tu t'expliques avec un inspecteur. Ça te va ?

– H-A-R…

Un quart d'heure plus tard, Leonard Stilwell était assis avec le Bris dans une salle d'interrogatoires du commissariat d'Hollywood, le Débris se trouvant, lui, dans la salle des inspecteurs où il expliquait ce qu'ils avaient découvert à un Charlie Gilford le Compatissant, fort irrité qu'on l'ait arraché à sa vidéo de *Dancing with the Stars* où Heather Mills Cartney cognait fort sur le plancher avec sa jambe prothétique, mais où, déception, celle-ci restait attachée à sa propriétaire.

– On a donc des rossignols, mille dollars et un mec avec un casier plein de 459[1], résuma ce dernier jamais pressé de faire quelque travail que ce soit. C'est quand même assez maigre pour le coffrer. Bon mais… et le billet avec la mauvaise adresse ? On pourrait pas y accrocher une victime ?

– Les mecs de la Cambriole pourraient y arriver demain, répondit le Débris. C'est même pour ça qu'on va le boucler ce soir, non ? Pour leur filer quarante-huit heures. Allez, quoi, ce mec a le nez sale. Je le sais, moi !

– Laisse-moi prendre un café et y réfléchir.

Depuis que le décret fédéral du consentement civique avait pris effet six ans plus tôt, le chef de sûreté n'avait plus le droit d'autoriser une incarcération pour délit mineur. Il ne pouvait que la « recommander », l'affaire étant alors transférée à un chef de patrouille fédéral. Le gouvernement fédéral et ses légions de contrôleurs et de superviseurs civils surpayés donnaient l'impression de n'aimer ni les déclaratives ni les verbes à la forme active qui leur paraissaient trop agressifs. Comme pour tout ce qui touchait au décret du consentement, leurs préférences donnaient naissance à des tonnes de paperasse

1. Code de police du cambriolage *(NdT)*.

supplémentaires. À la fin des fins pourtant, tout cela revenait au même résultat. Le suspect se retrouvait au gnouf pendant quarante-huit heures, que les inspecteurs utilisaient à essayer de bâtir un dossier assez solide pour pouvoir le présenter au bureau du district attorney.

Le Débris était dégoûté. Pendant que Charlie disparaissait, l'amateur de surf sortit son calepin et, assis à un bureau, composa le numéro de portable d'Hollywood Nate juste avant que celui-ci ne termine son service.

Le Débris lui expliqua ce qu'il avait fait et lui demanda :

– As-tu jamais eu l'occasion de parler de ce Stilwell à ton amie de Mount Olympus ?

– Non, pas encore, reconnut Nate. Mais j'ai parlé à quelqu'un qui la connaît nettement mieux que moi et il m'a dit qu'il le ferait.

– Et ce quelqu'un l'a fait ?

– Je ne sais pas, répondit Nate, mal à l'aise.

– Écoute, frangin, faut que tu nous aides. Ce mec m'a foutu la puce à l'oreille dès que je l'ai vu. C'est un cambrioleur. Je suis sûr qu'il vient de faire un petit boulot au cours duquel il a piqué mille dollars, mais on n'a pas encore de rapport sur l'affaire. Pour moi, ce truc-là s'est passé au Mount Olympus, à la baraque où t'étais, ou quelque part pas loin.

La ligne resta silencieuse un instant, jusqu'à ce que Nate déclare :

– Bon, je lui passe un coup de fil tout de suite et je te rappelle.

– Merci, frangin. Non, parce que la baraque là-haut, moi, elle m'inspire pas confiance.

Nate appela le fixe de Margot Aziz juste au moment où celle-ci entrait dans son garage avec son fils Nicky endormi sur le siège bébé. Elle sortit le gamin du véhicule et en le portant se dirigeait vers la porte lorsque la première sonnerie se fit entendre. Elle essaya la porte, mais elle était fermée.

– Merde, dit-elle.

Cette porte-là n'était jamais fermée. Lola avait si souvent oublié de la fermer que Margot avait cessé de lui rappeler de le faire. Et il fallait que ce soit le jour où elle s'en était souvenue, que ce soit le moment même où elle espérait recevoir un coup de fil de Bix Ramstead qu'elle essayait de joindre depuis deux jours.

Elle se débrouilla pour sortir ses clés de son sac à main sans lâcher son gamin de cinq ans qui dormait et réussit à ouvrir la porte juste au moment où le téléphone s'arrêtait de sonner. Elle entra le code de l'alarme pour faire taire la tonalité électronique, se rua dans la cuisine et décrocha l'appareil juste après la fin du message.

Elle le repassa, mais ce n'était pas le bon flic. Elle entendit une voix qui disait :

– Margot, Nate Weiss à l'appareil. Je vous en prie, appelez-moi le plus vite possible. Il s'agit d'un problème de police qui pourrait vous concerner.

Un problème de police ? Elle sortit la carte du policier du petit bureau près de la cuisine, mais la reposa. Plutôt un problème de cul, oui ! Après la soirée qu'ils avaient passée ensemble, elle ne l'avait jamais rappelé comme elle avait promis de le faire et, maintenant, il avait manifestement décidé de lui mettre la pression. Il allait probablement lui dire qu'il était prêt à emménager chez elle pour assurer sa protection pendant la période restante de mise en main tierce de la maison.

T'as eu ta chance, mon pote, se dit-elle. Dommage qu'il n'ait pas été un assoiffé du genre Bix Ramstead. Les airs et les manières sexy d'Hollywood Nate lui plaisaient bien.

Hollywood Nate prit une décision. Il allait faire sa petite démonstration à Bix Ramstead. Il était certain que Bix avait un truc sur le feu avec Margot Aziz et savait aussi que Bix était marié et avait deux enfants. Bon, ben, c'était dommage. Nate n'avait pas envie de le gêner, mais ce truc avec Stilwell avait assez duré. Il allait donc lui raconter la soirée qu'il avait passée avec Margot et alors, ou lui ou Bix allait découvrir s'il s'était récemment produit des trucs pas nets autour de chez elle. Tout ce qui pourrait expliquer pourquoi un petit cambrioleur de mes deux avec une adresse proche de chez elle avait des rossignols et mille dollars dans sa poche. D'expérience, Nate savait que Margot était une femme astucieuse. Si l'affaire Stilwell avait un sens quelconque, peut-être parviendrait-elle à le découvrir pour eux.

Nate était naturellement au courant du meurtre de la Somalienne et savait que Bix avait eu une nuit chargée et n'était pas de service ce jour-là. Il l'appela chez lui et sur son portable et fut chaque fois renvoyé sur une boîte vocale.

– Bix, dit-il, Nate Weiss à l'appareil. Faut que je te parle de Margot le plus vite possible. Ça pourrait être important. Rappelle-moi.

Il jeta un coup d'œil dans son bureau et découvrit que Ronnie venait juste de signer le registre de sortie. Il gagna le vestiaire des femmes, passa la tête à la porte et cria son nom.

Et fut soulagé de l'entendre répondre :

– Oui, je suis là.

Quelques minutes plus tard, Ronnie ressortait du vestiaire en civil, Nate lui disant aussitôt :

– Est-ce que tu sais comment je pourrais joindre Bix ?

– Ça fait quatre fois que j'essaie aujourd'hui, sans résultat, répondit-elle en hochant la tête. Je crois que ce meurtre bizarre d'hier soir l'a foutu en l'air. À dire vrai, je suis un peu inquiète.

– Sa femme ne sait pas où il est ?

– Sa femme et ses enfants sont partis voir la belle-famille dans un autre État. Ils ne seront de retour qu'après le week-end.

– Ce qui fait que je vais pas pouvoir lui parler avant demain ?

– C'est bien possible. Il a appelé le sergent aujourd'hui et a pris aussi la journée de demain. Il a beaucoup de jours de congés à rattraper et a dit qu'il lui en fallait deux pour régler des histoires de famille.

– Tu crois qu'il a quitté la ville ?

– Je ne sais pas, Nate. Bix est un type assez mystérieux. Et les journées en question elles aussi.

– Ce qui voudrait dire ?

– Bix et toi… c'est quoi, le secret que vous partagez ? Ou alors… c'est un truc de mecs ?

– Y a une femme qui habite à Mount Olympus, répondit Nate après un temps d'arrêt. Il n'est pas impossible qu'elle se soit fait cambrioler aujourd'hui. C'est tiré par les cheveux, mais le Bris et le Débris se sont dégoté un suspect et tu sais à quel point ils sont obsessionnels. Ils veulent que quelqu'un parle à cette femme tout de suite, mais elle n'est pas chez elle. Je viens juste d'appeler.

– Qu'est-ce que Bix vient faire là-dedans ?

– On la connaît tous les deux et je pense que Bix doit avoir son numéro de portable. C'est une longue histoire.

– Donc, c'est bien une histoire de mecs, conclut Ronnie profondément déçue.

Bix le dernier des flics monogames. Bix, l'alcoolo qui niait l'être. Et coureur de jupons avec ça ?

– Bonne chance, dit-elle. Faut que je rentre chez moi.

Nate trouva le Bris et le Débris à la salle des inspecteurs.

– Bon, vous savez que je connais la femme qui habite à l'adresse de Mount Olympus, mais je ne la connais pas aussi bien que vous croyez. J'ai essayé de la joindre et je lui ai laissé un message. Pourquoi ne pas boucler ce connard et laisser les inspecteurs démêler l'affaire demain quand la fille sera chez elle ?

– C'est exactement ce qu'on pense, frangin, dit le Débris, mais y a Charlie Gilmore qui nous la fait super-ménopause et veut pas nous donner son approbation sans avoir un témoin oculaire, une bande-vidéo et une confession signée avec du sang.

Juste à ce moment-là, Charlie le Compatissant sortit de la salle d'interrogatoires où il venait de parler avec Leonard Stilwell. Il tenait un procès-verbal qui redonna de l'espoir aux amateurs de surf. Il ne se serait jamais tapé de paperasse s'il se proposait de flanquer le camé à la porte.

– Bon d'accord, dit-il, je le garde et recommande sa mise en détention pour cambriolage, dit-il. Mettez les rossignols et les mille dollars sous scellés et, demain, on laisse à l'équipe des cambriolages le soin de s'en occuper.

– Super ! s'écria le Débris.

– Il dit avoir gagné ses mille dollars en pariant sur les Giants contre les Dodgers avec un inconnu rencontré dans une académie de billard, précisa Charlie le Compatissant d'un air dégoûté. Tout résident de cette ville capable d'inventer une histoire aussi lamentable mérite de terminer en prison !

Margot Aziz essaya encore une fois de joindre Bix Ramstead. Elle était on ne peut plus consciente que son épouse et sa famille devaient rentrer dans quatre jours. C'était tout le temps dont elle disposait. Tout le temps qu'elle pourrait jamais passer avec cet homme, elle en était sûre. Si ça ne marchait pas avec lui, elle devrait trouver un nouveau plan. Mais Jasmine marcherait-elle encore ? Sa cupidité commençant à céder devant la peur, Jasmine parlait déjà de renoncer à l'opération, même après que Margot eut donné tant de son temps et de ses efforts à Bix Ramstead depuis quelques mois. Car jamais Bix n'avait accepté de passer une nuit entière dans son lit. Jamais donc elle n'avait eu la possibilité de mettre son plan à exécution. Ça lui flanquait mal à la tête rien que d'y penser. Le stress devenait insupportable.

Les gens croyaient qu'elle pourrait s'en tirer avec sept millions de dollars. Pour son avocat, ce serait en gros la part qui lui reviendrait après que tous les biens immobiliers et autres, dont un portefeuille dont la valeur ne cessait de croître, auraient été divisés. Sauf que ça, ce serait avant que les honoraires exorbitants dudit avocat ne soient déduits à la fin du calvaire.

Ce même avocat lui avait aussi dit qu'en investissant comme il fallait, elle et Nicky pourraient vivre « confortablement ». Elle lui avait ri au nez.

Et lui avait rappelé que des centaines de maisons étaient présentement en vente dans les Hollywood Hills pour bien plus d'argent que ce total « confortable », certaines même pour deux fois plus. Comment Nicky pourrait-il être élevé dans ces conditions si elle se retrouvait obligée de dépenser un minimum de quatre à cinq millions de dollars pour acquérir une maison convenable ? Et monsieur l'avocat savait-il combien coûtait l'entretien des demeures dans le coin ? Et avait-il la moindre idée de ce que peut exiger une fille au pair en qui on veut pouvoir avoir une confiance pleine et entière ? Et ce qu'il fallait payer pour une bonne école, hein ? Parce que Nicky entrerait à la maternelle en septembre et les frais de scolarité annuels seraient plus élevés que ce qu'avait coûté la maison de Barstow à ses parents lorsqu'ils s'étaient mariés. Et d'ajouter qu'elle comprenait très bien ce que c'était que de se battre tous les jours pour avoir de l'argent et que, ça, elle était bien décidée à ce que Nicky n'ait jamais à l'affronter.

Nicky… C'était là-dessus qu'elle avait le plus de désaccords avec son avocat. Il lui disait que lorsqu'il en aurait fini avec Ali Aziz, le propriétaire de night-clubs aurait la trouille d'être ne serait-ce qu'un jour en retard pour payer sa pension alimentaire mensuelle. Elle lui renvoyait qu'il plaisantait et précisait qu'elle connaissait aussi parfaitement Ali qu'elle se connaissait elle-même. Et qu'elle ne doutait pas qu'il se dessaisisse en secret de sa fortune et ne bâtisse des plans pour convertir tous ses biens en liquidités. Et qu'après, il lui prenne son fils et l'emmène hors d'Amérique, et pour toujours.

Un jour, l'avocat avait clamé haut et fort que jamais Ali Aziz, un naturalisé, ne ferait un truc pareil. Repartir vivre au Moyen-Orient après avoir goûté à l'existence toute d'opulence d'Hollywood dépassait son imagination.

Margot lui avait alors rappelé qu'Oussama ben Laden lui aussi avait été riche et qu'il avait renoncé à tout pour vivre dans une grotte. Et elle doutait qu'Oussama ait à dépenser des tonnes de fric en cocaïne pour se faire faire des pompiers. Sur quoi elle lui avait demandé de vérifier une supposition. Et l'avait fait sans avoir l'air d'y toucher : si jamais Ali disparaissait pendant ou après l'accord de divorce, sa fortune irait-elle à Nicky et en serait-elle l'exécutrice testamentaire ?

L'avocat lui avait répondu qu'à son avis, dans son dernier testament Ali avait certes nommé son avocat exécuteur testamentaire, mais que oui, c'était à Nicky qu'irait sa fortune. C'est alors qu'elle avait pensé à l'avocat d'Ali. Dans le genre, il avait plutôt l'air raisonnable. Il rougissait lorsqu'elle le dévisageait un peu trop longtemps. Elle pourrait travailler avec lui au nom de son fils. Il y aurait approximativement quatorze millions de dollars pour elle et lui. Ils pourraient s'en sortir. Elle était encore jeune et n'avait rien perdu de sa beauté. Des hommes riches, il y en aurait encore beaucoup après qu'elle aurait chassé Jasmine de sa vie.

Et même si elle ne trouvait jamais l'homme idéal, Nicky, lui, pourrait jouir de son héritage à 13 ans. Margot n'avait aucune idée de ce à quoi, correctement investis par l'avocat exécuteur testamentaire d'Ali, ses sept millions de dollars pourraient ressembler. Mais à ce moment-là Nicky prendrait soin de sa mère. Dans quelques années elle aurait le cul qui dégringole comme un sac de linge mouillé et besoin de quelqu'un pour s'occuper d'elle.

Elle regarda dans la chambre de Nicky et vit qu'il dormait profondément. Elle gagna sa propre chambre, prit une douche chaude, alluma la télé et surfa sur les chaînes. Finit par renoncer, passa sur une chaîne câblée facile à regarder et enclencha l'alarme, bien décidée à se coucher tôt.

Puis elle ouvrit sa penderie et descendit le coffret à bijoux où elle rangeait ses somnifères depuis qu'un après-midi elle avait surpris Nicky debout sur l'évier de la salle de bains, en train de chercher des bonbons contre la toux dans l'armoire à pharmacie. Elle tira un verre d'eau au robinet et s'assit devant sa coiffeuse pour se brosser les cheveux quelques minutes. Et ôta le bouchon du flacon.

Et songea à Ali et à la manière dont il n'aimait pas qu'elle prenne des somnifères de peur que ça ne la replonge dans la dépendance à la cocaïne dont elle s'était débarrassée quelques années avant. Elle fit rouler le flacon sur le côté pour faire tomber une gélule dans sa main. Ce fut alors, au moment précis où elle pensait à son ex, que Rod Steward se mit à chanter : « Nous serons à nouveau ensemble. » Elle en eut un frisson qui lui courut dans le cou et les épaules.

Non, se dit-elle, nous ne serons jamais plus ensemble. Ni dans ce monde ni dans celui d'après, s'il y en a un. Rien que de penser à Ali Aziz et à ce qu'elle allait devoir faire, ses mains tremblèrent. Elle lâcha le flacon qui tomba sur la coiffeuse, toutes les gélules magenta et turquoise s'y répandant.

Elle les ramassa et les remit dans le flacon. Une était restée sur la coiffeuse, elle la glissa dans sa bouche et l'avala. Puis elle en avala une deuxième malgré les mises en garde de son médecin comme quoi une suffisait. Ce soir, elle avait besoin de dormir sans aucune interruption.

Avant de se retirer pour la nuit, elle appela une dernière fois le portable privé de Bix Ramstead et lui laissa un message qui disait :

– Bix, je te supplie de m'appeler !

18

De violents cauchemars tourmentèrent Leonard Stilwell toute la nuit. Il était dans une cellule avec trois autres types, dont un voleur latino aussi costaud que tatoué qui, Dieu sait comment, avait appris qu'un prisonnier arrivé depuis peu – un agent d'assurance de 32 ans – venait d'être mis en garde à vue pour avoir violé la fillette de 8 ans de sa petite amie.

Jusque-là le Latino s'était occupé de ses oignons et n'avait parlé à personne tout le temps que Leonard était resté en cellule avec lui. Mais dès qu'il eut vent du viol de l'enfant, il se leva et sans avertir commença à cogner la tête de l'assureur contre le mur de la cellule, lui causant ainsi une lacération au crâne qui fit jaillir du sang sur la chemise de Leonard.

Dès que les gardiens entendirent les cris, les deux hommes furent extraits de la cellule. Et l'assaillant fut emmené ailleurs, Leonard l'entendant hurler :

– Moi, je suis un voleur. C'est ce que je fais ! Lui, c'est une ordure !

Plus tard, Leonard dormit par à-coups sur sa couchette, en se réveillant souvent en nage. Et pendant une de ses périodes de veille, il décida qu'il commençait à se faire trop vieux pour ce genre d'existence. Plus question de besogner dans la petite arnaque et de racler les fonds de tiroir pour payer le loyer. Dès qu'il sortirait, il allait se trouver un emprunt et commencer une nouvelle vie. Il pensait même savoir comment s'y prendre.

Après avoir été réveillé pour avaler ce qu'il appela de « faux œufs frits et du chat écrabouillé sur la route », il y alla d'un commentaire spontané au seul codétenu qu'il avait encore, un vieil arnaqueur qui, traits fins et belle crinière de cheveux blancs, avait fauché toutes leurs économies à trois petites vieilles.

– Moi, j'en ai assez, mec, dit-il. Bien plus qu'assez même. C'est pas ce que j'avais prévu de vivre. C'est vraiment pas ce que j'avais en tête.

Et le vieil arnaqueur lui répondit :

– Le destin est sans pitié, fiston. Personne n'a jamais commencé sa vie en voulant finir proctologue non plus, hein ? Mais les merdes, ça arrive.

L'équipe des cambriolages qui avait reçu le PV d'arrestation de Leonard Stilwell avait une semaine chargée et ne pouvait consacrer que quelques heures au suivi d'enquête. Un des inspecteurs fit donc sortir Leonard de sa cellule, l'interrogea et obtint à peu près le même résultat que Charlie Gilford avant lui. Son coéquipier, l'inspectrice d'échelon 2 Lydia Fernandez, gagna la maison de Margot Aziz en voiture et frappa à sa porte à 10 heures.

Lola était en train de passer l'aspirateur et Nicky regardait *Sesame Street* dans la salle de séjour, avec le son monté assez fort pour pouvoir entendre par-dessus le bruit de l'aspirateur. Ce fut donc une Margot en chemise de nuit et robe de chambre qui, après un sommeil ininterrompu de neuf heures induit par médicament, lui ouvrit la porte. Une femme qui n'était pas beaucoup plus vieille qu'elle et avait l'air très business business dans sa jupe et sa veste d'été assorties lui montra son écusson et lui dit en lui présentant sa carte de visite :

– Bonjour, m'dame. Je suis l'inspectrice Fernandez et j'aimerais vous poser quelques questions.

– Je serais ravie de vous faire entrer, lui renvoya Margot en passant dans la véranda, mais il faudrait que nous communiquions par écrit. J'ai un gamin de cinq ans à la maison.

– J'ai juste besoin d'un petit moment, dit l'inspectrice en souriant. Connaissez-vous un certain Leonard Stilwell ?

– Je ne pense pas, non. Pourquoi ?

– Ce type-là ? insista l'inspectrice en lui montrant la trombine de Leonard.

– Pour autant que je sache, non, je n'ai jamais vu cet homme. Vous pouvez me dire de quoi il s'agit ?

– C'est peut-être rien, mais il avait dans sa voiture une adresse proche de la vôtre, mais fausse. Et comme il a un casier de cambrioleur et avait sur lui des outils dont on peut se servir pour forcer une serrure… Je vais vérifier auprès de tous les résidents de la rue.

– Un cambrioleur ? Ça fait peur !

– Votre maison et votre propriété ont-elles été altérées en quoi que ce soit hier ?

– Pas le moins du monde, répondit Margot. Ma bonne a passé l'essentiel de la journée ici et, à peine quelques heures après son départ, je suis rentrée avec mon fils. Les portes étaient fermées à clé et l'alarme enclenchée quand je suis entrée. Faut-il que je m'inquiète à cause de cet homme ?

– Non, il n'y a pas besoin de s'inquiéter. Restez seulement consciente que les opportunistes dans son genre cherchent toujours des cibles faciles.

– Merci de m'avoir avertie.

L'inspectrice se tournait déjà pour partir lorsque Margot ajouta :

– Est-ce que je pourrais vous ennuyer encore une minute pour autre chose ?

– Oui, oui, répondit l'inspectrice en s'arrêtant.

– Je ne me fais pas de souci pour les cambrioleurs, mais je suis en plein milieu d'un très vilain divorce et mon mari m'a déjà fait des menaces voilées. J'aimerais que la patrouille passe par ici de temps en temps. Pourriez-vous, s'il vous plaît, le rappeler au sergent Treakle du commissariat d'Hollywood ? Il est passé ici un soir.

– Je vous suggère de l'appeler vous-même. Le petit mot que je lui laisserai ce soir pourrait se perdre dans les tas de papiers qu'il y a partout dans notre commissariat.

– Je n'y manquerai pas, dit Margot.

Elle resta dans la véranda et regarda l'inspectrice prendre l'allée cochère de la maison voisine. Margot avait maintenant un autre nom à ajouter à la liste des officiers de police qu'elle avait avertis des menaces inquiétantes qu'Ali Aziz avait proférées contre elle.

En réintégrant sa maison, elle fit signe à Lola d'éteindre l'aspirateur et lui lança :

– Il va falloir être plus attentif à la sécurité, Lola. C'était une inspectrice de police. Il se peut qu'il y ait des cambrioleurs dans le quartier.

– J'être attention, m'dame, dit la Mexicaine. Je ferme toujours portes à clé et mets l'alarme.

– Oui, Lola, et il va falloir que vous commenciez à vous rappeler de mettre le verrou à la porte du garage. On ne saurait se montrer trop prudent par les temps qui courent.

– Oui, m'dame, répéta Lola. Je m'excouse. J'oublie.

– Vous n'avez pas oublié hier, lui renvoya Margot. Alors, faites-le simplement chaque fois.

Lola eut l'air perplexe, comme si elle ne se rappelait pas avoir poussé la targette la veille, mais bon… comme on la félicitait de l'avoir fait, pour une fois elle avait dû le faire.

– Oui, m'dame, répéta-t-elle avec un sourire à 14 carats[1].

Ce jour-là, Ronnie Sinclair appela les résidences de deux geignards qui se plaignaient sans arrêt que les encombrants ne passaient pas assez souvent, un des objets de leurs plaintes étant un canapé de trois mètres cinquante avec les ressorts qui béaient à l'air. Impossible de deviner comment il avait atterri dans le jardin de devant d'une maison vide, mais il n'y était pas la veille. C'était à ces moments-là que Ronnie songeait à redevenir un vrai flic.

Puis elle pensait au bon côté des choses. Aujourd'hui, elle était en civil au lieu d'être en tenue à cause d'une réunion à laquelle elle devait assister. Et elle ne recevrait aucun appel auquel elle devrait répondre, mais aurait le droit à son bonus SLO. En plus de quoi, elle avait du temps pour préparer son examen de sergent. Il n'empêche, elle avait toujours comme une impression de regret chaque fois qu'elle voyait une voiture pie se ruer ici ou là tous gyrophares allumés et sirènes hurlantes.

Elle était maintenant sûre que Bix avait repiqué à la bibine et touchait le fond. Avec sa femme et ses enfants loin de la ville, et deux ou trois jours de liberté, elle se

1. Standard or aux États-Unis *(NdT)*.

dit qu'il devait être en train de se saouler à mort. Ayant appris que Leonard Stilwell était en prison, elle n'avait plus vraiment d'excuse pour agacer Bix en lui passant des coups de fil. Il n'empêche : elle avait quand même du mal à se dire qu'il n'était peut-être qu'un énième Hollywood Nate s'envoyant une bimbo friquée de Mount Olympus. Elle avait espéré mieux.

Puis elle commença à se demander pourquoi cela la troublait autant. À se demander si elle lui en voulait de n'avoir jamais proféré la moindre allusion grivoise à son endroit ou jeté un regard suggestif sur elle. Était-ce que sa fierté en était blessée ? Était-elle blessée qu'il puisse lui préférer une de ces droguées à jeans délavés et meubles Crate & Barrel du Laurel Canyon qui laissent tomber la vie de bohème à 40 ans et vivent ensuite avec des cicatrices de laser ou le remords de s'être fait tatouer un jour ? Ou alors… préférait-il une de ces nénettes déprimées des Hollywood Hills en jeans deuxième peau et mariées à des types entre deux âges qui s'habillaient encore comme des collégiens, mais jamais dans des tons pastel décidément pas cools ? Une de ces épuisées de la cervelle à force d'avoir cherché pour leurs bébés des prénoms encore plus déglingués que ceux que les stars de cinéma trouvaient pour les leurs ? Est-ce bien de ça que je suis jalouse ? se demandait Ronnie Sinclair.

Au Mount Olympus ou dans leurs rapports, les inspecteurs n'avaient rien trouvé qui relie Leonard Stilwell à un quelconque cambriolage ou vol de mille dollars. Les gars de la patrouille de jour leur ayant ramené plusieurs types arrêtés sur lesquels ils allaient devoir mener des enquêtes approfondies, à trois heures de l'après-midi, épuisés comme ils étaient, ils autorisèrent la libération de Leonard, auquel furent alors rendus son argent et ses rossignols. Le policier de service à la réception regarda Leonard comme s'il était fou lorsque celui-ci lui demanda s'il pouvait casser un billet de cent pour pouvoir téléphoner d'une cabine parce qu'il avait laissé son portable dans sa voiture.

Le policier lui ayant appelé un taxi conduit par un Pakistanais, ce dernier ramena Leonard au parking d'Hollywood Boulevard, à côté du Chinese Theater où, après s'être violemment disputé avec le gardien, Leonard accepta de payer la somme de quatre-vingt-cinq dollars pour avoir laissé sa Honda vingt-six heures sur le parking et fit don des quinze dollars restants au chauffeur de taxi. Il ne lui restait plus maintenant que neuf Franklin.

En essayant de dominer toute sa colère et toute sa frustration, Leonard appela alors le bureau d'Ali et tomba sur sa boîte vocale.

– Ali, dit-il, c'est moi, Leonard. J'ai besoin de te voir à six heures. Vaudrait mieux que t'y sois, mec.

Puis il gagna le IHOP en voiture et s'y bourra de crêpes, de jambon, d'œufs frits et de pommes de terre sautées qu'il descendit si vite que la serveuse le regarda bouche bée. Après quoi, il reprit le volant, rentra chez lui et enveloppa la tige et le crochet à serrure dans un billet de cinquante dollars, qu'il glissa sous la porte de Junior. Enfin il arriva dans sa chambre, s'effondra sur le lit et s'endormit.

Arrivé à son bureau, Ali écouta les messages de sa boîte vocale et se les repassa trois fois. Rien de bon n'allait sortir de tout ça. Il avait bien entendu le défi tremblant dans la voix de Léonard. Ce « vaudrait mieux que t'y sois » était particulièrement inquiétant. Ça devait tourner autour d'un problème d'argent.

Du coup, il ouvrit le tiroir du milieu de son bureau. Pure précaution. Il allait attendre de voir Leonard avant de décider quoi que ce soit. Leonard était bête et lui ne l'était pas. Il n'aurait pas de mal à se montrer plus malin que ce petit voleur et pourrait peut-être même le raisonner, mais juste au cas où il n'y aurait pas d'autre solution…

Il avait eu dans l'idée de donner le flacon de somnifères à la première de ses filles qui lui ferait un super-pompier, mais maintenant il lui voyait une autre utilité. Il en sortit les gélules magenta et turquoise et versa le contenu de ces dernières dans sa corbeille à papiers. Dans quelques minutes il les remplirait de sucre en poudre de la cuisine. Puis il glissa la gélule mortelle dans le flacon. Comme à la roulette russe, sortir une gélule du flacon et en réchapper n'était pas impossible. Cela dit… Avant que Leonard Stilwell arrive, il décida encore qu'il poserait le flacon sur son bureau, bien visible.

Bix Ramstead avait un violent mal de tête, et ce n'était que mérité vu la quantité d'alcool qu'il avait consommée ces dernières trente-six heures. Il s'était réveillé tout habillé et oui… il avait partagé le divan de la salle de séjour avec Annie, la bâtarde berger/labrador qu'il avait sauvée bien des années auparavant. Annie, dont il avait la gueule sous le nez, gémit et remua la queue lorsqu'il ouvrit les yeux.

– Salut, Annie, dit-il, et il grimaça.

Se redressa, s'étira les muscles du dos d'un côté puis de l'autre, boitilla jusqu'à la cuisine et nettoya le bol d'Annie.

– Tu veux déjeuner, ma copine ? lui demanda-t-il, et Annie s'assit en le regardant avec la dévotion toute particulière qui, on le dit, est celle des chiens qu'on a sauvés.

Il se jeta trois aspirines dans le gosier et les avala en mélangeant la pâtée d'Annie avec du poulet bouilli et un œuf dur. Puis il paniqua une seconde en n'arrivant pas à se rappeler s'il lui avait donné à manger la veille, mais il vit la boîte de bouffe à chien vide sur l'évier et comprit qu'il l'avait fait.

Tandis qu'Annie mangeait joyeusement, il s'assura que la trappe à chien de la porte du jardin de derrière était ouverte et remit de l'eau dans le bol posé dans la véranda. Après quoi, il se versa un bol de céréales et un verre de jus d'orange. Descendit le jus d'orange, mais fut incapable d'avaler les céréales.

Il ramassa les deux bouteilles vides de vodka et la douzaine de boîtes de bière et mit tout ça dans un sac-poubelle. Les éboueurs les débarrasseraient le lundi matin, avant qu'il aille chercher sa femme et ses enfants à l'aéroport. Il avait peur de ne pas pouvoir cacher sa beuverie à Darcey. Elle le connaissait trop bien et il lui avait fait trop de promesses. Il se rappela le dernier serment qu'il lui avait servi : « Même si je ne pense pas être un alcoolo, si jamais je me saoule encore une fois, je te jure que j'irai chercher de l'aide aux Alcooliques anonymes. » Et elle lui avait répondu : « Aussi fort que je t'aime, je pars avec les enfants si tu ne le fais pas. »

Il porta une cuillerée de céréales à sa bouche et un sanglot lui échappa. Il reposa la cuillère et tenta de se dominer.

Son portable sonna, il ne savait plus où il était. L'espace d'un instant, il oublia qu'il avait demandé et obtenu un jour de congé compensatoire. Il suivit le bruit et trouva son portable sur le divan, où il était tombé de sa poche. Sa gueule de bois l'empêcha de lire ce qu'il y avait sur l'écran sans ses lunettes.

Il réussit à proférer un « Allô » douloureux.

– Bix ! s'écria Margot. Dieu soit loué !

– Margot, dit-il, pourquoi tu m'appelles ?

– Il faut que je te voie ! C'est urgent !

– Je croyais qu'on avait réglé la question.

– Il faut que tu viennes. Je ne sais plus vers qui me tourner.

– C'est… pour nous ?

– Non, je te jure. C'est pour Ali. Je crois qu'il est fou.

La douleur s'était mise à lui marteler le dessus de l'œil droit.

– Tu as un avocat. Et tu as le droit pour toi.

– Ça pourra pas m'aider si je suis morte. Je crois que j'ai besoin d'une arme.

– Putain, Margot ! s'écria-t-il. Tes craintes sont exagérées.

– L'inspectrice Fernandez du commissariat d'Hollywood est passée tout à l'heure. Ils ont arrêté un type douteux qui avait une adresse dans sa voiture et ils pensent que ça pourrait avoir un rapport avec moi.

Malgré le brouillard dans lequel il était, Bix se rappela.

– Ah oui, dit-il, j'étais censé te parler de ce mec. Un certain Stillwater ou quelque chose comme ça.

– Leonard Stilwell.

– Voilà, c'est ça, dit-il. Ça n'avait pas l'air très sérieux. Franchement, j'ai oublié.

– Ça aussi, je pourrai t'en parler si tu viens.

– Margot…

– Allez viens, qu'on parle. Juste ça, parler. Si tu penses que je suis hystérique, je te jure de ne plus jamais t'appeler.

– Je suis malade, Margot, dit-il. Je passerai cet après-midi, mais juste pour quelques minutes.

– Génial ! s'écria-t-elle. Je peux t'aider ? Qu'est-ce qui ne va pas ?

– J'ai dérapé, dit-il. Je me suis blindé la gueule hier soir. Et aujourd'hui, ça ne va pas.

– Pauvre Bix, dit-elle. Pour les gueules de bois, j'ai une potion sécrète que j'ai apprise quand j'étais danseuse. Parce que les gueules de bois, c'est pas ça qui manquait au Salon du Léopard, ça, c'est sûr.

– On dit cinq heures ?

– Tu pourrais pas venir plus tard ? Lola doit rester ici jusqu'à cinq heures. Qu'est-ce que tu dirais de six heures et demie ?

– Bon d'accord, dit-il. Et maintenant, faut que je m'allonge.

– Prends de la vitamine B et C. Prends-en des tonnes. Bois beaucoup d'eau et de jus de fruit et mets-toi une serviette froide sur le front et les yeux. Essaye de piquer un somme.

– On se retrouve à six heures et demie.

Il réfléchit. Dans la journée, il se sentait en sécurité avec elle. Et à 6 heures et demie par ces longues journées d'été, le soleil était encore assez haut dans le ciel. C'était toujours après le coucher du soleil que l'enchantement commençait et qu'il était incapable de lui résister.

Il le lui avait même avoué un jour et, pleine d'entrain, elle lui avait renvoyé :

– Mais voyons, Bix, je ne te l'ai jamais dit ? Je suis un vampire !

Margot Aziz trouva son portable et appela Jasmine quelques instants seulement après avoir raccroché avec Bix. Elle allait avoir du mal à ne pas laisser percer l'excitation qui l'avait saisie.

– C'est moi, dit-elle dès que Jasmine décrocha. Où es-tu ?

– Où je suis ? répéta Jasmine, de l'agacement dans la voix. Je suis chez moi et j'essaie de me reposer un peu après que ton mari m'a fait faire sept sets hier soir parce que cette connasse de Goldie avait pris sa nuit en prétendant s'être foulé la cheville.

– Prends ton jetable. Je te rappelle tout de suite.

Un instant plus tard, Margot rappelait le jetable qu'elle avait acheté à Jasmine, qui lui répondit : « Oui, bon alors, qu'est-ce qui se passe ? » sur le ton de quelqu'un que ça rase.

– Ça y est ! C'est parti !

– J'ai déjà entendu ça.

– Non, ce soir.

Jasmine dressa l'oreille.

– Ne me dis pas ça si c'est pas vrai, Margot, dit-elle. Je supporte plus.

– Ce soir, ma choute ! Prends ta nuit !

– Ali va me tuer ! s'écria Jasmine, et Margot en rit presque.

Jasmine se rendit compte de ce qu'elle venait de dire et marmonna :

– Oui, bon, merde.

– C'est à ton tour de te fouler une cheville, reprit Margot. J'aurai le petit copain sous ma coupe avant minuit, c'est sûr. Tiens-toi prête à faire ce qu'il faut.

– À minuit ?

– Dans ces eaux-là, oui.

– Je commençais à me dire que c'était comme dans un jeu vidéo. Pas réel, tu vois ?

– C'est bien réel, ma choute. Et on va ramasser tout le paquet.

– Tu m'appelles quand ce sera l'heure ?

– Sois dans ta bagnole à une rue du club pas plus tard qu'onze heures et demie. Tu recevras un appel un peu après ça et quand tu le recevras, faudra être bonne ! Vraiment bonne !

– Je le serai.

– Débrouille-toi pour bien faire couler le mascara.

– Pas de problème. J'espère seulement que toi, tu y arriveras.

– Je t'adore, dit Margot en mettant fin à l'appel.

Elle se versa une tasse de café et appela la fille au pair pour qu'elle passe prendre Nicky pour la nuit. La fille au pair y était habituée et bien rémunérée dans ces cas-là. Margot n'avait maintenant plus rien à faire, hormis se préparer dans sa tête.

Elle décida de virer Jasmine au bout de quelques mois avec une « belle indemnité de licenciement ». Et se dit que cent mille dollars devraient suffire. Bien sûr, Jasmine serait furieuse et menacerait de la dénoncer, mais que pourrait-elle vraiment faire ? Reconnaître qu'elle faisait partie du complot ? Qu'elle était complice ? Et que pourrait-elle prouver si jamais elle se lançait dans cette manœuvre insensée ? Non, Jasmine prendrait le fric et tomberait amoureuse de quelqu'un d'autre. Exactement comme dans la chanson, elle tombait trop facilement amoureuse, mais seulement si son amoureux était riche. Ce qui rappela à Margot qu'elle devrait reprendre le jetable de Jasmine un jour très prochain et le bazarder. Juste au cas où…

L'épuisement pur et simple tint Leonard endormi une heure entière. Une fois levé, il se doucha, puis se rasa. Passa une chemise propre et enfila un jean Levis délavé pas trop dégueu et sa meilleure paire de sandales. Puis il fuma une cigarette, se remonta au café et commença la répète. Il fallait qu'il ait la bonne attitude en entrant, voilà ce qu'il se disait. Il devait être prêt à être cool quand ce putain d'Arabe commencerait à lui agiter sa dague verbale sous le nez.

Le Salon du Léopard avait assez de danseuses dans son écurie pour avoir du monde tard dans l'après-midi, et les prix « happy hour » n'étaient pas nécessaires. Leonard dénombra plus de quarante voitures dans le parking à 6 heures et demie du soir et se sentit plus que jamais justifié d'exiger une somme décente pour les services qu'il avait rendus.

Encore une fois il entra dans l'officine d'Ali Aziz sans frapper et trouva ce dernier assis à son bureau, devant une bouteille de Jack Daniel's et deux verres. Près de la bouteille se trouvaient quelques lettres, une enveloppe vierge et un flacon de gélules magenta et turquoise.

Ali, qui lui aussi avait répété la scène, lui décocha le sourire le plus bourré de dents que Leonard lui ait jamais vu.

– Leonard, mon ami ! lança-t-il avec une bonhomie extravagante. Je suis très heureux de te voir. J'ai retrouvé document important grâce à mon ami Leonard. Tout est correct à nouveau !

– Oui, bon, ben je suis content que tu sois content parce que je crois qu'on a encore quelque chose à régler, lui renvoya Leonard en s'asseyant dans le fauteuil réservé aux clients.

– Je souhaite commander de la nourriture pour mon ami et moi, reprit Ali. Je me sens homme nouveau. On dit un bon steak ? Un T-bone ? Une entrecôte ?

Leonard hocha la tête. Il ne savait pas trop quoi penser du « nouvel Ali ».

– Non, dit-il, j'ai bouffé au IHOP.

– Un truc à boire alors ? enchaîna Ali en remplissant deux bons petits verres de Jack Daniel's.

– Bon, d'accord, dit Leonard en prenant celui qui se trouvait le plus près de lui.

– Tu as l'air fatigué, dit Ali. Tu dors assez, non ?

– Je dors assez, oui.

– Moi, je dors bien. Je prends somnifères que m'a donnés une de mes danseuses.

– C'est chouette, dit Leonard en songeant qu'il pourrait peut-être essayer de passer du caillou à la bibine s'il pouvait s'en payer de l'aussi bonne que celle-là.

– Je rentre chez moi dans une heure parce que j'étais debout à cinq heures ce matin pour inventaire. Ma salope de femme fait plus l'inventaire pour moi, alors faut que je fasse toutes les choses.

– Ouais, la vie est dure. T'aurais dû être avec moi hier soir. Même tes somnifères auraient pas pu aider.

– Où tu étais hier soir ?

– En taule.

– Oh Dieu ! s'écria Ali. Qu'est-ce t'as fait de mal ?

– Rien. Sauf le boulot que j'ai fait pour toi. Et les flics ont trouvé mes rossignols et m'ont serré, même que j'ai passé la nuit au bloc bien qu'ils aient rien pu prouver et qu'ils aient dû me libérer cet après-midi.

– Oh Dieu ! répéta Ali. T'as rien dit sur…

– Bien sûr que non. N'empêche qu'ils m'ont alpagué après le boulot que j'ai fait pour toi.

– Je suis très désolé pour toi, mon ami, dit Ali en lui versant un deuxième petit verre.

Un double.

– C'est pour ça que tu as l'air si endormi.

Avec deux gélules remplies de sucre cachées dans sa main gauche, Ali tendit l'autre main vers le flacon de gélules posé sur le bureau. Il dévissa le couvercle et parut en faire tomber deux sur le bureau alors que c'étaient les deux qu'il avait dans la main. Puis il revissa le couvercle et remit le flacon près de la bouteille de Jack Daniel's.

Il montra très clairement ensuite qu'il se mettait les deux gélules dans la bouche et qu'il les faisait descendre avec son verre de scotch.

– Ça, c'est bon somnifère, dit-il. Je vais me sentir très paisible bientôt. Et après, disons une heure, je vais au lit et je dors dix, douze heures. Tu veux seulement huit heures, t'avales une seule gélule. Merveilleux dodo.

– Oui, bon, c'est génial, mais peut-être qu'on devrait causer, dit Leonard.

Toujours débordant de bonhomie, Ali lui lança :

– Tu essaies, toi.

Et il dévissa de nouveau le couvercle du flacon.

– Je suis pas prêt à dormir, dit Leonard.

– Non ! s'écria Ali. Pas maintenant. Tu essaies plus tard. Tu me remercieras. Si elles te plaisent, je te procure toutes que tu veux.

Leonard n'avait jamais été du genre à refuser une drogue et hocha la tête tandis qu'Ali renversait les gélules sur le bureau et rangeait le flacon vide dans le tiroir. Puis du bout d'un ongle, il glissa à Leonard une enveloppe vierge en travers du bureau et lui lança avec un sourire sans joie :

– Une heure avant d'avoir envie de dormir, tu avales deux.

Leonard mit les gélules dans l'enveloppe, la replia et la glissa dans sa poche. Et lança :

– Je pense que ce que tu m'as filé pour le service que je t'ai rendu est lamentable. Tu viens de dire que je t'ai beaucoup aidé. Mais et moi, qu'est-ce qui m'est arrivé, hein ? J'ai terminé au gnouf et j'ai passé la nuit avec des cinglés, des violeurs d'enfants et des gangsters.

Ali cessa de sourire. Plissa le front et répondit :

– Je sens grande pitié pour toi, mon ami.

– Ouais, ben, c'est pas de la pitié que je cherche. Ce que je veux, c'est des compensations comme il faut.

Ali comprit qu'il avait bien deviné. C'était du chantage. Il allait probablement exiger deux cents dollars de plus. Voire cinq. Et il remettrait ça dans quelques semaines. Et quelques semaines encore après ça. Ali fut heureux de lui avoir filé l'autre petite sœur mortelle. Parce que c'était le seul moyen de mettre un terme à ces exigences de minable qui, à force, finiraient par coûter, peut-être même devenir dangereuses.

– Comment je peux t'aider, Leonard ? demanda-t-il en essayant de paraître toujours compatissant, mais perplexe.

– J'ai idée que dix mille dollars aideraient.

Ali fut incapable de se rappeler une seule occasion où il aurait été obligé de dominer pareil sentiment d'indignation. Il sirota un rien de Jack Daniel's et des tremblements dans la voix répondit :

– Tu souhaites que je te paie dix mille ? Est-ce que j'entends les mots corrects ?

– C'est qu'un emprunt. J'ai une idée pour une petite affaire. J'ai besoin d'une mise de fonds.

– D'un emprunt, dit Ali sans la moindre intonation.

– Voilà. Je te rembourse disons dans un an, dix-huit mois max, avec vingt pour cent d'intérêts. Équitable, non ?

– Mais Leonard, dix mille, c'est très grosse somme.

– Pas pour toi. J'ai vu ton ancienne baraque. J'ai vu ton club bourré de monde, avec du fric partout sur les comptoirs, les tables et jusque sur scène. Combien tu te faisais sur une caisse de liqueur de contrebande que je te fournissais, hein ? Allez, Ali, prêter dix mille dollars à un ami, pour toi, c'est pas grand-chose.

– Je vais avoir à penser, dit Ali. Tu reviens dans trois-quatre jours. On va parler davantage.

– Qu'est-ce que dirait ton ex si elle apprenait que tu m'as payé pour lui piquer un dossier dans son bureau ?

Sentant que sa voix risquait de trahir la rage qui lui montait du ventre, Ali avala une deuxième gorgée de Jack Daniel's et dit :

– Ma salope de femme ? Elle dirait non, Ali se fout des documents dans cette maison. Elle ne croirait pas chose pareille, Leonard.

Enhardi par la déférence d'Ali, et l'alcool qui lui réchauffait les intérieurs, Leonard y alla à fond.

– Qu'est-ce qu'elle dirait si je lui apprenais que tu lui as collé une pastille dans sa maison ? lança-t-il, de la sueur lui mouillant le T-shirt.

– Une pastille ? répéta Ali authentiquement perplexe.

– Un micro pour écouter, quoi ! répondit Leonard. Je parie qu'elle ferait appel à une boîte pour fouiller ta baraque et que les mecs le trouveraient. Dis, où c'est que tu l'as mis, hein ? Dans la chambre ?

– Tu dis tas de conneries, Leonard, lui renvoya Ali en s'accrochant à un semblant de sourire.

– J'ai traîné un peu après et je t'ai vu dans le garage, Ali. Et le dossier que t'as jamais voulu, tu l'avais avec toi. Et t'es resté treize minutes dans la maison. Qu'est-ce qu'elle dirait, hein, la petite dame, de cette mine de renseignements ?

Ali commença par cligner de l'œil. Puis son sourire disparut et ses dents se serrèrent.

– Je mets pas pastille dans la maison, dit-il d'une voix tremblante. Je lis juste le document et le remets dans la maison. C'est tout.

– Bah, peut-être que tu peux essayer de faire croire ça à la petite nana. Mais elle marchera pas. Et quand ils auront fait le nettoyage électronique et trouvé la pastille, tu vas nager dans de grosses emmerdes quand son avocat le dira au juge. De fait, ce que tu as fabriqué, c'est un crime sérieux, Ali. Entrer dans cette maison et y coller une pastille, c'est grave.

L'espace d'un instant terrifiant, Ali Aziz songea au pistolet dans le tiroir de son bureau. Mais il reprit vite ses esprits et comprit qu'il ne pourrait jamais se sortir de ce truc-là. Pas ici, pas maintenant. Ce fut donc d'une voix rauque et éraillée qu'il répondit :

– Je comprends. Je vais te donner l'emprunt affaires, Leonard. Mais je n'ai pas autant d'argent ici. Reviens la semaine prochaine.

– Je le veux tout de suite. Commençons déjà par ce que tu as sur toi. Un jour, je t'ai vu sortir cinq mille dollars de ta poche quand Whitey et moi, on venait de te livrer un chargement de bibine.

Sans mot dire, Ali Aziz glissa une main tremblante dans la poche de son pantalon, en sortit sa liasse de billets de cent et, billets et pince à billets, jeta tout sur le bureau.

Leonard finit son verre, s'en versa un autre, ôta la pince et la rendit à Ali. Puis il compta les billets tandis qu'Ali restait assis et de toute la force de son self-control essayait de ne pas sauter par-dessus le bureau pour attraper le cou maigrichon du voleur entre ses doigts et serrer.

– Tu me déçois, reprit Leonard. Y a que deux mille cent là-dedans. Va me chercher le reste à ton coffre. T'as quoi ? Un coffre de plain-pied ?

Ali Aziz eut toutes les peines du monde à faire sortir les mots de sa bouche, mais réussit à lui dire :

– S'il te plaît, Leonard, va au bar. Prends un autre verre. Reviens et j'aurai l'argent.

– Ben voyons ! Sauf que t'as pas à t'inquiéter que je voie ton coffre. Je vole jamais les amis.

Leonard Stilwell avait les jambes en caoutchouc lorsqu'il emprunta le passage pour gagner la grande salle, et ce n'était pas à cause de l'alcool, il le savait. Il venait de réussir le plus gros coup de sa vie ! Ç'avait été un rien terrifiant, mais il avait entubé ce putain d'Arabe facile et il n'y avait aucune raison de ne pas pouvoir recommencer avant que l'ex ne se tire de la maison.

Qu'est-ce qu'il avait dit déjà ? Que le truc en main tierce allait bientôt prendre fin ? Après ça, après que toutes les merdes du divorce auraient été réglées, essayer de le dépouiller ne marcherait plus. De fait, à ce moment-là Ali pourrait très bien avoir récupéré le micro tout seul, ou forcé quelqu'un à cambrioler la maison et l'y reprendre de façon à pouvoir se débarrasser de Leonard. Leonard qui, lui, songeait qu'il devait y avoir un moyen de filouter Ali encore un coup, dans quelques jours peut-être, avant qu'il ait le temps de réagir à ce qui venait juste de lui arriver. Pour Leonard, en affaires, tout était dans le timing.

Il était tellement pété, avec plus de fric dans les poches qu'il n'en avait jamais eu de toute sa vie, qu'il alla s'asseoir près de la scène et colla un billet de vingt dans le string de la danseuse, une grande pépée à gros seins et chapeau de cow-boy qui venait de lui faire un clin d'œil en se passant la langue sur les lèvres. Puis il finit son verre, donna dix dollars de pourboire à la serveuse de cocktails et reprit le passage. Et s'arrêta brusquement et sentit une vague de panique le submerger. Là, avec tous les gens autour, il était en sécurité, mais à repenser à la façon dont Ali était devenu tout pâle… Pendant une bonne minute, cette espèce de Levantin enculeur de chameaux était devenu encore plus blanc que lui… Encore plus blanc qu'un cadavre.

Leonard attrapa le premier aide-serveur mexicain qui passait, lui tendit dix dollars et lui dit :

– Allez, tu viens avec moi au bureau du patron.

Cette fois il frappa, puis il poussa la porte avec précaution et dit, en tenant le Mexicain par le bras :

– Ali, j'ai amené le serveur avec moi.

Assis à son bureau, Ali regardait fixement la porte, les mains croisées sous le menton. Il avait la mine aussi lugubre que celle que Leonard avait vue la veille sur la gueule du voleur à gros bras après que ce dernier eut appris que leur nouveau compagnon de cellule était un violeur d'enfant.

– Entre, s'il te plaît, dit Ali.

– Je laisse la porte ouverte, lui renvoya Leonard.

Puis il se tourna vers le Mexicain et ajouta :

– Comment tu t'appelles, fiston ?

– Marcos, dit le gamin.

– OK, Marcos, tu restes ici une minute, dit Leonard en laissant la porte ouverte de façon qu'Ali sache qu'il y avait un témoin au cas où il aurait eu envie de recourir à la violence.

Après quoi, il traversa la pièce à toute allure et prit le tas de billets qui l'attendait sur le bureau.

– Au revoir, Leonard, dit Ali. Je veux plus d'emprunts entre nous.

– Arrête de faire ta folle dans la grande scène du trois, lui décocha Leonard. C'est ce qu'on appelle un ski pro quo. En langage d'avocat, ça veut dire qu'on est quittes.

En quittant la pièce il tendit un autre billet de dix dollars à l'aide-serveur et lui lança :

– Merci de m'avoir servi de garde du corps, fiston.

Ali Aziz entra dans sa petite salle de bains, ferma la porte, ouvrit les deux robinets afin d'étouffer le bruit et s'accrocha au lavabo en hurlant jusqu'à ce que la bave lui dégouline sur le menton.

19

Bix Ramstead se sentit bien plus vivant après avoir piqué un somme, pris une douche et s'être rasé. Il enfila une chemise Oxford bleu pâle et un pantalon en coton propre et avala de l'aspirine pour atténuer la migraine qui faisait rage dans son crâne. Il se sentait assez solide pour résister à Margot maintenant que le soleil était encore assez haut dans le ciel au-dessus des Hollywood Hills et sa résolution n'avait pas été réduite en miettes par les quelque vingt à vingt-cinq centilitres d'alcool qu'il avait ingurgités. Il n'en fallait pas plus quand il se trouvait avec cette charmeuse qui était si différente de sa femme.

Margot, il le pensait, n'était pas aussi amoureuse de lui qu'elle le disait. C'était son mariage lamentable qui le lui faisait croire. Mais avoir une femme comme elle lui déclarer son amour, sa passion même, avait quelque chose de renversant. Margot n'était pas timide comme son épouse, Darcey. Elle était sûre d'elle et raffinée et savait toujours ce qu'il fallait dire. Elle était aussi espiègle et drôle et avec elle il se sentait plus important et déluré qu'il ne l'était ou ne pourrait jamais l'être. Et avec elle, il se sentait jeune, comme elle.

Lorsqu'il arrivait à prendre du recul et à analyser froidement la situation, il comprenait bien que rien de tout cela n'avait de sens. Ils n'étaient intimes que depuis cinq mois. Et durant ces cinq mois ils n'avaient eu des relations sexuelles qu'une demi-douzaine de fois, et toujours dans des chambres d'hôtels qu'elle louait et où elle l'attendait jusqu'à ce qu'il ait fini son service. Et toujours elle fournissait la boisson pour adoucir les craintes et la culpabilité qui le tenaient. De fait, il s'était complètement entiché de cette jeune femme compliquée qui prétendait n'avoir jamais trompé son mari avant de le rencontrer… et était arrivée à le lui faire croire.

Il gara son mini-van dans l'allée cochère, Margot lui ouvrant très vite la porte. Elle s'était habillée comme elle le faisait souvent lorsqu'ils se retrouvaient le soir en cachette. Elle portait un pantalon crème taillé sur mesure et qui moulait parfaitement ses formes, un haut noir tout simple, un délicat collier en or et ni boucles d'oreilles ni bijoux qui en jettent. Elle avait des oreilles parfaites et ne les ornait que rarement. Épaules larges et carrées, bronzage en toute saison.

Bix fut heureux de voir qu'elle n'avait pas mis un jean taille basse et un T-shirt court dévoilant son ventre musclé, comme elle le faisait parfois lorsqu'ils se retrouvaient dans la journée. C'était à ces moments-là qu'elle était la plus sensuelle. Et qu'une fois avec elle il se sentait sans défense.

– Bonjour, mon amour, lança-t-elle.

– Je ne pourrai rester que le temps d'écouter ce que tu as à me dire et de te donner quelques conseils, dit-il.

– Bien sûr, bien sûr. Entre donc.

– Allons-nous asseoir sur la terrasse pour admirer le smog, tu veux bien ? lui dit-elle une fois dans l'entrée en granit.

Il la suivit dans la salle de séjour, gagna les portes coulissantes avec elle et passa dehors. Elle avait préparé un pichet de thé glacé, du maquereau fumé, du fromage à tartiner, des oignons hachés, des câpres et une baguette française bien croustillante déjà tranchée.

– On sentira mauvais quand on aura fini de manger ces trucs, mais au diable ! dit-elle.

Bix s'assit. Il avait la bouche sèche et avala un peu de thé. Puis il dit :

– Bon alors, raconte-moi, Margot. Qu'est-ce qui se passe ?

– Ses menaces sont plus ouvertes.

– C'est-à-dire… ?

– Il parle à Nicky de façon éhontée en ma présence chaque fois qu'il vient le prendre pour l'emmener passer la nuit chez lui. Il fait tout ce qu'il faut pour que je l'entende lui dire à quel point l'Arabie Saoudite est un beau pays. Ou alors, il lui dit qu'il adorera les pyramides de Gizeh en Égypte. Des trucs comme ça.

– Il essaie juste de te provoquer. L'Amérique le tient, ce mec. De fait même, c'est son affaire à Hollywood qui le tient. Tu parles comme il va se barrer !

Elle empila du maquereau fumé, de l'oignon et quelques câpres sur une tranche de baguette, tartina le tout de fromage et la lui tendit. Il songea qu'elle avait les plus belles mains qu'il avait jamais vues et comme toujours ses ongles étaient de la même teinte que son rouge à lèvres.

– Je parle toujours à Nicky quand il revient de chez son père, enchaîna-t-elle, mais depuis quelque temps il se ferme. Je sais qu'Ali lui a donné l'ordre de ne pas me dévoiler ses plans.

– Il a cinq ans, Margot ! Comme si Ali allait faire des projets de voyage avec un gamin aussi jeune ! Tout ça, c'est de la parlotte, Margot. Il essaie seulement de faire connaître sa culture à son fils. Rien de plus.

– La dernière fois qu'Ali me l'a ramené, Nicky avait complètement changé.

– Comment ?

– Ce soir-là, dit-elle en sirotant son thé glacé, je l'ai pris dans mon lit avec moi et je l'ai embrassé et serré contre moi en lui demandant de quoi il avait parlé avec son père. Et il m'a répondu : « Dis, Maman, tu vas venir vivre avec nous ? » Alors je lui ai demandé où et il m'a répondu : « Quand je vais aller voir ma grand-mère et mon grand-père. » Je lui ai dit que sa grand-mère et son grand-père, il les avait vus des tas de fois. « Tu te rappelles ? Quand ils sont venus ici et quand on a pris la voiture pour aller les voir à Barstow ? » Mais il m'a dit : « Non, mes autres grand-père et grand-mère. Ceux qui vivent loin, de l'autre côté de l'océan. »

– Ça ne signifie pas qu'il veuille se barrer avec Nicky.

– Je tiens de source sûre qu'il vient de confier la vente du Salon du Léopard à un agent immobilier. Tout ça en cachette. Et il est en train de faire disparaître tous les biens qui ne sont pas concernés par le divorce. Ali est très sournois. Il a des biens secrets que nous sommes incapables de découvrir.

– Cela ne signifie toujours pas qu'il soit prêt à quitter le pays. Nicky a-t-il un passeport ?

– Sais-tu à quel point il est facile de quitter ce pays pour gagner le Moyen-Orient avec un enfant quand on a plein d'argent ? Tu sautes dans ta voiture, tu roules trois heures vers le sud avec le gamin et tu traverses la frontière à Tijuana. Après, c'est un jeu d'enfants d'obtenir des passeports et des vols pour n'importe quelle destination.

– Ton imagination te fait perdre la tête, dit-il.

– Il y a plus.

Elle marqua un temps d'arrêt, puis ajouta :

– Ça t'embêterait que je prenne un verre ? Ça me facilitera les choses pour en parler.

Ça n'eut pas l'air de lui plaire, mais il lui dit d'y aller.

Elle revint avec trois doses de vodka de qualité dans un verre, avec de la glace, exactement comme il aimait. Et une tranche de citron vert accrochée au bord du verre au lieu d'un zeste de citron dans le liquide, là encore, exactement comme il aimait.

Elle pressa le citron vert dans la vodka, goûta et dit :

– Ah, c'est mieux. Bien mieux.

Bix consulta sa montre.

– Dépêche-toi, Margot. Je veux rentrer chez moi avant la nuit.

– Pourquoi ? T'as pas ta famille qui t'attend.

– Faut que je donne à manger à Annie.

– Elle peut pas manger après la nuit tombée ?

– Non, c'est moi qui peux pas rentrer plus tard.

– Pourquoi ?

– T'as oublié que t'étais un vampire ? lui renvoya-t-il en souriant un rien.

Alors elle eut le rire de gorge qu'il aimait par-dessus tout et s'écria :

– Oh, mon chéri, comme tu m'as manqué !

– Tu allais me dire autre chose, dit-il en évitant de la regarder dans les yeux. Quelque chose sur quoi tu voulais avoir mon avis, tu te rappelles ?

– Il a dit qu'il allait me tuer, lança-t-elle tout d'un coup, et elle avala une autre gorgée de vodka.

– À qui l'a-t-il dit ?

– Je n'en suis pas certaine, mais je crois que c'est à une de ses danseuses. J'ai reçu un coup de fil anonyme. Mon numéro est sur liste rouge, mais bien sûr il l'a. Elle l'aura trouvé dans le carnet d'adresses sur son bureau.

– Pourquoi serait-il assez fou pour dire ça à une danseuse ?

– Il se tape beaucoup de cocaïne dans son bureau. Il la partage avec ses danseuses contre des petites gâteries. Et quand il est pété à la coke, il parle beaucoup trop. Il révèle des trucs qu'il ne devrait pas. Il fait des mélanges de drogues et, après, il ne se rappelle plus ce qui s'est passé. Je crois que c'est ce qui est arrivé.

– Qu'a dit la nana anonyme ?

– « Faites attention. Il va vous tuer et vous prendre votre fils. » Et elle a raccroché.

– Et tu n'as pas reconnu sa voix ?

– Non, mais je suis sûre que c'était une de ses danseuses.

– Tu te fais des idées.

– Fondées.

– L'as-tu dit à ton avocat ?

– Non.

– Pourquoi ?

– Parce qu'il dirait la même chose que toi. Tout ça, c'est des hypothèses. Des trucs pour essayer de me faire peur. Je suis trop alarmiste. Et caetera.

Elle s'arrêta et son menton se mettant à trembler, elle porta la main à ses yeux et lança :

– Excuse-moi, Bix, je reviens tout de suite.

Elle le laissa seul avec le verre plein de la vodka glacée qu'il adorait. Il avait le visage en feu et eut envie de prendre le verre et de le tenir contre sa joue pour que la chaleur s'évanouisse. Il eut envie de le tenir contre ses lèvres.

Elle ne l'avait quitté que quelques minutes et lorsqu'elle revint, elle avait les yeux légèrement mouillés comme si elle avait pleuré, et tenait un mouchoir en papier dans sa main pour le prouver. Elle remarqua que le niveau de la vodka avait baissé. Juste un peu. Mais il avait baissé.

– Excuse-moi encore, reprit-elle, mais je veux en remettre un peu dans le gobelet.

Bix Ramstead sentit son cœur s'emballer. Quelle femme c'était ! Ah, la regarder ! Toucher sa peau ! Sentir son odeur ! Déjà il avait le goût de la vodka sur la langue, comme toujours lorsqu'il était avec elle. Tout cela était trop familier, trop inquiétant.

Une fois revenue, Margot posa le verre à nouveau rempli de vodka sur la table – avec une nouvelle tranche de citron vert accrochée sur le bord.

– Bix, dit-elle en le regardant d'un air grave, tu as toujours ton arme sur toi, même quand tu n'es pas de service, non ?

– Quand je vais à Hollywood, oui. Mais je ne la porte pas sur moi quand je suis chez moi à Studio City. Ni non plus quand je vais au marché ou au cinéma avec les enfants.

– Et maintenant ? demanda-t-elle.

– Elle est dans la voiture. Pourquoi ?

– Je vais m'acheter une arme dès que je pourrai. Je ne supporte plus la peur dans laquelle je vis. Je veux que tu me dises quoi acheter.

– Si ça peut t'aider à te sentir mieux, oui, achètes-en une. Un truc à barillet. Un trente-huit. C'est une arme simple. Et qui ne fait pas long feu. Et c'est facile à utiliser. Et comme tu ne tireras jamais avec de toute façon…

– Une marque précise ?

– Vaudrait mieux que je file, dit-il en jetant un coup d'œil à sa montre. Il se pourrait qu'il y ait pas mal de la circulation dans Laurel Canyon. Ça serait peut-être mieux que je ne prenne pas le freeway ce soir.

– Encore un verre ! dit-elle. Pour la route. En l'honneur du bon vieux temps. Dans un petit moment, la circulation sera fluide et tu pourras filer chez toi pour donner à manger à Annie.

Il hésita juste assez pour qu'elle sache qu'elle allait y arriver.

– Je vais me préparer un autre verre, dit-elle en poussant le gobelet de vodka devant lui.

Elle se leva et gagna la cuisine. Elle prit son temps et en revenant, elle vit que le niveau de la vodka avait encore baissé, et cette fois pas qu'un peu. Et dans ce gobelet-là, c'était une triple dose qu'elle avait mise.

– Mon chéri, dit-elle en s'asseyant avec son verre, merci d'être venu. Je n'avais personne vers qui me tourner. Personne en qui je puisse avoir confiance en dehors de toi.

Sa main trembla lorsqu'il s'empara du gobelet et but à nouveau.

– Faut que je m'en aille avant le coucher du soleil, dit-il.

Margot eut à nouveau un rire de gorge, celui qu'il adorait. Juste au moment où un énorme essaim d'insectes s'élevait telles des cendres dans le ciel pour ternir la vue qu'il avait d'Hollywood et ce que c'était beau !

La pipe de crack avait chauffé au rouge lorsque, ce soir-là, Leonard Stilwell la reposa sur le plan de travail à côté de l'évier. Il avait enfin réussi à se procurer du caillou aux Tacos de Pablo et y avait aussi acheté quatre tacos au poulet bourrés de guacamole qu'il avait aussitôt rapportés chez lui. Il était resté très loin du croisement d'Hollywood Boulevard et d'Highland Avenue par peur de se taper dans les deux flics aux allures de cinglés du surf.

Le dealer qui lui avait vendu le caillou lui avait dit qu'il en avait six grammes, Leonard lui renvoyant :

– Tu me les emballes. Je prends tout.

– Cool ! s'était écrié le dealer. Qu'est-ce que tu veux ? Du plastique ou du papier ?

Depuis, Leonard ne cessait pas de fumer en essayant de regarder la télé, mais en restant incapable de se concentrer. Lorsqu'enfin il se sentit à la fois mou et joyeux, et c'était ce mélange qu'il adorait par-dessus tout, il décida de suivre le conseil d'Ali Aziz et de se coucher tôt pour se faire une bonne nuit de sommeil. L'enveloppe avec les gélules se trouvant sur la petite table de nuit bon marché à côté de son lit, il en prit trois. Puis se ravisa – il valait peut-être mieux ne pas trop pousser – et en remit une dans l'enveloppe. Puis il s'en enfila deux dans le gosier et fit descendre avec une bière.

Et se dévêtit, se glissa sous les couvertures et se prépara à faire de jolis rêves. À voir le tas de Franklin qu'il avait enfournés dans un pot dans la cuisine, personne n'aurait osé dire que Leonard Stilwell n'était pas l'incarnation même de la réussite hollywoodienne.

Le soleil s'était éteint et sans qu'on le remarque avait laissé place à de frêles nuages de fumée rose et pas une fois Bix Ramstead n'avait songé aux vampires. Deux heures après qu'il avait avalé sa première gorgée de vodka spéciale Margot, son élocution était devenue pâteuse et là, tandis que ses yeux brillaient comme de l'alcool à quarante-cinq degrés, la nuit était tombée sur eux.

Alors, ses ailes battant follement, un gros corbeau monta du canyon dans le ciel bleu noir et poussa des cris stridents lorsqu'un oiseau moqueur plongea droit sur lui. Bix Ramstead regarda le corbeau échapper à son bourreau à plumes et le vit fuir les Hollywood Hills pour rejoindre la sécurité de son nid.

– Il fait trop frais et trop sombre pour les corbeaux, dit Margot qui l'avait vu regarder les deux oiseaux. Rentrons.

Lorsqu'ils se furent assis l'un à côté de l'autre sur l'un des énormes canapés vert pistache, il essaya de se concentrer sur la sculpture en verre accrochée au mur en travertin et de se convaincre qu'il n'était pas saoul. De la musique douce tombant de plusieurs haut-parleurs les enveloppait et les lampes de la salle de séjour avaient été mises en veilleuse.

– J'espère que ça ne te dérange pas que toute la soirée soit consacrée à Rod Steward, dit-elle. Je ne suis toujours qu'une fille bien traditionnelle de Barstow.

– Il y a un vieux succès de la chanson, *Route Sixty Six*, où il est fait mention de Barstow, dit-il en ayant du mal à prononcer ses consonnes. Tu la connais ?

– Vraiment ? dit-elle. Non, je ne pense pas la connaître.

– Tu es trop jeune. Demande à ton papa et à ta maman.

– Mais je le ferai, la prochaine fois que je les vois, dit-elle. À propos… ils sont tout aussi inquiets que moi qu'Ali me vole Nicky. C'est le seul petit-fils qu'ils ont et ils l'adorent. Ils haïssent son père, évidemment, et ont détesté toute la période où je dansais au Salon du Léopard. Ils n'ont jamais compris que j'étais bien obligée de faire ça pour m'en sortir. Hollywood est une ville sans pitié.

– Qu'est-ce que fait ton père ? demanda Bix en essayant de ne pas descendre tout son verre d'un coup.

On sirote, se dit-il.

– Il est retraité de la poste.

– Un fonctionnaire, dit Bix. Comme moi.

– Bix, reprit Margot l'air grave, tu pourrais me rendre un grand service et aller chercher ton arme ?

– Quoi ? Tu veux abattre des corbeaux dans la colline ? Parce qu'un Corbeau, j'en suis un, tu te rappelles ?

Ah, ces consonnes ! Encore et encore elles se faisaient des nœuds sur sa langue et dans sa gorge.

Mais sa remarque lui paraissant d'un comique exceptionnel, il se mit à rire avant de descendre une autre gorgée du gobelet. En essayant de se rappeler s'il s'agissait du quatrième ou du cinquième. Six, il était sûr de pouvoir gérer, mais Margot avait la main si lourde que non, il arrêterait après le cinquième. Parce que… c'était donc le cinquième ?

– Je crois t'avoir dit que j'ai pris une leçon de tir chez un armurier de la Vallée. Et je suis sûre que tu as raison de dire que c'est un revolver que je devrais m'acheter, mais le pistolet 9 mm avec lequel j'ai tiré pendant cette leçon m'a paru bien confortable, si tant est que ce soit le mot qui convient quand on parle d'une arme… Et donc, ça t'embêterait d'aller chercher le tien pour que je puisse te poser quelques questions ? Ou alors, je peux aller le chercher si tu me passes tes clés.

– Non, je vais y aller, dit-il en soupirant. De toute façon, faut que je fasse pipi.

Il lui fallut deux essais pour arriver à se lever du canapé et il tangua beaucoup en traversant la salle de séjour pour gagner le boudoir qui donnait dans l'entrée. Après avoir tiré la chasse, il se regarda dans la glace et tenta de se concentrer sur ses pupilles. Était-il saoul ? Il songea qu'il valait mieux ne pas prendre un autre verre de vodka. Disons… juste un peu d'eau gazeuse. Et après, on rentre à la maison.

À la seconde même où il ouvrait la portière de son mini-van pour en retirer son 9 mm de dessous le siège, il le sentit : il y avait danger. Ses cheveux se hérissèrent sur sa tête lorsqu'il toucha son arme et il frissonna. L'instinct du flic qu'il avait affiné en vingt-deux ans de carrière lui soufflait de monter dans son van, de descendre la colline et de ne jamais remonter chez elle. Mais non, non, c'était ridicule. Il s'amusait bien et serait bientôt en train de voler vers son nid à lui. Allez, encore un.

Pendant qu'il était parti, Margot sortit du tiroir de l'office deux gélules magenta et turquoise qu'elle avait prises dans son coffret à bijoux un peu plus tôt dans la journée. Elle en ouvrit une en deux, en versa le contenu dans la boisson, mélangea bien avant d'y faire tomber la glace. La manière dont la poudre refusa de se dissoudre complètement ne lui plut pas et, même si elle pensait ne pas avoir besoin de ça ce soir, pourquoi risquer qu'il ait Dieu sait comment encore assez de lucidité pour prendre le volant et s'en aller ? La poudre s'accrochant à la glace, elle songea qu'il n'en avalerait pas beaucoup, alors elle prit la deuxième gélule, l'ajouta, puis jeta les capsules vides dans les toilettes et tira la chasse. Puis elle se prépara un autre gobelet de tonique avec de la glace et du citron vert.

Lorsque Bix réintégra la maison, un nouveau verre l'attendait sur l'énorme table basse en verre et acier. Il se rassit lourdement et sortit le Beretta de son étui. Prit une autre gorgée et demanda :

– C'est avec ce genre de flingue que tu as tiré ?

– Oui, dit-elle. C'est juste que j'ai beaucoup aimé l'impression que ça m'a donnée, mais je ne suis pas toujours très sûre de savoir comment marche la sûreté. Je ne voudrais pas acheter un truc que Nicky n'aurait pas de mal à débloquer si jamais, ce qu'à Dieu ne plaise, il le trouvait.

– C'est à toi qu'il revient de veiller à ce que ça ne se produise jamais, dit-il avec emphase. C'est pour ça qu'acheter un flingue est toujours une mauvaise idée.

– C'est quoi, ce truc sur le corps de l'arme ? demanda-t-elle. Le cran de sécurité ?

– Non, c'est le levier de transfert, dit-il en articulant avec tout le soin de l'homme en état d'ébriété. Avec cette arme-là, il n'y a pas besoin de remonter le cran de sécurité pour pouvoir tirer. On peut dégainer, viser et appuyer sur la détente, tout simplement. Le premier tir est en double action et exige de tirer plus fort sur la détente et le reste en action simple pendant que l'arme éjecte les douilles. Après, on descend le levier pour abaisser le chien et il n'y a plus qu'à le remonter en position de tir pour être à nouveau prêt.

– Ce qui veut dire quoi en fin de compte ? Qu'il suffit de presser sur la détente, non ?

– D'appuyer sur la détente avec le gras de l'index, précisa-t-il. Surtout ne pas tirer brutalement, ne pas donner de coup sec.

– Pigé. Je crois que je vais m'en acheter un comme ça.

Sur quoi, Bix attrapa le hoquet, Margot se levant aussitôt et lui disant :

– Je vais te chercher un bitter avec du citron vert. Ça marche à tous les coups.

Bix remit son arme dans l'étui et avala une grande rasade de vodka, ce qui ne calma nullement son hoquet. Margot revint avec une soucoupe. Dessus se trouvait une tranche de citron vert trempée dans du vermouth.

– Mords ce truc et suce fort, dit-elle avec un grand sourire.

Il fit ce qu'elle lui disait, frissonna et s'écria :

– Ça a un goût affreux !

– Fais descendre, lui ordonna-t-elle, et il fit à nouveau ce qu'elle lui disait... avec encore un peu de vodka.

– Ça va mieux ?

– De l'histoire ancienne, mon hoquet, dit-il après un moment de silence.

– Ben, tu vois ? Comme si j'allais te pousser au crime !

II

Bix n'était pas le seul Corbeau d'Hollywood à avoir trop bu ce soir-là. Pour bien goûter à ses jours de congé, Hollywood Nate était allé en début de soirée à la première d'un film à Westwood, puis il avait fait un arrêt au Bossa Nova de Sunset Boulevard, un restaurant fréquenté par des flics et qui restait ouvert très tard le soir. Il avait vu une voiture de patrouille dans le parking, mais il ne connaissait pas les deux flics qui se trouvaient à l'intérieur. Après avoir mangé, il était allé faire un tour chez Micelli dans Las Palmas Avenue en se disant qu'il y verrait peut-être deux ou trois flics, mais là non plus il n'y avait personne de ses connaissances. Il était resté un moment et avait bu un verre de rouge cuvée maison. Puis un autre.

Il était pas mal cuit lorsqu'il était monté dans sa Mustang. Et parce qu'il l'était, encore une fois il fit quelque chose qu'il ne devait jamais reconnaître plus tard. Quelque chose qu'il ne devait jamais oublier non plus, quelque chose qui en plus de toujours et encore l'interroger devait le remplir d'un profond regret. Il remonta la colline jusqu'à Mount Olympus.

Il ne se l'était jamais sortie de l'esprit, même si le premier désir qu'il avait eu d'elle était retombé. Non, c'était plutôt le mystère qu'elle représentait. Qui était donc cette femme ? Qu'est-ce qui la faisait fonctionner ? Il ne savait pas trop ce qu'il ferait si jamais il voyait sa BM rouge entrer dans son allée cochère ou en sortir. Il ne pensait pas avoir assez de culot pour aller sonner à sa porte à cette heure avancée de la nuit. Et pour lui dire quoi, hein ? Oui, Margot, je vais prendre ce boulot de gardien à demeure ? Et pourquoi ne m'as-tu pas appelé, hein ?

Il était adulte, il avait 36 ans, tout cela était puéril et stupide, mais il n'empêche : il continua de monter dans les Hollywood Hills. Jusqu'à Mount Olympus et sans aucune raison qui ait un sens. Et en arrivant à destination, il vit un mini-van Dodge bleu et le reconnut. Bix le garait souvent près de sa Mustang dans le parking sud, même qu'une fois il lui avait dit que son véhicule ressemblait à un rebut des Mœurs et lui avait demandé s'il devait nettoyer les banquettes arrière et ramasser les capotes anglaises au râteau une fois que les putes avaient été livrées à la prison.

Découvrir ce mini-van l'obligea à affronter une autre possibilité qu'il n'avait pas envie d'envisager. Était-il seulement jaloux que Margot Aziz puisse lui préférer Bix Ramstead ? Il dépassa l'adresse, fit demi-tour plus haut dans la colline et fixa la maison des yeux en repassant lentement devant. Et se dit que le Débris avait sacrément raison. Cette maison dégageait une aura.

20

– Je suis saoul ! reconnut enfin Bix Ramstead.

– Tu es juste un peu parti, dit Margot en ôtant le coussin du canapé qui les séparait tandis que Rod Stewart chantait : *You Go To My Head* [1].

– Margot, reprit-il, faut que j'y aille.

Toujours sans le toucher, elle lui renvoya :

– Un petit baiser d'adieu ? Pour la route ?

Vite elle se glissa à côté de lui et il sentit sa respiration dans son cou. Elle l'embrassa beaucoup avec la langue, puis elle embrassa son visage et son cou en lui passant les mains partout sur le corps pendant qu'il grognait doucement.

– Allons nous allonger un instant, mon amour, dit-elle. Jusqu'à ce que tu te sentes plus alerte.

– Je peux pas… dit-il, mais elle l'interrompit avec encore plus de baisers.

– Tu es si gentil, Bix ! murmura-t-elle. Tu es l'homme le plus doux que j'aie jamais connu.

– Je peux pas, Margot, dit-il sans conviction.

– Tu n'as même pas vu ma chambre ! Viens, je vais te la montrer.

Il aurait été surpris par la force de cette femme s'il

1. Soit : *Tu me montes à la tête (NdT).*

n'avait pas été aussi saoul. Elle le souleva à moitié pour qu'il se mette sur ses pieds, lui prit le bras, le passa autour de son cou et le conduisit jusqu'à l'escalier moquetté.

– Faut que j'aille donner à manger à Annie ! dit-il, mais déjà elle lui avait glissé un bras autour de la taille et en supportant l'essentiel de son poids, elle commença à monter les marches.

– Chuuuuut, mon bébé. Attends un peu de voir ma chambre. Annie, tu pourras lui donner à manger plus tard.

Elle haletait lorsqu'enfin elle réussit à le hisser en haut des marches et à le faire entrer dans la chambre. Elle le conduisit jusqu'au lit, il vacilla beaucoup lorsqu'elle tira la couverture et le drap du dessus. Et le laissa tomber en arrière sur le lit. Ce n'était pas comme ça qu'elle avait imaginé les choses. Elle se doutait bien qu'il lui faudrait le saouler, mais pas jusqu'à ce qu'il en soit ivre mort. Après la baise, le sommeil viendrait naturellement. C'était ainsi que ça devait se passer, mais elle avait eu trop peur qu'il ait une crise de conscience et avait eu la main trop lourde. Le seul plus de l'affaire était qu'elle n'aurait pas à se l'envoyer.

Il s'était mis sur un coude et, incapable d'accommoder correctement, voyait deux Margot lorsqu'elle ôta vite son haut et son pantalon.

– Tu vois ! dit-elle joyeusement au cas où il aurait eu un reste de désobéissance en lui. Pas de sous-vêtements !

Les yeux clos et respirant par la bouche, c'est à peine s'il réagit.

Nue, ce fut avec méthode qu'elle lui enleva ses chaussures et ses socquettes et lui défit sa ceinture et la fermeture Éclair de son pantalon en coton, qu'elle lui ôta ensuite. Après quoi, ce fut au tour de son caleçon. Il lui parut à peine éveillé lorsqu'elle lui déboutonna et enleva sa chemise Oxford.

Mais lorsqu'il rouvrit les yeux et regarda la porte ouverte dans son dos, elle fut presque prise de panique. Il ne pouvait plus se lever maintenant ! Il ne pouvait pas partir comme ça ! Elle monta sur lui et se coula tout le long de son corps en gémissant et lui disant des mots doux, en le caressant de ses mains et se penchant sur lui pour l'embrasser lorsqu'il essaya de se relever.

– Mon bébé, mon ange, murmura-t-elle. Je te veux !

« Tu parles d'un ange ! » fut tout ce qu'il parvint à lui répondre.

– Si, si ! lui renvoya-t-elle. Tu es mon ange ! Tu l'es !

Ce fut plus une simulation que l'acte véritable et elle dut faire beaucoup d'efforts. Elle haletait d'épuisement lorsqu'il sombra enfin dans un profond sommeil. Elle rassembla ses habits et les accrocha dans sa penderie. Revenue près du lit, elle le poussa, le souleva et le tira jusqu'à ce qu'il soit sous les couvertures et, la tête sur l'oreiller, se mette à ronfler doucement.

Alors elle enfila une robe de chambre et descendit l'escalier quatre à quatre. Récupéra son arme qu'il avait remise dans son étui sur la table basse, mais laissa sur cette dernière la bouteille de vodka vide et les deux verres et elle versa de la vodka dans son gobelet de tonique pour prouver qu'ils avaient beaucoup bu tous les deux.

Puis elle traversa l'entrée, gagna la porte de devant et déverrouilla le loquet de façon à être sûre que la porte s'ouvre sans difficulté. Remonta vite dans la chambre et posa l'arme de Bix sur la table de chevet de son côté du lit, avec son portefeuille et ses clés de voiture. Enfin elle éteignit toutes les lumières à l'exception d'une lampe au premier étage, juste en haut de l'escalier. Elle voulait qu'Ali soit éclairé par-derrière lorsqu'il entrerait dans sa chambre.

Gil Ponce avait repris son service régulier dans le temps record de quatre jours, après que les tirs qui eurent fait suite à l'enlèvement du vendeur d'ice-creams eurent été déclarés conformes au règlement de la maison et que le réducteur de têtes du Service des sciences du comportement eut jeté un coup d'œil à l'intérieur de son crâne. Ce retour rapide était probablement dû au fait que la télé avait été très prompte (et fautive) à faire passer l'affaire pour un suicide par flic interposé, ce qui avait valu une belle couverture médiatique aux bureaucrates du LAPD.

Six heures après le début de leur service, Cat Song et Gil Ponce décidèrent de prendre un code 7 dans un restaurant de Thaï Town que fréquentait Cat. Cela impliquait de commander la nourriture à l'avance par téléphone, de façon qu'elle soit prête dès qu'ils s'assiéraient. Ils pourraient ainsi jouir de leurs trente minutes de battement pour avaler tous les plats.

Cat l'ayant informé que le plat principal portait son nom, Gil sourit quand on leur apporta un gros poisson-chat cuit au four. Cat lui parla satay[1] et curry et à l'aide d'une fourchette sépara la chair tendre du poisson et la fit passer dans son assiette. Ils burent du café thaï glacé et lorsque la note arriva, elle insista pour payer et laissa un bon pourboire pour le patron.

1. Sauce aux cacahuètes *(NdT)*.

Ils regagnèrent leur atelier et, Gil prenant le volant, elle s'assit sur le siège passager.

– Pourquoi es-tu si gentille avec moi ? lui demanda-t-il. Ce n'est pas mon anniversaire.

– Je suis toujours gentille avec tout le monde, lui répondit-elle. Et tu vas finir ta période d'essai dans si peu de temps que je me suis dit qu'on devrait fêter ça. Bientôt tu ne seras plus le stagiaire qu'on peut black-bouler partout.

– Mais toi, tu as été particulièrement gentille avec moi, dit-il en prenant vers l'ouest dans Sunset Boulevard à onze heures du soir.

– Je n'avais pas remarqué, dit-elle en effaçant le code 7 sur l'ordinateur embarqué et remarquant qu'il clignotait.

Elle appuya sur le bouton « message bien reçu » et sur celui de l'affichage.

Puis elle ouvrit le message et appuya sur la touche « en route » tandis que Gil jetait, lui aussi, un œil au message affiché à l'écran.

– Stationnement interdit, dit-il. Tout près du night-club, comment s'appelle-t-il déjà ? Le Salon du Léopard ?

– C'est un bar nichons nus qui veut se faire passer pour un night-club classe, dit-elle. Y a toujours quelqu'un qui se plaint du stationnement dans le coin.

Ils en étaient encore à quelques minutes lorsqu'il dit :

– Il n'y aurait pas une autre raison à la façon dont tu me traites comme si t'étais ma...

– Si tu dis « maman », je te flanque un bon coup de spray « botte le cul », dit-elle en portant la main à la bombe accrochée à son ceinturon.

– J'allais dire « ma grande sœur ».

Puis il ajouta :

– C'est pour la fusillade ?

– C'est toi qui me dis, Gil. Je ne t'ai pas vu sourire depuis la nuit au cimetière d'Hollywood.

– Ben, c'était terrifiant d'avoir tous ces inspecteurs de l'Évaluation des tirs qui me serraient. Ils ne sont pas gentils. Le réducteur de tête, ça allait, mais je ne lui ai dit que ce que je pensais qu'il voulait entendre.

– Comme si on s'en foutait pas, de ces mecs ! s'écria-t-elle. Une minute après que tu as flingué ce type, je t'ai dit que t'avais fait ce qu'il fallait. Et que j'aurais fait la même chose.

– Je sais, mais bon…

– Bon quoi ? T'aurais dû être extralucide et deviner que ce camé n'avait qu'un pistolet de starter ? C'est ça ?

– Je ne sais pas. C'est juste que maintenant je me sens… différent.

– Bien sûr que tu te sens différent ! C'est comme ça que c'est censé se passer. Tu as ôté la vie à quelqu'un et ce n'était pas ta faute. C'est lui qui l'a choisi, pas toi. J'y étais, mec. Je t'ai bien entendu lui crier de mettre les mains sur la tête et de s'allonger par terre sur le ventre. Je l'ai entendu !

– J'aime pas les mecs qui me tapent sur le dos en me traitant de porte-flingue. J'aime pas ça.

– Qu'ils aillent se faire voir, eux aussi ! C'est rien que des petits merdeux de machos. Aucun d'entre eux n'a jamais fait feu en dehors du stand de tir. C'est pas ceux qui l'ont fait qui iraient te caresser les fesses pour ça.

– Eh bien mais… j'aimerais pas trop qu'on sache que toi et moi, on a parlé de ça, dit-il.

– C'est juste ton machismo d'Hispanique.

– Je suis pas vraiment hispanique.

– On va pas recommencer avec ça, dit-elle. Et maintenant, écoute-moi bien, collègue. Je ne sais pas comment te faire comprendre que tu as fait exactement ce que n'importe quel flic aurait fait et dû faire à ce moment et à cet endroit-là. Et j'aimerais pas beaucoup me dire que ma sécurité pourrait être en danger parce que t'es un timide de la détente.

– Cat, dit-il, je ne voudrais pas que tu…

– Laisse-moi te raconter une histoire vraie, dit-elle en l'interrompant. Il y a cinq ans, j'ai eu un coéquipier pendant deux mois. Un type sympa. On était du troisième roulement. Un jour, il a épousé une femme qui avait quatre gosses et était une militante pacifiste. En un rien de temps il a décidé de quitter la police. Il voulait faire un travail où il n'aurait jamais à user de violence contre quiconque. Et le dernier jour qu'on travaillait ensemble, il m'a fait un petit aveu. À cause des harangues de sa femme, il ne mettait plus rien dans son 9 mm depuis avant qu'on bosse ensemble. J'ai jamais été aussi près de sortir ma matraque et de le rosser jusqu'à le faire rentrer sous terre.

– Pourquoi est-ce que tu me dis ça, Cat ?

– As-tu nettoyé ton 9 mm après l'autre soir ?

– Oui.

– L'as-tu rechargé ?

– Évidemment.

– Bien, je me sens en sécurité. Parce que tout ce que je te dis, c'est pour moi, pas pour toi. J'ai un enfant de deux ans à la maison et cet enfant a besoin de sa maman. Et comme j'ai un bon flic avec un 9 mm chargé qui surveille mes arrières, je me sens en sécurité. Fin de l'histoire. Des questions ?

– Merci, Cat, dit-il après un temps de réflexion.

– De quoi ?

– Pour le dîner thaï, bien sûr, répondit-il après une pause. C'était génial.

– Y a pas de quoi, dit-elle.

Sur des rues et des rues autour du Salon du Léopard, il n'y avait aucun endroit où se garer à 11 h 15 par une nuit d'été aussi douce que celle-là, par une nuit où une lune bien hollywoodienne faisait sortir de chez eux des hordes de gens qui veulent s'amuser sur les boulevards. Gil ayant garé la voiture de patrouille dans une zone rouge de Sunset, ils partirent à pied en direction du sud, vers la source de l'appel, à savoir un grand immeuble locatif avec des places de parking devant.

La personne qui s'était plainte était une vieille dame bien habillée et bien coiffée. Elle ouvrit la porte du gérant et leur dit avec un accent russe :

– Je suis Mme Vronsky. C'est moi qui ai appelé.

– Oui, madame, dit Gil.

– À cette heure, je devrais être en train de dormir dans mon lit, mais si je m'endors je serai réveillée quand mes locataires rentreront et ne pourront pas se garer. Un type vient juste de se mettre à l'emplacement numéro deux et, quand je lui ai crié dessus, il m'a dit quelque chose de très vilain. Après, quand je vous ai appelés, il a filé.

– Et donc, nous n'avons personne à verbaliser pour l'instant, dit Cat. Rappelez-nous si ça se reproduit.

– Connaissez-vous l'agent Ramstead ? C'est un de mes amis.

– Du service des Relations avec la communauté ? demanda Cat.

– Oui, c'est ça. Il passe souvent dans la journée et me donne un coup de main pour les problèmes de parking. Tout ça, c'est à cause du night-club, vous savez ?

– Oui, dit Cat. Nous compatissons.

– L'agent Ramstead est un homme très bon et il aime bien mes pirojkis maison. Si j'en avais, je vous inviterais bien à entrer et je vous servirais du thé et vous pourriez les goûter.

– Une autre fois, dit Cat en décochant à Gil un coup d'œil qui voulait dire : « Vieille femme seule ».

– Oh, regardez ! En voilà encore un !

Et c'était vrai, une Corvette blanche vieille de quatre ans qui longeait lentement le trottoir dans l'espoir de trouver une place, s'était engagée sur un des emplacements vacants devant l'immeuble locatif. Le chauffeur du véhicule éteignit ses phares, mais ne descendit pas de voiture.

– On va aller le voir, dit Cat, et les deux flics gagnèrent l'avant de l'immeuble.

– Revenez quand j'aurai des pirojkis ! leur cria Mme Vronsky.

Lorsqu'il se présenta côté conducteur de la voiture, Gil Ponce fut tout surpris de trouver une jeune femme au volant. Belle, elle avait l'air métis et des yeux d'Asiatique. Elle sursauta lorsqu'il frappa à la fenêtre avec sa lampe torche.

– Oui, monsieur l'agent ? dit-elle en baissant sa vitre.

Puis, un rayon de lumière balayant son tableau de bord, elle se tourna et vit Cat à la vitre côté passager.

– Vous habitez ici, madame ? lui demanda Gil.

– Non. Il y a un problème ?

– Vous êtes garée sur l'emplacement d'un résident de cette propriété privée, dit Gil en songeant que cette fille était drôlement sexy.

– Mais monsieur l'agent, dit-elle en souriant et clignant des yeux, je ne suis pas garée. Je me suis juste arrêtée ici parce qu'il n'y a pas de place dans la rue. J'attends qu'une voiture quitte le parking du Salon du Léopard. J'y travaille.

– Puis-je voir votre permis de conduire et la carte grise ?

Jasmine regarda dans son sac, sortit son portefeuille, l'ouvrit et s'écria :

– Ah ben zut ! Aujourd'hui, j'ai acheté des sous-vêtements chez Victoria's Secret et j'ai payé par carte de crédit. Et la vendeuse m'a demandé mon permis, elle aussi. J'ai dû le lui laisser avec ma carte Visa !

– Et la carte grise ?

Elle la tendit à Gil Ponce qui l'éclaira et lut :

– Jasmine McVicker.

– C'est ça, dit-elle en tambourinant avec nervosité sur le volant et regardant sa montre.

Il était 11 h 25.

– Avez-vous autre chose qui pourrait me prouver que vous êtes bien Jasmine McVicker ? demanda Gil.

– Je n'ai que cette carte de crédit. Écoutez, monsieur l'agent, vous n'avez qu'à traverser pour aller au Salon du Léopard et tout le monde vous dira que j'y travaille.

Gil jeta un coup d'œil à Cat par-dessus le toit de la Corvette, Cat lui en renvoyant un autre qui voulait dire : « C'est toi qui vois. »

De fait, le jeune Gil Ponce avait très envie d'entrer au Salon du Léopard et de voir à quoi pouvait ressembler un bar à nichons super-classe.

– Trouvons une place où garer votre véhicule et voyons voir si vous êtes bien ce que vous dites. Si vous l'êtes, je vous adresse un avertissement pour conduite sans permis, mais je ne vous mets pas de contravention. Ça vous semble équitable ?

Son portable sonnant juste à ce moment-là, Jasmine le sortit de son sac.

– En piste ! lança en un murmure la voix de Margot.

Aussitôt, Jasmine lui répondit :

– Je vais avoir du retard. Un très gentil officier de police me retient parce que je n'ai pas mon permis de conduire.

– Ah bon Dieu ! marmonna Margot. Débarrasse-toi de lui !

– Je ferai le plus vite possible, lui renvoya Jasmine en éteignant son portable.

Puis elle se tourna vers Gil et lui demanda :

– Je me gare où ?

– Juste là-bas au coin, dans la zone rouge. Ma coéquipière surveillera votre voiture de façon que vous n'ayez pas de contredanse pendant que vous et moi entrerons là-dedans une minute.

– Oui mais après, il faudra que je ressorte et que je déplace ma voiture avant de pouvoir entrer au Salon à nouveau ! Il faut que je voie une des danseuses pour un truc important et je suis déjà en retard !

– Ce qui vaut quand même mieux que de prendre une amende, non ? lui renvoya Gil avant d'ajouter : Vous êtes vraiment danseuse ?

Jasmine était au désespoir. S'il n'avait pas eu une collègue avec lui, elle lui aurait donné son adresse et un rendez-vous tard le soir. Tout pour avoir quinze minutes de stationnement et pouvoir faire ce qu'elle avait à faire, nom de Dieu !

– D'accord, d'accord ! dit-elle. Mais si on laissait ma voiture ici deux minutes, juste le temps de traverser ! Je vous en prie, monsieur l'agent, ça nous économisera du temps !

Gil adressa un haussement d'épaules à Cat, qui lui renvoya un hochement de tête car, ce coup-là, elle avait compris. Elle avait tellement remonté le moral de son bleu que maintenant il avait envie d'entrer dans ce bar seins nus avec la petite nana sexy et de jeter un œil à la marchandise qu'on offrait sur scène. Et qui sait ? Peut-être même d'avoir le numéro de téléphone de cette Jasmine ? Ils perdent vite leur innocence, tous ces bleus, songea-t-elle.

Pendant que, son sac à la main, Jasmine verrouillait sa voiture et que Gil Ponce dressait la liste des questions bateau qu'il avait en tête – du genre comment se fait-il qu'une fille aussi belle finisse par danser au Salon du Léopard ? –, Cat regagna l'atelier garé au coin de la rue, en zone rouge. Et ouvrit la portière pour écouter les appels radio.

Une fois qu'ils furent entrés, Jasmine n'eut même pas besoin de trente secondes pour faire signe à un des barmen épuisés et couverts de sueur de la rejoindre au bout du comptoir et de l'identifier pour Gil Ponce, qui, lui, s'en souciait déjà comme d'une guigne. C'est à peine s'il arrivait à entendre le barman par-dessus les rythmes lourds et érotiques qui déferlaient de la sono à soixante-quinze mille dollars d'Ali et il ne faisait déjà plus que hocher la tête à tout ce que le type pouvait bien lui hurler par-dessus le vacarme du night-club. De fait, Gil Ponce était très occupé et, bouche bée, contemplait deux danseuses qui étaient montées sur scène et là, sous les lumières du stroboscope, se tortillaient autour d'un poteau, l'une d'elles n'étant autre que la nouvelle étoile du lieu, Loxie Fox, dont le string était constellé de billets de cinq et de dix dollars pliés très serré.

Cat Song le sortit brusquement de sa rêverie lorsque, tout soudain à côté de lui, elle lui glissa à l'oreille :

– Je vous demande pardon, agent Casanova. Je suis très contente de voir qu'on a remis le moteur en route, mais je me disais que vous seriez peut-être content de savoir qu'il y a une sacrée course-poursuite qui va nous arriver droit dessus de la division Rampart. Cela vous plairait-il de vous précipiter ou préféreriez-vous attendre jusqu'à la fin de ce numéro devant une boisson multicolore avec une petite ombrelle dans le verre ?

L'agent Gil Ponce se rua hors du Salon du Léopard sans demander le numéro de téléphone de Jasmine McVicker. Ni même seulement lui dire au revoir.

Jasmine, elle, se précipita dans les toilettes réservées aux danseuses et ferma la porte à clé derrière elle. Puis elle ouvrit son sac à main et s'empara des gouttes pour les yeux qu'elle avait achetées dans une boutique de La Brea. On y trouvait des cosmétiques pour le maquillage d'acteurs de la télé ou du cinéma, dont des gouttes qui les aidaient à pleurer comme des madeleines à un signal donné. Elle s'en mit dans les yeux – Margot lui avait dit de « bien faire couler le mascara ». L'opération terminée, elle voyait si trouble que c'est à peine si elle parvint à distinguer son visage dans la glace, mais bon, elle savait qu'elle avait une gueule pas possible. Elle était prête. En piste !

La porte de son bureau étant fermée à clé, elle se dit qu'Ali devait compter le liquide. Dans les grosses soirées comme celle-là, il faisait souvent le voyage jusqu'au bar pour y récupérer de grosses coupures et échanger des billets de cent contre des billets de 50, de 20 et des tonnes de 5, le plus petit pourboire que les clients pouvaient donner dans ce night-club classe.

Elle savait qu'Ali demandait à des sociétés de gardiennage de lui ramasser l'argent à la fin de la soirée quand il y en avait trop pour le garder au coffre. Elle l'avait vu faire assez souvent pour en être sûre. Elle savait aussi que les sommes d'argent qu'il empochait au Salon du Léopard étaient bien plus importantes que ce qu'en sauraient jamais les Impôts, Margot, voire Dieu en personne. Margot se racontait des histoires en croyant qu'elle allait récolter la moitié de sa fortune. Jasmine lui avait dit qu'Ali avait un coffre secret, mais elle ignorait où. Margot lui avait demandé de travailler la question.

– Ali ! hurla Jasmine en frappant frénétiquement à la porte.

– Qui est là ?

– Jasmine ! Ouvre !

Il la regarda par le judas, elle en était sûre, puis saisi d'étonnement devant son aspect, il lui ouvrit.

– Qu'est-ce qui t'est arrivé ? demanda-t-il en refermant la porte à clé. Je croyais que tu t'étais foulé la cheville.

Il était tout endimanché – chemise blanche habillée avec monogramme, costume Valentino gris anthracite et souliers noirs.

À travers un brouillard tout floconneux elle vit qu'il y avait des tas de billets sur le bureau. Elle se précipita vers le fauteuil réservé aux clients et s'y assit tandis que, pur réflexe, Ali se plantait entre elle et le bureau pour protéger son fric.

– Je viens juste de quitter Margot ! s'écria-t-elle en essuyant le mascara sur sa figure et le regardant avec des larmes plein les yeux.

– Qu'est-ce qui se passe ?

– Tu m'as dit de l'espionner, non ? cria-t-elle en essayant de sangloter.

– Si, si ! Qu'est-ce qui se passe ?

– Elle sniffe de la coke que c'est un vrai aspirateur ! Elle en avait des lignes et des lignes sur sa coiffeuse. Il devait y en avoir pour trois ou quatre mille dollars ! Je m'en suis fait une ligne, disons… juste pour savoir un peu ce qui se passait dans cette maison.

– Et il se passait quoi ? Dis-moi.

– Ils voulaient qu'on fasse un truc à trois. Elle, lui et moi, mais je leur ai dit pas question. Et à lui, j'ai dit que je faisais pas dans le pervers. Il était encore plus défoncé qu'elle. Il m'a fait peur, ce mec !

– Nicky ! s'écria-t-il, frénétique. Où est Nicky ?

– Il y était.

– Quoi ?!

Il avait crié si fort qu'elle sursauta dans le fauteuil, sa tête allant en heurter le dossier en cuir.

– J'ai essayé de la prendre à part pour la raisonner. Lui, il faisait que se balader en Speedo dans la maison et dehors. Il sautait dans la piscine et après, il rentrait se faire une ligne. Et après, il repartait à la piscine et nageait encore. Il voulait qu'elle nage avec lui, mais moi, je lui disais que dans son état, c'était trop dangereux. J'arrêtais pas de lui dire de rester dans sa chambre et de dormir.

Ali parut oublier le fric. Il fit le tour du bureau et s'assit dans son fauteuil pivotant. Repoussa les piles de pièces et de billets de côté, mit les coudes sur le bureau et se prit la tête dans les mains. En moins d'une minute il eut le visage encore plus dégoulinant de larmes qu'elle.

Elle craignit même qu'il soit trop bouleversé pour agir. C'était de la colère débridée qu'elle essayait de susciter, pas de la douleur qui débilite.

– Nicky n'était pas là quand ils se faisaient leurs lignes, reprit-elle. Il était dans sa chambre.

Ali s'essuya les yeux avec la paume des mains et lança :

– Nicky est plein d'énergie. Personne le garde dans sa chambre.

– Le type s'appelle Lucas, enchaîna Jasmine en décidant de se servir de Nicky comme de sa dernière carte. C'est un grand mec jeune, il a le même âge que Margot. Elle l'a rencontré dans un night-club du Strip. Il a pratiquement pris possession d'elle et de la baraque et c'est lui qui lui fournit la coke.

– Pourquoi mon fils est dans la maison ce soir ? S'il te plaît, dis-moi, Jasmine.

– Pour ce que j'en sais, c'est toujours comme ça depuis que ce mec est entré dans le tableau. Il dit qu'elle devrait pas gaspiller son fric à payer la gouvernante. Il dit que le gamin devrait rester à la maison comme tous les autres gamins.

– Rester à la maison ? répéta Ali, et jamais encore Jasmine ne l'avait vu aussi désolé. Rester à la maison pour voir sa mère comme ça ? Sexe, cocaïne et quoi d'autre ?

– Je ne sais pas si je devrais te dire, Ali.

– Dis-moi, Jasmine. Je te supplie de me dire tout. Je dois savoir.

– Margot me dit qu'ils ont fait des parties à trois avec d'autres filles d'une manière régulière et tout ça, avec des tas de coke pour remonter tout le monde. Même que des fois ils font plus que ça. Lucas amène des filles et des mecs du Strip et ils se tapent tous de la cocaïne et après ils sont complètement pétés et baisent avec tout le monde. Enfin quoi, ils font tout ce qui leur passe par la tête.

– Et mon Nicky ? demanda Ali. Où est mon Nicky quand ces choses se passent ?

– D'après ce que je sais, depuis un moment il est tout le temps à la maison. Je crois qu'il est dans sa chambre quand y a des gros trucs. Je pense pas que Margot le laisserait entrer dans la chambre quand ils commencent leurs machins de pervers. À moins bien sûr qu'il y entre par accident. Ça, je peux pas en être sûre, Ali. Je suis désolée, j'ai essayé d'en savoir le plus possible.

– Y a combien de personnes à la maison ce soir, Jasmine ? Seulement Margot et ce type ?

– Oui, y avait personne d'autre quand je suis partie. Mais Lucas parlait d'appeler un ami dans le Strip. C'est une vraie bête et il est complètement déchiré.

– Tu es vraie amie, dit Ali. Je te remercie.

– Tu vas appeler ton avocat ? lui demanda-t-elle. J'ai pas envie d'être traînée devant un juge, moi. Je te dis ce qui se passe, mais il est pas question que je fasse une déposition devant un avocat. J'ai peur de ce mec, moi, de ce… Lucas. Et il faut quand même que je continue à bosser dans cette ville.

– À quoi ça sert, un avocat, hein ? Margot dira que tu mens si on parle à mon avocat. Elle aura l'air d'une mère parfaite quand elle parlera à son avocat ou au juge. Tout le monde la regardera et lui sourira. Ah, ça, c'est mère ! on dira.

– Je vois pas non plus le bien que ça ferait d'appeler les flics, reprit Jasmine. Ils pourraient pas entrer et s'assurer que le gamin va bien à moins d'avoir un mandat ou un renseignement de première main. Et moi, pas question de parler aux flics non plus. Tu me vires si tu veux, mais je cause pas aux flics ou aux avocats. J'ai fait ce que tu m'avais demandé et, maintenant, c'est fini. Je veux plus entendre parler de ton ex et de son tordu de copain. Tout ça me fout vraiment la trouille.

– Oui, dit-il. Je paierai le bonus. Tu es une fille bien.

Elle était en train de le perdre à nouveau. Elle avait vu la rage monter en lui, puis redescendre, puis remonter encore. Et maintenant, elle redescendait. Elle lui avait donné trop de trucs à digérer. Ça l'avait écrasé. Il donnait l'impression de vouloir recommencer à sangloter et de ne pas pouvoir s'arrêter. La situation lui échappait, elle le voyait bien. Et avec elle tout le fric qu'elle et Margot devaient se partager. Le moment était venu d'abattre l'atout maître – l'as de pique.

– Il y a bien autre chose, Ali… mais non, laisse tomber…

– Quoi ? lança-t-il, las. Dis-moi tout, Jasmine. S'il te plaît.

– Je sais pas si je devrais. J'ai pas de preuves et de toute façon tu peux rien y faire.

Il leva ses yeux cernés de noir de dessus son bureau et son regard la transperça.

– Dis-moi, répéta-t-il.

– Hé bien, y a eu un moment où j'ai entendu Nicky appeler sa mère en hurlant. Lucas était dehors dans la piscine et moi, j'étais dans la chambre avec Margot, à lui dire de se ressaisir et que son fils l'appelait.

– Oui, oui ? dit Ali tel celui qui veut tout savoir, mais surtout ne rien entendre.

– Elle était trop défoncée. Y a pas eu moyen de me faire comprendre. Et là, j'ai entendu Lucas sortir de la piscine, monter l'escalier et prendre le couloir qui conduit à la chambre de Nicky. Alors, j'ai passé la tête à la porte et je l'ai vu, et il portait que son Speedo… ouvrir la porte de la chambre de Nicky et la refermer derrière lui.

– Ah, mon Dieu ! s'écria Ali.

Et il commença à murmurer en arabe. Jasmine se dit que ce devait être une prière musulmane. Et au bout de quelques secondes, il s'arrêta.

– Je dis pas qu'il se soit passé des trucs terribles là-haut, reprit-elle. Mais ça, il est resté longtemps dans la chambre. Disons dix minutes. Peut-être plus. Et quand il est ressorti, Nicky ne criait plus.

– Et là, tu fais quoi ? demanda-t-il, impérieux.

Aucun doute. C'était de la rage pure. Il lui flanqua la trouille.

– Ali, dit-elle, j'ai fait ce que je pouvais ! Quand ce type est entré dans la salle de bains de Margot, je me suis précipitée dans le couloir, j'ai couru jusqu'à la chambre de Nicky, j'ai ouvert et j'ai jeté un œil à l'intérieur.

– Il va bien ? Je t'en supplie, Jasmine. Nicky va bien ?

– La chambre était plongée dans le noir et lui, il était sous les couvertures et il pleurait. Je l'ai appelé par son prénom, mais il a refusé de sortir de dessous les couvertures. Il me connaît, mais il n'a pas voulu. Et là, il a fallu que je le laisse parce que Lucas était sorti de la salle de bains et demandait à Margot où j'étais passée. Je suis revenue dans la chambre de Margot en courant, je leur ai dit bonne nuit à tous les deux et je suis venue ici aussi vite que j'ai pu.

Ali serrait si fort les poings que ses phalanges en étaient blanches comme de l'os. Il commença à se lever de son fauteuil et, s'il l'avait regardée, elle aurait foncé vers la porte tant elle avait peur.

– Merci, Jasmine, dit-il.

– Tu montes là-haut ? lui demanda-t-elle. Oh, ce que j'ai peur ! Ça pourrait être dangereux pour toi.

– Et pour Nicky, dit-il calmement.

– Tu vas prendre ton videur avec toi ? lui demanda-t-elle encore en se levant. Tu pourrais, mais ça risquerait de déclencher une bagarre.

– Merci, dit-il en gagnant la porte d'un pas raide. Je dois aller là-bas en paix. Seul. J'exigerai seulement voir mon fils. S'ils perpétuent de la violence sur moi, j'aurai une raison d'appeler police.

– Attends ! cria-t-elle si fort qu'il s'arrêta. Tu peux pas aller là-haut comme ça ! Prends ton flingue.

– Je menace personne. Je prendrai mon fils avec moi. Personne m'arrêtera.

– Mais Ali ! hurla-t-elle d'un ton frénétique. Tu peux pas faire ça sans arme ! Ce mec est grand, vicieux et jeune. Il te laissera pas prendre Nicky. Il te fera super mal. Et à Nicky aussi peut-être. Même que tu pourras peut-être pas appeler les flics. Et alors, hein ? Prends ton arme pour votre protection à tous les deux. Juste en cas d'urgence !

Ali resta immobile un instant, puis il regagna son bureau, déverrouilla un tiroir du bas, en sortit un calibre .32 semi-automatique et le glissa dans la ceinture de son pantalon. Et fit la chose la plus étonnante que Jasmine lui ait jamais vu faire : il sortit de la pièce en la laissant toute seule devant son bureau couvert de fric. Jasmine gagna la porte à son tour et lui cria alors que déjà il descendait le passage :

– J'avais idée que ça se terminerait comme ça si je te disais tout. C'est pour ça que quand je suis sortie de chez Margot par la porte de devant, j'ai déverrouillé la serrure. Et ils étaient tous les deux bien trop déchirés pour avoir mis l'alarme. Tu pourras entrer sans problème, Ali. Mais pour l'amour de Dieu, fais attention !

Il ne se retourna même pas, mais lui dit :

– Merci, Jasmine. Tu es fille bien.

Lorsqu'elle fut sûre qu'il avait décampé, elle fonça de nouveau jusqu'au bureau et poussa tout le fric dans son sac à main.

21

Pour les coéquipiers de l'atelier 6-X-66, la nuit s'était passée sans incidents, mais ça ne les dérangeait pas. Depuis peu, ils en avaient leur compte de ce que les flics d'Hollywood appellent « les nuits Star Wars ». Poursuivre un camion de vendeur d'ice-creams et se retrouver dans une fusillade au cimetière d'Hollywood, sans même parler de la Somalienne peinte en blanc, leur avait quasi filé le syndrome du canal carpien lorsqu'ils avaient fini d'écrire leurs rapports.

Ils venaient juste de gérer un appel qui les avait conduits hors de leur secteur et fait monter dans les Hollywood Hills. Du pas grand-chose, une histoire de résident que rendait nerveux une voiture garée dans Laurel Canyon Boulevard, voiture qui s'était révélée appartenir au neveu d'un voisin venu voir ce dernier du Montana. Gert Von Braun et Dan Applewhite Jugement dernier redescendaient dans le canyon, Gert étant au volant, lorsqu'ils virent une Jaguar en train de faire un demi-tour sur la très jolie route bordée d'arbres conduisant au Mount Olympus.

– Ce mec roule si vite qu'il a failli capoter ! lança Dan.

– On le contrôle, dit Gert.

Elle tourna vite à gauche et, le pied au plancher, alluma les gyrophares. En un instant, elle rattrapa la

Jaguar, qui s'arrêta devant un véritable palais à mi-hauteur de la colline.

Ali Aziz était en train de vivre la grande crise de sa vie. Si jamais les flics l'obligeaient à descendre de voiture et repéraient le pistolet coincé dans sa ceinture, il n'y avait aucun doute qu'il se ferait arrêter pour port d'arme cachée, même si c'était de manière tout à fait légale qu'il avait fait l'acquisition de son calibre chez un armurier quelques années plus tôt. Et s'il le posait sur la banquette, il aurait beaucoup d'explications à fournir et se ferait peut-être même embarquer au commissariat d'Hollywood pour interrogatoire. Si au contraire il le planquait sous son siège et qu'ils le découvraient, il serait arrêté à tous les coups.

En cet instant fatidique il envisagea même de leur raconter les choses horribles que Jasmine lui avait rapportées et de leur demander de l'accompagner jusque chez lui. Mais il savait qu'à la fin du fin Margot leur dirait que tout allait bien et qu'ils étaient en plein milieu d'un mauvais divorce et d'une grosse bagarre pour obtenir le droit de garde. Alors les flics lui diraient de rentrer chez lui et d'en parler à son avocat et aux inspecteurs idoines le lendemain matin. Il savait maintenant d'expérience que les lois de ce pays s'opposent à tous ceux qui essaient de faire ce qu'il faut. Et en attendant son fils resterait dans son lit, à pleurer de terreur, peut-être même à cause de choses indicibles qu'on lui aurait infligées.

Il n'avait pas le temps et ne pouvait pas courir ce risque. En ce bref instant, il décida de maîtriser ses émotions et de leur servir le plus beau bluff de sa vie. Il se colla un petit sourire sur la figure lorsque la nana imposante se pointa de son côté de la voiture tandis que son coéquipier restait côté passager et braquait le faisceau de sa lampe torche à l'intérieur de la Jaguar.

– On est pressé, monsieur ? lui lança Gert.

– Je suis vraiment désolé, madame, dit Ali. Je m'appelle Ali Aziz et suis le propriétaire du Salon du Léopard, dans Sunset Boulevard. Je suis très pressé pour aller chercher mon fils à la maison de mon ex-épouse.

Et précautionneusement il glissa la main dans la poche de sa veste pour en sortir son portefeuille tandis que les deux flics braquaient leurs lampes sur sa main gauche. Ali pria le ciel qu'ils ne repèrent pas son arme lorsqu'il sortirait son permis pour le tendre à Gert. Il sortit aussi des cartes de visite portant le nom du capitaine du commissariat d'Hollywood et une avec celui du capitaine de la division.

– Je suis toujours premier à donner beaucoup de temps au Conseil consultatif de police, reprit-il. Je fais toujours dons à la fête de vacance des enfants. Tout le monde connaît Ali.

– Simple curiosité, dit Gert. Pourquoi voulez-vous prendre votre fils à cette heure de la nuit ? Il ne va pas être endormi ?

– Oui, vous êtes correcte, dit-il. Je travaille tard au night-club et c'est comme ça que je dois faire. Nicky va dormir dans ma voiture quand je rentre à l'appartement avec lui.

Gert Von Braun n'aimait pas beaucoup le sourire qu'il arborait, ni non plus les gouttes de sueur qui commençaient à se former à la racine de ses cheveux. Son petit radar bleu lui lançait des signaux, mais l'adresse portée sur le permis se trouvait bien en haut de Mount Olympus et le bonhomme ne disait rien d'insensé. Elle jeta un coup d'œil à Dan Applewhite par-dessus le toit de la Jaguar, mais Dan Applewhite se contenta de hausser les épaules.

– Conduisez plus prudemment quand vous aurez votre fils dans la voiture, monsieur Aziz, dit-elle en lui rendant son permis.

– Oui, oui, madame, dit-il. Je conduirai avec grand soin.

Les deux flics ayant regagné leur atelier, Ali remonta lentement la rue jusqu'à la maison de Mount Olympus.

Margot avait reçu l'appel à deux sonneries de Jasmine vingt-cinq minutes plus tôt. Cela voulait dire qu'Ali s'était mis en route. Le jetable était sur vibrations et elle n'avait pas besoin de répondre. Elle s'était assise toute nue dans la chaise longue installée dans la chambre à coucher plongée dans l'obscurité, de l'autre côté du grand lit dans lequel Bix Ramstead s'était endormi. Elle se leva, gagna son côté du lit et sortit le pistolet de son holster. Puis elle refit le tour du lit et passa sur la terrasse par la porte coulissante qu'elle avait laissée ouverte. Une fois à la rambarde, elle jeta un coup d'œil dans le canyon et balança le portable dans les broussailles en dessous.

Puis elle revint tout doucement jusqu'à sa penderie et y prit une robe de chambre qu'elle étala sur la chaise longue. Mais pas question de la mettre. La dernière fois que Bix l'avait vue, elle était nue. Pas qu'il s'en souviendrait, mais… Enfin elle se rassit dans la chaise longue et guetta le bruit d'une voiture s'arrêtant devant sa porte.

Ali se gara dans l'allée cochère plutôt que dans la rue au cas où il devrait filer vite en tenant son fils d'une main et son arme de l'autre. Il ferma la portière de la Jaguar sans faire de bruit et gagna la porte de devant, tout heureux que les lumières du système de sécurité ne soient pas allumées dans le jardin. De fait, dedans comme dehors, tout était éteint, mais on y voyait très clair. Il leva les yeux vers le ciel et vit que la lune était pleine.

La porte était ouverte, il bénit Jasmine. Et entra en prenant soin de laisser la porte ouverte pour pouvoir repartir à toute allure, au cas où. Il avait décidé de foncer droit sur la chambre de Nicky, de le sortir du lit, de descendre l'escalier quatre à quatre avec lui et de filer. Le lendemain, son avocat et lui, avec l'aide de Jasmine – car bien sûr qu'elle l'aiderait lorsqu'il lui offrirait vingt-cinq mille dollars –, iraient voir la police et le juge qui avait présidé lors du procès en divorce. Et s'il y avait un tant soit peu de justice dans ce pays, il ne serait jamais obligé de rendre Nicky à sa mère. Il pria le ciel que le monstre fournisseur de drogue n'ait pas fait de mal à son fils.

Il y avait une lumière allumée. La lampe posée sur une table en marbre en haut de l'escalier, là, sous l'énorme miroir qui lui avait coûté une fortune. Il monta, tourna à gauche et gagna furtivement la chambre de Nicky, dont il trouva la porte grande ouverte. Il entra, mais le lit était fait et Nicky était parti ! Qu'est-ce qu'ils avaient fait de son fils ? Il redescendit le couloir jusqu'à la grande chambre. Se pouvait-il que Nicky soit au lit avec eux ? La double porte était ouverte. Il recala son pistolet dans sa ceinture de façon qu'il soit plus accessible. Encore quelques pas sans faire de bruit et il aurait franchi la double porte et serait dans la place.

Enfin sur le seuil. Il entendit un léger ronflement, mais il faisait vraiment sombre dans la pièce. Il avança encore d'un pas. Il n'y avait qu'une personne allongée dans le lit, et cette personne dormait du côté qu'il savait être celui de son ex. Margot ? Était-elle seule dans la chambre ? Où était le bonhomme ? Où était Nicky ? Il se sentit perdu. Et fit un autre pas en avant. Et encore un autre, ses pupilles s'adaptant peu à peu à l'obscurité. Et c'est alors qu'il eut droit au plus grand hurlement qu'il ait jamais entendu sortir des lèvres de Margot Aziz.

– ALI, NE TIRE PAS ! JE T'EN PRIE, NE TIRE PAS ! NE TIRE PAS !

– Quoi ? dit-il. Margot ?

Et il vit alors trois boules de feu et entendit peut-être, mais peut-être pas, trois explosions. Et fut projeté en arrière par les trois boules de feu. Tir groupé effectué à une distance d'un mètre vingt après que Margot eut émergé de derrière la porte de la penderie, là, entre le lit et lui, en position légèrement accroupie et l'arme tenue à deux mains, exactement comme l'instructeur le lui avait montré au stand de tir. La poitrine d'Ali se souleva et commença à perdre du sang, puis à faire des bulles sous la pression du jet artériel. Son cœur cessa de battre quasi instantanément, transpercé par une des balles de neuf millimètres.

Les explosions qui l'avaient projeté au sol mirent aussi Bix Ramstead par terre, pieds en avant. Il bondit du lit et s'aplatit sur les genoux sans savoir où il était.

– Bix ! Bix ! hurla Margot. Les lumières ! Allume les lumières !

Mais Bix ne savait pas où elles se trouvaient. Il essayait de comprendre où il était, lui, et n'était pas trop sûr de savoir qui criait son nom. Il vit une lampe, tendit la main vers elle, mais la fit tomber de la table de nuit.

Margot Aziz, elle, ne voulait surtout pas de lumière. Elle avait laissé tomber le pistolet de Bix par terre et, la main gauche dans un mouchoir en papier, fouillait dans les poches et la ceinture d'Ali. Mais… il n'avait pas d'arme ! Où était donc passé son flingue bordel ? À force de travailler frénétiquement dans le noir, elle réussit à passer la main sous son dos et non, toujours pas de flingue ! Puis, pur accident, elle lui frôla l'entre-deux et y sentit du métal. Le pistolet lui avait glissé dans le caleçon au moment où il s'effondrait.

Ayant fini par comprendre que c'était dans la chambre de Margot Aziz qu'il se trouvait, Bix hurla :

– Margot ! Où es-tu ? Où est l'interrupteur ?

Elle le vit bondir tout nu vers la porte ouverte et la lampe de l'autre côté juste au moment où elle plongeait la main dans le caleçon d'Ali et en ressortait son arme en prenant soin de garder le mouchoir en papier entre ses doigts et l'acier du pistolet. Enfin elle s'en empara et le plaça à côté de la main tendue de son ex.

Puis elle roula en boule son mouchoir en papier dans sa main gauche, posa la droite sur la poitrine ensanglantée d'Ali et, pour que ce soit plus tragique, hurla « Ali ! Ali ! Bix, je crois qu'il est mort ! » en s'étalant du sang sur la joue et la poitrine.

Bix trouva l'interrupteur mural à côté de la porte, alluma la lumière dans la chambre à coucher et s'écria :

– Écarte-toi ! Surtout ne le touche pas !

Margot se releva, se colla sa main pleine de sang sur la figure et hurla encore :

– Il est mort ! Ali est mort ! Oh, mon Dieu !

– Où sont mes habits ? Où sont mes putains d'habits, quoi ! lança Bix Ramstead en vacillant et scrutant la scène d'un air horrifié.

– Ali ! hurla Margot en se ruant dans la salle de bains, s'agenouillant devant la cuvette des WC et faisant des bruits de haut-le-cœur tandis que Bix trouvait enfin ses habits dans la penderie et ramassait le téléphone qui était tombé par terre à côté du lit.

Lorsqu'elle l'entendit passer son appel, Margot cessa d'avoir des haut-le-cœur, jeta ses mouchoirs dans la cuvette et tira la chasse. Lorsqu'elle ressortit de la salle de bains, Bix parlait au chef de sûreté du commissariat d'Hollywood.

Margot essuya le sang d'Ali qu'elle avait sur les mains, mais laissa celui qu'elle avait sur la figure et la poitrine. Puis elle gagna la penderie, passa un pyjama convenable et une grande robe de chambre en satin et enfila des pantoufles. Après quoi, elle se dirigea vers la chambre de Nicky pour s'y asseoir et se préparer à l'interrogatoire.

Les dernières paroles qu'elle devait jamais adresser à Bix Ramstead furent prononcées alors que celui-ci se trouvait en bas dans l'entrée, où il attendait l'arrivée de la police sur le pas de la porte. Debout à la rambarde du premier, juste devant la chambre de Nicky, elle baissa les yeux sur lui et lança :

– Tu avais raison, Bix. Nous ne nous faisions que du mal. Mais je veux que tu saches que j'aurais préféré qu'il me tue plutôt que de te voir embringué dans cet horrible cauchemar. Je suis vraiment vraiment désolée.

L'appel fut lancé à l'atelier 6-A-15 de la brigade du matin, mais dès que l'équipe des nuiteux du 6-X-66 apprit le lieu du crime, Gert Von Braun dit à Dan Applewhite :

– Hé mais ! C'est l'adresse qu'il y avait sur le permis du mec !

Et lorsque les nuiteux du 6-X-46 l'apprirent à leur tour, le Débris lança au Bris :

– Hé mais, frangin, c'est la baraque de Mount Olympus !

Il y eut bientôt quatre voitures de patrouille garées devant la maison, l'une d'elles appartenant au chef de sûreté. Bix Ramstead, lui, se tenait sur les marches de devant et disait à tout le monde de ne pas entrer, mais de dégager la rue pour laisser passer la camionnette du coroner, les criminalistes de la Scientifique et deux équipes d'inspecteurs des Homicides d'Hollywood qui arrivaient de chez eux. Seul un argument convaincant donné au téléphone par le capitaine du lieu – il avait déclaré que l'incident devait être tenu aussi secret que possible – avait empêché qu'on appelle les inspecteurs des Homicides du centre ville comme cela se fait souvent lorsque l'affaire risque d'être très médiatisée. Et avec un flic du LAPD impliqué, elle le serait.

Les amateurs de surf se tenant dans l'allée cochère, le Débris regarda la pleine lune qui illuminait le toit de tuiles de la maison à un étage. Pendant quelques secondes, comme des fils de la vierge, des nuages flottèrent devant l'orbe d'un blanc étincelant tout là-haut dans le ciel d'un noir de velours au-dessus d'Hollywood. Alors le Débris dit à son coéquipier :

– L'Oracle nous aurait dit de faire gaffe ce soir. Il y a de la lune d'Hollywood là-haut. Et frangin, c'te baraque est pleine de mauvais sort.

22

– Un des flics à macchabs vient de se pointer, dit le Bris au Débris.

L'inspecteur des Homicides 2e échelon d'Hollywood Albino Villaseñor fut le premier à arriver de chez lui. Il se gara dans la rue et descendit de sa voiture avec une valise en plastique et une lampe torche. Il portait le costume de chez Men's Warehouse que le Bris lui voyait chaque fois qu'ils se croisaient.

Son crâne chauve brilla dans la luminescence de la lune hollywoodienne, sa moustache prenant alors des airs félins et fous parce qu'il avait dormi le nez dans l'oreiller. Il adressa un signe de tête aux amateurs de surf et, le pas lourd, se dirigea vers l'entrée : il n'avait aucune envie particulière de découvrir un énième cadavre à ajouter à la multitude déjà vue dans sa longue carrière.

Il se tourna vers la rue lorsqu'une camionnette blanche avec le logo d'une station d'informations télévisées sur la portière monta la pente raide et vint se garer aussi près que possible de l'allée cochère. Juste derrière arrivait le van d'une autre station de télé de Los Angeles. L'adresse super-tendance de Mount Olympus donnée sur la fréquence de la police sortait tout le monde du lit.

Dès que l'inspecteur fut dans l'entrée, le Bris dit au Débris :

– Hé mec, tu crois que les flics des Homicides se mettent à planer sec en secret dès qu'un type se fait étendre ? Ça te foutrait pas plutôt un max de culpabilité, toi ?

– Moi, ça m'ferait flipper dur dur, mec, lui renvoya le Débris. Et là, on dirait qu'y va y avoir un poste de libre chez les Corbeaux, ça, c'est sûr.

Déjà les camionnettes de la Scientifique étaient arrivées et gantés de latex et les pieds dans des bottines en papier, les criminalistes avaient pénétré dans la chambre et traitaient l'affaire comme s'il s'agissait d'une grande enquête pour meurtre alors même que Bino Villaseñor avait reçu un coup de téléphone du chef de sûreté l'informant que le seul crime commis l'avait été par la personne décédée. Mais avec un flic du LAPD impliqué même seulement de manière périphérique dans l'affaire, il convenait de procéder avec le plus grand soin – les ordres du chef adjoint du West Bureau étaient formels.

– V'là les déterreurs de cadavres qui débarquent, reprit le Débris lorsque la camionnette du coroner fut dirigée dans l'allée cochère par un des flics du matin qui avait reçu le premier appel.

Dans la maison, Bino Villaseñor trouva Dan Applewhite à la cuisine avec Bix Ramstead qui regardait fixement sa tasse de café, les yeux rouges et l'air dévasté.

L'inspecteur, qui ne connaissait pas personnellement ce Corbeau, lui adressa un signe de tête. Et avec les intonations mélodieuses et cadencées du *barrio* d'East Los Angeles où il avait grandi, il lui dit :

– Dès que quelqu'un d'autre de notre équipe d'inspecteurs des Homicides arrivera, j'aimerais qu'on vous emmène au commissariat. J'y descendrai moi-même aussi vite que je pourrai.

Bix Ramstead acquiesça d'un hochement de tête et continua de regarder fixement devant lui. L'inspecteur connaissait : c'était le regard troublant et sans espoir qu'on jette à l'abîme.

– Où est la dame de la maison ? demanda Villaseñor à un autre flic du matin qui se tenait dans l'entrée près de l'escalier.

– Là-haut, dans une des chambres sur la gauche, répondit le flic. Elle est avec la collègue des nuiteux.

Bino Villaseñor monta les marches jusqu'au premier, jeta un œil dans la grande chambre où des lampes avaient été installées, mais n'y entra pas : les criminalistes s'étaient mis au travail. Cela ne l'empêcha pas de voir que du sang avait détrempé le tapis sous le corps d'Ali. Il tourna à gauche et gagna la chambre de Nicky, où il trouva Margot Aziz, toujours en pyjama et robe de chambre. Du sang séché sur la joue et la poitrine, elle s'était assise sur le lit et donnait l'impression de pleurer dans une poignée de mouchoirs en papier. Il ne connaissait pas la fliquette solidement charpentée qui se trouvait avec elle, mais d'un signe de tête il lui indiqua qu'elle pouvait partir. Gert Von Braun sortit de la chambre et descendit l'escalier.

– Je suis l'inspecteur Villaseñor, madame Aziz, dit-il à Margot. Il se pourrait qu'on ait besoin de vous emmener au commissariat pour que vous nous fassiez une déposition plus officielle, mais j'ai déjà quelques questions préliminaires que j'aimerais vous poser.

– Bien sûr, répondit-elle. Je vous dirai tout ce que je peux vous dire.

Bino jeta un coup d'œil tout autour de l'énorme pièce avec ses montagnes de jouets, de gadgets, de livres d'images et la plus grosse télé qu'il ait jamais vue dans une chambre d'enfant, puis il demanda :

– Où est votre fils ?

– Il passe la nuit chez la fille au pair. C'est pour ça que je… enfin… c'est pour ça que Bix et moi… vous voyez…

– Depuis combien de temps l'agent Bix Ramstead et vous êtes intimes ? demanda l'inspecteur en s'asseyant sur une chaise devant une Play Station et ouvrant son carnet de notes.

– Environ cinq mois.

Elle faillit préciser « par intermittence », mais se rendit compte combien cette remarque aurait pu paraître inopportune et se contenta d'ajouter :

– En gros.

– Couchez-vous souvent ensemble ici ?

– C'est la première fois que nous couchons ensemble. En d'autres occasions, nous sommes allés dans des hôtels pour de brèves rencontres.

– Racontez-moi ce qui s'est passé après que l'agent Ramstead et vous êtes allés vous coucher.

– J'ai entendu un bruit.

– Quel genre de bruit ?

– La voiture d'Ali. La fenêtre était ouverte et je l'ai entendue, mais bien sûr, je ne savais pas que c'était lui. Ç'aurait pu être quelqu'un venu voir le voisin. Il y a un Russe qui habite à côté et il reçoit des visiteurs à toutes les heures du jour et de la nuit.

– Qu'avez-vous fait à ce moment-là ?

– Il me haïssait et voulait m'enlever mon fils de toutes les façons qu'il pouvait. J'ai rapporté bien des fois à mon avocat, maître William T. Goodman, les menaces qu'il proférait contre moi. Je peux vous donner son numéro de téléphone.

– Plus tard, dit l'inspecteur. Avez-vous parlé de ces menaces à d'autres personnes ? Les avez-vous signalées à la police ?

– J'ai essayé, répondit-elle. Je l'ai dit à l'agent Nate Weiss du Community Relations Office, au sergent Treakle, à l'inspecteur Fernandez et, bien sûr, à l'agent Bix Ramstead.

Cela surprit Bino Villaseñor qui lui demanda alors :

– L'un quelconque de ces agents vous a-t-il jamais parlé de déposer plainte contre votre mari pour menaces de type terroriste ?

– Personne ne semblait croire que ces menaces étaient assez explicites pour pouvoir être qualifiées de délictueuses. Tout le monde avait l'air de penser qu'un businessman aussi couronné de réussite que lui n'aurait jamais fait quelque chose d'irrationnel. Mais moi, je savais que c'était un homme dangereux et fou de jalousie, surtout pour tout ce qui concernait notre fils. Je savais qu'il finirait par essayer de me le voler. Ce que je ne savais pas, c'est qu'il était assez fou pour venir m'assassiner ici.

– Comment est-il entré ? Avait-il toujours une clé ?

– Pas que je sache. J'ai changé les serrures quand il est devenu vraiment méchant pendant la procédure de divorce et la bagarre pour obtenir le droit de garde.

– Et l'alarme ? Aviez-vous changé les codes après son départ ?

– Oui, dit-elle, mais… je vous demande pardon, c'est difficile de parler de ça…

– Prenez votre temps.

– J'ai honte. Vraiment honte. Mais c'est vrai, Bix et moi avions beaucoup bu. Il avait bu beaucoup plus que moi et j'ai été pratiquement obligée de le porter jusqu'à la chambre. Et bon… nous avons fait l'amour.

Nous étions tous les deux épuisés. Me relever pour enclencher l'alarme, j'en étais tout simplement incapable. Je me suis assoupie. Je ne sais pas… peut-être que je me sentais en sécurité avec un agent de police… avec Bix au lit avec moi. J'avais oublié que la porte de devant n'était pas fermée à clé.

– Pourquoi ne l'était-elle pas ? Elle n'est pas munie d'un verrou à fermeture automatique ?

– Si, mais Bix l'avait déverrouillée en allant chercher quelque chose dans sa voiture.

– Qu'était-il allé chercher ?

– Son arme.

– Il est sorti chercher son arme ? Pourquoi ?

– Je voulais m'en acheter une pour me protéger et j'avais besoin de savoir des choses du genre comment fonctionne le cran de sûreté. J'ai demandé à Bix de me montrer. Voyez-vous, j'étais convaincue qu'Ali pouvait péter un câble à un moment donné. Et apparemment, c'est ce qu'il a fait.

Elle vit que l'inspecteur était maintenant très intéressé par ce qu'elle disait. Il avait cessé de prendre des notes.

– Reprenons au moment où vous avez entendu la voiture dans l'allée. Qu'avez-vous fait ? demanda-t-il en la regardant dans les yeux.

– J'ai essayé de réveiller Bix. Je lui ai donné des petites tapes. Je l'ai appelé par son prénom. Mais il ne voulait pas bouger. Il était cuit et il ronflait. Il était très très saoul quand nous sommes allés nous coucher.

– Et… ?

– Je suis passée sur le palier sans faire de bruit, j'ai regardé en bas et j'ai été presque sûre d'entendre la porte de devant grincer sur ses gonds. Alors, je suis retournée à la chambre en courant, j'ai secoué Bix et l'ai appelé encore et encore par son prénom, mais ça n'a servi à rien. Il avait son arme, ses clés et son portefeuille sur la table de nuit, j'ai sorti son arme du holster. Vous n'avez aucune idée de la terreur que j'éprouvais.

– Et après ? demanda l'inspecteur, dont les yeux noirs là, sous ses sourcils blancs et broussailleux, la transperçaient.

– Après, je ne savais pas quoi faire !

– Avez-vous essayé d'appeler le 911 ?

– Il n'y avait pas le temps. J'entendais ses pas dans l'escalier ! Il arrivait à toute vitesse ! J'étais complètement paniquée !

– Et… ?

– Je me suis accroupie derrière la porte de la penderie ! Il est entré dans la chambre ! Il avait son arme à la main ! Il s'approchait du lit avec son arme pointée dessus ! J'ai cru qu'il allait tirer sur Bix ! J'ai bondi hors de la penderie, je me suis mise entre lui et Bix et j'ai hurlé : « Ali, ne tire pas ! Je t'en prie, ne tire pas ! Ne tire pas ! » Mais il s'est retourné, a braqué son arme sur moi et j'ai tiré !

Elle s'enfouit le visage dans ses mouchoirs en papier, ajouta « Je vous demande pardon », se leva et se précipita dans la salle de bains de Nicky, où il l'entendit faire couler de l'eau dans le lavabo.

Lorsqu'elle revint, elle n'avait plus de sang séché sur la joue et la poitrine et lança :

– Je suis désolée. J'avais envie de vomir. Et je ne savais pas que j'avais du sang sur moi jusqu'au moment où je me suis regardée dans la glace, il y a à peine une seconde. J'ai dû m'agenouiller à côté de lui. Je ne m'en souviens pas. Il faudra demander à Bix ce qui s'est passé ensuite. Je ne crois pas m'être évanouie, mais je n'ai tout simplement aucun souvenir de ce qui est arrivé après mon coup de feu.

– Combien de fois avez-vous tiré ?

– Je ne sais pas.

– Aviez-vous déjà fait feu avec une arme de poing ?

– Oui, dans la Vallée, chez l'armurier. J'y suis allée en pensant m'acheter une arme à cause d'Ali. J'ai pris une leçon de tir et j'ai décidé de demander à Bix de me dire quelle arme acheter. Je peux vous donner le nom de l'armurerie. Je l'ai en bas, dans mon répertoire téléphonique.

– Y a-t-il quelqu'un d'autre à qui vous auriez parlé des menaces que votre mari proférait contre vous ?

– Je n'ai pas d'amies assez proches à qui me confier. Toute ma vie tourne autour de ce que je fais pour mon fils. Voyons… en dehors des policiers dont je vous donné les noms…

Et de s'écrier :

– Ah si ! Il y a encore deux autres policiers.

– Qui seraient ?

– Ceux qui sont passés le soir où le sergent Treakle est venu. J'avais cru entendre des pas dans l'allée entre ma propriété et celle des voisins. J'étais sûre que c'était Ali, mais les policiers ont jeté un coup d'œil alentour et n'ont rien trouvé. Vous pourrez avoir leurs noms en demandant au sergent Treakle du commissariat d'Hollywood.

L'inspecteur haussa un sourcil et referma son carnet de notes.

– À propos du commissariat d'Hollywood, dit-il, je crois que ça nous aiderait que vous y descendiez maintenant pour répondre à quelques questions de plus et y faire une déclaration plus officielle.

– Vous m'accusez ?

– Non, c'est juste la routine.

– Je suis absolument incapable d'y aller. Je viens de subir un grand traumatisme. Dès que vos gens auront quitté ma maison, il faudra que je demande à la fille au pair de me ramener Nicky. J'aurai beaucoup de choses à faire, comme vous pouvez l'imaginer. Je serai ici pour vous aider autant que je pourrai, mais non, je refuse de descendre au commissariat à moins que mon avocat soit d'accord et m'y accompagne. Et ça, ça ne pourra se produire qu'après que j'aurai dormi un peu. Je suis épuisée.

– Je vois, dit Bino Villaseñor en la regardant d'encore plus près.

Un sergent du troisième service informa l'équipe du 6-X-66 qu'une de ses unités du matin allait prendre la relève et que l'équipe de nuit pouvait s'en aller. Tandis qu'ils reprenaient le chemin du commissariat d'Hollywood, Gert Von Braun dit à Dan Applewhite :

– Je regrette qu'on n'ait pas sorti ce mec de sa Jaguar. On aurait peut-être trouvé son flingue.

– On n'avait pas de motif raisonnable de le faire. Y avait l'adresse de Mount Olympus sur son permis et sur la carte grise. Tout correspondait.

– Moi, le soir, je fais presque toujours descendre les types de leur voiture pour voir s'ils ne roulent pas en état d'ivresse. J'ai dû être intimidée en voyant que ce mec des Hollywood Hills avait plein de fric et des tas de cartes de visite de flics du LAPD dans son portefeuille.

– Gert, il n'était pas saoul. Il était tout ce qu'il y a de plus sobre.

– On aurait peut-être dû lui coller une contravention.

– Ça n'aurait retardé ce qui s'est passé que d'une dizaine de minutes.

– Je n'aime pas la façon dont on a géré ce truc.

– Écoute, Gert, ce mec était bien décidé à flinguer sa femme et il a eu ce qu'il méritait. Arrête de battre ta coulpe.

– C'est pas à lui que je pense. C'est au Corbeau, à Bix Ramstead. Tu le connais personnellement ?

– Ça fait des années que je le vois dans les parages, mais je n'ai jamais travaillé avec lui.

– Parce que là, c'est sûr qu'il est fini.

– Bix Ramstead a fait ses choix, exactement comme Ali Aziz, dit Dan. Ce qui est arrivé à ces deux mecs ne nous concerne en rien, ni toi ni moi.

– Peut-être, dit-elle. Mais je ne me sens pas à l'aise.

– On est de congé demain, lui rappela-t-il. Qu'est-ce que tu dirais de faire un truc à la Hollywood ? Qu'est-ce que tu dirais d'aller voir un de ces vieux films dont je t'ai parlé ? Disons un avec Tyrone Power. Si ça t'embête pas de sortir avec un vieux schnock…

– T'es pas si vieux que ça, lui renvoya-t-elle.

Il faudrait encore une heure avant que le soleil se lève et, séparés par une table, Bino Villaseñor était toujours assis en face de Bix Ramstead dans une des salles d'interrogatoires de la brigade des inspecteurs d'Hollywood. Cela faisait trois quarts d'heure qu'ils parlaient sans interruption, tout étant enregistré.

Bix Ramstead avait les yeux profondément enfoncés dans leurs orbites. Et toujours le regard vague lorsqu'on ne lui posait pas directement de questions, celui que l'inspecteur qualifiait de « regard du désespoir ». Il avait la bouche sèche et pâteuse et, quand il parlait, cette sécheresse lui faisait claquer les lèvres.

– Vous devez avoir sérieusement besoin d'une boisson froide. Et moi aussi, lui lança Bino Villaseñor.

Et il quitta la salle d'interrogatoire quelques instants, Bix en profitant pour poser la tête sur ses bras et fermer les yeux tandis que d'étranges images se présentaient comme des éclairs à son esprit. Lorsque la porte se rouvrit, Bix entendit des voix qui parlaient doucement dehors.

Bino Villaseñor posa deux boîtes de soda glacé devant Bix qui se déshydratait d'avoir bu tant d'alcool. Bix en décapsula une et la descendit entièrement, et fit subir le même sort à la deuxième. L'inspecteur sirota la sienne en l'observant.

– Ça va mieux ? demanda-t-il enfin.

Bix acquiesça d'un signe de tête.

– On a couvert à peu près tout, reprit Bino. À moins que vous ayez autre chose à nous dire… ?

Bix respira un grand coup.

– Rien d'autre, non, dit-il. En résumé : j'étais saoul comme une vache et je ne me rappelle pas grand-chose de ce qui s'est passé après que je suis monté dans la chambre. Je l'ai bien entendue crier « Ne tire pas ! », ça, au moins, j'en suis sûr. Et nom de Dieu, je suis bien sûr aussi d'avoir entendu les coups de feu. Et oui, je l'ai vu mort par terre, ou alors à quelques secondes de mourir, il avait du sang qui lui jaillissait de blessures à la poitrine et il tenait une arme à la main. Rien n'aurait pu le sauver. Je n'ai parlé de rien avec Margot après ça et je n'ai altéré la scène de crime en aucune manière. Je lui ai dit d'aller s'asseoir dans la chambre de son fils en attendant l'arrivée de la police. Je suis sorti et je vous ai attendu. Et je donnerais volontiers un bras, voire les deux, pour pouvoir remettre la pendule à six heures du soir hier, au moment où je me suis dit que j'étais tout à fait capable de gérer un petit coup de vodka supplémentaire.

– OK, Bix, dit Bino Villaseñor, je vous crois.

Alors Bix leva la tête et, Bino découvrant pour la première fois un peu de vie dans ses yeux, déclara :

– Pourquoi ? Vous ne la croyez pas, elle ?

– Il va sans doute falloir. Ses histoires collent parfaitement. Un vrai miracle. Mais y aura toujours deux ou trois trucs qui me poseront problème. C'est à plus d'une demi-douzaine de flics du commissariat d'Hollywood et d'Hollywood South que cette femme a dit que son mari la menaçait. Elle pourrait tout aussi bien avoir posté une vidéo sur YouTube intitulée « Mon mari veut ma mort ». Elle est même allée jusqu'à prendre une leçon de tir et elle voulait s'acheter une arme. Et, pour finir, elle réussit à avoir la plus belle corroboration du monde ? Celle d'un vétéran de la police, d'un homme marié qui, alors même qu'il n'a rien à y gagner et tout à y perdre, assiste à la scène ?

Bix le regarda.

– Vous pensez sérieusement que nous avons conspiré pour tuer son mari ? lui demanda-t-il d'un ton grave.

– Non, vous, je ne pense pas que vous ayez conspiré avec qui que ce soit. Vous ne seriez quand même pas assez bête pour aller vous coller en plein milieu d'une chambre au moment même où il s'y produit un meurtre. Il y avait des tas d'autres moyens de procéder. Mais bête, ça, vous l'avez été assez pour foutre en l'air votre carrière. Il n'empêche : moi, une femme qui réussit à foutre pour la première fois son petit ami dans son lit pile le soir où son mari décide de l'assassiner dans son sommeil, ça me met un rien mal à l'aise.

– Je ne suis pas son petit ami.

– Et vous êtes quoi, alors ?

– Je ne sais plus ce que je suis, dit Bix. On a fini ?

– On a fini, sauf que les mecs des Affaires internes sont dehors et attendent de prendre la suite.

– Pourquoi faudrait-il que je me donne la peine de leur parler ? dit Bix en le regardant avec un sourire amer. Comme vous me le faites remarquer, ma carrière est foutue. J'ai perdu tout droit à la retraite et mes enfants vont découvrir cette histoire sordide aux nouvelles télévisées. Et leurs copains leur poseront des questions humiliantes. Et ma femme, elle…

Il s'arrêta.

– Vous allez leur parler ?

Bix sortit son écusson et sa carte d'identité de son porte-écusson, posa le tout sur la table et répondit :

– Non, vous. Allez leur parler.

Bino regarda ces yeux pleins de désespoir et songea immédiatement au psy du Service des sciences du comportement.

– D'accord, Bix, dit-il, rien à foutre des Affaires internes. Mais là-bas dehors, il y a deux ou trois équipes de télé qui n'attendent que le moment de vous sauter dessus. Qu'est-ce que vous diriez que je vous appelle le psy du SSC ? Vous avez besoin de parler à quelqu'un, et tout de suite, mec.

– Non, moi, il faut que je rentre à la maison pour donner à manger à Annie.

Et avant que l'inspecteur puisse ajouter quoi que ce soit, Bix se leva, franchit la porte de la salle d'interrogatoires, puis celle de la salle des inspecteurs, et encore celle du commissariat, et se dirigea vers son mini-van garé dans le parking nord, à l'endroit où les amateurs de surf l'avaient ramené.

Il n'était pas encore dans le parking qu'un des reporters, un grand mec avec une tignasse de cheveux blond filasse – il était très légèrement maquillé et le maquillage avait bavé sur le col de sa chemise blanche amidonnée –, bondissait d'un van, un micro à la main. Et courait derrière lui, un cameraman sur les talons.

Bix se tourna un bref instant, repéra l'endroit où les amateurs de surf avaient garé sa voiture et en était à mi-chemin lorsque le journaliste le rattrapa et lui lança :

– Officier Ramstead ! Officier Ramstead ! Pouvez-vous nous dire depuis combien de temps Margot Aziz et vous êtes amants ?

Bix l'ignora et continua d'avancer.

Le journaliste lui emboîta le pas et précisa sa question :

– Mme Aziz et vous avez des plans d'avenir ?

Bix l'ignora et continua d'avancer.

– Avez-vous appelé votre femme pour lui parler de tout ça ? Avez-vous parlé à vos enfants ?

Bix l'ignora et continua d'avancer.

Au moment où ils arrivaient au mini-van, le reporter lui asséna la dernière question cliché que Bix Ramstead avait entendu des centaines de nullards des médias dans son genre poser aux victimes d'horribles tragédies.

– Comment vous sentez-vous maintenant ?

Et là, cela retint son attention.

Il se retourna et lui renvoya :

– Et vous, comment vous sentez-vous, hein ?

Et il lui colla un marron qui lui atterrit au coin de la mâchoire et l'envoya valdinguer contre le cameraman, l'un et l'autre finissant par s'étaler sur l'asphalte du parking.

Bix s'éloignait déjà au volant de sa voiture lorsque le reporter se releva et lui hurla :

– Alors là, pour être dans la merde, vous l'êtes vraiment maintenant !

La matinée tirait à sa fin lorsque Bix arriva chez lui. Le meurtre d'Ali Aziz s'était produit trop tôt pour faire la une des journaux, mais il était sûr qu'il serait en vedette aux nouvelles télévisées du matin. Il craignait même que son frère l'ait entendu.

Dès qu'il déverrouilla la porte, Annie sortit de la chambre et lui sauta dessus avec une énergie qu'il ne savait pas qu'elle avait encore à son âge. Véritable explosion de petits gémissements de joie, elle le lécha en bondissant comme un chiot.

– Oh, Annie, dit-il en s'agenouillant et la prenant dans ses bras, je ne t'ai pas donné à manger hier soir ! Je suis désolé, vraiment désolé !

Puis il s'assit par terre et, les bras autour de la chienne et le nez dans son cou, il pleura.

Lorsqu'enfin il fut capable de se relever, il ignora les clignotements du répondeur. Au lieu de ça, il gagna la cuisine et y prépara un énorme petit déjeuner pour Annie, avec deux œufs durs, plus de cent grammes de blanc de poulet bouilli et sa pâtée habituelle. Il y ajouta du fromage blanc sans matières grasses et mélangea le tout dans un grand bol, qu'il posa par terre dans la cuisine.

Pendant qu'Annie s'enterrait le museau dans sa bouffe, il passa par la porte de derrière et lui remplit son bol d'eau à ras bord. Mais là, pendant qu'il le faisait, il entendit s'ouvrir le rabat du trou à chien et vit Annie y passer la tête : elle voulait être sûre qu'il n'allait pas la laisser encore une fois.

– Oh, Annie, dit-il. Je suis là.

Et alors il revint dans la maison, Annie retournant joyeusement à son déjeuner pendant qu'il montait dans la chambre de Patrick. Il y regarda le trophée de base-ball de son fils et la photo où celui-ci jouait à la balle avec Annie à l'époque où elle n'était encore qu'un chiot, et encore celle où son fils chéri se voyait remettre son diplôme de fin d'études du premier cycle. Après, il entra dans la chambre de sa fille, Janie, et y contempla une photo où elle était assise à côté de sa mère, Darcey, sur le banc du piano. Pas moyen de se rappeler ce qu'elles jouaient quand il avait pris le cliché, mais il fut tout étonné de constater que Janie avait hérité des lèvres de sa mère. Comment avait-il donc fait son compte pour ne pas le remarquer plus tôt ?

Enfin il entra dans leur chambre. Darcey n'avait jamais aimé la photo où on la voyait enceinte de Janie, mais lui adorait la sérénité qui se lisait sur le visage de son épouse. Ce qu'il était content que les traits de sa fille tirent du côté de sa mère plutôt que du sien !

Il ferma la porte, leva la main jusqu'à l'étagère du haut et chercha derrière une paire de chaussures de marche qu'il mettait quand ils allaient faire du camping. Puis il ouvrit un étui à fermeture à glissière et en sortit son arme personnelle, un revolver en acier à canon de deux pouces.

Et quand il arriva à la cuisine et vit qu'Annie avait liquidé tout ce qu'il y avait dans son bol, il ouvrit le frigo, déposa tout ce qu'il y restait de poulet dans le bol et y ajouta encore plus de croquettes et de fromage blanc.

Après quoi, il décrocha le téléphone mural, appela les urgences du LAPD, obtint une dispatcheuse et lui donna son nom et son adresse. Et demanda qu'une voiture de patrouille soit envoyée en code 2. Puis il ouvrit tout doucement la porte de devant – il ne voulait pas qu'Annie le voie repartir –, gagna le jardin et sortit le revolver de sa poche.

Dès qu'elle entendit la détonation, Annie s'arrêta de manger. Elle courut jusqu'à la salle de séjour et regarda par la fenêtre. Et se rua dans le jardin de derrière par la petite porte pour les chiens et encore courut le long du grillage qui l'empêchait de passer dans le jardin de devant. Et là, les pattes avant sur le grillage, elle se dressa jusqu'à ce qu'enfin elle le voie étendu dans l'herbe.

Et se mit à hurler. Et ne cessa de hurler jusqu'à ce qu'arrive la première voiture de patrouille.

23

Leonard Stilwell s'était endormi en regardant la télé et se réveilla avec l'impression d'avoir Rosie O'Donnell[1] assis sur sa tête. Et lorsqu'il se leva, son mal de crâne fut énorme. Il cherchait à quoi l'attribuer, en dehors des deux pipes de caillou qu'il avait fumées, s'entend, et ne parlons pas de toutes les bouteilles de bière qu'il avait descendues, lorsqu'il se rappela les petites gélules qu'Ali Aziz lui avait données. Et très vaguement se souvint d'en avoir avalé deux avant de sombrer.

Incapable de supporter le silence, il alluma la télé et commença à boire de l'eau glacée. Et passa au jus d'orange avant de revenir à l'eau. Jamais encore il n'avait eu aussi soif de sa vie et sa tête lui faisait un mal de chien. C'était forcément à cause de ces somnifères. Il ouvrit le tiroir du meuble bancal où s'entassaient deux marmites, une poêle à frire, deux assiettes, un bol et quelques couteaux, fourchettes, cuillères, socquettes et sous-vêtements, en plus de deux T-shirts propres. Et là, sur ces deux T-shirts propres, il trouva l'enveloppe avec les gélules magenta et turquoise à l'intérieur.

1. Très célèbre et imposante présentatrice de la télévision américaine *(NdT)*.

Il aurait quand même pu deviner que se servir d'un truc que lui avait filé ce putain d'Arabe était con. Il emporta l'enveloppe dans sa minuscule salle de bains et jeta le reste des gélules dans les WC. Et dut tirer deux fois la chasse pour les évacuer toutes.

Lorsqu'il revint dans sa cuisine, une des présentatrices des nouvelles télévisées du matin, une petite bombe qui se servait de ses sourcils lourdement maquillés pour souligner ses propos, était en train de parler d'un meurtre. Leonard eut envie d'arranger le défilement vertical des images pour empêcher ces putains de sourcils de sauter partout. Et lorsqu'enfin il monta le son pour voir si, une fois n'est pas coutume, la petite bombe avait quelque chose d'intelligent à dire, il entendit les mots « Ali Aziz ». Et la petite bombe passa au sujet suivant.

– Putain de Dieu ! s'écria-t-il, et il essaya toutes les autres chaînes locales.

Mais ou bien les infos avaient pris fin, ou bien quelqu'un détaillait quelque horrible recette de cuisine dont personne n'aurait pu faire avaler le résultat à Junior, le géant des Fidji, à la place de son bol de cafards.

Leonard Stilwell s'habilla en vitesse, prit quatre aspirines, courut à sa voiture et roula jusqu'à ce qu'il trouve une rue résidentielle où piquer un *L.A. Times* dans un distributeur de journaux. Revenu chez lui, il chercha dans tout le numéro, mais ne trouva rien sur Ali Aziz. Il ralluma la télé et sur une chaîne locale il vit enfin un porte-parole du LAPD terminer une brève déclaration sur le suicide d'un flic x ou y et l'assassinat du propriétaire de night-clubs Ali Aziz par son ex-épouse qui, tiens donc, fricotait avec le flic mort.

La première chose qui lui vint à l'esprit ? C'est pas demain la veille que je vais pouvoir retaper Aziz ! Et la seconde fut celle-ci : Comment que je vais pouvoir me faire des ronds en disant à la veuve pleine aux as qu'Ali lui avait flanqué des micros partout dans sa baraque, la réponse étant de toute évidence : ce ne sera pas possible. Sans devoir avouer le rôle qu'il avait joué dans l'affaire, s'entend. Et les prisons d'Hollywood, il en avait assez.

Leonard Stilwell s'enjoignit alors de prendre les choses du bon côté. Il était maintenant à la tête de plus de dix mille dollars. Il avait donc ce qu'il lui fallait pour commencer à lâcher le monde du crime et se lancer dans l'affaire qu'il envisageait de monter. Il n'empêche : c'était quand même sacrément dommage que cette soupe au lait d'Ali Aziz se soit fait liquider comme ça parce qu'un flic tringlait sa bonne femme. Se retrouver pour la seule et unique fois de sa vie en plein milieu d'un méga soap et être incapable de trouver le moyen d'en tirer dix centimes de plus, ah non !

En fin de matinée ce jour-là, l'inspecteur Bino Villaseñor avait presque fini de rédiger ses procès-verbaux et mourait d'envie de rentrer chez lui lorsque lui arriva la nouvelle que l'officier de police Bix Ramstead s'était suicidé. Tout changea en un instant. Le capitaine du secteur et celui du commissariat étaient tous les deux en réunion avec le patron du West Bureau. L'inspecteur sut alors, et sans l'ombre d'un doute, que la nouvelle allait être discutée avec le chef de police en personne avant qu'il puisse retrouver son lit.

Il appela donc le cabinet de maître William T. Goodman et fut poliment informé que sa cliente, Margot Aziz, ne ferait plus le moindre commentaire sur l'affaire, à moins qu'un juge ne l'y contraigne. Et maître Goodman d'ajouter qu'au nom de sa cliente, il était prêt à se plier, et à tout moment, à toute injonction du tribunal ayant à voir avec cette horrible tragédie.

À quatorze heures ce jour-là – divers porte-parole du chef de police avaient déjà été traqués et harcelés par les journalistes –, l'inspecteur Villaseñor se retrouva avec les grands patrons de la police et des représentants du bureau du district attorney dans une salle de conférence de Parker Center. Il s'était préparé toute la journée pour cette réunion et s'attendait à devoir y répondre à des dizaines de questions détaillées, voire des centaines. Mais lorsqu'il arriva enfin, tout le monde avait déjà lu ses comptes rendus et semblait satisfait. Et il n'eut droit qu'à quelques rares questions.

– Inspecteur Villaseñor, lui lança un adjoint du district attorney, pensez-vous, et sans le moindre doute, que l'officier de police Bix Ramstead ne faisait pas partie d'un complot visant à assassiner M. Ali Aziz ?

– Je le pense sans le moindre doute, répondit-il. Pour moi, c'est la honte et le remords qui l'ont poussé à se tuer. Il avait tout perdu et ne se sentait pas capable d'affronter la disgrâce qu'il s'était causée, à lui, mais surtout à sa famille.

– Pensez-vous, et sans le moindre doute, que Mme Margot Aziz n'a pas, elle non plus, fait partie d'un complot visant à assassiner M. Ali Aziz ? voulut encore savoir l'adjoint du district attorney.

Alors l'inspecteur regarda autour de lui et toute la hiérarchie, là, attendit sa réponse. Et il dit :

– S'il s'agit d'un coup monté et si l'officier de police Bix Ramstead en a été le pigeon dont on avait besoin pour corroborer sa version, seule Mme Margot Aziz sait comment elle s'y est prise. Faire en sorte que Bix Ramstead atterrisse pour la première fois dans sa chambre ne fut peut-être pas très difficile, mais se débrouiller pour qu'Ali Aziz y débarque ensuite avec son arme à la main et la tête pleine du désir de tuer, eh bien… je n'arrive même pas à deviner comment elle a pu chronométrer tout cela aussi bien. Tous les employés du Salon du Léopard qui y travaillaient hier soir ont été contactés aujourd'hui même. Jusqu'à une certaine Jasmine McVicker, une danseuse qui s'y est pointée quelques minutes afin qu'une unité de nuiteux puisse l'identifier. Et personne n'a même seulement vu Ali Aziz quitter le club, pas même son videur qui était parti un quart d'heure plus tôt pour mettre fin à une bagarre dans le parking.

– Avez-vous parlé avec l'avocat de Mme Aziz d'un quelconque testament lié à l'affaire ? Testament qui aurait ainsi pu servir de mobile à l'assassinat ? demanda encore l'adjoint du district attorney.

– C'est une des premières questions que je lui ai posées, répondit Bino Villaseñor. L'exécuteur testamentaire de Margot Aziz est son propre père, qui habite à Barstow, et tout ce qu'elle possède ira à son fils, Nicky Aziz.

– Et l'héritage d'Ali Aziz ?

– Son avocat nous a informés qu'elle en était l'exécutrice testamentaire et que tous les biens d'Ali Aziz iront à son fils, Nicky Aziz.

Alors l'adjoint du district attorney demanda :

– Pour vous, il s'agit donc d'une histoire d'autodéfense et pas du tout d'un homicide, je me trompe ?

– Vous ne vous trompez pas, dit l'inspecteur. Pour l'instant du moins.

– Et cet avocat ne permettra pas à sa cliente Margot Aziz de répondre à d'autres questions à moins qu'une injonction du tribunal ne l'y contraigne ?

– Il ne le permettra pas. La dernière chose qu'il m'a dite est que sa cliente se préparait à prendre des vacances de longue durée afin de fuir la presse, peut-être même de faire une croisière. Il m'a aussi précisé que son fils a été conduit chez ses grands-parents de Barstow et que Margot Aziz ne reviendra pas à Hollywood avant que ce qu'il appelle ce « vilain scandale » ait cessé d'agiter les médias. Sa cliente serait « éprouvée et mentalement épuisée ».

– Vous avez fait du bon boulot, inspecteur, conclut alors le commandant du bureau. Et vous aussi, vous m'avez l'air épuisé. Pourquoi ne rentrez-vous pas chez vous ?

– J'ai encore pas mal de cartouches, patron, lui renvoya Bino Villaseñor. Mais là, c'est contre des fantômes que je me bats.

À la fin de cette longue journée, le sergent responsable du Community Relations Office convoqua tous les Corbeaux à une réunion solennelle et leur annonça que la famille de Bix Ramstead avait décidé de l'enterrer dans la plus stricte intimité dès que les services du coroner lui rendraient le corps. Puis il leur raconta quelques bons moments qu'il avait passés avec Bix et les invita à l'imiter.

Ronnie Sinclair dut se tamponner plusieurs fois les yeux tandis qu'on parlait de Bix et déclina l'offre qu'on lui faisait de dire quelques mots sur son coéquipier. Elle voulait leur raconter l'instant où il était devenu un ange pour une petite Cambodgienne qui mourait, mais savait bien qu'elle serait incapable d'arriver au bout de l'histoire.

24

Vingt et un jours après que les corps de Bix Ramstead et d'Ali Aziz eurent été enterrés dans deux cimetières différents, un bateau de croisière battant pavillon norvégien mit à quai dans le port d'Istanbul. Y arriver par le Bosphore, avec l'Europe d'un côté et l'Asie de l'autre avait été fort excitant et Margot Aziz attendait avec impatience le moment où elle pourrait explorer le port avec d'autres passagers qu'elle avait rencontrés.

Elle n'avait eu aucun mal à se faire des amis, surtout parmi certains célibataires qui avaient déjà eu envie de lui servir d'escorte lorsqu'ils étaient descendus à terre dans d'autres ports. Mais aucun d'entre eux ne l'intéressant vraiment, elle avait décidé de visiter le musée de Topkapi et le Grand Bazar avec Herb et Millie Sloane, un couple originaire de San Francisco.

Leur épuisante journée touchant à sa fin, ils décidèrent de dîner dans un restaurant qu'on leur avait hautement recommandé plutôt que de regagner le navire à l'heure du repas. Ils apprécièrent le festin, goûtèrent aux vins du cru et passèrent une agréable soirée. De retour au bateau avec eux, Margot informa les Sloane qu'elle était fatiguée et ne se sentait pas d'assister avec eux au spectacle donné au night-club du bord. La dernière chose qu'elle leur dit fut qu'elle avait besoin d'une bonne nuit de sommeil.

La seule chose qui lui avait gâché la journée avait été de devoir répondre à plusieurs coups de fil agaçants d'une Jasmine McVicker qui se plaignait de ne pas être du voyage. Margot n'était pas arrivée à lui faire comprendre à quel point l'inviter aurait paru suspect à ce moment-là et avait décidé que cette fille était idiote. Elle allait devoir acheter son silence et la faire disparaître de son existence au plus vite. Pour l'heure néanmoins, c'était de repos que Margot Aziz avait besoin.

Une heure plus tard, elle sortait en titubant de sa cabine et appela le steward en hurlant. Hans Bruegger de son nom – il était allemand – déclara que Margot Aziz lui avait paru être victime de spasmes musculaires. Il ajouta que son épine dorsale se raidissant, elle avait été soudain prise de convulsions. Aussitôt débarquée, Margot Aziz fut conduite à toute vitesse au meilleur hôpital d'Istanbul, mais y mourut d'asphyxie moins d'une heure plus tard.

Les autorités turques ouvrirent aussitôt une enquête et, à la demande du Département d'État, le corps de Margot fut rapatrié en Californie aux fins d'autopsie et de très longs examens de toxicologie. Cela dit, en se fondant sur certains symptômes et un rapide examen, un pathologiste turc avait déjà laissé entendre que pour lui il y avait eu ingestion d'une substance semblable au poison dont on se sert pour tuer les rats et autres nuisibles. Le mot « strychnine » était apparu même dans des comptes rendus de presse. Le restaurant où Margot avait dîné avait reçu la visite des autorités sanitaires turques, mais celles-ci n'y avaient rien trouvé d'anormal. Et les Sloane avaient, eux, déclaré n'avoir éprouvé aucun malaise suite à ce qu'ils avaient bu et mangé dans cet établissement. Et l'on n'avait trouvé de la mort-aux-rats absolument nulle part. Ni non plus le moindre pesticide à base de strychnine en quelque endroit du bateau que ce soit.

Lorsque le corps de Margaret « Margot » Osborne Aziz arriva enfin à destination, les journalistes locaux se lancèrent dans des tas de spéculations, toutes tournant autour de la question de savoir si sa mort cruelle n'était pas un énième cas d'empoisonnement d'Américain à l'étranger. Il ne fallut pas longtemps aux reporters de la télé pour évoquer une possibilité encore plus sinistre et qui mit l'industrie du tourisme turc dans tous ses états, à savoir que les Américains n'étaient plus à l'abri des extrémistes dans les pays islamistes, que ceux-ci soient démocratiques ou pas.

Passablement furieux, un porte-parole du consulat général de Turquie à Los Angeles déclara qu'à son avis la mort de Margot Aziz n'avait rien à voir avec les musulmans, et qu'il fallait à tout le moins envisager que le suicide ait été un des mobiles de cet empoisonnement. Il suggéra aussi que le récent assassinat de son mari était peut-être une tragédie qu'elle ne pouvait plus supporter. Cette affirmation scandalisa l'avocat de la défunte qui la qualifia aussitôt de grotesque, James et Teresa Osborne, les parents de Margot qui avaient entamé la procédure légale pour devenir les tuteurs de leur riche petit-fils, Nicky Aziz, y réagissant eux aussi avec fureur.

Deux autres résidents de la ville de Los Angeles furent presque aussi bouleversés par le décès de Margot Aziz que ses parents. La première fut une belle danseuse amérasienne qui, pour seul paiement de sa peine, n'avait en tout et pour tout récolté que les quatre mille sept cents dollars qu'elle avait raflés sur le bureau d'Ali Aziz le soir où celui-ci s'était fait assassiner. Jasmine McVicker passa trois jours au lit à pleurer la mort de Margot dès que la nouvelle fut annoncée aux actualités télévisées. Elle devait même finir par éternellement se demander si, Dieu sait comment, Margot n'avait pas été elle-même victime d'un meurtre. Et cette idée la terrifiait.

L'autre résident de la Cité des Anges à sombrer dans une profonde affliction en apprenant le décès de Margot Aziz fut un pharmacien mexicain d'Alvarado Street. Qu'il ne puisse dire si oui ou non son ancien client Ali Aziz avait été victime d'un assassinat ne l'empêchait pas de craindre que Margot Aziz, elle, l'ait été. Il pensait même avoir sa petite idée sur la manière dont cela s'était produit.

Ayant remarqué qu'il semblait complètement obsédé par tout ce qui se disait sur cette affaire, son épouse finit même par se demander pourquoi il faisait montre de tant de diligence pour aller à la messe, et pas seulement le dimanche, non, parfois même plusieurs fois dans la semaine. Elle le voyait souvent à genoux devant la statue de la Vierge de Guadaloupe et, oui, le poing serré sur le cœur comme s'il quémandait son pardon.

Au commissariat d'Hollywood, l'inspecteur Bino Villaseñor dit un jour au patron des inspecteurs des Homicides :

– Quand il y a meurtre entre époux, la femme a recours au poison et l'homme se sert d'une arme à feu. Dans le cas présent, c'est la femme qui s'est servie d'une arme et le mec…

– … est mort, lui renvoya le patron. Et les fantômes n'ont jamais empoisonné quiconque, pas même à Istanbul. Oublie ça, Bino. L'affaire est close.

– Va sans doute falloir, lui renvoya le vieil inspecteur. Mais y a quelque chose qui cloche dans cette histoire et y a quelqu'un qui le sait.

Cette semaine-là, Leonard Stilwell décréta que l'heure était enfin venue de lancer son affaire. Il avait aussi décidé de faire de Junior, le géant des îles Fidji, son associé, mais Junior n'en savait encore rien. En début d'après-midi, à l'heure où celui-ci avait coutume de se réveiller, il frappa donc à la porte de son appartement afin de lui annoncer la bonne nouvelle.

– Junior, lança-t-il au géant encore endormi qu'il venait de sortir du lit. Toi et moi, mon gros, on va se lancer dans les affaires !

– Afer, frangin ? répéta Junior qui restait planté là, assis au bord du lit, avec son marcel sur le dos, son short ample sur les fesses et ses pieds nus posés par terre.

– Ouais, l'heure est venue de nous lancer tous les deux dans une nouvelle vie. Je vais prendre une partie de ce que j'ai gagné suite au boulot que j'ai fait avec tes rossignols et je nous mets tous les deux en affaires, mais légales cette fois.

Junior se fendit alors d'un large sourire qui lui découvrit deux grands trous dans la calandre et s'écria :

– Ce que papa va être fier ! Qu'est-ce qu'on fait ?

– On va vendre un truc, voilà ce qu'on va faire. Et ce truc, les gens vont l'acheter.

– Qu'est-ce qu'on vend ?

– Du bonheur.

– Comme quoi ? Du crack ? Du cristal ?

– Non, non. Je t'ai dit que c'était légal. On va vendre du plaisir. On va devenir des personnages.

– Un personnage, t'en es déjà un, tout le monde le dit, lui renvoya Junior en souriant encore.

– Non, non, des personnages de dessins animés ! Dans les rues ! Tiens, comme ceux qui travaillent devant le Chinese Theater.

– J'veux être Spiderman !

– Putain, Junior ! s'écria Leonard. Comme si y avait moyen de te trouver un costume de Spiderman assez grand ! Quant à croire qu'il y ait une toile d'araignée capable de soutenir ton gros cul ! Faudrait la tisser avec des câbles en acier, mec !

– Bon d'accord, Superman.

– Ben voyons. Un Superman qu'aurait la gueule de quelqu'un qui bouffe les missionnaires tout crus ? Allons, allons, Junior. Non, moi, c'est à des trucs plus rétro que je pense. Tu me suis ?

– Non, dit Junior.

– On reprend tout à la base. Tous ces personnages n'arrêtent pas de se tirer la bourre. Ils essaient tous de suivre la dernière mode. C'est pour ça qu'il y a autant de Batman et de Spiderman. Ben nous, on va pas prendre ce chemin.

– Qui qu'on va être ?

– Mickey Mouse et son chien Pluto.

– C'est moi qui fais Mickey Mouse !

– Et allez donc ! Un méga rongeur monté sur stéroïdes ? Non, non, le grand mec, c'est moi.

– Tu veux dire : la grosse souris ? lui rétorqua Junior en pouffant.

– Mickey, c'est moi. Toi, tu fais le clebs. Et tu fais attention !

– D'accord, frangin, dit Junior en cessant de se gratter les cochonneries qu'il avait sous l'ongle du gros orteil avec une fourchette.

– Bien. Non parce que tout le monde adore Mickey Mouse, mais là-bas, à Hollywood Boulevard, personne n'a encore eu de costume de Mickey aussi beau que ceux qu'on voit à Disneyland. Ben maintenant, moi, j'ai assez de fric pour m'acheter ce qu'il y a de mieux. Et donc, on va se faire une belle percée sur le costume de Pluto parce que le Pluto qu'il y avait dans le boulevard en avait un de première classe, mais vu qu'il s'est fait serrer par les Stups parce qu'il planquait de la dope dans sa tête… Et comme moi, je connais le mec qui lui garde sa piaule, on pourra lui acheter le costume pour pas cher. Et vu qu'il aura besoin de fric pour s'acheter du caillou dès qu'il sortira de taule, il en aura rien à foutre. Et coup de bol, il est si grand que son costume devrait même t'aller sans problème.

– Qu'est-ce qu'il fait, Pluto ? voulut savoir Junior.

– Il aboie. C'est un chien, bordel !

– Et comment je fais ?

– Tu fais comme font tous les chiens. Qu'est-ce qu'ils font, les chiens, aux îles Fidji ? Ils font « ouaf ! ouaf ! », non ?

– Non, dit Junior. J'ai vu des « ouaf ! ouaf » dans les dessins animés américains, mais aux îles Fidji, les chiens font pas « ouaf, ouaf ! ».

– Oui mais bon, toi, t'es un chien américain et donc tu fais « ouaf ! ouaf ! », d'accord ?

– D'accord, mon frère. Ouaf, ouaf.

– Bon et, maintenant, le boulot, reprit Leonard. On fonce toujours direct sur les petits gamins. Parce que les petits gamins, ils en ont rien à foutre de Dark Vador, Frankenstein et tous ces mecs qui foutent la trouille. Et les tout mignons mignons genre Bob l'Éponge et Barney ? Ça les rase. Non, eux, ce qu'ils aiment, c'est Mickey Mouse. Et leurs parents aussi. Et leurs grands-parents, c'est pareil. Bref, toi et moi, on va rafler tous les clients à tous les autres cons rien qu'en reprenant tout à la base.

– Bon et toi, qu'est-ce tu fais quand je dis ouaf ouaf ?

– Allez, on répète, dit Leonard.

Et de la plus belle voix de fausset qu'il pouvait trouver, il lança :

– Bonjour ! Je m'appelle Mickey Mouse. Et toi ?

– Moi, je m'appelle Junior, dit Junior.

– Putain de Dieu, Junior, c'est pas à toi que je le demande !

– D'accord, d'accord, j'ai compris. On recommence.

– Surtout, tu attends le signal, dit Leonard.

Et de sa voix de fausset il lança à un bambin imaginaire :

– Bonjour ! Je m'appelle Mickey Mouse ? Et toi ?

– Moi, je m'appelle Pluto, dit Junior.

– Hé merde ! dit Leonard Stilwell. Ça va prendre du temps, ce truc !

Cet après-midi-là, Hollywood Nate Weiss eut l'occasion de répondre à l'appel d'un résident de Laurel Canyon. Celui-ci avait téléphoné aux Corbeaux pour se plaindre de vide-greniers organisés par un de ses voisins. Il semblait y en avoir au moins un par semaine et, à ses yeux, ils étaient « inconvenants » pour les autres propriétaires de Laurel Canyon. Après avoir parlé au voisin qui avait accepté de mettre un frein à cette activité, Nate redescendait la colline lorsque quelque chose lui fit faire demi-tour et remonter vers Mount Olympus.

Il roula jusqu'à l'ancienne maison d'Ali et Margot Aziz et se gara devant. Et pensa à Margot et à Bix Ramstead. Si seulement il n'avait pas résisté à son envie de se présenter à la porte et d'y sonner lorsqu'il avait vu le mini-van de Bix dans l'allée cochère ! Il n'aimait pas penser à Bix. Pour lui, songer à la façon dont celui-ci était mort troublait profondément tous les flics. Qui, bien sûr, ne l'auraient jamais reconnu. Ça ne pouvait pas leur arriver à eux. Eux étaient des durs.

C'est alors que la porte de devant s'ouvrit et que deux jeunes enfants, un garçon et une fille, sortirent de la maison, suivis de leur mère enceinte. Ils se dirigeaient vers la boîte aux lettres lorsqu'ils remarquèrent la voiture de patrouille.

– Quelque chose qui ne va pas, monsieur l'agent ? demanda la jeune femme.

– Non, plus maintenant, répondit Nate en souriant. Vous avez vraiment une belle maison.

– Oui, cela nous excite beaucoup, dit-elle. Et nous connaissons son histoire.

– C'est votre propre histoire que vous allez y écrire, lui renvoya Nate, et tous ils lui firent de grands signes de la main tandis qu'il redescendait la colline.

Il arrivait au stop de Laurel Canyon lorsqu'une Porsche 911 le dépassa à toute allure et coupa la route à une voiture qui essayait de tourner à gauche en toute sécurité. Nate se cala derrière la Porsche, alluma ses gyrophares et donna un coup de Klaxon.

La fille avait tout de la petite beauté des collines avec ses cheveux à reflets à la Sarah Jessica Parker[1] tout ébouriffés et pleins de boucles. Elle avait les yeux violets et un semis de taches de rousseur en travers du nez et sur les pommettes, le tout sous un bronzage aussi artificiel que celui de Margot Aziz. Fortement augmentés, ses seins frôlaient le volant.

– Votre permis de conduire, s'il vous plaît, lui lança Nate.

– J'allais trop vite ? demanda-t-elle en lui décochant un sourire aussi radieux qu'orthodontique.

D'après son permis, elle avait 32 ans et, non, elle ne portait pas d'alliance.

– Oui, et ce dépassement était très dangereux, lui répondit-il. Nous avons déjà eu plusieurs vilaines collisions sur cette route.

– Je n'ai cette voiture que depuis peu, dit-elle, et je n'y suis pas encore habituée. J'espère que vous n'allez pas être obligé de me mettre une contravention !

Il remarqua la façon fort subtile dont elle tirait sur sa jupe jusqu'à ce que ses cuisses athlétiques soient bien dénudées.

– Nous venons juste d'emménager, reprit-elle. Faut croire que j'ai besoin de quelqu'un du coin pour me faire connaître la région.

– Un instant, je vous prie, dit Nate avant de regagner son atelier.

Lorsqu'il revint à la voiture, la fille avait la jupe remontée presque jusqu'à sa ceinture de sécurité.

1. Actrice rendue célèbre par le rôle qu'elle a tenu dans la série télévisée *Sex and the City (NdT).*

– Moi, ce que je me dis, c'est que si un agent de police avait envie de mieux connaître une fille, il ne lui filerait pas une contredanse.

– Ça, c'est bien vrai, lui asséna Hollywood Nate. Si vous voulez bien signer ici.

RÉALISATION : NORD COMPO À VILLENEUVE-D'ASCQ
CPI BRODARD ET TAUPIN À LA FLÈCHE
DÉPÔT LÉGAL : MAI 2010. N° 102179 (57474)
IMPRIMÉ EN FRANCE